Gerhard Neumann

Die Reußische Gemme

Kriminalroman

Mitteldeutscher Verlag
Halle · Leipzig

ISBN 3–354–00059–7

4. Auflage
Lizenz-Nr. 444-300/109/86 · 7004
Printed in the German Democratic Republic
Reihengestaltung: Helmut Brade
Umschlagillustration: Ludwig Daume
Typografie: Bernd-Michael Dehnert
Fotosatzherstellung: (140) Druckerei Neues Deutschland, Berlin
Druck und Bindearbeiten: Druckerei Märkische Volksstimme Potsdam
Best.-Nr. 638 608 4

00500

I.

»Ich konnte doch nicht ahnen«, sagt der Rothaarige am Abteilfenster, »daß es gerade in dieser Minute darauf ankam. Zwei, drei Doppelte, dann gehe ich an den Tisch zurück – aus! Das Mädchen ist weg.«

Sein Gegenüber schüttelt mitleidig die nackenlangen Locken und massiert mit der Linken das Knie. »Laß dir einen Wecker erfinden, der immer kurz klingelt, wenn die Post irgendwo abgeht.«

»Wär ja auch für die Katz«, meint der Dritte bedächtig mit vollem Mund. »Erst wenn was vorbei ist – weißt du, woran du warst. Was stimmt beim Wetterbericht auf Garantie? Das Wetter von gestern.« Sie sind Anfang Zwanzig, vermutlich Monteure, die nach dem Wochenende wieder zu ihrer Arbeitsstelle fahren.

Ich brauche ihr Thema nicht erst aufzunehmen, ich belächle mit einem halben Seufzer die Duplizität. Seit mehr als einer Fahrtstunde krame ich entweder in den Zetteln in meiner Aktentasche, oder ich sehe durchs Fenster auf die vorbeifliegende Landschaft und überlege. Warum bin ich durch jenen Fall damals hindurchgetaucht wie ein Schwimmer durch eine Pflichtstrecke? Habe es nicht bemerkt, wie da für eigene Nachbarn die Stunde Eins eines anderen Zeitalters anfing?

Draußen huscht ein klatschnasses Dorf vorbei, und die drei Abteilgefährten orakeln jetzt über das Herbstwetter und was davon für ihre Schichtleistung in der kommenden Woche abhängen wird. Der mit den nackenlangen Locken ist zuversichtlich: Eule – das muß der Brigadier sein – brauche Geld, da kämen sie auch auf das ihre.

Ich krame wieder in meiner Aktentasche, fische wahllos ein paar Zettel heraus, stoße auf Anhieb auf den Namen Adriani. Wegen seiner Egmont-Inszenierung sitze ich hier im Zug. Sie hat heute an einem Berliner Theater Premiere. Ihn werde ich fragen, ob die Vorgänge von damals für ihn mehr gewesen sind als ein merkwürdiger Kriminalfall.

Auch Harry Czech werde ich fragen, der bestimmt wieder unter den Ehrengästen zu finden sein wird. Trotz seiner hohen Parteifunktion versäumt er ja – zum großen Neidwesen anderer Regisseure – keine Adriani-Premiere.

»Adriani, Siegfried, I. Spielleiter der Städtischen Bühnen«, steht in steil gemalter Schrift auf dem Zettel, »gab an, nichts Sachdienliches aussagen zu können. Er habe den Ermordeten nur vom Ansehen gekannt und sei mit ihm am Abend nicht zusammengetroffen. Die abweisende Art Adrianis ärgerte mich, doch ließ ich es mir nicht anmerken.«

Ich muß lächeln. Ich sehe Rudi Zillgitt vor mir, wenn er sich seinen Ärger nicht anmerken ließ: Wie er die Unterlippe über die Oberlippe preßte, zur Seite sah und ein paarmal stumm nickte – ein beredter mimischer Ausdruck, den seine Gesprächspartner auch gut zu entschlüsseln pflegten.

Aber Rudi Zillgitt, damals VP-Rat beim VP-Präsidium Steinfurth, später dort lange Jahre Stadtrat für Inneres, dann Arbeiterveteran, konnte sich nicht mehr ärgern und auch keinen Ärger mehr verbergen wollen. Er war vor drei Monaten verstorben. Was er mir zu sagen hatte, trug ich in meiner Aktentasche: Die Niederschrift des Mordfalles Hermann Haldeweg aus dem Jahr 1951 samt einem Begleitbrief und einer Genehmigung der Bezirksbehörde der Deutschen Volkspolizei, die Aufzeichnungen an mich »zum Zwecke schriftstellerischer Nachnutzung« weiterzugeben.

Ich erinnere mich genau: Kurz nach dem gerichtlichen Abschluß des Falles hatte Zillgitt mich ermuntert, die Ereignisse in einem Buch darzustellen. Wir standen im Vestibül des Olearius-Klubs, ich hatte dort zum erstenmal eigene Gedichte gelesen und war – sicher auch aus der Hochstimmung einer solchen Lesung heraus – von seinem Gedanken begeistert. Er hat diese Reaktion als Zusage genommen und ein Vierteljahrhundert daran festgehalten.

Ich vergewissere mich noch einmal: Ja, die Aufzeichnungen sind aus den letzten Jahren seines Lebens, Beschäftigung der Veteranen-Zeit, aus dem Begleitbrief geht es deutlich hervor, den Zillgitts Tochter den Papieren beigegeben hat.

Als könnte ich mich damit von ihrem Anruf befreien, stecke ich die Blätter mit Nachdruck wieder ein und schließe die Aktentasche. Wir nähern uns Schönefeld. Die Abteilgefährten rüsten zum Aufbruch. Hinter ihren Beuteln und Taschen kommen im Gepäcknetz Krad-Helme zum Vorschein, die sie umständlich herunterangeln.

»Und was machen wir, wenn uns einer die Kutschen weggezaubert hat?« fragt der bedächtige Esser und verbuddelt seine Brotbüchse in einer Art Seesack.

»Vorigen Dienstag hatten sie mir den Rückspiegel abmontiert!« schimpft der Rothaarige.

Der mit den nackenlangen Locken haut ihn scherzhaft auf den behelmten Kopf. »Für dich müßten sie einen Rückspiegel erfinden, in dem du nicht hinter dich siehst, sondern zurück, in deine Vergangenheit. Zum Beispiel auf die Kleine, wie sie gerade abhaut, weil du stundenlang am Tresen lümmelst. Oder auf deine erste Schweißnaht am Morgen nach dem vorigen Lohntag.«

»Spinner!« sagt der Rothaarige und versucht mit gespielter Angriffslust, seinem Gegenüber auf den Fuß zu treten, den der aber unter schadenfrohem Lachen immer rechtzeitig wegziehen kann.

»In dem Spiegel sieht er aber auch seine dicke Prämie vom ersten Quartal«, meint der Bedächtige, »oder seine zwei Tore gegen Dynamo!«

»Und vor allen Dingen«, der Rothaarige löst sich von seinem Gegner, »vor allen Dingen den Staatsakt, wie ich am hellen Vormittag eine uns bestens bekannte Bierleiche über den Alex bugsiere!«

Vor dem Gelächter der anderen wendet sich der mit den langen Locken unwirsch seinem Gepäck zu.

»Rote Karte! Das ist ein Jahrhundert her!«

»Wenn er erst mal erfunden ist«, der Bedächtige bleibt unerbittlich, »verfolgt so ein Rückspiegel dich bis in den Kinderwagen zurück.«

Der andere schlägt nur wegwerfend mit der Hand durch

die Luft und verpackt wortlos seine Zeitungen und Zigaretten.

Der Zug verlangsamt seine Fahrt, und der Rothaarige schultert seine Tragetasche.

»Aber im Ernst«, sagt er zu dem Bedächtigen, als sie gemeinsam dem Ausgang zustreben, »manchmal wäre solch ein Ding richtig Klasse.«

Er verhält, um die Abteiltür zu öffnen.

»Auf der Maschine darfst du ohne Rückspiegel gar nicht fahren. Aber bei deinem Ritt durch die Kaderakte, da mußt du.«

Sie verschwinden im Gang, und ich höre den mit dem Seesack belustigt lachen.

Der Lockige, jeder Zoll ein überlegener Verlierer, nickt mir ein betont seriöses »Wiedersehen!« zu, bevor er, in gebührendem Abstand, den beiden folgt.

Die Schiebetür ist wieder geschlossen, ich bin allein im Abteil.

Der Zug hält. Ich rücke ans Fenster. Draußen tauchen meine Gefährten im bunten Wirrwarr des Menschenstromes unter.

Ich seufze, weil ich im Grunde schon weiß, daß ich mein altes Versprechen an Rudi Zillgitt einlösen werde.

Von den Reklame-Dias, die in den Kinos von Steinfurth Anfang der fünfziger Jahre vor den Filmprogrammen gezeigt wurden, sind mir viele wegen der exemplarischen Naivität der Verse und Sprüche noch in Erinnerung, mit denen die Firma Annoncen-Sudikatis für ihre Auftraggeber warb. Siegfried Adriani sammelte diese handgestrickten Slogans mit Genuß und konnte mit ihnen ganze Abende lang eine Tischrunde zwerchfellerschütternd unterhalten. Für den Optiker Windey in der Mühlstraße zum Beispiel zeigte das Werbe-Dia einen weißbekittelten Mann, der belehrend den Zeigefinger erhoben hatte, und daneben war der Text zu lesen:

Das wird dir jeder Fachmann sagen:
Wenn die Augen
nichts mehr taugen,
mußt du eine Brille tragen!

Auf einem anderen Werbebild schwebte ein riesiges Glas Bier frei im blauen Raum, und der Text verhieß poetisch:

Ein jeder Tropfen eitel Wonne.
bei Arthur Brautknecht in der »Sonne«!

Arthur Brautknecht war ein bißchen selbstgefällig und sorgte sich weniger wegen des höheren Umsatzes als vielmehr wegen der Publizität seines Namens um eine intensive Werbung für seine »Restauration«, wie er die »Sonne« amtlich nannte.

Weil der Olearius-Klub gerade renoviert wurde, hatte die Ortsleitung der Deutschen Volksbühne an jenem Septembersonnabend des Jahres 51, von dem hier zu reden ist, die »Sonne« gemietet, um im Anschluß an eine Uraufführung der Städtischen Bühnen ein Beisammensein auszurichten.

Einladungen und Ablauf wurden sehr freizügig gehandhabt; außer einem markenfreien Imbiß – zu dem es dann nicht mehr kommen sollte – bestellte und verzehrte jeder auf eigene Kosten. Es wurden auch keine Reden gehalten, wenn man von der kurzen Begrüßung durch Ernst Kloppe, den Vorsitzenden, absieht; im Grunde fand eine normale Premierenfeier statt, der durch einen losen organisatorischen Rahmen ein halboffizieller Charakter zugemessen wurde.

Es war mein erstes Stück, das da uraufgeführt worden war (heute ist es mit Recht längst vergessen), und ich kam kurz nach 22 Uhr in die »Sonne«, mit Henny, die am Theater auf mich gewartet hatte, und mit Adriani, dem Regisseur des Abends, der in seinem neuen schwarzen Zweireiher, modisch auf einen Knopf gearbeitet und mit riesigen Kragenaufschlägen versehen, gar nicht wie er selbst aussah. »Wie ein Attaché aus dem diplomatischen Dienst des Königreichs Dänemark«, hatte mir Henny zugeflüstert, als ich sie auf Siegfrieds Kleidung aufmerksam gemacht hatte. Und wenn ich auch nicht weiß, wieso sie gerade auf Dänemark kam, im Prinzip war das Bild durchaus schlüssig.

Durch eine eichene Tür mit einem Kastenschloß traten wir in den kahlen, nur durch Stufen und gedrechselte Geländer ein wenig gegliederten Flur der Gaststätte. Hier begrüßte uns Dr. Hopf – oder Simon Bolivar, wie Siegfried Adriani und ich ihn in unserem Privat-Code nannten, mit dem wir uns untereinander über unsere Umgebung zu verständigen pflegten.

Daß wir den Namen des südamerikanischen Revolutionsführers gewählt hatten, lag natürlich zum guten Teil an der gelbroten Gesichtsfarbe und dem indianerschwarzen glatten Haar von Dr. Hopf, aber doch auch an dessen suggestiver Feldherrnnatur, der die Neigung zu absoluter Befehlshaberschaft nicht ganz fehlte. Denn Dr. Hopf, von Hause aus Literaturwissenschaftler und seit 1945 Direktor des hiesigen Museums, galt als der Kunstpapst von Steinfurth. Er schrieb sämtliche Kritiken für das VOLKSECHO, und er verfügte über nicht unerheblichen Einfluß beim Magistrat und bei wichtigen Mitarbeitern der Stadtleitung der Partei. Dabei pflegte er sich stets mit heftiger revolutionärer Streitbarkeit zu äußern, die in einem enormen Bildungsschatz ihre kaum zu erschütternde Stütze fand.

Mit seinem lauten Organ, bei dem mich immer die rohe und unreine Aussprache der Vokale etwas störte, hieß er uns im Tempel der »Sonne« willkommen, der zwar im Gegensatz zu dem Sonnen-Tempel der Inkas noch kein Volks-Tempel sei, aber wir hätten ja bei den Inkas schon aus mythologischen Gründen nichts zu suchen, denn er sehe Siegfried und mich bekanntermaßen griechisch, als die Dioskuren, die Unzertrennlichen, als Kastor und Pollux, was natürlich nicht mit Kataster und Phallus zu verwechseln sei, wie er es einmal bei einem Jahrmarkts-Astrologen erlebt habe, wovon man heutzutage auch in Gegenwart junger Damen – kurze Verbeugung zu Henny – ungeniert reden könne, da zwar bei ihnen aus kreatürlichen Gründen die Erfahrung, was ein Phallus sei, nach wie vor zunehme, aber aus gesellschaftlichen Gründen das Wissen, was das Wort bedeutet, sich sprunghaft verringere, und so weiter und so fort, aber er wolle uns keinen Essay über das Verständnis der Alten Sprachen halten, sondern zuvörderst mich zu meinem verheißungsvollen dramatischen Erstling beglückwünschen, an dem ihn besonders mein fortschreitendes Eindringen in die weise Lehre Stalins von der Nation freue, und sonach Siegfried Adriani zu seiner bedeutsamen Regieleistung gratulieren, in der verdienstvollerweise eine Beschäftigung mit den neuen Gedanken Bertolt Brechts zu verspüren sei, was allerdings auch seine fragwürdigen Seiten habe.

Beim Händeschütteln, das mit den Glückwünschen verbunden war, wurde mir bewußt, daß die hohe Gestalt Dr. Hopfs uns Ankömmlinge fast um Haupteslänge überragte. Trotzdem wirkte er zumindest im Vergleich mit Adriani unbedeutender, nicht so sehr wegen seines ungebügelten Anzugs mit dem hellblauen Fischgrätenmuster oder des steifen Pappkragens mit der schwarzen, ungeschickt gebundenen Krawatte, sondern wohl vor allem wegen der zurückhaltend-höflichen Herablassung Siegfrieds, der mit dieser Haltung demonstrierte, daß er peinlich berührt war, wenn jemand beim kraftmeierischen Daherschwadronieren am Rande der Zote spazierenging.

Nur mit ausgiebigen mimischen Anstrengungen gelang es mir, Henny davon abzuhalten, sich naiv zu stellen und Dr. Hopf durch treuherzige Fragen zum Phallus-Begriff in sittliche Schwierigkeiten zu bringen.

Denn so etwas hatte sie drauf, und ich durfte mir schon etwas einbilden, wenn sie jetzt mir zuliebe auf ihr schönstes Vergnügen, nämlich etwas Scheinbares und eigentlich Unredliches an seiner ihm eingeborenen Komik zu Fall zu bringen, verzichtete. Zumal ihr Dr. Hopf ohnehin nicht sehr sympathisch war. Ich sah mich nachdrücklich daran erinnert, als jetzt – mit blauem Gürtelmantel und blauer Baskenmütze – ihr Vater von der Straße her in den Flur trat.

Erwin Puppenmacher, der ein kleines Geschäft für Eisen- und Haushaltwaren führte und ein wenig den verhinderten Kunstfreund zur Schau trug, wurde von Bolivar immer besonders abschätzig behandelt. Aber das war für Hennys Abneigung nicht einmal das Ausschlaggebende. In ihren Augen gehörte Hopf, wie sie es einmal formuliert hatte, zu jener Gruppe bramarbasierender Linkshänder, die unter dem Vorwand der Selbstironie dauernd öffentlich an den Krampfadern ihrer Psyche herumspielen, ohne zu bedenken, daß das auch dann ein unästhetischer Anblick bleibt, wenn die ironische Begleitmusik geistreich ist.

Während ich an Hennys Seite Puppenmacher begrüßte und mich bei ihm für die mir zur Premiere übersandten Blumen bedankte, ging Dr. Hopf mit Adriani schon ins Gastzimmer voraus, ziemlich abrupt, um durch das Erscheinen des verfluchten Kleinbürgers nicht etwa zu einer Konversation mit ihm genötigt zu werden.

Puppenmacher hatte gerade nach seinem dritten »Aber gern geschehn – keine Ursache!« von der Verspätung seiner Straßenbahn zu reden begonnen, als eine mollige Mittdreißigerin im schwarzen Fohlenmantel hereingestürmt kam. Wir hatten Mühe, ihr in der erforderlichen Schnelligkeit den Weg freizugeben.

»Danke, danke sehr«, sagte sie, »guten Abend zusammen, ich hab am Präsidium die Zwölf verpaßt.«

Und mit ihren raschen kleinen Grenadierschritten verschwand sie im Gastzimmer.

»Geh her«, meinte Puppenmacher in seiner kurzvokaligen fränkisch-bayrischen Sprechweise, »der Herr Haldeweg wird ihr derwegen schon net gleich untreu wern!«

Ich malte mit meiner Hand eine unsichtbare Zeile in die Luft: »Martina Lindwurm – ein Leben im Dauerlauf! Ich werde ihr diesen Titel vorschlagen, wenn sie einmal ihre Lebenserinnerungen schreiben will.«

»Die schreibt keine«, sagte Henny, »das hält sie für hoffärtig.«

»Ich wette, sie führt bereits Tagebuch seit ihrer Konfirmation.«

Puppenmacher tippte mich plötzlich mit seiner Zigarre an, die er aus dem Etui genommen hatte und noch unangezündet zwischen den Fingern hielt.

»Sagen Sie, wo in Steinfurth Kunst ist, ist die Lindwurm dabei, ohne Unterschied. Wissen Sie eigentlich, zu welcher Branche sie von Hause aus gehört? Malt sie?«

Puppenmacher stellte gern solche Fragen. Er brannte darauf, etwas über andere zu erfahren, und sei es Klatsch, den er allerdings niemals weitertrug. Ich erzählte ihm – während wir an der improvisierten Garderobe anlangten, die unmittelbar neben dem Eingang zur Gaststätte aufgebaut war –, daß nach meiner Kenntnis der verstorbene Pfarrer Lindwurm, Martinas Mann, ein nicht unbedeutender Cello-Spieler gewesen sei und daß die Witwe wohl einfach an seinem Bekanntenkreis festgehalten habe, um nicht ohne gesellschaftliche Kontakte im verwaisten Pfarrhaus dahinzuleben.

»Also Musik«, brummte Puppenmacher beim Mantelablegen, wobei er meine Hilfe mit aufwendigem Eifer zurückwies. »Mir hat einmal wer erzählt, sie sei im Urberuf Goldschmied. Da wäre bildende Kunst näherliegend gewesen.«

Die Tür des Gaststättenraums wurde geöffnet. Der Verwaltungsdirektor unseres Theaters, Karl-Herbert Welsch, der seit einigen Wochen den zu einer Parteischule delegierten Intendanten vertrat und demzufolge hier für die Eintretenden die Honneurs machte, ließ die Dame, von der wir eben noch gesprochen hatten, wieder hinaus in den Flur. Martina Lindwurm war nach wie vor in Eile. Ungeduldig winkte sie ihrem Begleiter: »Nur eine Minute, Hermann! Damit ich es hinter mir habe!«

Und Hermann Haldeweg kam jetzt ebenfalls heraus. Sein knochiges Gesicht war ziemlich bleich, und er schien stark zu schwitzen, aber ich gebe gern zu, daß ich das in diesem Moment noch gar nicht bewußt registrierte, weil Haldeweg, den ich sonst nur am Lenkrad seines Holzgas-Autobusses kannte, in seinem maßgeschneiderten Smoking mit Biesen und blankem Schalkragen gar nicht wie der bescheidene Fuhrunternehmer aussah, als der er uns Theaterleuten von den Fahrten zu auswärtigen Gastspielen her vertraut war.

»Ah, der Dichter«, rief er mir zu, »Gratulation, soll ja richtigen Applaus gegeben haben!«

Welsch lachte, lugte um den Türflügel und drohte mir mit dem Finger: »Siehst du, unerwarteterweise ist nicht mal gepfiffen worden! Ach, Servus, Henny, willkommen, Herr Puppenmacher, rasch, treten Sie ein! Die Gebrüder Tamm haben ein paar Flaschen Sekt gestiftet; es wäre ein Jammer, wenn Sie Ihren Anteil verpaßten!«

Henny und ihr Vater spielten beflissene Folgsamkeit und beeilten sich, der Aufforderung nachzukommen.

Mit wachsamem Eifer wandte sich Frau Lindwurm an Welsch. »Wir sind im Wintergarten«, sagte sie nachdrücklich, »nur ein paar Minuten. Wenn Sekt ins Haus steht, werden wir uns selbstverständlich darauf einstellen. Du wirst sehen, Hermann, ein Glas Sekt wird dich bestimmt wieder auf die Beine bringen!«

Sie hakte Haldeweg fürsorglich unter, an dem ich jetzt einen etwas taumeligen Gang bemerkte, öffnete die Glastür gegenüber der improvisierten Garderobe, und beide gingen in den kleinen, mit Wandlämpchen stimmungsvoll erleuchteten Raum, während ich Henny und dem alten Puppenmacher folgte und Welsch die Tür langsam hinter uns schloß.

Drinnen empfing uns Musik. Am äußersten Ende der altertümlichen Theke, die zur Linken fast die ganze Schmalseite des Raumes einnahm, thronte auf einem Barhocker der dicke Bodo van Bergern vor einem Zehn-Platten-Spieler. Als gefeierter Schlagzeuger der in Steinfurth ansässigen Travellor-Big-Band gehörte er zum Bekanntenkreis der Gebrüder Tamm, Weine und Spirituosen, der nun wieder vielfältig mit der Gästeschar der heutigen Premierenfeier verflochten war, so daß Bodos Hiersein niemanden verwunderte. Er war wie die Tamms oder Adriani etwa in meinem Alter, also Anfang Zwanzig, und er begrüßte mich von seinem Sitz aus mit einem beifälligen Heben und Senken der steil nach oben gerichteten fleischigen Faust. Wir waren in der gleichen Gegend aufgewachsen, und ich hatte ihn schon als schlichten Bodo Berger gekannt, der am Wochenende in der Reppichauer Dorfschenke seiner Tante heiße Musik machte, zu der er mit handgeschriebenen Zetteln an Bäumen und Zäunen einlud, auf denen er mit seiner eigenwilligen Orthographie verkündete: Sonnabend Pucki-Wucki bei Tante Ella!

Ich winkte ihm lachend zu und sah mich nach einem möglichst angemessenen Platz um. In dem länglichen Raum gab es sechs ovale Tische, in einem kleinen Erker an der zweiten Schmalwand noch einen siebenten. In dem Erker hätte ich am liebsten gesessen, aber wenn der Raum voller Gäste war, wurde in der Enge das komplizierte Ein- und Ausfädeln beim Hinsetzen und Aufstehen lästig; außerdem sah ich dort schon Orelys Wiegleb mit Peter und Paul Tamm sitzen, und neben einem halbvollen Kognakglas lagen dort auch die Tabakdose und die

Shagpfeife Hermann Haldewegs; ich entschied mich nach einem Blickwechsel mit Henny für den nächstgelegenen Tisch, den an der Eingangstür, an dem zwar der Dentist und Lyriker Jens-Jürgen Kindshirt gebärdenreich auf unseren FDJ-Stadtsekretär Harry Czech einredete, die übrigen Plätze aber noch frei waren.

Harry Czech zwinkerte mir dankbar zu; er hatte erraten, daß unser Platznehmen auch eine Entlastung für ihn war, sogar eine verdienstvolle, wie wir sofort merkten, denn Kindshirt versuchte Czech von nichts Geringerem zu überzeugen, als daß die FDJ durch ständige Lyrik-Tage »die Multi-Tonalität unseres Daseins zum Massenerlebnis der Jugend« machen müsse.

Wenn Henny laut und anhaltend lachte, wirkte das meist so ansteckend, daß auch der Ausgelachte vor allem die Freundlichkeit empfand, die im menschlichen Vermögen des Lachens liegt und zum Gekränktsein wenig Spielraum hatte.

»Kohl ist auch ein Gemüse, aber es ist eben Kohl«, sagte Henny mit solch einem Lachen, und sie setzte hinzu: »Und jetzt trinken Sie einen Wodka mit mir, Herr Kindshirt, damit Sie sich nicht rächen, wenn ich Ihnen einmal meinen Ober- oder meinen Unterkiefer ausliefern muß! Herr Brautknecht!«

Sie wandte sich zur Theke um, aber der Wirt war in eine Debatte mit Karl-Herbert Welsch vertieft, offenbar in einen unterdrückten Streit, wie an Welschs verärgertem Gesichtsausdruck abzulesen war, als er sich umwandte und mit der Hand ein Zeichen zum Erkertisch gab.

Als hätten sie darauf gewartet, standen dort die Tamms sogleich auf und schlängelten sich, von der aufregend offenherzig gekleideten Orelys gefolgt, so schnell es ging, zur Theke.

»Möcht wirklich wissen«, murmelte Puppenmacher, als er die drei herankommen sah, »zu welchem der beiden Herrn denn nun Fräulein Wiegleb gehört.«

»Pah!« Kindshirt lächelte so weltmännisch, wie sein rosigrundes Kindergesicht das zuließ. »Dr. Hopf hat neulich formuliert, die Orelys probiere den Wahrheitsgehalt des Sprichworts, daß es durchaus nicht dasselbe sei, wenn zwei dasselbe tun, an ihrer Intimsphäre aus und brauche halt viele Versuchsserien, um sich schlüssig zu werden.«

Er wollte lachen, aber er sah sich einer verlegenen Stille gegenüber, Puppenmacher lugte mit krauser Stirn zum Nachbartisch, und erst nach geraumer Zeit beugte Henny sich plötzlich zu Czech vor und sagte laut: »Machst du mit? Ich will den Ausdruck ›Klatschweiber‹ öffentlich in Frage stellen; es muß ›Klatschmänner‹ heißen!«

Harry sah sie eindringlich an, und durch die starken Brillengläser hindurch erschienen seine Augäpfel riesengroß.

»An deiner Seite, Henny, bin ich zu jeder Schandtat bereit. Du mußt mir bloß nachweisen, daß der Klatsch dadurch weniger wird!«

»Typisch: Was springt bei raus?« meinte Henny ironisch und rückte ihre bestickte Abendtasche heftig auf dem Tisch zurecht, und ich wußte, daß bei aller Scherzhaftigkeit ihr diese Art Vorwurf echt aus dem Herzen kam.

In diesem Augenblick knallte der erste Sektkorken. Die Aufmerksamkeit, die das an allen Tischen hervorrief, nutzte Karl-Herbert Welsch für eine kleine Ansprache oder Erläuterung. Er erklärte, wie sehr es ihn freue, daß heute abend etwas Würdiges wieder mit etwas Würdigem – dabei wies er auf die Sektflaschen am Thekenrand – gefeiert werden könne; er dankte den Tamms freundlich, aber ohne sie über Gebühr herauszustreichen, und er verwandte viel Charme und Witz auf die Begründung des Umstands, daß Arthur Brautknecht nur acht Sektgläser zur Verfügung habe, den Rest der Vorkriegsbestände, und daß es ihm, Welsch, nur unter Mühen gelungen sei, seine Ansicht durchzusetzen, man solle lieber gruppenweise und nacheinander trinken, als für einen Teil der Gäste Weingläser zu benutzen. So bitte er jeden, sein geleertes Glas möglichst rasch zurückzugeben, damit es, gewaschen und neu gefüllt, für einen anderen bereitgestellt werden könne.

»Aber Herr Haldeweg ist nicht da!« rief jemand von einem der hinteren Tische aus unpassenderweise dazwischen, nach meinem Eindruck der Musikdirektor Gothe.

»Wir werden weder ihn noch Frau Lindwurm vergessen«, beruhigte Welsch mit nachsichtigem Lächeln den Aufmerksamen und schloß damit seine kleine Ansprache ab.

»Wir könnten sogar bei den beiden beginnen«, schlug Peter Tamm vor, »vielleicht hilft uns Frau Lindwurm, die zweite Serie Gläser vorzubereiten. Jeder Sektkelch muß abgetrocknet und frisch poliert werden. Da brauchen wir Hilfskräfte.«

Welsch, der wieder an die Thekenecke zurückgekehrt war, wo Orelys die Gläser bereitstellte und Paul Tamm einschenkte, nickte.

»Sie sind im Wintergarten.«

»Also hin«, sagte Peter Tamm ausgelassen, »ich sehe so gern, wie die Frau Pastor Salondame spielt.«

Er ergriff ein gefülltes Glas, und Welsch nahm lachend ein zweites, und sie gingen hinaus.

Orelys kredenzte inzwischen die übrigen Gläser an unserem Tisch und an dem von Dr. Hopf und Adriani. Sie tat das gewandt und ungeziert, und die durchaus nicht immer geistreichen Anzapfungen, die bei solcher Gelegenheit vorzukommen pflegen, überhörte sie so ungekünstelt und souverän, daß Henny mir zuraunte: »Was manche Leute bloß haben? Das Mädchen hat Stil.«

Dann stießen wir an, und es trat jene verhemmte Feierlichkeit ein, die sehr oft die letzten Sekunden vor einem gemeinsamen Trunk begleitet, dieses Blickekreuzen, Zunikken, Zum-Wohle-Murmeln. Eine pathetische Situation war entstanden, aber man fühlte sich diesem Pathos nicht recht gewachsen und posierte etwas Unentschiedenes, damit das nicht auffallen sollte.

Kurz nachdem wir getrunken hatten, sah ich Peter Tamm wieder hereinkommen und hinter ihm Welsch mit Frau Lindwurm, die die beiden geleerten Gläser trug. Mir fiel Welschs sorgenvolles Gesicht auf, und daß Martina offenbar seine Besorgnis nicht recht teilen wollte, sondern mit einer heiter abwinkenden Geste zur Theke marschierte. Ich sah, wie der Verwaltungsdirektor einen Augenblick dastand und überlegte.

Dann trafen sich unsere Blicke, und er nickte kurz und kam auf mich zu. Er beugte sich, mich am Aufstehen hindernd, von hinten über meine Schulter und sagte leise: »Hermann Haldeweg gefällt mir nicht. Ich fürchte, er macht uns schlapp. Kannst du mal Dr. Hoheisel anrufen?

Aber kein Aufsehen! Er soll anschließend mitfeiern, dann kommt er gern.«

Ich wohnte in der Nachbarschaft der Hoheisels und verstand mich mit dem Arztehepaar wirklich gut. Wenn der Doktor als mein Bekannter hier auftauchte, würde das keinerlei Verwunderung oder Besorgnisse bei den Gästen auslösen.

Ich ging also links neben der Theke durch die Tür, auf der »Toiletten« stand, durch die man aber auch in Brautknechts Büro gelangte, und stieß in dem kurzen Korridor fast mit Rafaela Geißner zusammen. Der Ruck ihres plötzlichen Stehenbleibens brachte an ihrem Hals, ihren Armen und Ohren große Mengen Schmuck zum Erzittern, und fast hätte sie die geleerte Sektflasche fallenlassen, die sie in der Hand trug.

»Paul Tamm hat sie mir geschenkt«, sagte sie, wahrscheinlich, weil ich verwundert auf die Flasche geblickt hatte, »ich will das Etikett abweichen und auf meinen Rauchtisch kleben. Dort habe ich schon eine ganze Sammlung. Sieht enorm dekorativ aus!«

Sie muß es ja wissen, dachte ich, denn Rafaela Geißner repräsentierte die bildende Kunst in der Ortsleitung des Kulturbundes und war eine nicht unbedeutende Grafikerin.

Ich bat sie, sich nicht stören zu lassen, und trat in das Büro, um mein Telefongespräch zu führen. Ich hatte Erfolg: Frau Hoheisel war schon zu Bett gegangen, während der Doktor noch las und – wie er sagte – sich eigentlich langweilte und gern unter dem Alibi einer Konsultation an unserer Feier teilnehmen würde.

Als ich wieder ins Gastzimmer kam, hatte Paul Tamm inzwischen die zweite Sektflasche geöffnet, und Welsch, der Haldewegs Shagpfeife samt Tabakdose vom Erkertisch geholt hatte und beides Martina Lindwurm übergab, sah mich fragend an.

»Er kommt«, sagte ich leise und stieß abermals fast mit Rafaela Geißner zusammen, die von hinten auf mich auflief, als ich stehenblieb.

Wieder klirrte der Schmuck, und diesmal schrie sie sogar leicht auf, denn sie trug zwei Sektkelche in den Händen und war in Gefahr, etwas von deren kostbarem Inhalt zu verschütten. Ich trat rasch zur Seite, und als ich besorgt auf die Gläser blickte, fiel mir am Mittelfinger ihrer rechten Hand ein Ring mit einem talergroßen brandroten Stein auf, in den ein Wappen geschnitten war, eine herrliche Gemme, die sich im Zusammenhang mit dem Sektkelch wie ein Symbol junkerlicher Prasserei ausnahm.

Rafaela Geißner hatte zum Glück nichts verschüttet, sie setzte vorsichtig ihren Weg fort, und ich beschloß, einmal selbst nach Haldeweg zu sehen, schon allein, um Dr. Hoheisel aus eigener Anschauung Informationen über den Erkrankten geben zu können, denn der Arzt würde sich ja bei seiner Ankunft an mich halten.

Die nach oben halbrund auslaufende Glastür, die in den Wintergarten führte, war geschlossen. Ich drückte auf die blankpolierte Messingklinke und schob mich in das kleine Zimmer. Im Stimmungslicht der Wandlämpchen fiel mein erster Blick auf das mit Blattpflanzen überfüllte Blumenfenster. Dabei erfaßte er im Vorbeihuschen, daß an keinem der beiden Tische jemand saß, daß es aber zwischen ihnen einen merkwürdigen, fast absurden Unterschied gab. Offenbar verlangte meine Wahrnehmungskraft zuerst nach weiteren Informationen über diesen Unterschied, denn mein zweiter Blick belehrte mich, noch bevor ich irgend etwas bewußt denken konnte, daß der rechte der beiden ovalen Tische keine Tischdecke hatte und daß die weißlackierten geschwungenen Stühle, die ihn umstanden, in eine unnatürliche Unordnung geraten waren.

Und dann sah ich Hermann Haldeweg am Boden liegen, mit angstvoll aufgerissenen starren Augen, die rechte Hand in die heruntergerissene Tischdecke verkrampft. Er rührte sich nicht, und ich war keinen Augenblick im Zweifel, daß er tot war.

Wenn ich von meiner Erfahrung ausgehe, die ich in diesen Sekunden gewann, müßte ich alle Schreckensaufschreie, die man in Filmen oder Theaterstücken bei solcher Gelegenheit erlebt, für pure Erfindungen ihrer Schöpfer halten. Mir war nicht im geringsten nach dergleichen zumute. Ich hatte auch ganz und gar nicht das Bedürfnis, spontan an der Seite des Toten niederzuknien, wie man es auf der Bühne oder der Leinwand in solchen Situationen stets sieht. Im Gegenteil. Ein höheres Maß körperlicher Annäherung an Haldeweg wäre mir in diesem Augenblick durchaus unerwünscht gewesen.

Eine tiefe, lähmende Traurigkeit hielt mich dort fest, wo ich stand, während meine Gedanken merkwürdig rasch und folgerungssicher alle Varianten dessen durchspielten, was jetzt getan werden mußte. Soviel stand fest: Hier war irgend etwas Amtliches einzuleiten, und zwar mit möglichst geringem Aufsehen, und wo Amtliches ins Spiel kam, gab es rechtliche Zuständigkeiten, die nun beim Wirt liegen konnten oder auch beim Veranstalter des heutigen Beisammenseins.

Ich entschied mich dafür, zunächst Welsch zu informieren, der bestimmt genügend Lebens- und Rechtskenntnisse besaß, um hier das Zweckdienlichste zu veranlassen.

Es gelang mir, ihn unauffällig aus der Gaststätte in den Flur zu holen. Wortlos führte ich ihn von hier in den Wintergarten und ließ ihn sehen, was geschehen war.

Zum ersten Mal wurde ich Zeuge, wie Welsch für einen Augenblick in Gefahr kam, seine Souveränität und Ausgeglichenheit zu verlieren.

»Mein Gott!« murmelte er, und seine Hände begannen leicht zu zittern. Sein sensibles Gesicht, von dem Adriani einmal gesagt hatte, daß es nach den Vollkommenheitsgesichtspunkten der klassischen Bildhauerkunst proportioniert sei und der darüberliegenden Glatze echt bedürfe, um nicht absolut schön und somit langweilig zu erscheinen, sah plötzlich alt und faltig aus.

Und zum erstenmal wurde mir bewußt, daß Welsch ja ein Mittvierziger war, also doppelt so alt wie ich, woran mich seine schlanke, sportliche Gestalt und vor allem seine jugendliche Energie und Aktivität bisher nie hatten denken lassen.

»Furchtbar ist das, furchtbar«, sagte er mit schlaffen Lippen, »gar nicht zulässig, wie gar nicht wahr.«

Aber nur eine kurze Weile dauerte dieser Haltungsverlust an. Dann atmete Welsch tief durch und straffte sich. Sah mich an. »Bitte zu keinem ein Wort! Und niemanden in den Raum lassen! Ich hole Genossen Hase her. Er soll entscheiden, was jetzt geschehen muß.«

Und mit den mir altvertrauten raschen Bewegungen verließ Welsch den Wintergarten, und ich hörte ihn unmittelbar darauf in das Gastzimmer hineingehen.

Du liebe Güte, dachte ich, er will Hase informieren, ausgerechnet Wilfried Hase! Ich hatte den sehr selbstbewußten Stadtrat für Volksbildung, Kunst und Wissenschaft vorhin am Tisch Dr. Hopfs kurz gesehen, ihn aber wegen der Gefahr wortreicher, unergiebiger Debatten (oder richtiger: endloser Monologe von seiner Seite) nur aus der Ferne gegrüßt. Aber Hase war natürlich der zuständige staatliche Dienstvorgesetzte der Städtischen Bühnen, und insofern hatte Welsch ohne weiteres recht, wenn er ihn von dem schrecklichen Vorkommnis unverzüglich in Kenntnis setzte.

An der bellenden, ständig überanstrengten Stimme erkannte ich Hase schon, bevor er auf den Flur kam.

»Auch an der Theaterfront«, hörte ich ihn sagen, als die Gaststättentür geöffnet wurde, »ist der Kampf in die Etappe einer breiten revolutionären Offensive getreten. Und für diese Etappe hat Rocki dir heute ein paar schöne Artilleriesalven vorgelegt!«

Rocki – damit war ich gemeint; Dr. Hopf hatte mir den Spitznamen angehängt, weil ihm meine poetischen Äußerungen oft sehr barock erschienen. Und ich konnte nun zu der Ableitung des Wortes Rocki von »barock« das Gesicht verziehen und »Aua« sagen, sooft ich wollte; man weiß, wie das mit Spitznamen ist: Häufig haben gerade die dümmsten erstaunliche Lebenskraft. So hatte – wie ich nun hören konnte – selbst Freund Hase vom »Rocki« Besitz ergriffen, allerdings, um mir Gutes zu tun, um mein Stück einer positiven Wertung zu unterziehen, die offenbar besonders positiv gemeint war, weil in diesem Zusammenhang gleich zweimal Hases Lieblingswort »Etappe« bemüht wurde. Warum ihn niemand darauf aufmerksam macht, fragte ich mich in Gedanken, daß ihn alle Welt, weil er dieses Wort dauernd mißbraucht, als Etappen-Hase bespöttelt?

Aber da trat Etappen-Hase bereits ein, von Welsch gefolgt, der sorgfältig die Tür hinter sich schloß.

Hase sah den Toten sofort. Und während der zur Fülle

neigende, untersetzte Stadtrat bis zu dieser Sekunde ein lärmend-joviales, pseudo-staatsmännisches Gehabe zur Schau getragen hatte, äußerte er sich nun – nach einer kurzen Erstarrungspause – plötzlich ganz sachlich, knapp und konkret.

»Wer hat ihn gefunden?«

»Ich.«

Er blickte mich forschend an. »Wann?«

»Vor zirka vier Minuten, also –«, ich sah auf meine Armbanduhr, »zweiundzwanzig Uhr sechsunddreißig.«

»Fünfunddreißig«, korrigierte er. »Dein Wecker geht vor.«

»Ich hatte ihn gebeten«, schaltete Welsch sich ein, »Dr. Hoheisel anzurufen. Haldewegs Zustand gefiel mir nicht. Der Arzt ist schon auf dem Weg.«

Hase richtete seinen eindringlichen Blick jetzt auf Welsch.

»Abwimmeln«, sagte er. »Solche plötzlichen Todesfälle untersucht die Volkspolizei. Vorher keine Privatärzte. Nichts verändern! Und keine Vermutungen oder Spekulationen! Ich rufe selbst das Präsidium an.« Damit wollte er hinausgehen, wandte sich aber in der Tür noch einmal um und zeigte auf mich. »Rocki läßt hier keinen hinein, bis ich zurück bin. Du, Karl-Herbert, solltest wieder ins Gastzimmer gehen. Ernst Kloppe will seine Begrüßungsrede halten. Es fällt auf, wenn du da fehlst. Einstweilen kein Wort von dem Toten! Keine Andeutung! Erster politischer Auftrag: Verhindern, daß hier die Leute hysterisch werden, solange wir kein Machtorgan da haben, das uns bei einer Kleinbürger-Panik die Frage Wer – Wen? in unserem Sinne löst.«

Er nahm Welsch bei der Schulter und ging mit ihm wieder in das Gastzimmer, während ich die Tür zum Wintergarten von außen schloß und Etappen-Hase verwundert nachblickte. Ich begriff plötzlich, wieso der Mann in eine verantwortliche Funktion gelangt war: Er konnte ja zielsicher, umsichtig und prinzipienfest führen! Ob da nun jede Formulierung jeder Kritik standhielt, war mitten in einer Kampfsituation sicher nicht das entscheidende; aber man kannte genau seinen Auftrag und dessen politische Bedeutung, man fühlte sich mobilisiert.

Aber da ich nun einmal durch viele Arbeitserlebnisse ein Vorurteil gegen ihn hatte, führte auch dieses Nachdenken am Ende nur zu der vorwurfsvollen Frage: Wenn Hase in Kampfsituationen mobilisieren und führen konnte, wieso war man es dann zufrieden, wenn er an der Kulturfront so nervenzerreibend sülzte?

Während ich, vor dem Wintergarten auf- und abgehend, meine Antipathie gegen Hase wieder aufbaute, kam der schon vom Telefonieren zurück. Aus der Tasche zog er einen Schlüssel, an dem mit Draht ein Schildchen befestigt war.

»So was hängt ordentlich im Büro von Vater Brautknecht. Mal sehen, ob es uns nicht unsere Aufgabe stark vereinfacht!«

Er schloß die Tür zum Wintergarten ab und steckte den Schlüssel ein. »Jetzt kannst du auch hineingehen«, sagte er zu mir. »Rudi Zillgitt wird mit der Bereitschaft in ein paar Minuten ankommen. Bis dahin halte ich hier schon die Stellung allein. Na, los!« setzte er hinzu, als er sah, daß ich zögerte, »Ernst Kloppe ist zu Ende, und deine Nudelholzkrämerstochter guckt schon ganz lappländisch. Ich will nicht, daß sie herauskommt, um dich zu suchen.«

»Das ist natürlich ein Argument«, erwiderte ich mit böser Höflichkeit, und empört durch die Art, in der Hase von Henny sprach, ließ ich ihn stehen und ging in das Gastzimmer.

Dort sah ich, daß sich die Mutter von Orelys, die Klavierpädagogin Camilla Wiegleb, inzwischen auf meinen Platz gesetzt hatte. Sie redete intensiv; ihre schmalen, weißen Hände schwebten wie Tauben durch die Luft, und das sackartige Gewand, das um ihren hauchdünnen Körper flatterte, war sicher ein wertvolles kunstgewerbliches Erzeugnis. Selbstverständlich traktierte sie wieder das eine Thema, das immer mehr ihre Gedankenwelt zu durchdringen schien, je älter sie wurde: Sie hatte sich im Jahr 1924 mit schmerzvollen Jungmädchenklagen zweimal an den Dichter Rainer Maria Rilke gewandt und von ihm zweimal eine handschriftliche Antwort erhalten. Mit dem Ansehen und dem Anspruch einer Empfängerin von Rilke-Briefen wandelte sie nun durch das Kunstleben Steinfurths (sie war sogar in die Ortsleitung des Kulturbunds gewählt worden) und hatte sich heute abend, wie ich beim Näherkommen merkte, offenbar vorgenommen, Harry Czech für die Durchführung von Rilke-Abenden in FDJ-Gruppen zu begeistern. Denn Harry, der gerade einmal zu Wort hatte kommen können, erzählte, wie von der Steinfurther Delegation zu den Berliner Weltfestspielen – die erst ein paar Wochen zurücklagen – viele Freunde internationale Lyrik-Veranstaltungen besucht hätten; er selbst würde sicher mit einigen von ihnen kommen, wenn Frau Wiegleb einen Rilke-Abend im Kulturbund organisieren würde. Natürlich auch, um Fragen zu stellen, etwa wie Rilke denn die Empfindungswelt junger Menschen dazu ertüchtige, in dieser kampfreichen Zeit den sinnvollsten Platz im Leben zu finden, oder ob »Armut« wirklich ein »großer Glanz aus innen« sei.

Ich hatte mich leise auf dem noch freien Stuhl zwischen Kindshirt und Puppenmacher niedergelassen und bemerkte, wie der dicke Bodo van Bergern plötzlich ganz aufgeregt auf mich zusprang. Verwundert wandte sich Camilla Wiegleb nach ihm um; ihr und mir rief Bodo nun, begeistert zum Plattenspieler deutend, mit seiner hellen Kinderstimme zu: »Glenn Miller, Junge! Echter Glenn Miller! Original!«

Während wir auf die temperamentvolle Musik der Schallplatte hörten, reagierte der wachsame Wissensdurst Puppenmachers auf eigene Weise. »Miller? Glenn Miller? Wer ist denn das?«

Camilla, seine Tischnachbarin, sah ihn vorwurfsvoll und mit der ganzen geistigen Überlegenheit einer Empfängerin von Rilke-Briefen an, so daß Puppenmacher sich sogleich eingeschüchtert an ihre häufigen Erzählungen von Postsendungen eines berühmten Mannes erinnerte und in der Furcht, sich eine Blöße gegeben zu haben, hastig hinzufügte: »Ach, Miller, natürlich! Das ist doch der, von dem Sie die wertvollen Pakete bekommen haben, nicht wahr?«

Camilla schloß die Augen, als wollte sie in Ohnmacht fallen, Henny zwinkerte ihrem Vater versteckt zu, und Czech und Kindshirt mühten sich verzweifelt, nicht loszulachen.

Da ritt mich der Teufel, und in dem bittersten, neidischsten Tonfall, den ich schauspielerisch herzustellen vermochte, seufzte ich meinen Nachbarn Kindshirt an: »Tja, unsereins mußte sich ohne Schweizer Pakete durch die schwere Zeit hindurchhungern.«

Da war es nun vorbei. Czech schlug die Rechte vor sein Gesicht und bäumte sich auf in hemmungslosem Lachen. Und alle mußten einstimmen, selbst Camilla Wiegleb – wiewohl ihr das etwas mager und säuerlich geriet. Nur der dicke Bodo blickte ganz ängstlich von einem zum andern: Lachte man da auf seine Kosten? Und nach einem unwilligen Kopfwerfen watschelte er gekränkt zu seinem Plattenspieler zurück.

Ich nutzte das Lachen der Tischrunde, um nach Welsch Ausschau zu halten. Ich sah ihn an der Theke, in ein intensives Gespräch mit Martina Lindwurm vertieft, die er auf diese Weise offenbar von einer Rückkehr in den Wintergarten abzuhalten suchte.

Neben mir erhob sich mit einem indifferenten Entschuldigungsgemurmel Herr Kindshirt und ging auf einen Sprung zu Rafaela Geißner hinüber, und als ich mit dem Blick wieder an meinen Tisch zurückkehrte, war Harry Czech einen Stuhl weitergerückt und saß nun wie zufällig an meiner Seite.

Ich sah ihn verwundert an, aber er bedeutete mir mit einer leichten Kopfbewegung, mein Ohr ganz in seine Nähe zu bringen. Ich tat das, und er raunte mir zu: »Braucht Hase mich draußen?«

Offenbar muß ich ihn wie einen Hellseher angestarrt haben, denn er legte wie zufällig, aber in Wahrheit sehr nachdrücklich, seine Hand auf meinen Arm und ergänzte im gleichen Ton: »Keine Erklärungen jetzt! Ja oder Nein?«

»Nein«, gab ich zurück, ohne die Lippen zu bewegen, und wie automatisch fügte ich hinzu: »Wird von draußen geregelt.«

Er nahm seine Hand wieder von meinem Arm, ein Schlußzeichen für das Gespräch. Aber da ich spürte, wie hinter mir die Ohren Puppenmachers geradezu ins Riesenhafte wuchsen, sprach ich, eine Spur hörbarer, weiter: »Adriani kriegt wirklich keine Tantieme. Er inszeniert für sein festes Gehalt.«

Und Czech ging sofort darauf ein. »Dachte ich mir doch gleich. Purer Klatsch.«

Eine Bewegung, die hinter meinem Rücken entstand, überzeugte mich, daß da jemand zufriedengestellt war, und ich hielt mich (bitte: ich war dreiundzwanzig!) für furchtbar weltklug und feldherrnbegabt.

Und dann machte bereits der nächste Augenblick meine ganze Verschlagenheit sinnlos.

Die Tür wurde geöffnet, und an der Spitze einer Gruppe von Volkspolizisten kam Rudi Zillgitt in die Gaststätte. Er entsprach etwa der Vorstellung, die ich mir von dem langjährigen Vorsitzenden eines renommierten Sportvereins gemacht haben würde, starkknochig, mittelgroß, durchtrainiert, mit dünnem grauem Haar, dem man ansah, daß es in der Jugend blond gewesen war. Zillgitt trug Zivil, einen braunen Anzug mit Nadelstreifen, über dessen Kragen der des weißen krawattenlosen Hemdes gelegt war.

»Guten Abend«, sagte er, »wir müssen Ihre Feier aus einem traurigen Anlaß unterbrechen.«

Ein Volkspolizist ging zu Bodo van Bergern und setzte den Plattenspieler außer Betrieb.

»Der Bürger Hermann Haldeweg ist hier nebenan verstorben.«

Welsch machte sich bereit, einem hysterischen Ausbruch Martina Lindwurms zu steuern. Aber Martina stand zunächst nur wie betäubt und hielt sich am Thekenrand fest.

»Leider ergibt eine erste vorläufige Untersuchung die Wahrscheinlichkeit eines unnatürlichen Todes. Wir müssen also einiges aufklären, weshalb ich Sie ersuche, diesen Raum vorerst nicht zu verlassen. Der Ausschank ist einzustellen. Ich hoffe, Sie werden bereits in kurzer Zeit nach Hause gehen können, und ich bitte Sie um Ihre ehrliche und sachliche Unterstützung.«

Noch immer lag die Stille im Raum wie eine Lähmung.

Und dann war plötzlich ein angstvoller Schrei zu hören, Geschirr zerschellte auf Fliesen, und ein menschlicher Körper fiel dumpf zu Boden.

Zunächst wußte kaum einer, wo das Geräusch herkam. Einzig Brautknecht bemerkte es sofort, sprang an die geöffnete Durchreiche hinter der Theke und sah in die Küche. »Irma!« rief er, und dann drehte er sich verstört zu Zillgitt um. »Meine Frau! Hier in der Küche! Sie ist umgefallen!«

Obermeister Pfeiffer und der Vertragsarzt waren schon auf dem Weg.

II.

Meine Aktentasche steht neben mir auf dem Rasen, mein Notizbuch habe ich in der Hand, der Korbsessel knarrt und knirscht, wie es alle Korbsessel tun.

Die Septembersonne, die seit dem Mittag den Regen vertrieb, wärmt noch, Karin Adriani bringt den Kaffee heraus aus dem kleinen Gebäude, das zur Hälfte Garage, zur Hälfte Wochenendhaus ist. Siegfried nagelt irgendwo an einem Stück Gartenzaun herum. Ein paar welke Blätter beleben wie Teppichblumen die kleine Rasenfläche, auf der der Kaffeetisch gedeckt ist.

»Nun, mein Fürst? Es wird Herbst, wie der Dichter sagt.« Karin stellt die Kanne auf eine blaubemalte Kachelplatte und setzt sich. Wenn sie sehr gute Laune hat, spielt sie gern im Gespräch Stegreifrollen, etwa – wie jetzt – die botanisch verzückte, gebildete Hausfrau: »Schau nur, schon spreitet passacaglia isobaris in knollig gefiederten Rispen ihre ungleichpaarigen, schleimgrauen Samenfrüchte aus, welche bekanntlich, in Salzsäure eingelegt, zu kandierten Eierbriketts gar trefflich munden.«

»Du sagst es«, gebe ich schwärmerisch zurück, »überhaupt: Für alle lippenkorbstengligen Barfußblütler ist dieser Herbst eine Festzeit. Wenn bei Sonnenaufgang der frische Mehltau über den Gärten liegt...«

»Wir können es noch«, lacht Karin, und mit halbem Ernst fügt sie hinzu: »Nach einem Vierteljahrhundert!« Und ruft im gleichen Atemzug laut in Siegfrieds Richtung: »Siggs! Wir werden hier sentimental!«

Vom Zaun her brummt etwas unter Hammerschlägen: »Kein Wunder, wenn Rocki unsere geistigen Uraltkonten aufarbeiten will!«

»Uraltkonten!« Karin schlägt die Hände zusammen und spielt auf einmal eine überdrehte Pute, die von schlimmen

Krankheitsverläufen berichtet: »Ach, an den Nachmittagen vor seinen Premieren leidet mein Mann immer so furchtbar an nihilistischen Einstellungen, vor allem gegenüber dem Erbe. Ich tippe ja auf die Bandscheiben. Wir haben auch gleich Professor Grünspan insultiert, eine Konifere der Lazarettkunst, aber der hat auch nur gesagt, mein Mann soll viel alten Käse essen, am besten in frischer Luft. Verschrieben hat er ihm nur Nostalgin, aber das kriegt man ja heute schon in jedem Drugstore.«

Mit seinem Hammer bedrohlich auf und ab federnd, bricht auf einmal Siegfried aus einem dichten Gebüsch und schreitet mit komischem Killer-Ausdruck auf seine Frau zu. »Ozelot-Ziege!« knirscht er dabei dramatisch, und es fällt ihm selbst schwer, ernst zu bleiben.

Doch Karin spielt sein Spiel nicht mit. Sie springt auf und streckt heftig den Arm in die Luft, wie ein Schiedsrichter, der einen Wettkampf unterbricht. »Uraltkonto!« sagt sie. »Ozelot-Ziege ist Uraltkonto! So habt ihr beide mich in eurem Privat-Code in Steinfurth genannt, bevor ich die Ehre hatte, mit dir in verderbliche Beziehungen zu treten.«

»Als sie ins Engagement kam«, lacht Siegfried und faßt sie mit der Rechten am Nacken, das Erzählobjekt gleichsam mir und sich demonstrierend, »hatte sie einen Pelzmantel aus braungetüpfeltem Zickenfell, dessen Doppelgänger wir in der Kürschnerei Wichtelmann für 735 Mark unter der Bezeichnung Ozelot-Ziege feilgeboten sahen.«

»Es war ein Weihnachtsgeschenk jenes Verlobten, der Schorsch hieß und mich mein schlimmes Gewerbe lehrte, der heute aber eine selbständige Gummiwarenhandlung sein eigen nennt, im Westen, direkt an der Reeperbahn, o hätte ich ihn nie verlassen!«

Karin macht das mit wenig Aufwand, mit hoher darstellerischer Kultur. Sie trägt Jeans, einen schwarzen Pulli und eine blaue Weste darüber. Die Rundungen ihres Körpers sind ausgeprägt, aber sie ist nirgends dick. Ihr Haar ist durchgehend kurz geschnitten, und da mischt sich deutlich schon Graues in die ursprünglich schwarze Farbe. In der Tat – fällt mir ein – sie ist über vierzig, ihre beiden Kinder sind schon erwachsen. Und sie hat ja vor Jahren schon umgesattelt, ist Funksprecherin geworden, als sie glaubte, ihre besten Rollen, freche junge Mädchen, aus Altersgründen nicht mehr spielen zu sollen.

»Übrigens, ich bin sicher –«, Karin hat sich wieder gesetzt und deutet mit einem Mal auf das Notizbuch, das ich noch immer in der Hand halte, »ich bin sicher, ich hatte die Ozelot-Ziege am Mordabend an. Doch! Gegen elf war es ziemlich kühl, als unsere Schauspielerkarawane endlich vor der ›Sonne‹ anlangte.«

»Endlich ist ein wahres Wort!« Siggs gießt uns Kaffee ein und stellt Zucker und Sahne zurecht.

»Der Spaßmacher braucht ein bißchen mehr Zeit als ein schreibender oder inszenierender Talentpächter, bis er sich nach der Vorstellung wieder öffentlich zeigen kann. Abschminken, Duschen, Umziehen, außerdem hatten wir ausgemacht, geschlossen anzurücken – so war es eben schon elf, als sich der Genosse Hase vor uns wie ein Erzengel aufbaute und uns nicht ins Paradies der ›Sonne‹ eintreten ließ: Polizeilich verboten – plötzlicher Todesfall – erste Etappe der Untersuchung! Und dann latschte mir noch der dicke Hornbogen auf meine neuen Specksohlenschuhe, als wir Platz machen mußten, weil zwei Träger ein zugedecktes Etwas auf einer Bahre zum wartenden Krankenwagen transportierten. Ein makabres Idyll: Ich stöhnte, der alte Chargenspieler Ziervogel zitierte ergriffen: ›Rasch tritt d'r Tod dön Mönschen an!‹, Frau Bäuerle, die Souffleuse, schluchzte – sonst nur stumme Bestürzung und Ratlosigkeit. Und das alles von Hases frischen Reden begleitet, wir sollten die entscheidende Etappe der Untersuchung nicht erschweren. Von der Cyriaksbrücke her trippelte noch Dr. Hoheisel mit seinem Arztköfferchen heran, den Hase ebenfalls nicht ins Haus ließ, der aber daraufhin den erlösenden Vorschlag machte, gemeinsam in die ›Sparflamme‹ zu gehen.«

»Richtig: Die ›Sparflamme‹«, sage ich. »Ob die wohl heute noch existiert?«

Wir Theaterleute hatten zu unserer Zeit in der kleinen Bierstube oft Einkehr gehalten. Dort gab es sehr billige Speisen, und wir waren mit Marabu, wie wir den verwachsenen Kellner freundschaftlich nannten, auf gutem Fuß, denn besonders kurz vor den Gagenzahltagen verkehrten dort viele von uns, weshalb wir für das Lokal auch unsere eigenartige Bezeichnung erfunden hatten.

»Und hier beginnt für mich der einzig interessante Vorgang.« Siegfried blickt gar nicht auf. Mit Verwunderung sehe ich, wie er eine Scheibe Assietten-Rührkuchen sorgfältig mit Margarine bestreicht, mit kalorienreduzierter, versteht sich, um sein Werk anschließend mit Genuß zu verspeisen. Ganz aus dem engen Konzentrationsraum dieser Tätigkeit entwickelt er seine provokativen Gedanken.

»Als wir Tatzeugen aus der ›Sonne‹ schließlich entlassen wurden und ich Karin bei Marabu abholte, wußte ihre Tischrunde über den Mord an Haldeweg besser Bescheid als ich. Ich meine keine Gerüchte, sondern wirkliches Wissen. Reitende Boten waren aber nicht tätig gewesen, und Telepathie gibt es nicht. Und trotzdem der hohe Grad von Informiertheit! Wie erklärt er sich? Solch ein Problem wäre z. B. in meiner Sicht ein Stoff für ein Buch; nicht die Zillgitts und Hases und Haldewegs. Die haben doch längst ihre geschichtliche Einordnung weg; da erfahre ich nicht mehr viel Neues, auch dann nicht, wenn du über sie schreibst.«

Ich beuge mich vor und sehe den Esser ironisch an. Karin, von der anderen Tischseite her, tut dasselbe. Ich schlage vor, nihilistische Ausfälle gegen das Erbe sofort der Lazarettkunst Professor Grünspans zu überantworten. Karin meint, das Informiertsein der Leute in der »Sparflamme« habe ganz banale Gründe gehabt, weil nämlich Marabus Mutter die Küchenhilfe der Brautknechtschen Gaststätte gewesen sei. Die Alte habe schon kurz vor halb zwölf, nachdem ihre Personalien aufgenommen worden waren, unbehelligt die »Sonne« verlassen dürfen, woraufhin sie zu ihrem Sohn geeilt sei, um ihn und damit auch die Schauspielerrunde mit den neuesten Sensationsnachrichten zu versorgen.

Siegfried nimmt diese Richtigstellung gar nicht sichtbar zur Kenntnis. Er winkt nur souverän ab, trinkt seinen Kaffee aus und erhebt sich stumm, um wieder irgendwo in der Tiefe des Gartens planlos tätig zu sein.

Karin meint seufzend, in den letzten Stunden vor seinen Premieren sei Siegfried immer ein unausstehlicher Querkopf. Ich muß lächeln. »Du kennst das Lampenfieber, und ich kenne es auch.«

»Das kannst du laut sagen«, bestätigt Karin, und als ich sie frage, was denn Marabus Mutter in jener Nacht schon an echten Tatsachen gewußt habe, erinnert sie sich erstaunlich genau.

»Zunächst: Haldeweg war vergiftet worden, darauf hätte die Alte schwören mögen – Gutschwager hieß sie übrigens, ich suchte schon die ganze Zeit nach dem Namen. Ferner hatte sie Zillgitt von einem Geruch wie nach bitteren Mandeln reden hören, und Dr. Hoheisel identifizierte daraufhin das Gift als ein Zyanid. Mutter Gutschwager schloß nicht aus, daß die Polizei auch einen Selbstmord für möglich halte, aber niemand glaube so recht daran, weil man keinen Grund dafür entdecken könne und eine solche Tat zu Haldeweg nicht gepaßt hätte. Nein, nein, es sei Mord, und Peter Tamm und Herr Welsch hätten ihm ja zum Beispiel Sekt kredenzt und Frau Lindwurm sei lange allein bei ihm gewesen, und kurz vor seinem Tode habe Haldeweg sogar eine Zeit ohne Zeugen im Wintergarten verbracht, wer weiß, wer da noch bei ihm war, und ganz ohne Grund sei Irma Brautknecht bestimmt nicht in Ohnmacht gefallen. So lange sei es ja noch nicht her, daß es Gerüchte gegeben habe von nächtlichen Besuchen Haldewegs bei der schönen ›Sonne‹-Wirtin. Nein, das sei eindeutig ein Mord gewesen, und wenn sie, Lotte Gutschwager, den Fall aufklären müßte, sie würde nicht so ratlos herumfragen wie der Zillgitt, der immer mehr die Übersicht verliere, weil er nach politischen Gründen für das Verbrechen suche.«

»Kompliment für Mutter Gutschwager«, sage ich und notiere mir ihre wichtigsten Behauptungen, »wenn ich mit Zillgitts Aufzeichnungen vergleiche – erstaunlich real, wie die Frau den ersten Stand der Ermittlungen gewertet hat.«

Karin scheint eine solche Hochschätzung der redseligen Lotte für ganz abwegig zu halten. Sie verzieht das Gesicht und meint obenhin: »Mach's halblang, so hilflos wird Zillgitt ja nun auch nicht gewesen sein.«

Der selbstgerechte Tonfall, mit dem das gesagt wird, läßt mich von meinen Notizen aufblicken. Ich sehe, wie Karin das Geschirr zusammenstellt und ihre Aufmerksamkeit zwei Wespen zugewendet hat, die sie vom Kuchen wegzujagen sucht. Ich bin unvernünftigerweise gereizt, als hätte jemand meinen Helden durch Desinteresse und Oberflächlichkeit in seinem Bilde verunstaltet.

»Du pflügst mit dem Kalbe Siegfrieds«, sage ich mißbilligend zu ihr.

Sie scheucht mit dem Handrücken die Insekten in die Richtung des Garagendachs. »Das verstehe ich nicht.«

»Siggi hat behauptet: Die Zillgitts haben ihre geschichtliche Einordnung weg, Erfolg gehabt – siegreich – Streusand drauf – fertig. Und du gibst noch eins drauf: Hilflos? Ganz auf dem Nullpunkt? Sicher auch mal, geschenkt, kommt in den besten Familien vor, ohne Rückschlag kein Sieg – bloß was soll's? Die Bilanz zählt, nicht der Schnee drumherum.«

Karin stutzt einen Augenblick. Und dann lächelt sie, ungeheuer charmant, aber vor allem sehr nachsichtig. Und auch ein bißchen spöttisch. »Du interpretierst aber wakker. Und was befürchtest du? Einbuße an kommunistischem Seelenheil?«

»An Stehvermögen, Karin, an Kondition!« Meine Gereiztheit ist überwunden, ich spreche langsam und unbefangen. »Alles ist bilanziert, auch der morgige Tag, der hat gefälligst nach Plan zu verlaufen. Kampf? Was war das doch gleich? Ach ja, diese lästige Verzögerung, die es manchmal gibt, bevor der Erfolg kommt. Wird Zeit, daß man das abschafft, wie soll ich sonst meine Ergebnisse bringen?«

Und nun lacht sie richtig laut: »Klassisch: Rocki als Puritaner! Pustet meine naivsten Gesprächsfetzen auf, bis scheußliche Gedankendrachen draus werden, der Himmel ist schon ganz dunkel davon!«

Ich greife – ziemlich verstimmt – wieder zu meinen Notizen.

Karin schweigt plötzlich, ich bin nicht sicher, ob sie nachdenkt oder mich spöttisch betrachtet. Nach einer Weile steht sie auf und trägt wortlos das Geschirr ins Haus. Als sie zurückkommt, spüre ich plötzlich, wie sie hinter meinem Stuhl stehenbleibt, mir über die Schulter in mein Notizbuch sieht.

Ich wende fragend den Kopf. Der Ausdruck ihrer grauen Augen ist ernst, als mein Blick dem ihren begegnet.

»Mach man«, sagt sie und deutet mit einer leichten Kopfbewegung auf meine Aufzeichnungen. Dann streckt sie sich, verschränkt die Hände hinter ihrem Nacken und schlendert zu dem Stuhl, auf dem Siegfried gesessen hatte. »Könnte doch sein, daß du recht hast«, fügt sie hinzu, und ich bin im Zweifel, ob sie dabei nicht wieder irgendeine Stegreifrolle spielt.

Offenbar sieht sie diesen Zweifel in meinem Blick, als sie mir ihr Gesicht zuwendet. Jedenfalls meint sie auf einmal mit einem pathetischen Seufzer: »Du hattest doch damals schon immer recht!«

Aber jetzt ist es eine Stegreifrolle, und wir müssen beide lachen.

Die elektrischen Kandelaber mit den klirrenden Glasprismen brannten in dieser Nacht sehr lange. Zillgitt hatte den größten Teil der Premierenrunde gegen Mitternacht nach Hause geschickt, aber diejenigen dabehalten, von denen er hoffte, weitere Aufschlüsse zu gewinnen. Aus seinen Aufzeichnungen weiß ich, daß er um diese Zeit mit seinem Latein so ziemlich am Ende war. Ihm gegenübersitzend, bemerkte man davon freilich wenig. Er führte die Befragungen in Brautknechts Büro durch, wo ein Kandelaber der gleichen Bauart Licht spendete wie in der Gaststätte oder im Flur, nur daß er sich hier in der Gesellschaft von einem weißgestrichenen Geldschrank, einem papierüberfluteten Schreibtisch, von Schlüsselbrettern, Rollschränken und Kontor-Utensilien wie ein lächerlicher Fremdkörper ausnahm.

Am Schreibtisch saß der junge, dürre und äußerst stoische VP-Meister Selka und protokollierte; der jeweils Befragte nahm auf einem hohen gründerzeitlichen Polsterstuhl neben dem Geldschrank Platz. Er konnte an Selkas Verhalten übrigens deutlich ablesen, ob er sachdienlich aussagte oder schwätzte; im letzteren Fall schaute der VP-Meister mit großen Augen auf ein Stück Wand direkt über dem Kopf des Befragten. Als mir das bei meiner Vernehmung auffiel und ich neugierig dem Blick des Protokollanten folgte, sah ich direkt über mir, mit gotischen Buchstaben auf eine Kachel gemalt, den sinnreichen Spruch hängen: »Einer spinnt immer«, und eine dazugepinselte Kreuzspinne rückte die Geistes- und Kunsttat vollends in den Bereich des Idiotischen und Absurden.

Zillgitt befragte meist von der Fensterseite des Raumes aus, wo ein altes Stehpult an die Wand gerückt war, an das er sich lehnte; manchmal ging er auch in der Mitte des Zimmers nachdenklich hin und her.

Bei meiner Befragung war mir aufgefallen, daß Zillgitt die äußerlichen Möglichkeiten meiner Verbindung mit der Tat nicht sehr intensiv abklopfte, sondern meine Angaben, wo ich nacheinander am Abend gewesen war, gestanden, gesprochen, etwas getan oder unterlassen hatte, fast ohne Rückfragen zu Protokoll nahm. Dagegen zeigte er ein starkes Interesse an meiner Person – Elternhaus, Ausbildung, politische Entwicklung, warum ich in meinem uraufgeführten Stück Vorgänge aus dem Jahre 1813 gestalte, wie ich die FDJ-Arbeit an den Städtischen Bühnen einschätze, was ich vom Vorleben Haldewegs wisse –, alles Fragen, mit denen Zillgitt offenbar das Umfeld der Tat erschließen wollte, weil sich aus den bis dahin erhobenen Indizien kein verwendbares Bild zusammenfügen ließ, denn es gab ja erst den Verdacht eines Giftmordes; sowohl die Obduktion stand noch aus als auch der Nachweis, daß kein Selbstmord vorlag.

Vorsorglich hatte sich Zillgitt jedoch auf einer der kleinkarierten Seiten seines schwarzglänzenden Schreibbuches eine Art Aufstellung der Leute angefertigt, die nach den bisher ermittelten äußeren Umständen überhaupt als Täter hätten in Frage kommen können. Dazu gehörten zunächst alle, die mit dem Sektglas in Berührung gekommen waren, aus dem Haldeweg trank, also Brautknecht, Paul Tamm und Orelys wegen ihrer Beteiligung am Einschenken, sowie Welsch und Peter Tamm, die die Gläser in den Wintergarten gebracht hatten. Aber auch Martina Lindwurm war nicht auszuschließen, die während ihres langen Alleinseins mit Haldeweg ihm beispielsweise eine vergiftete Arznei hätte reichen können. Und ich selbst hatte den Toten gefunden, nun ja, einen Zeugen dafür, daß Haldeweg wirklich tot gewesen war, als ich in den Wintergarten kam, hatte ich nicht. Oder schließlich: Es war zwar niemand beobachtet worden, der in den letzten Minuten, bevor ich den Toten fand, in den Flur (und von dort vielleicht in den Wintergarten) gegangen war, aber mußte man diese Möglichkeit nicht in Betracht ziehen?

Drei Fragezeichen standen deshalb am Schluß von Zillgitts Liste, und sie kennzeichneten zugleich sehr treffend die Gesamtsituation. Von den äußerlichen Voraussetzungen her gab es eine ziemlich große und nicht exakt eingrenzbare Zahl möglicher Täter, aus der aber keiner durch besonders zwingende Verdachtsmomente hervortrat. Und ein Tatmotiv hatte bisher für niemanden ermittelt werden können, ja, es gab nicht einmal genügend Material, um jemandem auch nur hypothetisch eines zu unterstellen.

Ausgenommen vielleicht Brautknecht: Wenn man Klatschgeschichten für bare Münze nahm, hätte er ein Interesse daran haben können, mit einem erfolgreichen Nebenbuhler oder gar mit dem Zerstörer seiner Ehe abzurechnen.

Dr. Hopf war wohl auch nach der Ohnmacht von Frau Irma davon überzeugt, daß sich der Fall in diesem Sinn aufklären werde. Jedenfalls machte er in den Tischgesprächen kein Hehl daraus, daß nach seiner Auffassung eine baldige Verhaftung bevorstehe, und er ließ auch keinen Zweifel daran, wen er für den Täter hielt.

»Manchem wird es zu wohl«, höre ich ihn heute noch sagen, »wenn man ihm seine Schiebereien nicht nachweisen kann, und eines Tages existieren Gesetz und Recht für ihn überhaupt nicht mehr. Beim Schnapspantschen fängt es an, setzt sich bei Mord und Totschlag fort und endet bei der Konterrevolution!«

Woraufhin Harry Czech den redseligen Museumsdirektor einen Augenblick beiseite nahm und ihm mit Nachdruck zu verstehen gab, er würde sich für seine Gerüchtemacherei zu verantworten haben. Hopf holte zwar tief Atem und setzte auch schon eine weiträumige Geste an, um sein Verhalten als radikal und revolutionär zu verteidigen, unterließ es dann aber doch, sei es, daß er die Situation selbst als ungeeignet für Streitgespräche solcher Art erkannte, oder sei es, daß er sich einfach der Autorität eines Sekretariatsmitglieds in der Stadtleitung der Partei beugte. Jedenfalls vermied er fortan jede Einlassung über den mutmaßlichen Täter.

Natürlich war Zillgitt der einzigen bisher greifbaren Möglichkeit für ein Mordmotiv mit Energie nachgegangen. Er hatte die hübsche Irma Brautknecht intensiv befragt, danach ihren Mann, aber es war wenig dabei herausgekommen. Ehebrecherische Beziehungen zwischen Haldeweg und Irma wurden sowohl von dieser als auch von Arthur Brautknecht als böswilliger Klatsch bezeichnet und strikt in Abrede gestellt. Es wurde nicht bestritten, daß Haldeweg möglicherweise ein solches Ziel eine Zeitlang verfolgt habe, aber bei einer Aussprache zu dritt seien Ende April rechtzeitig die Fronten geklärt worden. Haldeweg habe sich ja dann auch mit Frau Lindwurm zusammengetan und nur rein freundschaftlich mit der Familie Brautknecht verkehrt.

Vor allem die eingelernte Art, mit der die blonde, schweigsame, zum Rotwerden neigende Irma diese Auskünfte gab, hinterließ bei Zillgitt ziemliche Zweifel, ob da die volle Wahrheit gesagt worden war. Aber im Augenblick fand sich für ihn nirgends eine Unstimmigkeit zum Einhaken, denn die äußerliche Beobachtung, daß die Eheleute Brautknecht ein ungleiches Paar waren – Irma sah ein bißchen wie eine in ein Aschenputtel verwandelte Prinzessin aus und war dabei mehr als ein Jahrzehnt jünger als der vierschrötige, selbstgefällige, nicht sehr gebildete Arthur –, bewies ja gar nichts. Ebensowenig die Ohnmacht: War es denn unnatürlich, wenn eine überarbeitete Gastwirtin bei der Nachricht schlappmachte, im Nebenzimmer sei soeben ein Gast vergiftet worden, noch dazu, wenn dieser Gast ein guter Freund der Familie war?

Als es auf eins ging, saß Zillgitt an der Schmalseite des Schreibtisches im Büro, Selka reichte ihm die vollgeschriebenen Notizblätter und spielte dabei möglichst auffällig mit seiner grünen Turf-Schachtel, in der Hoffnung, die Erlaubnis zu einer Rauchpause zu erhalten. Aber der VP-Rat verglich und sortierte die Papiere ohne aufzusehen, sein Gesicht zeigte Unzufriedenheit und Abgespanntsein, und als Selka sein Spiel gerade aufgeben wollte in der Meinung, Zillgitt bemerke es ja doch nicht, nahm dieser aus seiner Jackettasche eine Rolle Vollmilch-Drops, schob sie dem Protokollanten hin und knurrte: »Ist gesünder!«

VP-Obermeister Pfeiffer trat ein. Seine Uniform war ein deutlicher Kompromiß zwischen den Bedürfnissen seines hünenhaften Körperbaus und dem Normalangebot einer Kleiderkammer, ein Kompromiß, der aber nicht in allen Teilen zu überzeugen vermochte. Pfeiffer meldete, der Musikdirektor Gothe sei noch einmal zurückgekommen und wünsche »etwas Wichtiges anzumerken«, wie er wörtlich gesagt habe.

Zillgitt zog aus dem Protokollstapel den Zettel, auf dem sich die Notizen von Gothes Befragung befanden, ging die wenigen Zeilen rasch durch, ohne etwas Bemerkenswertes zu entdecken, und befahl schließlich, den Musikdirektor hereinzulassen.

Fridolin Gothe übertraf Obermeister Pfeiffer womöglich noch an Körpergröße und Schulterbreite, wiewohl bei ihm ein fortschreitender Fettansatz nicht zu übersehen war, besonders im Gesicht und in der Hüftgegend. Seine Vollglatze schimmerte bleich, und hinter seiner randlosen Brille glänzten große, träumerische Augen. Zu seiner schwarzen Smoking-Jacke trug der Musikdirektor eine enggestreifte Hose mit scharfer Bügelfalte und eine silbergraue Weste. Er schwappte mit seinen kleinen Schritten ins Zimmer, was bei ihm ein dezentes Wogen seiner hinteren Hüftpartien ergab, weshalb er im Private-Code zwischen Adriani und mir »der Entenbürzel« genannt wurde, während er bei seinen Orchestermusikern einfach Onkel Frido oder auch Tante Frida hieß.

»Was ich anzumerken habe, Herr Rat«, verhieß er gleich von der Tür her mit dem Bekennermut eines Bühnengeständnisses, »hat möglicherweise mit Ihrem Mordfall gar nichts zu tun. Aber es ist einfach zu exorbitant, als daß ich davon zu schweigen vermöchte. Es handelt sich um die Bodenreform.«

Selka bekam vor Staunen den Mund nicht wieder zu, aber Zillgitt bot Fridolin Gothe in aller Ruhe erst mal den Stuhl neben dem Geldschrank an.

»Tausend Dank«, floskelte der Musikdirektor wohlerzogen, schwappte zu seinem Sitz und begann mit fast weihevollem Ernst: »Sicher wissen Sie nicht, daß ich Amateur-Heraldiker bin, ja, einer der letzten.«

Zillgitt hatte die Frage auf der Zunge, ob diese Religionsgemeinschaft denn auch ordnungsgemäß registriert sei, aber Gothe präzisierte von sich aus: »Will sagen, ich bin ein Liebhaber der Wappenkunde.«

Obermeister Pfeiffer fuhr sich mit der Hand über die Stirn und schnupperte unwillkürlich, ob vielleicht eine Alkoholfahne dieses merkwürdige Geständnis erklärbar machen würde. Aber Fridolin entwickelte bereits den nächsten wunderlichen Gedanken.

»Sie dürfen es bitte nicht falsch verstehen, wenn ich sage, daß ich bis 1944 als Kapellmeister am Reußischen Theater Gera engagiert war. Ich habe dort im ›Tannhäuser‹ als erster deutscher Dirigent Original-Fanfaren eingesetzt, wissen Sie, beim Einzug der Gäste auf der Wartburg, Sie kennen das Motiv –«, und zum blanken Entsetzen Selkas sang Gothe die Stelle vor, »Wieland Wagner wollte das für Bayreuth übernehmen, aber dann kam leider der Zusammenbruch ––– ich meine, politisch gesehen mußte es natürlich so kommen, nur ja nichts für ungut, ich war immer ein Gegner des Faschismus; als ich z. B. von der Gauleitung den Auftrag bekam, mit unserem Theaterchor das Nazilied ›Es zittern die morschen Knochen‹ einzustudieren, habe ich mich einfach krank gemeldet, da gibt es heute noch Zeugen, Sie können nachfragen...«

»Sie wollten von der Bodenreform erzählen«, unterbrach Zillgitt, und Fridolin nickte beflissen: »Gewiß, gewiß. Nur bitte ich, sich freundlichst vor Augen halten zu wollen: Die Schlüsselgestalt ist Heinrich XLV. Erbprinz Reuß. Den Namenszusatz ›jüngere Linie‹ ließ man seit 1930 weg, aber alle männlichen Nachkommen in der Fürstenfamilie erhalten noch heute den Vornamen Heinrich, wobei dann eine Nummer zugesetzt wird, damit man sie unterscheiden kann. Der Erbprinz war damals das Familienoberhaupt, und er hatte in Gera auch nach der Abdankung von 1918 noch großen Einfluß, besonders im Theaterleben, wo Ixelvau – wie die Leute ihn nannten, indem sie die römische Ziffer

XLV einfach wie eine Folge deutscher Buchstaben aussprachen – ja auch große Fachkenntnisse besaß. Er war selbst als Dramaturg und Bühnenschriftsteller tätig, hatte am Reußischen Theater ganz enorme Einwirkungsmöglichkeiten und legte sehr großen Wert – und damit bin ich dicht an meinem Gegenstand – auf persönlichen Umgang mit begabten jungen Leuten aus der Musik- und Theaterwelt. Wir waren oft zum Tee auf Schloß Osterstein eingeladen, jedesmal eine kleine harmonische Herrengesellschaft – Seine Durchlaucht war nicht verheiratet –, der lockige Kammerdiener Stachon reichte in flachen chinesischen Schalen den Tee – und von hier, lieber Herr Rat, spannt sich das Band einer wundersamen Fügung bis zum heutigen Abend, ja, bis zu diesem Augenblick.«

Selka hatte es längst aufgegeben, auf die Kachel mit der Kreuzspinne zu schauen; er sah zu Zillgitt hinüber, in ungeduldiger Erwartung des Auftrags, den Provokateur zu verhaften oder zumindest die Nervenklinik Professor Roßteuschers anzurufen.

Aber der VP-Rat hatte sich offenbar in die Gothesche Erzählweise hineingehört: Hier wurde keine Gedankenkette entwickelt, hier wurde ein Bild gemalt, wo der Pinsel bald an dieser, bald an jener Stelle Farben auftrug, man konnte noch gar nichts erkennen, aber am Schluß würde auf einmal der große Zusammenhang sichtbar werden, und Zillgitt war entschlossen, auf diesen Augenblick zu warten, selbst auf das Risiko hin, daß Gothes Bild sich für die Untersuchung als unbrauchbar erweisen sollte. Aufblickend, winkte er nur dem Genossen Pfeiffer zu gehen, was der sich nicht zweimal bedeuten ließ, mahnte dann aber Gothe für alle Fälle doch, nun langsam zum Schluß zu kommen.

»Oh, da muß ich mich sputen«, meinte der mit diensteifriger Miene, »vielleicht kürze ich ab, wenn ich gleich offen zu Protokoll gebe: Ich habe eine Schwäche für schöne Manschettenknöpfe. Der Erbprinz trug bei unseren Tees auf Schloß Osterstein die schönsten, die ich je gesehen habe: Mexikanischer Feueropal, kreisrund, mit goldener Krallenfassung, und in den roten Stein das Stammwappen seines Hauses eingeschnitten, ein schreitender, gekrönter und bewehrter Löwe, und auf dem Helm, der über dem

Wappenschild liegt, ein gespaltener Brackenrumpf. Ich erzähle das so genau, damit ich Sie überzeugen kann: Ich weiß, was ich sage, und als Heraldiker sitze ich da auch keinem Irrtum auf. Denn die Quintessenz meiner langen und labyrinthischen Einlassung ist unglaubhaft und zugleich rätselvoll: Ich habe heute abend einen von diesen Manschettenknöpfen Heinrichs XLV., zum Ring umgearbeitet, bei einem Ihrer Tatzeugen wiedergesehen. Obwohl das eigentlich gar nicht möglich ist! Denn der fürstlich reußische Besitz ist beim Zusammenbruch nicht geplündert oder verstreut worden; er verfiel komplett der Beschlagnahme, als der Erbprinz verhaftet wurde, weil er die Fremdarbeiter und Kriegsgefangenen, die er auf seinen Gütern hielt, wohl doch zuweilen etwas unmenschlich behandelt hat, nun ja, man kann halt in keinen Menschen hineinsehen. Ich wollte nur erläutern: Es ist exorbitant, eine so ungeheuer wertvolle Gemme – bedenken Sie, mexikanischer Feueropal! – an der Hand von Frau Geißner hier wiederzufinden, obwohl sich die Stücke von Rechts wegen spätestens seit der Bodenreform doch in irgendeinem Staatsschatz oder Museum befinden müßten.«

Es trat eine fühlbare Stille ein, und Zillgitt nickte in raschem Rhythmus nachdenklich vor sich hin. Schließlich fragte er: »Haben Sie Frau Geißner Ihre Verwunderung merken lassen?«

»In gar keiner Weise«, beteuerte Fridolin und preßte die fleischigen Finger seiner Rechten gegen die Brust.

»Sie haben über den Ring mit ihr nicht gesprochen?«

»Ich vermied es, weil Dr. Hopf dabeisaß, der bei mir immer reaktionäre Gesinnungen vermutet, wenn ich im Gespräch heraldische Gegenstände berühre.«

»Gut. Erwähnen Sie bitte auch weiterhin nichts von der Sache. Ich werde ihr nachgehen, notfalls auch unabhängig vom heutigen Mordfall.«

Der Musikdirektor wollte sich verabschieden, doch Zillgitt hielt ihn noch einen Moment zurück.

»Sagen Sie, wieviel ist wohl die Gemme im Augenblick wert – nach Ihrer Meinung?«

Fridolin spitzte sein Mündchen und sah mit schiefgehaltenem Kopf nachdenklich zur Decke. »Ich bin kein echter

Fachmann, wissen Sie, aber spontan würde ich sagen wollen: Zwei- bis dreitausend West, also das heißt, ich meine – –«

Und mit Redeeifer und Gestenreichtum suchte er seinen politischen Schnitzer vergessen zu machen. »Bitte, verstehen Sie mich richtig – bei uns wird so etwas nicht gehandelt – die Menschenschicht, die Gelder in Schmucksteinen anlegt, ist – wie soll ich sagen – bei uns nicht am Zuge; da bezieht man ganz unwillkürlich die Preisvorstellungen von woanders her…«

»Also zwei- bis dreitausend. Gute Nacht, Herr Gothe. Ich danke Ihnen für Ihre freiwillige und umsichtige Mitarbeit.«

»O bitte – keine Ursache.« Und mit einem Gutenachtgruß, der aus erleichtertem und zufriedenem Herzen kam, schwappte Fridolin hinaus.

Zillgitt stand auf und wanderte schweren Schritts durch den Raum. Selkas verhaltene Ungeduld spürend, rief er ihm aufmunternd zu: »Na los! Jetzt kannst du dir Luft machen!«

Und der VP-Meister schlug einen Quittungsblock, den er gerade zu fassen bekam, mit Genuß auf die Schreibtischplatte, daß es knallte.

»So ein Fatzke! Wappenkunde – Seine Durchlaucht – es kam leider zum Zusammenbruch – nichts für ungut – man kann in einen Kriegsverbrecher ja nicht hineinsehen – aber Preisvorstellungen hat man in ›West‹ und das schönste: Der ganze Mottenfraß hängt mit unserem Fall überhaupt nicht zusammen! Und so was dirigiert große Orchester! Also das sage ich gleich: In ein Konzert kriegt man mich höchstens noch mit striktem Parteiauftrag!«

Zillgitt blieb vor dem Schreibtisch stehen. »Rauche erst mal eine Turf, würde ich sagen. Das dämpft die Erregung.«

In Windeseile machte Selka von der unverhofften Erlaubnis Gebrauch. Seine nächste Bemerkung klang auch schon wesentlich ruhiger.

»Regt Sie dieser Mensch etwa nicht auf?«

Zillgitt lachte. Und er lehnte sich gegen das Stehpult, ehe er antwortete.

»Keine Frage. Aber gerade dann machst du meistens die

dicksten Fehler. Weil du dich aufregst. Und nicht stur genug nach den Fakten fragst.« Und als wollte er Selka in seine Gedankengänge mit hineinholen, setzte er sich wieder an die Schmalseite des Schreibtischs und rückte mit seinem Stuhl ganz nahe heran. »Was sind die Fakten? Unser Fridolin ist nicht einverstanden, daß man ein wertvolles Stück Volkseigentum beiseite gebracht haben könnte, das von Rechts wegen – seine eigenen Worte – in unseren Staatsschatz gehört. Deshalb kommt er. Freiwillig. Na sicher: Was der Mann redet, ist unterm Strich. Aber was er tut? Und wonach werte ich nun – als Kommunist? Bitte! Entscheide mal.«

Selka, der seit der Annäherung seines Vorgesetzten konzentriert die brennende Turf betrachtet hatte, warf auf Zillgitt einen ganz kurzen, prüfenden Blick, an dem unschwer abzulesen war, daß er den Gedankengang des Alten für aufweichend und versöhnlerisch hielt. Aber er sprach nicht darüber, sondern meinte nur: »Na schön, aber mit dem Fall Haldeweg...«

»...hat die Gemmengeschichte keinen Zusammenhang. Sicher. Nur muß man hinzufügen, daß man noch nicht einmal das mit Entschiedenheit sagen kann – so wenig wissen wir über den Fall.«

Die Tür wurde geöffnet, und in offensichtlicher Erregung stolperte Obermeister Pfeiffer herein. »Genosse Rat! Der Diensthabende bittet Sie sofort in die Bereitschaft. Der Polizeipräsident will Sie sprechen. Über Direktleitung!«

»Jetzt? Na, Petri Heil!« Zillgitt erhob sich, ordnete an, auf weitere Anweisungen von ihm zu warten, und folgte Pfeiffer hinaus.

»Mitten in der Nacht«, brummte er den Fahrer an, als er in den grauen Pobeda stieg. Im stillen aber hoffte und spekulierte er darauf, daß Otto Marquardt, der Polizeipräsident, ihn wegen bestimmter Hintergründe oder Verkettungen des Falles sprechen wollte und er so wenigstens einen Anhaltspunkt dafür erhalten würde, von welcher Seite her eine Tataufklärung sinnvoll in Angriff zu nehmen war. Denn Sir Otto, wie sie im Amtsgebäude am Külz-Platz den einstigen Seidenweber und jetzigen Polizeipräsidenten wegen seiner Fähigkeit nannten, in seinem einzigen Anzug immer gepflegt und gediegen auszusehen, würde sich wegen einer Bagatelle ja nicht aus dem Bett klingeln lassen!

Aber als Zillgitt dann am Schreibtisch des Diensthabenden stand und aus dem weißen Hörer des Direkttelefons die Stimme Otto Marquardts vernahm, ergab die Information, die er erhielt, durchaus keine nutzbaren neuen Gesichtspunkte zur Einordnung oder gar Lösung des Falles. »Paß mal auf, Rudi, die Sache ist die...«

Zillgitt mußte dabei unwillkürlich lächeln. Über harte Jahrzehnte hinweg war Marquardt dieser Einleitungsformel treu geblieben. Er hatte sie schon in ihrer gemeinsamen RFB-Zeit gebraucht, und mit besonderer Vorliebe, wenn es einen sehr komplizierten Einsatzauftrag zu erläutern galt. Aber so kompliziert wurde es diesmal gar nicht. Sir Otto sprach davon, daß man ihn sowohl von seiten der Landesregierung als auch aus Berlin angerufen und seine Unterstützung erbeten habe. Aus besonders vertraulichen Gründen – die er deshalb auch selbst nicht kenne – nehme das Ministerium für Staatssicherheit Anteil an dem Mordfall in der »Sonne«. Aber der Fall insgesamt gehöre nach Auffassung der dortigen Genossen nicht in ihren Arbeitsbereich. Es genüge ihnen zunächst, wenn sie ständig über den Untersuchungsfortgang informiert würden. Er, Marquardt, habe vorgeschlagen, daß ein Genosse aus der entsprechenden Dienststelle des Ministeriums selbst an der Untersuchung teilnehmen und an Ort und Stelle die benötigten Informationen auswählen solle. Das sei akzeptiert worden, und Rudi Zillgitt müsse nun gewährleisten, daß dieser Genosse stets auf dem laufenden sei. Unter dieser Maßgabe könne er ihn durchaus in die praktische Ermittlungsarbeit einbeziehen. Ob er, Zillgitt, dazu Bemerkungen habe?

Der VP-Rat hielt nachträgliche Bemerkungen für vertane Zeit. Auch für nicht erforderlich. »Wenn ihr es so abgesprochen habt, werde ich es so durchführen«, sagte er. »Der Fall selbst macht mir Sorgen. Bisher absolut wasserdichte Sache, kein Anhaltspunkt, kein Motiv!«

»Sind die Künstler sehr schwierig?«

»Eigentlich nicht. Sie reden länger als andere Leute und sagen weniger dabei, aber es klingt interessanter.«

Marquardt lachte, wünschte gute Kondition und viel Erfolg und beendete das Gespräch.

Bei dem Gedanken daran, daß Sir Otto sich jetzt wieder in einem schönen weichen Bett ausstrecken konnte, wurde sich Zillgitt bewußt, daß er noch frisch und gar nicht schlafbedürftig war, und wunderte sich darüber. Er sah zur Uhr: Es ging auf zwei. Hunger hatte er, ja, aber als er sich vergegenwärtigte, daß es in der winzigen Nachtverkaufsstelle des Präsidiums nur die beliebten markenfreien Fischbrötchen gab, war er ganz sicher, sich in dem Hungergefühl getäuscht zu haben.

Erst jetzt fiel ihm Marquardts Bemerkung auf, auch ihm seien die Gründe für das Interesse unbekannt, das die Genossen von der Staatssicherheit am Fall Haldeweg hatten. Bei seiner langen Kampferfahrung war es Zillgitt klar, daß eine so konsequente Geheimhaltung auf eine ganz besondere Bedeutsamkeit bestimmter Umstände oder Hintergründe des Falles schließen ließ. Er fühlte sich nicht sehr wohl in solch einem Verstricktsein, ertappte sich sogar beim Herumrätseln, wo diese Bedeutsamkeit vielleicht liegen könnte, und scheuchte diese Gedanken zornig aus seinem Bewußtsein, denn kaum etwas war ihm verhaßter als vages Mutmaßen und Spekulieren.

Oberkommissar Schindler, der Diensthabende, ordnete noch immer mit Akribie die Schnur des Direkttelefons, die Zillgitt beim Auflegen des Hörers verdreht hatte, als der Hausapparat klingelte.

»Moment, Sie können ihn selbst sprechen«, sagte der Oberkommissar zu dem Anrufer und winkte Zillgitt an den Schreibtisch.

Die laute und fröhliche Stimme Pfeiffers war zu vernehmen: »Zwei Meldungen, Genosse Rat! Erstens: Wir haben eine geleerte gläserne Ampulle sicherstellen können, zirka fünf Zentimeter lang, vermutlich die Giftampulle.«

»Wo?«

»In einer leeren Sektflasche, die auf dem Fensterbrett hinter dem geschlossenen Vorhang stand, auf dem Gang vor Brautknechts Büro.«

»Spuren sichern, und in das Labor mit dem Ding!«

»Bereits veranlaßt. Das Labor hat übrigens – zweite Meldung – gerade selbst angerufen. In dem halbleeren Schnapsglas von Haldeweg, das auf dem Erkertisch stand, haben sie Zyanid festgestellt und auf dem Rand des Glases auch seine Lippenspuren. Er ist also vergiftet worden, noch bevor er in den Wintergarten ging. Bericht kommt schriftlich.«

»Schon am Erkertisch?« Zillgitt schwieg ein paar Sekunden, bis er – wenigstens provisorisch – eine Einstellung zum völlig veränderten Tatbild gefunden hatte. Dann knurrte er: »Na, wenigstens etwas Handfestes. Danke. Schicken Sie die Tatzeugen jetzt nach Hause, ich werde sie im Laufe des Tages befragen. Aber vergessen Sie nicht das Dankeschön! Und ihr selbst macht dann auch Schluß. Selkas Protokolle brauche ich bis um neun. Gute Nacht!«

Zillgitt bemerkte es nicht, wie Oberkommissar Schindler auch diesmal wieder die verdrehte Schnur des Hörers entwirrte und ordentlich hinlegte, obwohl es jetzt mit leichtem Unwillen geschah, der sogar auf ein Bemerktwerden berechnet schien. Er setzte sich an einen Schreibmaschinentisch auf den Drehstuhl, wiegte sich ein bißchen hin und her und überlegte. Wenn man Haldeweg bereits am Erkertisch vergiftet hatte, veränderte sich der Kreis der möglichen Täter erheblich. Martina Lindwurm – beispielsweise – schied aus, aber kam vielleicht jemand hinzu? Wer? Die Protokolle waren neu zu durchforsten, gegebenenfalls mußte man die Zeugen noch einmal neu befragen. Und die Ampulle? Sie war versteckt worden, nachdem zumindest eine der Sektflaschen leer war. Zu dieser Zeit saß aber Haldeweg draußen im Wintergarten, konnte das nicht getan haben. Also schied Selbstmord beweiskräftig aus. Das war immerhin schon ein reelles Anfangsergebnis. Und obwohl er durch das alles beileibe noch kein solides und sicheres Startfundament gewonnen hatte, fühlte sich Zillgitt plötzlich an Tatkraft und Zuversicht wieder gestärkt. Mit einem Ruck stand er auf und schritt zum Garderobenständer, wo sein blaugrauer Wettermantel hing, um sich Schreibbuch und Drehbleistift zu holen.

Und während er die Fragen und Aufgaben für den kommenden Arbeitstag recht gut gelaunt zu notieren und durch vorgesetzte Ziffern zu ordnen begann, waren in der

»Sonne« die letzten Premierengäste in einem ziemlich freudlosen Aufbruch begriffen.

Ich weiß noch, daß ich sehr fror, als die Eichentür mit dem Kastenschloß hinter mir zufiel und ich auf der mondhellen Altstadtgasse stand.

Die Tamms waren mit Orelys gleich im Laufschritt davongestürmt, in der Hoffnung, die einzige Straßenbahn noch zu erreichen, die nachts vom Thälmann-Ring bis ins Südstädtische Depot fuhr. Welsch, Frau Lindwurm und Etappen-Hase wandten sich dem Mühlgraben zu, um über die Cyriaksbrücke und das zerbombte Bastei-Viertel in die Bahnhofsgegend zu gelangen, in der ihre Wohnungen lagen.

Ich ging mit Harry Czech durch die enge mittelalterliche Vikariatsgasse zur Esplanade, der großen Geschäftsstraße im Zentrum. Von dort war es dann nicht mehr weit bis zu unseren Behausungen im Schloßviertel. Wir sprachen wenig, hatten die Kragen unserer Sommermäntel hochgeschlagen und die Hände tief in den Taschen versenkt. Ich mußte dabei aufpassen, daß mir von meinen unter den Arm geklemmten Blumensträußen keiner herausfiel. Harry nickte dem sternklaren Himmel zu und meinte, wenn sich die Wolkenlosigkeit halte, müßte der heutige Kampfappell ein voller Erfolg werden.

Ich fragte ihn, ob er auf der Kundgebung sprechen werde, und er spottete freundschaftlich über den Herrn Jugendfreund Künstler, der von den Wolkenhöhen seiner Uraufführung aus profane Zeitungszeilen wohl nicht mehr entziffern könne. Im VOLKSECHO sei der genaue Ablauf mehrfach ausgedruckt gewesen. Ein Sekretär des Zentralrats werde sprechen und er, Czech, eine Erklärung der Jugend zum Volkskammerappell an den Bundestag verlesen und zur Abstimmung bringen.

In der Esplanade, wo die Straßenbeleuchtung wieder vollständig intakt war, sahen wir an den Fahrbahnrändern bereits die Fahnen und Transparente für den Aufmarsch, und auch als wir in die weit dunklere Gradnauer Straße einbogen, entdeckten wir dort Losungen und Girlanden. Harry nahm besonders die Klinkermauern des alten Friedhofs »Unserer Lieben Frauen« in Augenschein, weil dort – wie er erzählte – im Frühjahr ein Dummkopf oder Provokateur »Alle heraus zum 1. Mai!« angepinselt hatte; aber es gab diesmal nichts zu beanstanden.

Als wir uns den Eingangstoren des Friedhofs näherten, die hinter einem verwahrlosten Blumenrondell rechts und links von der zerbombten Kirche »Unserer Lieben Frauen« lagen, schob plötzlich ein Mann aus dem Rondellweg ein Motorrad auf die Straße, startete und fuhr knatternd davon. Er trug einen Lederolmantel, Schirmmütze und Schutzbrille, und wir rätselten verwundert, während wir an dem Rondell vorbeigingen, was er mitten in der Nacht vor dieser Kirchenruine gesucht oder getan haben könne. Da sahen wir, wie der Motorradfahrer, der sich in unserer Wegrichtung von uns entfernt hatte, auf einmal wendete und auf der anderen Straßenseite wieder auf uns zukam. In mäßigem Tempo fuhr er an uns vorbei, beschleunigte dann und verschwand in Richtung Esplanade.

Harry hatte das Gefährt genau beobachten wollen, als es sich näherte, ich hingegen wich instinktiv, weil der Scheinwerfer uns immer stärker anleuchtete, dem Geblendetwerden aus und wandte mich um. Dadurch fiel mein Blick auf das Rondell, das plötzlich für ein oder zwei Sekunden ebenfalls voll in die Helligkeit des Kradscheinwerfers getaucht war. Und in diesen Sekunden sah ich dort einen zweiten Mann. Er stand am Gitterpfeiler des Friedhofseingangs, trug einen dunklen Trenchcoat und eine Baskenmütze und starrte angestrengt zu uns hin. Um seine Augen vor dem anschwellenden Licht zu schützen, hielt er sich eine Hand vor das Gesicht, und in der offensichtlichen Sorge, von mir gesehen worden zu sein, jagte er plötzlich davon, gleichfalls in Richtung Esplanade, mit kurzen, hastigen, ungelenkigen Laufschritten.

Ich habe mir später oft Vorwürfe gemacht, weil ich Harry Czech, der durch das Licht völlig geblendet war und von all dem nichts bemerkte, meine Beobachtung nicht sofort mitgeteilt hatte. Aber einerseits war ich zu sehr verwirrt von dem Gesehenen, andererseits fühlte ich mich wohl verpflichtet, mir erst selbst eine befriedigende Erklärung – die es einfach geben mußte! – zu verschaffen.

Denn der zweite Mann, der sich hier offenbar mit dem

Motorradfahrer getroffen hatte und bei meinem Anblick so hastig davonlief, war niemand anders als Erwin Puppenmacher.

III.

Adrianis Sohn Thomas nennt mich, seit er sprechen kann, Onkel Rocks. Das hat mir nie gefallen, aber heute, da er als Offiziersschüler der Grenztruppen neben mir in der S-Bahn sitzt, finde ich es einfach anachronistisch. »Laß, zum Teufel, den Onkel weg«, sage ich ärgerlich; aber er lacht mich schadenfroh aus.

Nach einer ritualgewordenen Gewohnheit haben wir uns spätnachmittags aus seinem Elternhaus davongemacht, um im Stadtzentrum vor dem Premierenbesuch zu Abend zu essen. Als er noch in die achte Klasse ging, hatte Thomas einmal altklug formuliert: Lampenfiebernde läßt man so allein wie irgend möglich; und seitdem halten wir beide uns daran.

»Was hast du gegen das schöne Wort Onkel?« fragt er naiv. »Drückt es nicht eine liebevolle Beziehung zum Erbe aus?«

Natürlich durchschaue ich das Scherzhafte dieser Provokation, aber die Pointe ist zu gut gezielt, als daß sie mich nicht träfe.

Er aber lacht nur noch übermütiger, bis im Abteil vor uns ein riesiger violetter Damenhut in Bewegung gerät und wir uns nachdrücklich durch ein dezidiertes Befremdetsein in einem stark geschminkten Rentnerinnengesicht kritisiert sehen.

»Siehst du, das Erbe meldet Protest an«, sage ich leise und bringe Thomas damit nur noch mehr aus der Fassung, und es dauert bis zur nächsten Station, ehe er wieder ansprechbar ist.

»In Militärgeschichte«, erzählt er schließlich, »haben wir einen ganz jungen Major, der in keinem Seminar die Ermahnung fehlen läßt: Genossen, fallen Sie nicht auf ihr flaches Geschichtsbild herein! Langsam dämmert es mir, was er da offenbar meint. Zuviel Onkel-Porträts im geistigen Rucksack, zu wenig festen Proviant; selber essen ist nichts, nur die Kochrezepte schleppt man brav durchs Gelände. Doch, das hängt meiner Generation ein bißchen so an. Das heißt, ihr, Onkel Rocks, habt uns darauf eingepegelt. Speziell mein alter Herr hält da manchen Rekord. Heute abend wirst du es wieder sehen: Den ollen Goethe und seine Gestalten läßt er nicht auf die Bühne, oder er stellt sich – bildlich gesprochen – daneben und warnt alle zwei Minuten: Für die Richtigkeit dieser Angaben übernehmen wir keine Gewähr! Wirklich: Seine Schauspieler spielen eigentlich immer Fußnoten zur Sache, um Himmels willen nicht die Sache selbst. An den Geheimrat lassen sie dich nicht heran. Aber man möchte sich vielleicht auch mal eigene Fußnoten einfallen lassen und nicht nur die fertigen vom alten Herrn konsumieren.«

Ich schaue schon geraume Zeit aufmerksam auf das helle, rundliche Gesicht meines Nachbarn, das mehr an die Mutter erinnert als an den Vater; ich schaue intensiver, als ich zuhöre. Denn das Bemerkenswerte an dem, was Thomas sagt, ist mir die Art, wie er es sagt, eine heitere Art, fast eine gönnerhafte, als spräche er freundlich von einer kleinen Schrulle, die sich bei Leuten über Vierzig mitunter ausbildet und auf die der Jüngere sich halt einstellen muß. Das gefällt mir sehr, und beinahe muß nun ich wieder lachen, weil mir Frau Schaade-Unschlitt in den Sinn kommt (Vorkämpferinnen führen zumeist Doppelnamen), eine nahezu fleischlose Dramaturgin, die mich kürzlich für ein »Theater der sozialen Kommunikation« einzunehmen suchte und dabei mangelhafte Geschichtseinsichten der Jugend mit einer so aufgescheuchten Verzweiflung beklagte, als läge nunmehr die Weltrevolution im Sterben und drohe ausgerechnet sie als Witwe zurückzulassen.

Auf der Station Warschauer Straße weist mich Thomas mit einer Kopfbewegung auf die blauweißroten Plakate zum »Egmont« hin, die dort klebefrisch eine Werbetafel bedecken. Und plötzlich fällt ihm etwas ein, und er setzt sich mit einer raschen Bewegung zu mir herum. »Auch von dem Werdegang meines alten Herrn kenne ich bloß die Fußnoten. Wenn du jetzt über eine Sache schreibst, bei der er vorkommt, grabe doch dabei ein paar Knüller aus, daß ich mir Old Siggs einmal hautnah vorstellen kann, wie er war, als er noch nicht old war und noch nicht alles wußte!«

»Noch nicht alles wußte?« Ich wiederhole die Wendung mechanisch und bin einen Augenblick lang hilflos, weil Thomas von den Jugendsünden meiner Generation so gar nichts zu wissen scheint. Kennt er wirklich nur unser Erfolgsregister? »Genosse, fallen Sie nicht auf ihr flaches Geschichtsbild herein!« zitiere ich schließlich mit einem resignierenden Auflachen. »Wenn es bei uns einen Mangel gab, betraf der eher das Gegenteil. Wir wußten nicht zuwenig, sondern manchmal zuviel, nämlich angeblich alles, und vor allem alles besser!«

Voll ironischen Zweifels lehnt sich Thomas zurück und dreht abwehrend seine linke Hand in der Luft. »Legenden, Legenden! So maßvoll und protokollfest, wie eure Jahrgänge sind – so etwas formt sich doch in der Jugendzeit! Ich sage dir, Onkel Rocks: Wenn du mir in deiner Geschichte meinen alten Herrn als Stürmer und Dränger beglaubigen kannst, ich würde mich schlankweg verpflichten, dich nicht mehr ›Onkel‹ zu nennen.«

»Ein verlockender moralischer Hebel«, sage ich und versuche, mich auch so heiter zu geben, wie Thomas es ist, aber im Innersten kann ich zum ersten Mal Frau Schaade-Unschlitts Verzweiflung, ohne sie zu teilen, wenigstens an einem Zipfel begreifen.

Die sonntägliche Vormittagsruhe, die über Steinfurth lag, machte Oberleutnant Weidenbruch zu schaffen. Er war müde. Der Befehl, im Auftrag seiner Dienststelle sich unverzüglich in diese Stadt zu begeben, hatte ihn mitten in der Nacht ereilt, auf der Bahnfahrt war er wegen der Enge im überbesetzten Zug nicht zum Schlafen gekommen, und als er jetzt neben Zillgitt auf den weichen Polstern des Pobeda saß und einem ihm unbekannten Ziel entgegenfuhr, mußte er alle Willenskraft anspannen, damit ihm die Augenlider nicht zufielen.

Zillgitt bemerkte den heroischen Kampf seines Nachbarn und schmunzelte nachsichtig. In dem jungen Gesicht Weidenbruchs nahm sich das heftige Ringen zwischen Konzentrationsabsicht und Müdigkeit besonders dramatisch aus.

»Du mußt entschuldigen.« Der Oberleutnant spürte Zillgitts Blick und riß sich für einen Augenblick zusammen. »Es ist nicht nur die schlaflose Nacht. Wir hatten gestern Sporttag, und ich trainiere als Zehnkämpfer. Bei meiner Länge, sagt man, wäre ich der ideale Typ dafür.«

»Hoffentlich lösen wir unseren Fall schnell genug, sonst kommst du aus dem Trainingsrhythmus.«

»Na ja.« Weidenbruch ordnete umständlich seine langen Beine zu einer neuen Sitzhaltung, die ihm eine bessere Kampfposition gegen die Müdigkeit gewährleisten sollte. »Andererseits bin ich hier zum ersten Mal an einer Tataufklärung beteiligt. Bisher habe ich vorwiegend Schulbänke gedrückt. Mit dreiundzwanzig möchte man endlich mal in die Praxis. Das ist mir wichtiger als alles andere.«

Wieder begann sein Blick sich zu verschleiern, und er veränderte vorsorglich seine Sitzhaltung ein weiteres Mal, aber inzwischen war der Pobeda in der Gneiststraße angekommen und hielt vor einem der hohen Reihenhäuser aus der Zeit um die Jahrhundertwende.

Lustigerweise wohnte die schmuckliebende Rafaela Geißner direkt über einem Juweliergeschäft. Sie war ziemlich erschrocken über Zillgitts Besuch, musterte Weidenbruch mißtrauisch, führte dann aber beide in ein riesiges, hohes Zimmer, das zur Hälfte als Atelier, zur Hälfte als Wohnraum diente. Obwohl sie eine leinene Kittelschürze und Turnschuhe trug, klapperten mehrere Armbänder an ihren Handgelenken, und Bernd Weidenbruch sah beinahe fasziniert auf die vielen Ringe an ihren Fingern, unter denen sich aber der mit der roten reußischen Gemme nicht befand.

Rafaela Geißner komplimentierte ihre Gäste in schwere Ledersessel, die zu dritt um einen mit Flaschenetiketts beklebten niedrigen Tisch standen, und der Tisch gab Zillgitt gleich einen willkommenen Anknüpfungspunkt für die Fragen, die er stellen wollte.

»Wegen der Flaschenetiketts bin ich gekommen, oder genauer wegen der Sektflasche, die Ihnen gestern Herr

Tamm überlassen hat. Ich wollte Sie bitten, mir noch einmal genau den Vorgang zu schildern. Wann baten Sie Herrn Tamm um die Flasche?«

»Als er einzugießen begann.« Die Grafikerin stand noch einmal auf, um an einem der vier hohen Fenster die leuchtendgelbe Übergardine zuzuziehen, weil die einfallende Sonne Weidenbruch blendete, und der Oberleutnant dankte ihr für diese Aufmerksamkeit mit einem freundlichen Neigen des Kopfes.

»Ich sammle, wie Sie sehen, nur fremdsprachige Etiketts, und da noch keine russischen darunter sind, kam mir beim Knallen des Pfropfens der Gedanke, die Brüder um die leere Flasche zu bitten.«

»Und das taten Sie auch sofort?«

Rafaela zuckte etwas ungeduldig mit den Schultern. »Ja! Ich ging zur Theke und fragte!«

Zillgitt schlug sein Schreibbuch auf und notierte etwas. »Das ist der Punkt, Frau Geißner. Wer konnte die Frage mit anhören?«

Die Antwort kam rasch und sicher und ohne jede Überlegungspause. »Zunächst Peter Tamm, Paul Tamm und Fräulein Orelys, die mir auf der Innenseite der Theke direkt gegenüberstanden, dann Herr Welsch, der links neben mir die Gläser bereitstellte, wahrscheinlich Herr Brautknecht – er trocknete sich, vor der Gläserspüle stehend, gerade die Hände ab –, und eventuell noch der dicke Musikmensch am Plattenspieler, Bodo van Bergern. Sonst niemand. Ich mußte einen Augenblick warten, bis die Flasche leer war, konnte mich also in Ruhe umsehen, und mein optisches Gedächtnis hält alle Situationen ziemlich exakt fest. Das hängt sicher mit meinem Beruf zusammen. Ich könnte Ihnen genau aufzeichnen, was ich in dieser Minute sah, wo die Leute sich aufhielten, wie die Gläser standen und so weiter.«

»Beneidenswert«, meinte Zillgitt und versuchte vergeblich, Bernd Weidenbruch mit einem Blick zur Ordnung zu rufen, der offenbar der Befragung mit seinen Gedanken überhaupt nicht folgte, sondern intensiv die zahlreichen Entwürfe, Plakate und Zeichnungen betrachtete, die zu vielen Dutzenden die Wände bedeckten. Die Geißner berührte dieses Interesse natürlich angenehm, und während sie dem unausgesetzt mitschreibenden VP-Rat mitunter fast hochfahrend antwortete, schenkte sie dem Oberleutnant, wenn ihr Blick einmal dem seinen begegnete, sogar ein freundliches Lächeln.

Zillgitt kniff die Brauen zusammen und fragte ärgerlich weiter. »Aber wie wollen Sie einschätzen, wie weit Ihre Stimme trug? Können Sie ausschließen, daß zum Beispiel durch die geöffnete Durchreiche hindurch – sagen wir – Frau Brautknecht Ihre Bitte mithörte oder hinter Ihnen am ersten Tisch vielleicht Fräulein Puppenmacher?«

»Ich schließe gar nichts aus«, erwiderte die Geißner ziemlich gereizt, und im Unmut wurden bei ihr tiefe Stirnfalten sichtbar. Wenn sie sich ärgert – kam es Zillgitt in den Sinn –, sieht sie wirklich so alt aus, wie sie ist, und plötzlich bemerkte er auch, daß ihre langen glatten Haare künstlich nachgedunkelt waren und die Haut an ihrem Hals schlaff zu werden begann, obwohl Rafaela sonst ihre fünfzig Lebensjahre recht geschickt zu verleugnen verstand.

»Wer es darauf anlegt, kann immer mit anhören, was in Gesellschaft gesprochen wird. Ich vermag Ihnen nicht mehr zu sagen, als ich definitiv weiß, und dachte, das wäre in bezug auf solch einen Nebenumstand, über den Sie mich ausfragen, doch eine ganze Menge gewesen.«

Zillgitt preßte die Unterlippe über die Oberlippe, sah zur Seite und nickte ein paarmal stumm, was bei ihm bedeutete, daß er sich nicht merken lassen wollte, wie sehr ihn die Arroganz der Geißner aufbrachte.

»Wo haben Sie die Flasche gelassen?« fragte er schließlich langsam und sah die Grafikerin mit undurchdringlicher Strenge an.

Sie zog sich sofort wieder hinter einen verbindlichen Konversationston zurück.

»In dem Gang vor Herrn Brautknechts Büro ist ein Fenster. Dort habe ich sie hinter die Gardine geschoben. Kurz nachdem Peter Tamm sie mir gegeben und ich sie mir ausgiebig betrachtet hatte.«

»Hat nach Ihrer Beobachtung jemand gesehen, wie Sie die Flasche versteckten?«

»Nein. Ich war allein im Gang. Dieses junge Talent von

den Städtischen Bühnen war gerade im Büro verschwunden, dieser Jüngling, der uns gestern das pathetische Drama beschert hat. Ich wollte – nun – den für Damen reservierten Raum aufsuchen und empfand es als absolut unpassend, die Flasche dorthin mitzunehmen. So stellte ich sie hinter den Vorhang auf die Fensterbank. Kurzentschlossen, wie das manchmal so kommt.«

»Und die Flasche war leer?«

Nun sah die Geißner wieder sehr befremdet auf den VP-Rat, und in ihrer Antwort lag jene aggressive Exaktheit, mit der man dämliche Fragen bestraft. »Sie werden es nicht glauben: Die Brüder Tamm hatten mir keinen Sonder-Sekt dringelassen!«

Zillgitt nahm die Haltung eines Vaters an, der ein störrisches Kind beruhigt. »Ich dachte nicht nur an Flüssigkeit. Es könnte sich ja auch ein fester Gegenstand in der Flasche befunden haben.«

Nun stutzte Rafaela doch. Die Erwägung war so außergewöhnlich – die kam nicht aus der blauen Luft. Unsicher rückte sie auf die andere Seite des Sesselsitzes, wandte sich zum ersten Mal diesem »Anglerveteran mit dem Schillerkragen«, wie sie Zillgitt für sich klassifiziert hatte, voll zu.

»Nein, die Flasche war wirklich leer. Ich habe sie sogar gegen das Licht gehalten, weil mich die Wölbungsart ihres Bodens interessierte. Wieso? Ist in der Flasche etwas gefunden worden?«

»Eine leere Glasampulle, ja. Mit deren Inhalt Herr Haldeweg vermutlich vergiftet wurde.«

»Ach so«, sagte die Geißner bestürzt und war plötzlich ganz ernst, leise und hilfsbereit.

»Daß Herr Tamm Ihnen die Flasche gab und Sie mit ihr im Gang vor dem Büro verschwanden, hat wahrscheinlich jeder bemerken können, sofern die Theke in seinem Blickfeld lag?«

Die Geißner nickte. Sie bestätigte auch, daß jeder Anwesende gesehen haben konnte, wie sie nach wenigen Minuten ohne die Flasche wieder ins Gastzimmer zurückkam. In diesem Augenblick seien ohnehin alle Blicke auf die Theke gerichtet gewesen, weil mit einem lauten Knall der Pfropfen einer weiteren Flasche gegen die Decke flog. Sie sei dann zu Herrn Welsch gegangen, und der habe sie gebeten, für sich und für Ernst Kloppe je ein gefülltes Glas mitzunehmen. Dabei wäre fast noch ein Malheur passiert, weil dieser tolpatschige Dichterjüngling sie versehentlich angerempelt habe.

»Ich weiß«, sagte Zillgitt. »Der junge Mann war völlig fasziniert von einem Ring, den Sie trugen, und paßte deshalb auf seinen Weg nicht auf. Er erzählte mir, er habe einen solchen Stein vorher noch nirgends gesehen, eine Gemme aus mexikanischem Feueropal.«

»Was denn? Der versteht etwas davon?« In Rafaelas Augen gewann ich in diesem Moment erheblich an menschlichem und künstlerischem Wert, und ganz unverdient, denn Zillgitt hatte ja meine Sachverständigkeit frei erfunden, um unauffällig ein ihm erwünschtes Gesprächsthema anschlagen zu können.

»Ist der Ring wertvoll?« fragte plötzlich Weidenbruch mit belegter Stimme, und Zillgitt hatte zunächst den Verdacht, sein Begleiter wollte sich mit dieser schüchtern gestellten Allerweltsfrage nur krampfhaft vor dem Einschlafen bewahren.

Aber gerade mit dieser Frage animierte der Oberleutnant die Geißner zu einem krampflosen Plauderton, und Zillgitt empfand nachträglich, daß diese Wirkung von dem jungen Offizier bewußt angestrebt worden war.

Rafaela lächelte Weidenbruch wieder an und seufzte theatralisch. »Meine närrische Schmuckliebe bringt mich noch an den Bettelstab! Es ergeht einem wie den Morphinisten: Man vermag nicht mehr aufzuhören. Für die Gemme habe ich viel Geld bezahlt. Aber es ist auch ein enorm dekoratives Stück. Wollen Sie es sehen?« Ohne die Antwort abzuwarten, eilte sie hinaus und kam, noch ehe Zillgitt und Weidenbruch Zeit gefunden hatten, sich über weitere Fragen an die Hausherrin zu verständigen, mit dem Ring wieder herein.

»Wissen Sie, was da für ein Wappen eingeschnitten ist?« fragte der Oberleutnant, nachdem er den Stein bewundernd betrachtet hatte.

Uninteressiert winkte die Geißner ab. »Keine Ahnung,

bestimmt von irgendeinem ausgestorbenen Adelsgeschlecht. Mir war nur die Schönheit wichtig. Und das Wappen ist ausgesprochen dekorativ, nicht wahr?« Sie nahm den Ring zurück, betrachtete die Gemme und geriet in eine Art Selbstgespräch. »Der Wappenschild ist sogar viermal geteilt. Wenn ich mich richtig an die Heraldik-Stunden an der Kunstakademie erinnere – Gott, wie lange ist das her –, handelt es sich in solch einem Fall um ein besonders vornehmes Geschlecht. Vielleicht Freiherrn oder Grafen. Nein: die Krone über dem Schild ist ja geschlossen, das ist ein Fürstenhut! Kein Zweifel, die Gemme muß ursprünglich einem Fürstenhaus gehört haben.«

»Wie kommt sie in Ihren Besitz?« Zillgitt hielt den Augenblick für gekommen, zupackender, knapper, direkter zu fragen.

»Ich habe sie gekauft.«

»Wann und von wem?«

Empört schloß Rafaela Geißner die Faust um den Ring, als müsse sie ihn schützen, und sah Zillgitt abweisend an. »Das hat doch wohl nichts mit dem Mordfall zu tun! Darüber gebe ich keine Auskunft.«

»Glauben Sie mir«, meinte der VP-Rat eindringlich, »wenn wir Sie am Sonntagvormittag zu Hause überfallen, weil wir Ihre Unterstützung benötigen, stellen wir Ihnen keine belanglosen Fragen. Ich muß wissen, von wem Sie die Gemme haben. Und seit wann.«

Unwillig stand die Geißner auf, ging zu ihrem riesigen Arbeitstisch in der anderen Zimmerhälfte, auf dem aus verschiedenen Büchsen Unmengen von Pinseln, Federhaltern und Stiften aufragten, blickte von seiner Schmalseite her ärgerlich auf ihre Besucher und legte dann den Ring mit einer nachdrücklichen Bewegung auf einen Stapel Zeichenkarton. »Ich bin durch ein Versprechen gebunden. Wenn Sie mir nicht glaubhaft machen, daß ich durch mein Schweigen die Mordaufklärung behindere, kann ich mein gegebenes Wort auch nicht brechen.«

Zillgitt blieb ernst und unnachgiebig. »Wenn Ihnen jemand ein solches Versprechen abverlangt, werden Sie da nicht mißtrauisch? Mir käme sofort der Verdacht, ich könnte ein unrechtmäßig erworbenes Stück kaufen. Und dann eines Tages vielleicht als Hehler dastehen.«

Mit einem gereizten Murren wandte sich die Geißner ab. Bei aller Entrüstung vermochte sie nicht zu verbergen, daß Zillgitts besorgte und beweiskräftige Warnung sie ein wenig irritiert hatte. »Über solchen Verdacht ist die Dame erhaben! Sie bat mich aus ganz persönlichen Gründen, sie nicht als Verkäufer des Steins zu nennen – den ich übrigens erst zu einem Ring umarbeiten ließ. Sie wollte nur vor einer ihr nahestehenden Person verbergen –« Plötzlich stockte sie, sah einen Augenblick ganz erschrocken ins Leere und schlug sich dann mit der Hand vor den Mund.

»Mein Gott«, flüsterte sie schließlich, kam dann rasch zur Sesselecke zurück und wandte sich bezeichnenderweise mit ihrer hastigen und dringlichen Entschuldigung an Weidenbruch. »Also, ich schwöre Ihnen, bis zu diesem Moment war mir gar nicht richtig bewußt, daß eigentlich auch der arme Herr Haldeweg zu dem Stein in Beziehung stand. Wenigstens indirekt, ja, denn er war es, der nicht erfahren sollte, daß Frau Lindwurm Schmuck verkaufte. Seinetwegen mußte ich ihr versprechen, darüber zu jedermann zu schweigen. Ja, Frau Lindwurm bot mir eines Tages die Gemme an, die damals noch auf einem Manschettenknopf aufgearbeitet war. Verstehen Sie, Frau Lindwurm ist Pfarrerswitwe, etwas ehrpusselig, finanzielle Beihilfen von Herrn Haldeweg hatte sie strikt zurückgewiesen, aber leben mußte sie schließlich auch. Ich gab ihr zweitausend Mark, und damit kam sie erst mal ein halbes Jahr weiter.«

»Wann erfolgte der Kauf?« Zillgitt blieb nach außen hin gleichmütig, obwohl ihn die Auskunft nicht wenig erregte.

»Mitte Juni, kurz bevor ich in Urlaub fuhr.«

»Und wer hat Ihnen den Manschettenknopf in einen Ring verwandelt?« fragte Weidenbruch.

Obwohl Rafaela sich über solche Art Fragen ärgerte – der Oberleutnant hatte bei ihr einen Stein im Brett, und so antwortete sie beflissen und verbindlich. »Ein früherer Studienkollege, kein Juwelier, ein Kunstgewerbler, der aber hauptsächlich in Metall arbeitet und in Berlin auch ganz gut verkauft.« Und als ihr Blick auf den mitschreibenden Zillgitt fiel, setzte sie von sich aus mit einer Spur Sarkasmus hinzu: »Bogumil Bautz, Berlin-Lichterfelde, Bülow-Straße 17.«

»Das ist ja in Westberlin«, sagte der Oberleutnant, und Frau Geißner hob gleichmütig die Schultern.

»Bommel wohnt dort seit dreißig Jahren, solange ich ihn kenne. Er haut mich nicht übers Ohr, was mir bei einem Juwelier leicht passieren könnte, und diese Sicherheit ist mir heutzutage das wichtigste.«

Zillgitt klappte sein Schreibbuch zu und erhob sich. Sein Begleiter stand gleichfalls auf, und die Geißner geleitete beide, mit ihrem Aufbruch sichtlich einverstanden, in Richtung Tür.

Schon im Hinausgehen begriffen, fragte der VP-Rat noch, ob denn heutzutage die Erträgnisse künstlerischer Arbeit so große Ausgaben, wie sie beim Kaufen wertvollen Schmucks erforderlich werden, noch ermöglichten.

Es schien Weidenbruch, als lächle Rafaela ein bißchen gezwungen bei ihrer Antwort. »Ich will ja nicht prahlen, aber meine Arbeiten genießen offenbar ein gewisses Ansehen, speziell die Plakatentwürfe.« Sie wies mit dem Kopf auf die Querwand hinter ihrem Arbeitstisch, an der mindestenz zwanzig Plakate unterschiedlichster Zweckbestimmung angebracht waren. »Man häuft nicht gerade Schätze auf, aber die Arbeit nährt ihren Mann!«

»Nun, das soll sie ja auch«, sagte Bernd Weidenbruch heiter, und die beiden Besucher verabschiedeten sich.

»Ich glaube, ich kann mich nützlich machen«, meinte der Oberleutnant im Wagen, »aber es ist kein Verdienst dabei; mir hilft der Zufall, daß ich Berliner bin!«

Eine große Zahl der Plakate Rafaelas, verriet er Zillgitt, kenne er. Und zwar von Westberliner Litfaßsäulen. Wenn die Grafikerin die Westmarkhonorare zu einem günstigen Wechselkurs in unsere Währung umgetauscht habe, schätze er den Ertrag allein dieser Plakate gut und gern auf sechzig- bis achtzigtausend Mark.

Zillgitts einzige Reaktion war ein kurzer, mit fast lässiger Bitterkeit hingemurmelter Fluch.

Das Pfarrhaus zu Sankt Georg präsentierte sich als ein weinlaubumrankter Fachwerkbau mit einem überdachten Umgang vor den Fenstern des ersten Stocks, teutsch bis in den Kern seiner Balken. Hier hatte Pfarrer Lindwurm gewohnt und gewirkt, hier wohnte auch seine Witwe, wenn auch auf zwei etwas finstere Zimmer im Obergeschoß eingeschränkt.

Daß die christliche Legende den Namensgeber der Gemeinde, den heiligen Georg, als den furchtlosen Ritter preist, der einen greulichen Lindwurm getötet hat, führte – vor allem bei weiblichen Kirchgängern – zu manchen übersinnlichen Deutungen, als der Gemeindehirt, der den Namen Lindwurm führte, im letzten Kriegsjahr plötzlich verstarb. Sein Nachfolger, der junge Pfarrer Schildewind, verfocht deshalb beinahe in jeder Predigt mit dem ihm eigenen Überschwang die These, daß Aberglaube Unglaube sei, was ihm aber bei der gefühlsbetonten, ans Pietistische streifenden Richtung seiner theologischen Praxis keinen nachhaltigen Erfolg bringen wollte.

Martina Lindwurm schluchzte hemmungslos, als Zillgitt und Weidenbruch ihr an dem klobigen Ausziehtisch ihres Wohnzimmers gegenübersaßen. Sie trug Trauerkleidung und klagte immer wieder, sie habe die Demut nicht, ihr Herz lehne sich gegen Gottes Entscheidung auf, Hermann Haldeweg so jäh abzuberufen. Und diese Gewißheit sei »am Ende weg« noch schrecklicher als der schreckliche Verlust, der sie betroffen habe.

Zillgitt fühlte sich außerstande, solche Selbstvorwürfe, deren Bewandtnis er nicht begriff, durch Trostworte zu entkräften. Er entschied sich dafür, Frau Martina reden und sich ausweinen zu lassen, in der begründeten Hoffnung, daß sie das erleichtern und sich damit ihre Aufgeschlossenheit für seine Fragen verbessern würde.

Weidenbruch sah sich auch hier zunächst ziemlich ungeniert im Zimmer um, dessen Einrichtung eine sehr eigentümliche Mischung aus Stil und Stillosigkeit darstellte. Da waren die gediegenen alten Musikinstrumente, ein Tafelklavier, ein Harmonium, in der Zimmerecke lehnte ein Cello, auf dem Stuhl davor lag der Bogen, ein Notenständer fehlte nicht, auch nicht ein aufgeschlagenes Notenbuch. »Boccherini« entzifferte der Oberleutnant auf dem Deckel. Offenbar sollte hier alles so bleiben, wie es beim Tode des Hausherrn gewesen war.

Andererseits stand zwischen den beiden Fenstern ein häßliches Nußbaumbüfett mit Sammeltassen und kristallenen Ziertellern, hausbacken und prosaisch; zusammen mit dem Ausziehtisch und der fünfarmigen Lampe darüber ergab das eine Art banausischen Protest gegen den kulturvollen Anspruch, den Tafelklavier und Cello und Boccherini gemeinsam mit den getäfelten tiefen Fensternischen des alten Hauses und dem durch die bleigefaßten Scheiben hereinlugenden Weinspalier zu erheben schienen.

Zillgitt hatte inzwischen erfahren können, daß Frau Lindwurm vor einem Monat den Entschluß gefaßt hatte, als Katechetin oder Pfarrhelferin selbst in den Dienst der Kirche zu treten, um die zermürbende Sinnlosigkeit ihres Daseins zu besiegen, wie sie sagte. Dabei war sie auf viele Schwierigkeiten gestoßen, die sie aber schließlich – und zwar just gestern nachmittag – durch einen persönlichen Besuch beim Landeskirchenpräsidenten Dr. Barfus hatte beseitigen können. Das gute Ergebnis dieses Gesprächs habe sie Hermann Haldeweg vor der Premierenfeier noch mitteilen wollen, deshalb der kurze Treff im Wintergarten, der für den Fuhrunternehmer so verhängnisvoll enden sollte. »Und nun muß ich erfahren«, schluchzte sie mit abgewandtem Gesicht, »daß alles vergeblich war, daß ich die Demut nicht habe, daß der Herr mich nicht auserwählt hat, in seinem Dienst tätig zu sein! Wie soll ich anderen von der Ergebung predigen, wenn ich selbst voller Hoffart bin, ja voller Verzweiflung, wie es Kierkegaard nennt?«

»Wir waren gekommen, um etwas über Herrn Haldeweg zu erfahren«, sagte Zillgitt, dem es geraten schien, einer umfassenden Erörterung theologischer Konflikte auszuweichen. Bei dieser nüchternen Bitte wurde die Weinende auch wirklich ganz ruhig und folgsam. »Kennen Sie seinen Lebenslauf?«

»Nicht genau«, sagte Martina heiser, »er sprach nicht gern über sich. Und ich war nicht neugierig.«

»Aber von den wichtigsten Stationen werden Sie doch etwas wissen?«

Frau Lindwurm zuckte mit den Schultern. »Er stammte aus Pommern, glaube ich. Und seine Kindheit war wohl nicht die schönste. Offenbar ist sein Vater früh gestorben, und die Mutter schlug sich als Küchenhilfe durch. Hermann hat mal gesagt, er sei froh gewesen, als er zur Wehrmacht kam. Da hörte wenigstens die Sorge ums Sattwerden auf. Und er konnte den Führerschein erwerben, für alle Fahrzeuge. Autofahren war seine große Passion. Bis zuletzt. Wenn sein Autobus nicht intakt war, wurde er richtig krank. Gott, dieser Tod ist so sinnlos...« Und wieder begann Frau Lindwurm zu weinen, aber Zillgitt hinderte sie daran, von neuem in ihrem Schmerz zu versinken.

»Und wie kam er nach Steinfurth?«

Martina schneuzte sich und antwortete gehorsam. »Das war wohl ein Zufall. Aus Palzig, das liegt irgendwo in der Neumark oder dem Wartheland, ist er mit einem Pferdegespann geflüchtet. Ein Kamerad hatte sich ihm – glaube ich – im letzten Moment noch angeschlossen, der hier jemanden kannte, ja, irgendeine Familie in der Korngasse. Das war doch wenigstens eine Adresse, und so ist Hermann hierhergefahren. Er war damals schwer verwundet, müssen Sie wissen, und er hatte gerade Genesungsurlaub. Eine Armverletzung, er konnte keine Waffe bedienen, deshalb bekam er auch die Papiere für die Evakuierung. Als er die glücklich hatte, ist er von der Kommandantur aus – hat er mal erzählt – noch ganz frech zur Sparkasse gefahren, die war schon verlassen und geschlossen, aber er habe noch einen Verantwortlichen aufgetrieben und ihn halb mit Gewalt dazu gebracht, ihm sein Guthaben auszuzahlen. Und am nächsten Tag ist er im Morgengrauen mit seinem Kameraden aufgebrochen, bei zehn Grad Frost, mit einem gummibereiften Zweispänner, den rechten Arm bis zur Schulter in Gips.«

Es wollte Zillgitt nicht in den Kopf, wie der mittellose Haldeweg auf einmal zu Pferden und Zweispänner und Bankguthaben gekommen war, und er fragte danach.

Auch über diese Zusammenhänge war die Lindwurm wenigstens in groben Zügen unterrichtet. Haldeweg hatte 1943 geheiratet, eine junge Bäuerin, deren Eltern bei einem Besuch in Berlin durch Bombeneinwirkung umgekommen waren. Aber er hatte bei dieser Ehe kein Glück gehabt. Seine Frau war im ersten Kindbett gestorben, kaum ein Jahr nach der Hochzeit, die kleine Tochter ebenfalls. So war der Hof an ihn gefallen, im Spätherbst 1944, nur wenige Wochen vor der Flucht.

Zillgitt hatte diese Angaben alle fleißig notiert. »Haben Sie Anhaltspunkte«, wollte er – noch immer schreibend – wissen, »daß irgend jemand Herrn Haldeweg haßte, sein Feind war, ihm übelwollte?«

Eigentlich erwartete er, daß Martina diese Frage energisch verneinen werde.

Aber sie seufzte tief, breitete nach kurzem Schweigen pathetisch die Arme aus und stieß mit fast zornigem Nachdruck hervor: »Ich weiß es nicht! Wäre der gestrige Abend nicht, würde ich solch eine Möglichkeit sicher als Hirngespinst abtun, aber nun erscheint mir auf einmal manche Bemerkung Hermanns bedeutungsvoll, in der Richtung Ihrer Frage, verstehen Sie, obwohl das am Ende weg sicher auch weder Hand noch Fuß hat.«

»Was für Bemerkungen meinen Sie?«

So direkt befragt, zierte sich Martina auf einmal. »Es wäre mir peinlich, wenn Sie dächten, ich hätte Hermann Haldeweg zur Ehe gedrängt.« Sie zerrte verlegen an dem gehäkelten Saum ihres Taschentuchs, und Zillgitt mußte sie erst durch eine beruhigende Geste ermutigen, weiterzusprechen. »Es kam nämlich immer nur dann vor, wenn wir über die gemeinsame Zukunft sprachen. Er bat mich dann stets um absolutes Vertrauen. Er müsse noch eine alte Tür zuschlagen, ehe er eine neue öffne, und das werde noch in diesem Jahr geschehen. Dabei sah er immer sehr ernst und ein bißchen besorgt aus, und heute möchte ich fast behaupten, er hatte Angst. Jedenfalls ging es ihm nicht etwa um eine Frauengeschichte, wie ich zuerst natürlich vermutet habe, es hing eindeutig mit seinem Beruf oder seinem Geschäft oder vielleicht auch mit einer großen Geldsumme zusammen, aber er gab mir keine Erklärung, sondern schwieg wie ein Stein.«

Vergeblich versuchte Zillgitt, aus Martina genauere Anhaltspunkte herauszufragen, die zu einer faßbaren Spur hätten führen können, was für eine »alte Tür« Haldeweg noch hatte zuschlagen wollen. Die Lindwurm wußte offenbar nicht mehr, als sie gesagt hatte, vermochte auch keine konkreten Beschreibungen entsprechender Situationen oder Dialoge zu liefern, und so gab der VP-Rat das Thema zunächst auf und fragte nach der Gemme.

Unvermittelt brach Frau Lindwurm wiederum in heftiges Weinen aus. »So straft der Herr meine Schuld«, stammelte sie, »schläft das Vertrauen, so wacht die Gerechtigkeit! Ich habe das Schmuckstück heimlich verkauft, hinter Hermanns Rücken, ich brauchte das Geld, und ich hoffte ihn schon zu besänftigen, wenn es herauskommen sollte. Aber am Ende ist das eben auch eine Lüge, ein Wechslergeschäft im Tempel des Herrn, und der Gottessohn züchtigt uns.«

Die theologischen Schnörkel in Martinas Reden begannen Zillgitt auf die Nerven zu gehen. Sosehr er Pathos und Überschwang bei den Theaterleuten als Berufskrankheit hingehen ließ, bei der Lindwurm empfand er sie als unangemessen, ja im Grunde als verlogen. Deshalb geriet seine Frage, was denn Martinas Schmuckverkauf, zum Henker, Herrn Haldeweg anginge, weit unfreundlicher, als es von der Sache her berechtigt war.

Frau Lindwurm sah ihn groß und erstaunt an, und als sie leise antwortete, klang es ein bißchen wie ein verschrecktes Wimmern. »Hermann hatte mir doch den Manschettenknopf mit der roten Gemme geschenkt. Zum Andenken an unseren ersten Abend. Aber er hatte selbst dabei gesagt: Der Stein ist kein Talisman; wenn du mal in Not bist, kannst du ihn ruhig verkaufen. Trotzdem – ich habe mich eben geschämt; er sollte es nicht wissen, daß ich in Not war, sonst hätte er mich womöglich gezwungen, von ihm Geld anzunehmen –« Martina verstummte weinend und hob verzweifelt beide Hände vor das Gesicht.

Zillgitt tauschte einen vielsagenden Blick mit Weidenbruch. Die rote Gemme drängte sich mit seltsamer Hartnäckigkeit in das Beziehungsgefüge des Mordfalls.

»Besaß denn Herr Haldeweg Schmuck?« fragte der VP-Rat, und diese absurde Vorstellung riß Martina aus ihrer leidenschaftlichen Schmerzversunkenheit. »Welch ein Unsinn! Dieser einzelne Manschettenknopf war offenbar ein Andenken, oder ein Fundstück, oder Hermann hatte ihn irgendwann von einem Kunden in Zahlung genommen.«

Weidenbruch hätte gern noch gewußt, ob Haldeweg den

Wert des Steins wirklich gekannt hatte, aber da Zillgitt ziemlich abrupt und energisch aufbrach, mochte er den Sonntagsbesuch bei der weinenden Pfarrerswitwe nicht von sich aus verlängern.

Als sie im Wagen saßen, fiel dem Oberleutnant an seinem Nachbarn eine merkwürdige Verbindung von Schweigsamkeit und Unrast auf. Zillgitt grübelte unruhig vor sich hin, ohne mit seinem Begleiter auch nur ein Wort zu wechseln. Erst in einem der langen Korridore des Präsidiums blieb er mitten im eiligen Vorwärtsschreiten plötzlich stehen und sah den langen Weidenbruch, der ebenfalls verhielt, mit schräggehaltenem Kopf von unten an. »Was meinst du? Die Gemme kann natürlich ein Irrlicht sein, das uns am Ende in einen Sumpf lockt. Sie hängt zwar verdächtig eng mit verschiedenen Leuten zusammen, die uns interessieren, aber daß sie zur Tat selbst in Beziehung steht, dafür gibt es – streng genommen – bisher gar keinen Anhaltspunkt.« Der Oberleutnant nickte, und es sah etwas phlegmatisch aus. »Der Stein gibt die Tonart an, aber er ist noch nicht die Musik.« Und dann hob er, wie er es gern tat, mit einer ausladenden Geste den linken Arm. »Aber vielleicht kann er uns noch etwas Wichtiges über den Toten erzählen?«

Zillgitt sah dem Jüngeren unverwandt in die Augen und tippte ihm schließlich mit dem Zeigefinger gegen die Brust. »Ich sehe, wir verstehen uns ganz gut. Genau das meine ich nämlich auch.« Und dann stürmte er weiter durch den kahlen Korridor, daß ihm Weidenbruch kaum folgen konnte. In seinem Zimmer angekommen, schrieb er rasch für Selka einen Befehl aus und schickte den VP-Meister damit zur Geißner, den Ring einstweilen sicherzustellen. Dann entwarf er ein Fernschreiben an das VP-Präsidium Gera, telefonierte aus der Sonntagsbereitschaft einen Wachtmeister herbei und ließ den Text zum Diensthabenden bringen, damit er registriert und schnellstens aufgegeben werde. »Und wir beide«, sagte er schließlich zu Weidenbruch, »werden uns jetzt einmal das Heim und die Habe des Toten ansehen. Einverstanden?«

So eilig, wie sie gekommen waren, schritten sie durch die

kahlen Korridore wieder hinaus auf den Dr.-Külz-Platz, wo Zillgitt vorsorglich den Pobeda hatte warten lassen.

Für eine Fahrt in die Römer-Gracht, in der Haldeweg gewohnt hatte, wurde es auch höchste Zeit, denn schon formierten sich für den Kampfappell der Jugend an den verschiedenen Stellplätzen die Marschsäulen, von denen eine ihren Weg durch jene Straße nehmen würde, die das Ziel der Kriminalisten war.

Die FDJ-Gruppe der Städtischen Bühnen – und also auch ich – gehörten zu einem anderen Marschblock, für den nur ein relativ kurzer Weg zur Kundgebungsstätte vorgesehen war und der sich daher erst eine Viertelstunde nach dem Zeitpunkt formieren sollte, da Zillgitt und Weidenbruch ihre Fahrt antraten.

Siegfried Adriani und Karin hatten mich abgeholt, wir hatten je 100 Gramm Fleisch- und je 10 Gramm Fettmarken geopfert, um im »Blauen Reiter« ausgiebig Mittag zu essen, und waren nun in das Puppenmachersche Heim eingefallen, um Henny zum Mitkommen zu überreden.

Ich hatte mich entschlossen, die merkwürdige gestrige Nachtbegegnung mit dem Hausherrn zunächst einmal zu ignorieren, um womöglich erst zu einigen Auskünften und Anhaltspunkten zu gelangen, ehe ich ihm direkte Fragen stellte. Er seinerseits schien sich eine ähnliche Taktik zurechtgelegt zu haben, denn er kam mir herzlich und unbefangen entgegen, verriet aber doch durch ein auffällig hohes Maß an Redseligkeit und Aufgekratztsein, daß er eine bestimmte Verlegenheit überspielte.

Wir wurden ins Wohnzimmer genötigt, und während Henny sich in ihrer Mansarde umzog, erzählte Puppenmacher, angeregt durch ein paar Bemerkungen Siegfrieds über Zillgitt und den gestrigen Kriminalfall, schwungvoll von den pedantischen Lebensgewohnheiten eines Berliner Kriminalkommissars, der im Frühjahr 1939 sein Bettnachbar bei einer Schlafwagenreise nach Istanbul gewesen war. Die staunende Karin erfuhr hier zum ersten Mal, daß der jetzige Haushaltwaren-Händler von Haus aus Diplomingenieur war und vor dem Krieg als Angestellter des »Industriellen Reichsbüros Technik im Heim« die halbe Welt bereist hatte. Das Büro sei, erläuterte er auf Karins Frage, eine gemeinsame Einrichtung mehrerer Konzerne gewesen, die unter dem Deckmantel zweckfreier technischer Aufklärung neue Absatzmärkte in wenig entwickelten Gegenden und Ländern erschließen sollte. Er, Puppenmacher, sei da zwar nur ein ganz kleines Licht gewesen, aber schon der ihm mögliche Einblick habe ausgereicht, ihm die Industrie für immer zu verleiden. Er habe ja selbst erlebt, wie dort ständig die Entwicklung vom guten zum noch besseren Geschäft gehe, und das beste sei eben der Krieg. Maschinengewehre verkauften sich am Ende auch beim »Reichsbüro« profitabler als Kühlschränke. Und solch eine Aussicht bahne sich gegenwärtig schon wieder an, wie er aus den Briefen alter Kollegen entnehme, aber er weigere sich entschieden, auf seine alten Tage da noch einmal mitzutun. Sicher, in unserem Staat gebe es diese Gefahr absolut nicht, aber wir hätten eben auf Jahre hinaus Trümmer zu beseitigen und müßten bei Null beginnen; Technik, wenn sie ihm Spaß machen soll, müsse aber aus dem vollen schöpfen, und daran sei, solange er noch im Arbeitsalter stehe, bei uns nicht zu denken. Da verkaufe er lieber Küchenbrettchen und Eieruhren, helfe den Mitbürgern, ihr Leben zu normalisieren, sei täglich unter ihnen und höre und erfahre viel.

Ich sah es Siegfried Adriani an, daß er sich auf eine oder zwei sarkastische Gegenfragen – wie er seine zugespitzten Streitargumente zu bezeichnen pflegte – innerlich vorbereitete, aber da schrillte das Telefon.

Der Fernsprechanschluß befand sich im Nebenzimmer, das eigentlich so etwas wie eine Schlafkammer war und ursprünglich nur vom Wohnzimmer her durch ein Innenraumfenster sowie durch die verglaste Verbindungstür Tageslicht erhalten hatte. Puppenmacher nutzte dieses Gelaß jedoch als Kontor und hatte deshalb in das einzige Stückchen Außenwand eine stuhlsitzgroße Fensteröffnung brechen lassen, so daß jetzt wenigstens der Qualm seiner Zigarren ins Freie geleitet werden konnte, während der Lichteinfall nach wie vor hauptsächlich vom Wohnzimmer her erfolgte.

Ich hatte es bei früheren Besuchen schon oft erlebt, daß ein Anruf gekommen war. Puppenmacher hatte da stets bei seinem Gang zum Telefon die Glastür weit offen gelassen, so daß man – ob man wollte oder nicht – Ohrenzeuge der Gespräche werden mußte.

Vielleicht wäre es mir nicht einmal aufgefallen, daß er heute die Tür sorgfältig hinter sich schloß, wenn er mich nicht auf seinem Weg ins Kontor mit einem mißtrauisch prüfenden Blick bedacht hätte und, als ich das bemerkte, außerordentlich verlegen geworden wäre. Dieses Verhalten machte mich stutzig; ich begann zu beobachten und registrierte nun zwangsläufig das Schließen der Tür. Allerdings hätte Puppenmacher, wenn er mich vom Mithören seines Telefongesprächs ausschließen wollte, auch an das Innenraumfenster denken müssen, vor dem ich auf einem Plüschsessel saß. Ein Flügel des Fensters war nämlich eine Handbreit offen, und so vernahm ich absurderweise doch, was er mir vorenthalten wollte.

»Nun, wie ist es?« fragte er mit gedämpfter Stimme, nachdem er sich gemeldet hatte. »So? Fräulein Orelys fährt! Und Sie glauben, sie wird es machen? Sie braucht es nur zu frankieren und in einen Postkasten zu stecken, beschriftet hab ich's ja. Ja, es eilt mir ein wenig.« Und nach einer Pause des Zuhörens fuhr er fort: »Nein, falls doch Herr van Bergern fahren sollte, habe ich nix dawider, mit ihm war's besprochen. Wissen's, ich bring es am besten zu Ihnen hinaus, ich bin eh' allein heute nachmittag, und wann die Orelys schon mit dem Nachtzug fährt... Gut. Bis auf gleich! Empfehlung an den Herrn Bruder! Wiederhören.«

Er legte auf und kam nach einer Weile mit einem Brief in das Zimmer zurück, der die Größe eines Schulheftes hatte und den er, mit der Adresse nach unten, auf das Kirschholzbüfett legte. Diesmal vermied er es, mich überhaupt anzusehen.

Mir war klar: Er hatte mit einem der Brüder Tamm telefoniert. Orelys (eventuell auch der dicke Bodo van Bergern) fuhr in deren Auftrag nach Westberlin und sollte für Puppenmacher dort einen Brief aufgeben, wahrscheinlich den, der jetzt auf dem Büfett lag und den der Hausherr, sobald wir zur Kundgebung aufgebrochen sein würden, den Tamms bringen wollte. Nun muß man in Betracht ziehen, daß eine solche Handlungsweise sich in jener Zeit bei weitem nicht als so verdächtig darstellte, wie sie es heute wäre. Zehntausende unternahmen ähnliches, und die meisten von ihnen sind später gute Sozialisten geworden. Mich hätte dieser Vorgang gewiß nicht so stark erregt, wenn nicht mein Erlebnis in der gestrigen Nacht gewesen wäre. Und ich will auch nicht leugnen, daß meine sehr intensive Zuneigung zu Henny mich in Konflikte zu stürzen begann, was ich tun sollte, falls ich mich von kriminellen Aktivitäten ihres Vaters würde beweiskräftig überzeugen müssen. Ich schob im Augenblick diesen Gedanken noch fort, denn Henny trat – mit ihrer FDJ-Bluse unter einem gelbgrauen Schneiderkostüm – ausgehfertig ins Zimmer, und es wurde höchste Zeit aufzubrechen.

Noch gerade rechtzeitig kamen wir an den Stellplatz und marschierten unter einem Transparent, das mit weißen Buchstaben auf rotem Grund einen sofortigen Friedensvertrag mit ganz Deutschland forderte, in relativ kurzer Zeit zum Neumarkt. Dort wogte ein blaues Meer; Tausende FDJler waren herbeigeströmt. Rechts und links von der breiten Tribüne standen Fanfarenzüge, die mit ihren hellen Melodien und dröhnenden Trommelschlägen einander abwechselten. Auch Sprechchöre waren in Tätigkeit; am ausdauerndsten ein geteilter, dessen eine Hälfte von der rechten Platzseite aus immer wieder fragte:

»Wen schlagen Arbeiter und Bauer?«

worauf jedesmal die andere Hälfte von links her antwortete:

»Die Eisen-, Aden-, Ollenhauer!«

Nachdem Punkt vierzehn Uhr dreißig Musik und Sprechchöre verstummt waren, eröffnete Harry Czech über Lautsprecher die Kundgebung mit der Begrüßung der Ehrengäste.

Auf Hennys Vorschlag, dem Karin und Siegfried entschieden zustimmten, begannen wir vier, bisher irgendwo im Mittelfeld der Tausende eingekeilt, uns in Richtung Tribüne vorzuarbeiten, schlängelten uns im Zickzack durch kleine Lücken voran und gelangten nach geraumer Zeit – der Sekretär des Zentralrats war längst bei seiner Rede – mit List und Tücke bis in die erste Reihe. Harry Czech sah uns und winkte uns zu, wir winkten zurück, er lächelte bedeutungsvoll und wies dabei mit dem Kopf zur Seite. Seinem Blick folgend entdeckten wir unter den Ehrengästen auf der Tribüne Etappen-Hase, der mit empörten und anklagenden Gesten auf Arno Lehfeld einredete, den 2. Sekretär der Stadtleitung der SED.

Ich schloß aus der Tatsache, daß Harry uns auf Hases offensichtliche Beschwerdeführung eigens aufmerksam machte, auf ein Beschwerdethema, das sowohl Czech als auch uns anging, und das konnte nur der Fall Haldeweg sein. Und richtig: Am Fuß der Tribüne entdeckte ich jetzt auch Dr. Hopf, der den Dialog zwischen Hase und Lehfeld mit seinen Blicken so intensiv verfolgte, daß er gar nicht merkte, wie zwei seiner Kinder, von denen er eins sogar an der Hand hielt, sich zu knuffen und an den Haaren zu reißen begannen.

»Da hat Bolivar wieder die Pfeile geschnitzt, und Etappen-Hase muß sie abschießen!« meinte Siegfried zornig.

Ich nahm an, daß es um Hopfs gestrigen Ausfall gegen Brautknecht ging, wegen dem ihm Harry eine Parteiauseinandersetzung angekündigt hatte; der Steinfurther Kunstpapst ließ so etwas bestimmt nicht an sich herankommen, sondern sagte sich gewiß, daß Angriff die beste Verteidigung ist, zumal er – wie ich sicher war – Zillgitts betont sachlicher Untersuchungsweise mit Vorbehalten gegenüberstand, weil sie zu wenig »revolutionären Terror« spüren ließ.

Als ich meine Vermutungen äußerte, geriet Siegfried Adriani in eine solche Erregung, wie er sie sonst höchstens bei Endproben seiner Inszenierungen produzierte. Sein schmales Gesicht bekam unterhalb der Augenknochen richtig hellrote Flecke, als er – gezwungenermaßen mit unterdrückter Stimme – zum besten gab, wie Hopf gestern abend Ernst Kloppe zurechtgewiesen hatte, als der sich über die ruhige und sachliche Atmosphäre freute, in die Zillgitt die Untersuchung von Anfang an einzubetten gewußt habe.

»Damit negierst du Stalins Erkenntnisse von der Verschärfung des Klassenkampfs«, hätte ihm Hopf mit einem mißtrauisch-lauernden Blick entgegengehalten. Ernst Kloppe sei richtig blaß geworden. »Ein klassenfeindliches Element hat mit einem Mord die Volksmacht provoziert – das ist der objektive Tatbestand. Und da muß man erst mal zurückschlagen, damit der Klassenfeind und vor allem die schwankenden Kleinbürger spüren, wo der Hammer hängt. Zwei, drei Verhaftungen als Auftakt, das würde uns sofort den notwendigen Respekt verschaffen, eine stählerne Ausgangsposition in der Frage wer – wen? bei der Tataufklärung. Und darüber hinaus!«

Ich sah, wie Harry Czech, der uns beobachtete, mit vorgestreckter Hand eine dämpfende Bewegung vollführte, die besonders für Siggs berechnet schien und diesen zu einem wütenden Achselzucken veranlaßte. Aber immerhin schwieg er nun erst mal, was auch wichtig war, denn zwei von den Ordnern, die man vor der Tribüne postiert hatte, beäugten uns bereits mit finsterem Gesichtsausdruck, als wären wir möglicherweise Provokateure, die die Kundgebung stören wollten.

Wir stellten uns – wie Ertappte – betont diszipliniert auf und blickten äußerst konzentriert auf den Redner. Aber in Wahrheit hing wohl jeder seinen Gedanken nach.

Henny hakte sich bei mir ein. »Hoffentlich hat dieser Zillgitt bald Erfolg«, sagte sie leise und ohne sich mit dem Blick von der Tribüne zu lösen. »Solch ein Mord bewegt die Gemüter. Wenn die neue Macht dabei versagt, büßt sie verheerend an Autorität ein. Insofern kann ich Hopf schon verstehen. Es ist Revolutionszeit, und für euch steht noch viel auf der Kippe.«

Ich runzelte die Stirn und sah sie an. »Was heißt ›für euch‹, Henny?«

»Für uns, mein Fürst, für uns! Ich bekenne selbstkritisch einen spontanen Rückfall in bürgerlichen Objektivismus, der auf ungenügendes Studium der Werke der Klassiker zurückzuführen ist. Ich ziehe die Schlußfolgerung, heute abend auf unser Zusammensein zu verzichten und dafür außerplanmäßig noch einmal ›Staat und Revolution‹ durchzuarbeiten.« Sie sah mich mit so frecher Beflissenheit von der Seite an, und ihr Blick blitzte dabei so provokativ, daß an eine ernsthafte Auseinandersetzung gar nicht zu denken war.

Ich sagte nur: »Bei einer so schwerwiegenden ideologischen Entgleisung wird ein Einzelstudium nicht ausreichen.«

Sie hatte natürlich das letzte Wort: »Du meinst, hautnah wird's nur zu zweit?«

Wir lachten, und Henny schmiegte sich fester an meine Seite.

Als nach der Annahme unserer Erklärung zum Volkskammerappell die Fanfarenzüge wieder zu schmettern begannen und – bis zum Külz-Platz hin vernehmbar – den Abschluß der Großkundgebung anzeigten, hielt dort wieder der graue Pobeda.

Zillgitt registrierte die aus der Ferne herüberdringenden Trommelschläge für einen Moment, als er mit Weidenbruch ausstieg und auf das Portal des Präsidiums zueilte. Der Oberleutnant trug ihm, in ein Handtuch eingeschlagen, ein Paket in der Größe eines in der Höhe halbierten Schuhkartons nach. Als sie in Zillgitts Dienstzimmer angekommen waren, stellte Weidenbruch seine Last vorsichtig auf dem Schreibtisch ab und zog aus der Tasche seines mausgrauen Gabardinemantels ein dickes Schlüsselbund, das er danebenlegte. Offenbar waren Paket und Schlüsselbund die wichtigste Ausbeute des Besuchs in der Römer-Gracht, der Bestandsaufnahme in Haldewegs Wohnung, Garage und Werkstatt.

Zillgitt hatte zunächst einen Flügel des hohen, pseudogotischen Spitzbogenfensters geöffnet, damit sich die schale Luft im Raum etwas erneure. Nun trat er an das Paket und schlug das Handtuch zurück, und eine an Deckel und Seitenwänden mit lackiertem Rosenholz verkleidete Stahlkassette kam zum Vorschein. Unter den zahlreichen Schlüsseln des Bundes wählte der VP-Rat einen kleinen Sicherheitsschlüssel und öffnete das Behältnis.

Zwei Bündel Bargeld lagen darin, 1200 Mark, keine sehr große Summe für Haldewegs Verhältnisse, ferner zwei Brieftaschen aus dem damals üblichen wachstuchartigen Lederersatz sowie eine kleine Arzneischachtel, etwa im Format einer Packung Streichhölzer, beklebt mit dem Etikett der hiesigen St.-Georgs-Apotheke, auf das der Patientenname Katelhön und der Vermerk 1 × tgl. geschrieben war.

»Setz dich doch«, sagte Zillgitt, während er selbst Platz nahm, das Arzneipäckchen ergriff und den Schachteleinsatz vorsichtig zur Seite schob. Dieser enthielt, sauber in Watte verpackt, zwei gläserne, mit einer durchsichtigen Flüssigkeit gefüllte Ampullen.

Weidenbruch hatte sich einen der altertümlichen Rohrstühle an den Schreibtisch herangezogen. »Die gleichen Abmessungen wie das Beweisstück aus der leeren Sektflasche?« fragte er, und als Zillgitt das bejahte, meinte der Oberleutnant lakonisch: »Das Gift stammt also von Haldeweg selbst!«

»Vorsicht, Vorsicht!« Der VP-Rat zog das Telefon heran, wählte und rief einen Wachtmeister herbei, dem er die Schachtel übergab. »Erst muß uns das Labor bestätigen, daß die Röhrchen wirklich das gleiche Zyanid enthalten.«

Als der Wachtmeister das Zimmer wieder verlassen hatte, kam Zillgitt noch einmal auf die spontane These des anderen zurück. »Hast du bemerkt, wie die beiden Ampullen in der Schachtel lagen? Sie waren zu lang, man konnte sie nicht parallel zur Seitenwand unterbringen. Deshalb hatte sie Haldeweg in der Diagonale angeordnet, von Ecke zu Ecke, und da paßten sie gerade noch nebeneinander hinein. Gerade noch! Eine dritte Ampulle hätte unter keinen Umständen mehr Platz gehabt. Also war sie auch nie in der Schachtel – also stammt die Mordampulle auch nicht aus diesem Bestand, zumindest nicht, seit Haldewegs Röhrchen so verpackt sind, wie wir sie fanden.«

»Trotzdem muß es da einen Zusammenhang geben«, meinte Weidenbruch dickfellig, »das sagt einem doch der gesunde Menschenverstand.«

»Gesunder Menschenverstand ist immer gut«, gab der VP-Rat trocken zurück, »außer für Leute, die Verantwortung tragen. Aber laß uns die Brieftaschen durchsehen!« Zillgitt begann mit der dickeren, schwarzglänzenden, älteren, bei der an den Knickstellen schon die Beschichtung abzublättern begann. Sie enthielt vor allem persönliche Papiere wie Haldewegs Geburtsurkunde, seinen Taufschein, die Sterbeurkunde seiner Frau und seiner Tochter, ein Foto seines Bauernhofs mit der Aufschrift »Palzig, Oktober 43« auf der Rückseite, die Mietverträge für seine hiesigen Wohn- und Gewerberäume, die Gewerbeerlaubnis und anderes mehr. Ein verschlossenes Kuvert zog Zillgitts Aufmerksamkeit auf sich, und er betrachtete es neugierig von allen Seiten. »Testament« stand in gefälliger Handschrift darauf geschrieben, und das Wort war mit Hilfe eines Lineals unterstrichen. Der VP-Rat legte den Umschlag zur Seite, um ihn morgen früh in der Rechtsstelle ordnungsgemäß öffnen zu lassen. Dabei kratzte er sich unzufrieden die Wange. »Merkwürdig, daß ein Mann wie Haldeweg einen Letzten Willen aufsetzt. Er war doch relativ jung, und er stammte auch nicht aus Kreisen, wo so etwas üblich ist.«

Bernd Weidenbruch vollführte wieder seine weitausholende Armbewegung. »Wer weiß? Vielleicht haben ihn Erlebnisse beim Tod seiner Frau dazu gebracht. Oder er hielt es für nötig, weil er ja keine Blutsverwandten hat – wenigstens, soweit wir es wissen.«

»Möglich«, sagte Zillgitt, und es klang unwirsch und sogar etwas abweisend. Er griff zu der zweiten Brieftasche, die aus einem bräunlichen, stumpfen Material gefertigt war. Außer einigen uralten Kontoauszügen der Palziger Schwiegereltern lagen nur ein paar Rechnungen darin, alle für irgendwelche Reparaturen oder Verbesserungen an Haldewegs Holzgas-Bus. »Seine Geschäftspapiere, wie es scheint.« Aber dann hielt der VP-Rat plötzlich einen zusammengefalteten Zeitungsausschnitt in der Hand. Er legte ihn auseinander und entdeckte einen Bleistiftvermerk: 13. 11. 50. Die Überschrift eines längeren Artikels war angekreuzt: »Langsam rollt es wieder«, und der Untertitel lautete »Neue Ergebnisse und Tendenzen im privaten Transportgewerbe«.

»Aus einer Westzeitung«, stellte Zillgitt fest. Weidenbruch trat interessiert hinter ihn und betrachtete den Ausschnitt ebenfalls. »Nach dem Satzbild könnte es aus dem Tagesspiegel sein. Aber das läßt sich ja genau ermitteln.«

Haldeweg hatte sich offenbar an Hand dieses Artikels genau über die Chancen eines Fuhrunternehmers in Westdeutschland informiert! Und nicht nur informiert; er hatte sich den Artikel sorgsam aufgehoben, ja, ihn sogar seinen wichtigsten und vertraulichsten Papieren eingereiht.

»Ich will mich beschlagen lassen wie ein Pferd«, ließ sich der lange Bernd wieder vernehmen, »wenn das nicht mit der Tür zusammenhängt, die der Herr – laut Frau Lindwurm – demnächst irgendwo zuschlagen wollte. Womöglich hatte er die Absicht zu verduften!«

Mit Nachdruck faltete Zillgitt den Zeitungsausschnitt wieder zusammen und sah über die rechte Schulter mißbilligend zu seinem Mitarbeiter auf. »Fakten werden sachlich verarbeitet, Towarischtsch, nicht irgendwie interpretiert! Habt ihr das auf euren Schulbänken nicht gelernt? Du kommst ja in Teufels Küche mit deinen dauernden Spekulationen. Gerade, weil sie so einleuchtend sind, sind sie gefährlich. Dieses Papier ist eine Spur. Mehr noch nicht. Wohin sie führt, muß sich erst zeigen!«

Der Oberleutnant lachte. »Zu Befehl, Genosse Rat«, sagte er. »Aber solche ersten, spontanen Äußerungen stellen doch noch längst nicht meine abgewogene Meinung dar. Ich denke zunächst mal laut nach, weiter nichts!«

»Tu mir den Gefallen, denk leise, Bernd!« Zillgitts Ton war herzlich, fast bittend. »Ich muß sonst ständig meinen Unwillen niederkämpfen, und das macht mich nervös.«

Weidenbruch schwieg, zuckte mit den Schultern und setzte sich wieder auf seinen rohrbezogenen Stuhl, während der Ältere den restlichen Inhalt der Brieftasche auf die Schreibtischplatte schüttete und die Tasche selbst dem Oberleutnant zur genaueren Durchsuchung der Seitenfächer hinüberreichte.

Ein maschinenbeschriebenes Stück dünnes Papier fand Zillgitts Interesse. »Noch eine Spur«, murmelte er, nachdem er den Text überflogen hatte. »Der Durchschlag eines Briefes, mit dem Haldeweg seine Kleingartenparzelle in der Sparte Wittigsruh-Süd zum 1. Januar 51 kündigt. Dabei hat er – wie er schreibt – die Herbstbestellung noch durchgeführt und sogar noch im September 1950 eine neue Laube im Wert von 2800 Mark errichtet, deren Kosten ihm der Nachnutzer erstatten soll.«

»Die Arbeit wird ihm über den Kopf gewachsen sein. Er

war alleinstehend, und sein Fuhrgeschäft dehnte sich immer mehr aus...«

Zillgitt drehte unbehaglich seine linke Hand in der Luft. »Und dann stellt er kurz vorher noch eine neue Laube auf? Ich weiß nicht, diese Kündigung riecht mir nach einem sehr plötzlichen Entschluß, und ich wüßte zu gern, was ihn dazu bewogen hat.«

Weidenbruch schmunzelte freundlich. »Sag bloß, jetzt geht sogar dir das ›Tür-Zuschlagen‹ im Kopf herum?«

»Im Kopf vielleicht – aber jedenfalls nicht auf der Zunge! Ich werde morgen früh Obermeister Pfeiffer zum Spartenvorsitzenden von Wittigsruh-Süd schicken. Mich interessiert Haldewegs Leumund als Gartenfreund.«

Inzwischen war der Oberleutnant in dem kleinen Markenfach der Brieftasche mit seinen schmalen Fingern auf ein zusammengefaltetes Stückchen Papier gestoßen, das er mit Geduld und Geschick schließlich zutage förderte.

Der Fund erwies sich als abgerissener Streifen eines Kopfbogens der Städtischen Bühnen. Auf der Rückseite des etwa daumengroßen Fetzens war eine Adresse notiert: Lübeck, Kurd-v.-Schlözer-Weg 5

Mit einem Kopfschütteln reichte Weidenbruch das Papierstück über den Schreibtisch, aber Zillgitt wurde aus der Notiz ebenfalls nicht klug. »Kurd mit d geschrieben. Und der Zettel an der unzugänglichsten Stelle der Brieftasche versteckt. Eine Adresse, aber kein Name. Und ausgerechnet in Lübeck.«

»Wenn ich laut denken dürfte, wüßte ich sicher ein Dutzend möglicher Erklärungen.«

Aber Zillgitt winkte eigensinnig ab, und der Oberleutnant lächelte etwas spöttisch, während er zum ersten Male sein kleines grünes Notizbuch aus der Gesäßtasche zog und seinen Kugelschreiber hervorholte.

»Ich werde mir die Anschrift notieren. Vielleicht bringt meine Dienststelle heraus, wer dort wohnt und was für ein Vogel das ist.«

»Hervorragend! Du wirst mir direkt unentbehrlich.« Der VP-Rat verfremdete seine Dankbarkeit durch einen scherzhaften Ton, und dann nahm er noch einmal die schwarzglänzende Brieftasche, die er bereits vorhin geleert hatte, in die Hand, um auch sie auf versteckte Schriftstücke zu durchsuchen. Wirklich hatte das alte Ding im Inneren ein sogenanntes Geheimfach, das Zillgitt aber ohne besondere Schwierigkeiten fand und aus dem er nach vorsichtigem Abtasten zwei kleine Scheine herausholte.

Eines der beiden Papiere enthielt eine von Arthur Brautknecht unterschriebene Bestätigung, daß ihm Haldeweg am 26. 4. 50 ein Darlehen von 8000 Mark zurückgezahlt hatte.

»Schau mal an!« sagte der Rat fröhlich und gab Weidenbruch das Papier zur Einsicht hinüber. »Falls du spekuliert haben solltest, Haldeweg habe sich mit dem Erlös verkaufter Juwelen hier etabliert, müßte dieser Zettel für dich ein mittlerer Tiefschlag sein.«

Der Oberleutnant lachte. »Tiefschläger werden disqualifiziert!«

Als er Zillgitt ansah, der inzwischen den zweiten Schein studierte, verlor sich seine Heiterkeit. Der VP-Rat starrte mit beinahe verbissenem Ausdruck auf das Papier, und eine lange Pause trat ein, ehe er mit einem zornigen Schlag das Beweisstück auf die Schreibtischplatte knallte. »Als ob es jemand darauf anlegt, uns widersinnige Hinweise zuzuspielen, damit wir in einem Meer von Spuren und Kombinationen ertrinken!« Und er sprang auf und stampfte mit energischen Schritten ein paarmal durch den Raum, ehe er neben Weidenbruch stehenblieb und, ohne ihm direkt ins Gesicht zu sehen, voll ehrlicher Sorge verkündete: »Ich fürchte, wir sind verkehrt. Wir leben vom Zufall. Keine eigene Strategie. Wenn es im Gebüsch irgendwo knackt, stürmen wir hin wie die Jagdhunde, bis es wieder woanders knackt und wir dorthin stürmen!«

Der Oberleutnant stand diesem plötzlichen Ausbruch beinahe verängstigt gegenüber.

»Was ist denn passiert?« fragte er schüchtern.

Zillgitt stampfte wieder hinter seinen Schreibtisch und beugte sich wie ein zorniger Redner über die Platte zu Weidenbruch hin.

»Dieser Herr Haldeweg pumpt sich nicht nur Geld, er verpumpt es auch. Und zwar haargenau so, daß es am morgigen Montag zurückgezahlt werden müßte.« Er nahm den

Zettel von vorhin wieder auf und fuchtelte damit erregt in der Luft herum. »Weißt du, was das ist? Ein Schuldschein ist das! Über 2000 Mark! Und du kommst mit deiner ganzen vorschnellen Fantasie nicht darauf, wer sich das Geld von Herrn Haldeweg borgte. Vom verlästerten Kleinbürger, der dann noch so kulant ist, sich kurz vor der Fälligkeit umbringen zu lassen!«

Befremdet kniff Weidenbruch die Augen zusammen. »Wer hat sich von Haldeweg Geld geborgt?«

Aber Zillgitt, plötzlich wieder in belastende Gedanken verstrickt, ließ sich erst stumm auf seinen Stuhl fallen und schüttelte wohl ein halbdutzendmal den Kopf, ehe er schließlich fast resigniert zur Antwort gab: »Herr Doktor Hopf.«

IV.

Ich stelle mir manchmal vor, ich müßte Quiz-Fragen beantworten. Zum Beispiel über meine liebsten Tätigkeiten. Dürfte ich mehrere aufzählen, wäre darunter auf jeden Fall das Schlendern durch das Berliner Stadtzentrum.

Heute abend wandere ich durch die Rathausstraße. Thomas Adriani holt nach unserem gemeinsamen Essen seine Freundin ab, wir wollen uns in einer Stunde am Theatereingang wieder treffen, und bis dahin kann ich in aller Ruhe tun, was mir so große Freude bereitet: Ohne Plan durch die Innenstadt bummeln. Während ich in die Anlagen an der Westseite des Fernsehturms hinübergehe, genieße ich es, daß inmitten einer enorm belebten Umwelt Augen und Ohren einmal nach Herzenslust trinken dürfen, aus einem Meer von Eindrücken, ohne dabei durch anstrengende Erkenntnis- oder Aneignungsaufträge der Planungsabteilung meines Gehirns ausgelastet zu sein. Henny pflegte zu sagen: Jeder Mensch hat seine Kuh im Kopf, die will ab und zu auf die Weide.

Zwischen Fernsehturm und S-Bahn-Unterführung greifen meine Augen einen Mann auf, der mit sichtlicher Anstrengung und wachsender Ungeduld versucht, sich an Hand eines Stadtplans zu orientieren. Der Mann trägt einen dunkelblauen Anzug, ist untersetzt und kahlköpfig, und ich schätze sein Alter auf mindestens sechzig Jahre. Er erregt mein Interesse durch die Art, wie er, die Landkarte sorgfältig waagerecht haltend, sich mit ihr in Etappen um die eigene Achse dreht, immer wieder ergebnislos die Straßenführung des Stadtplans mit der Realität vergleichend und dabei halblaut Verwünschungen vor sich hin murmelnd.

Ein alter Militär, urteile ich, denn die schon zur zweiten Natur gewordene Sorgfalt des Mannes beim Waagerechthalten des Stadtplanes, die ja eigentlich nur erforderlich ist, wenn man eine Landkarte in Verbindung mit einem Marschkompaß benutzt, scheint mir auf die lange Gewohnheit eines Truppenoffiziers hinzudeuten, genauso wie die Eigenart, als Betrachter stets an der Südseite des Kartenbildes zu verharren und deshalb bei den Orientierungsversuchen den eigenen Körper mitzudrehen. Als ich näher herankomme, fangen meine Ohren etwas von den halblauten Verwünschungen auf. Es sind russische Worte. Jetzt dreht sich der Mann mit der Karte direkt in Richtung Fernsehturm. Er schaut wieder kurz auf, um die reale Geländesituation mit der auf dem Papier zu vergleichen. Dabei begegnen sich unsere Blicke. Wahrscheinlich wird ihm in diesem Augenblick bewußt, wie verbissen er dreinschaut, und da er offenbar Humor hat, muß er lächeln. Damit steckt er mich an, und so ist ein erster Kontakt hergestellt, der ihn zu der verzweifelten Frage ermutigt: »Bitte – Sie mir sagen – wo bin ich?«

Ich nenne den Straßennamen, aber er schüttelt heftig den Kopf und tippt beinahe eigensinnig auf seinen Stadtplan: »Nicht ›Rathausstraße‹ – bitte zeigen hier auf Prospekt!«

Ich trete zu ihm hin und sehe in die Karte. Es ist ein uralter deutscher Stadtplan, in dessen Legenden-Überschrift noch das Wort Reichshauptstadt vorkommt und auf dem noch Straßen nach Nazi-Größen benannt sind. Mit einem dicken Blaustiftstrich ist nachträglich die Grenze zu Westberlin eingezeichnet, und – ebenfalls handschriftlich – sind bestimmte Punkte durch militärische Kartensymbole kenntlich gemacht, Stäbe, Versorgungsdepots, Armeewerkstätten, Lazarette. Törichterweise sage ich ihm, was er natürlich selbst weiß, daß die Karte, der Prospekt, sehr alt sei, und ich erfahre, daß er den Stadtplan 1945 hier in einem zertrümmerten Haus gefunden und ihn erst als Arbeitsmittel, später als Souvenir behalten hat, denn er habe, sagt er, als Leutnant bei der Befreiung Berlins mitgekämpft. Nach mehr als dreißig Jahren sei er jetzt mit einer Gruppe Veteranen zum ersten Mal wieder hier und wolle seinen Genossen morgen den Kampfabschnitt von damals zeigen, zwischen Bischofsstraße, Hohem Steinweg und der Spree, aber er könne ihn nicht mehr finden. Beinahe anklagend hält er mir die Karte entgegen. Ich ziehe meinen Kugelschreiber aus der Brusttasche und bezeichne damit, ohne die Mine herauszudrücken, ungefähr den Punkt, an dem wir stehen.

Er aber schüttelt wiederum den Kopf, und in seinem Antlitz kämpft der Ausdruck der Nachsicht für einen militärischen Laien mit dem des herzlichen Danks für meine Hilfsbereitschaft. »Bitte nein«, sagt er, »dann wir müssen stehen direkt auf dieser Straße, Hoher Steinweg.« Und er deutet auf eine entsprechende Markierung im Stadtplan, um dann auf die reale Umgebung zu weisen: »Aber hier keine Straße, hier Trottoir, warum?«

So wortarm und verständlich ich das vermag, erläutere ich ihm die Neugestaltung des Baubereichs um den Fernsehturm, die das Beseitigen mancher Straßen, das Verändern von Baufluchten und die großzügige Erweiterung von Freiflächen einschloß. Ich führe ihn ein paar Dutzend Meter weiter in Richtung Neptunbrunnen, bis er die restaurierte Marien-Kirche sehen kann, und ermuntere ihn, sich auf dem Stadtplan an Hand dieses Gebäudes zu orientieren.

Es bereitet ihm keine Schwierigkeit, dort die Kirche zu finden. Mit Hilfe des Sonnenstandes hat er auch sehr rasch den Stadtplan »eingenordet«, die Lage der Himmelsrichtungen fixiert. Nun ist der Vergleich zwischen Kartenbild und Umwelt authentisch. Grundsätzliche Irrtümer sind ausgeschlossen. Mein Gesprächspartner weiß das natürlich. Zunächst erleichtert und ruhig, dann immer erstaunter und verdrossener vergleicht sein Blick die Einzeichnungen auf dem Papier mit den Park- und Terrassenanlagen um ihn her. Schließlich gibt er es auf. Es ist keine Übereinstimmung herzustellen.

Ich sehe, wie eine Welle des Zorns in dem Manne heraufrollt, mit der sich seine Enttäuschung Luft machen will, die zerstörte jahrelange Erwartung, eines Tages die großen Minuten vom April 1945 noch einmal milieugetreu nachvollziehen zu können, den persönlichen Anteil an einem Stück Weltgeschichte in der Originalkulisse zum neuen Gegenwartserlebnis werden zu lassen.

Mit einem lauten Fluch, den ich nicht verstehen kann, wirft mein Gefährte den Stadtplan auf den Boden. Wahrscheinlich sehe ich im ersten Moment furchtbar erschrokken aus, denn als sein Blick wieder auf mich fällt, versucht er sofort, mich zu beruhigen, wird fast verlegen, hebt mit einem verzagten Lächeln seine Landkarte wieder auf. »Verstehen bitte«, sagt er zu mir und deutet auf die gepflegte Umgebung, »Milieu kaputt!«

Als bedürfe diese Festellung eines ironischen Kommentars, beginnen in diesem Augenblick mit kräftigem Rauschen die Wasserspiele zu arbeiten, und die Scheinwerfer leuchten auf und tauchen die Springbrunnen und den Fernsehturm in ein Märchenmeer aus gelber Helligkeit.

»Kaputt?« Ich sehe mich um und vermag ein belustigtes Lächeln nicht zu unterdrücken.

Er wirbelt mit der freien Hand aufgeregt durch die Luft, möchte offenbar gern seine Haltung ins rechte Licht rükken, aber ihm fehlen die erforderlichen deutschen Vokabeln. »Nein, nicht kaputt!« beteuert er mit unbeholfenem Nachdruck, »neue Boulevard sehr gut!« Und er versucht, mit einem Gemisch aus russischen und deutschen Worten, mich von seiner ehrlichen Bewunderung für das neue Berlin zu überzeugen. Ich hingegen versuche, ihm das zu ersparen, ihm begreiflich zu machen, daß ich das Mißverständnis in unserem Dialog sehr wohl als ein solches durchschaue.

»Bitte verstehen«, sagt er schließlich, »ich kämpfen in diese Berlin!« Mit der Faust klopft er dabei auf seinen Stadtplan, und ich nicke eifrig, und weil mir daran liegt, für ihn den Widerspruch zwischen seiner Erwartung und der Realität harmonisch aufzulösen, setze ich hinzu – und verfalle dabei prompt in die verbreitete Torheit, im Dialog mit einem Ausländer auch als Deutscher zu radebrechen –: »Aber Sie siegen – für diese Berlin!« Dabei weise ich mit dem Kopf mitten in die pulsierende Lichterfülle, die uns umgibt.

Er verstummt, schaut mich mit schief gehaltenem Kopf eine ganze Weile an und läßt seine Blicke dann langsam und forschend in die Runde gehen, als nehme er alles zum ersten Mal bewußt auf, die Wasserspiele, den Fernsehturm, das Rathaus, den Palast der Republik, die Marienkirche. Dann sieht er mir abermals ins Gesicht, schiebt nachdenklich die Unterlippe vor, und als er nun noch einmal seinen Stadtplan betrachtet, glaube ich etwas wie Wehmut in seinen Augen zu entdecken.

Schließlich sagt er etwas auf russisch, und ich bin unsicher, ob es eine bittere Bemerkung ist oder eine heitere. Er klappt die weitläufige Landkarte zusammen, packt sie mit seinen breiten Händen entschlossen an und zerreißt sie mit einem Ruck in zwei Teile.

Ich bin bestürzt. »Nicht doch!« rufe ich und suche ihm nachträglich in den Arm zu fallen. »So ein wertvolles Souvenir!«

Er geht ein paar Schritte bis zum nächsten steinernen Papierkorb und wirft die beiden Teile des Stadtplans mit Nachdruck hinein.

»Kein Qualität – kein Souvenir!« sagt er. Und blinzelt bereits mit intensiver Neugier zum Glascafé des Fernsehturms hinauf.

Ich weiß nicht, ob man es mir nachfühlen kann: In den nächsten Minuten war ich verdammt unschlüssig, ob ich die Geschichte Zillgitts nicht doch lieber auf sich beruhen lassen und seine Aufzeichnungen unbenutzt zurücksenden sollte.

Die künstlerischen Kräfte eines Theaters sind verpflichtet, täglich den Dienstplan einzusehen, der in der Nähe des Bühneneingangs aushängt und die Arbeitsaufgaben des jeweils folgenden Tages festlegt. Naheliegenderweise hatten wir den Plan für den morgigen Montag schon am Sonnabend während der Premiere studiert, aber die Gewohnheit, auch an spielfreien Tagen die Schritte einmal ins Theater zu lenken, trieb Siggs und mich heute wiederum in die Applaus-Kathedrale, wie im Steinfurther Volksmund das domähnliche Gründerzeitgebäude genannt wurde. Henny und Karin begleiteten uns, wir waren in etwas alberner Stimmung, denn wir hatten nach der Kundgebung den Weg durch den Botanischen Garten genommen, und Siggs hatte uns dazu angestiftet, die neu aufgestellten 37

Verbotsschilder zu zählen und ihre Texte stilkritisch zu würdigen.

In der Pförtnerloge hatte Pülleken Dienst, ein heiterer, agiler Alter, der sich zwar nie eindeutig betrank, aber seinen Spitznamen dennoch zu Recht führte. Ich konnte das auch jetzt wieder an dem zarten alkoholischen Dunst bemerken, der mir aus seiner Fensterklappe in die Nase stieg, als er mich rief und mir ein dickes Briefkuvert aushändigte, das der Lehrling der Druckerei Hafft vorhin für mich abgegeben hatte.

Ich hielt mich nicht lange mit Spekulationen darüber auf, wieso eine solche Übermittlung am Sonntag erfolgt war, dazu war ich auch durch die Sendung selbst zu sehr herabgestimmt. Ich wußte, sie enthielt den Korrekturabzug für das Programmheft zum »Vetter aus Dingsda«.

Ich las nicht gern Korrektur, ich besaß ein natürliches Talent, Druckfehler zu übersehen, und die Gestaltung von Programmheften für weltbekannte Erfolgsoperetten ist für die meisten Dramaturgen ohnehin eine saure Pflichtübung. Aber ich erledigte Unangenehmes, um es hinter mir zu haben, prinzipiell am liebsten sofort. Daher schickte ich meine drei Weggefährten in das Theatercafé, bat sie, eine halbe Stunde auf mich zu warten, ließ mir von Pülleken den Schlüssel zur Dramaturgie geben und sah dort die Bürstenabzüge auf Textgenauigkeit und orthographische Fehler durch. Diese Arbeit dauerte nicht sehr lange, und auf meinem Rückweg zum Pförtner probierte ich – eigentlich mehr aus Spielerei –, ob die Tür zum Intendanzvorzimmer verschlossen sei. Dorthin nämlich hatte das korrigierte Exemplar zu gelangen, nachdem es durch meine Hände gegangen war; es mußte Karl-Herbert Welsch vorgelegt werden, der das Imprimatur erteilte.

Zu meiner Verwunderung war die Tür unverschlossen. In dem Raum mit dem uralten Mobiliar hatte sogar jemand das Durchgangsbrett der geländerartigen Barriere, die den Schreibtisch von Fräulein Habenicht gegen zudringliche Besucher abschloß, nach oben geklappt. Man konnte direkt auf die Polstertür des Intendanzzimmers zugehen, ja, in das Allerheiligste hineingelangen, denn die Polstertür stand offen.

»Wer ist da?« ließ sich Welsch aus dem Nebenraum vernehmen, und statt meinen Namen zu nennen, ging ich die paar Schritte bis zur Polstertür und zeigte mich, erläuternd, daß ich nur die Korrektur auf den Schreibtisch der Sekretärin legen wolle.

»Die Korrektur für das ›Vetter‹-Programmheft?« fragte Welsch, und als ich bejahte, schob er seine Zettel und Ausarbeitungen beiseite, mit denen er beschäftigt gewesen war, stand von seinem löwenfüßigen Schreibtisch auf und streckte eine Hand aus: »Gib mal gleich her, das interessiert mich!«

Dabei lud er mich ein, in der Sesselecke seines Zimmers Platz zu nehmen, während er sich über den Korrekturabzug beugte und blätternd vor sich hin pfiff.

Plötzlich lachte er auf. »Operette in drei Akten von Haller und Gaudeamus«, las er belustigt vor. »Rideamus heißt der Mann, der die Gesangstexte schrieb, Rideamus, zu deutsch: laßt uns lachen!« Ich ärgerte mich, offenbar wieder einen Fehler übersehen zu haben, und sagte lässig zu, ich würde den Namen noch einmal vergleichen.

Er lachte erneut. »Da brauchst du nichts zu vergleichen, du kannst mir schon glauben. Sieh einmal hinter dich auf das Foto!«

Ich folgte seiner Aufforderung und betrachtete an der Wand ein etwa heftgroßes gerahmtes Bild, eine Momentaufnahme von einem Tennisplatz, nach der Kleidung der Leute zu urteilen etwa aus dem Jahr 1930.

Welsch erläuterte: »Der Jüngling auf der linken Feldhälfte braucht dich nicht zu interessieren, der bin ich, aber der Spieler rechts, mit der schwungvollen Rückhand, das ist der Sohn von Herrn Rideamus, oder richtiger von Dr. Fritz Oliven, wie er in Wirklichkeit hieß. Mein Vater kannte ihn gut. Als Kollegen, sozusagen. Beide waren im Berlin der zwanziger Jahre ziemlich gesuchte Rechtsanwälte.«

Ich betrachtete weniger den Librettistensohn als vielmehr den tennisspielenden Jüngling Welsch, und mir fiel auf, wie wenig der sich in den zwanzig Jahren bis heute – wenn man vom stark gelichteten Haupthaar absah – verändert hatte.

»Warst du ein guter Tennisspieler?« fragte ich.

Er winkte lächelnd ab, während er sich weiterlesend zu mir an den kleinen Messingtisch setzte. »Mittelmäßig, mittelmäßig. Aber als einziger Sohn von Justizrat Dr. Konrad Welsch natürlich Mitglied des exklusiven Tennisklubs Fortuna 04. Genau wie der zuschauende Jüngling im Hintergrund, Achim, der zweite Sohn des Reichskanzlers Stresemann, damals Musikstudent, dessen unmögliches Tennisspiel übrigens bei uns sprichwörtlich war. Die Mitgliedschaft bei Fortuna 04 verlieh gesellschaftliches Renommee; der Sport war Nebensache.«

Meine Berufsneugier ließ mich nun auch nach der vierten und letzten Person auf dem Foto fragen, eine Dame, die im hellen sportlichen Straßenkostüm neben Stresemann junior stand und ein futteralverpacktes Racket in der Hand hielt.

»Die Dame Felicitas?« Welsch gab bereitwillig Auskunft. »Sie war der Star des Vereins, zweimalige deutsche Tennismeisterin und Gewinnerin vieler internationaler Turniere. Ihr Vater galt als bedeutender Komponist; du hörst noch heute fast täglich sein berühmtestes Werk im Radio, die Ouvertüre zur Oper Donna Diana.«

»Ach«, sagte ich, »der Mann mit dem langen, komischen Namen?«

»So ist es. Emil Nikolaus Freiherr v. Reznicek. Aber wie ich dich kenne, wird dich nun die Wißbegier nicht schlafen lassen, wieso ich mir diesen Ladenhüter ins Zimmer hänge.«

Ich erklärte mich für durchschaut.

Er schob den Korrekturabzug mit den Fingerspitzen ein paar Zentimeter von sich weg und schien mir auf einmal sehr nachdenklich und beinahe bedrückt.

»Es hat drei Gründe. Zunächst ist dies das einzige Foto, das mir aus meiner Jugend geblieben ist. Alles andere ist entweder in Berlin verbrannt oder jenseits der Oder verschollen. Aber der zweite Gesichtspunkt ist gravierender. Mein persönlicher Weg bis zu meiner Verantwortung in diesem Haus, bis zu diesem Platz in diesem Staat, der Sprung vom Fortuna 04-Mitglied zum Sozialisten ist ja eigentlich regelwidrig. Natürlich hat man heute noch Augenblicke, in denen sich Wertungen oder Ansichten, die man aus der Kindheit oder Jugend mit sich herumschleppt, unversehens geltend machen. Dann sehe ich auf das Bild, und dann wird mir das Wesen des Widerspruchs bewußt, in dem ich mich jeweils befinde. Und dann kann ich besser entscheiden, zweckdienlicher, ›proletarischer‹, wenn du so willst.«

So absonderlich diese Beziehung auch schien, ich vermochte mich durchaus in sie hineinzudenken, aber viel mehr als solche psychologischen Offenbarungen hätten mich Fakten aus dem anscheinend ungewöhnlichen Lebensgang meines Gesprächspartners interessiert. Weil jedoch intelligente Menschen, sobald sie von sich selbst zu erzählen begonnen haben, merkwürdigerweise nicht so bald wieder aufhören, gelang es mir leicht, den Redestrom Welschs in die Richtung meines Interesses zu lenken.

So erfuhr ich von seiner väterlichen Villa in Zehlendorf mit eigener Orangerie und speziellem Gartenpersonal, der engen Verbindung des alten Welsch mit den Größen des Bankkapitals, von den früh geebneten Wegen für den jungen Karl-Herbert, nach Abschluß des Nationalökonomie-Studiums bald in ein Bankdirektorium aufzurücken, und von dem »Betriebsunfall«, der das alles mit dem Jahr 1933 zunichte machte. Der alte Welsch hatte sich nicht nur zu eng mit jenen Kapitalgruppen liiert, die der Deutschen Demokratischen Partei nahestanden und deren Exponenten vielfach Vorfahren jüdischen Glaubens gehabt hatten, er hatte auch gerade im Januar 33 für einen von ihnen, einen Freiherrn v. Goldschmidt-Rothschild, einen vielbeachteten Millionenprozeß gegen Herrn Hugenberg gewonnen, den finanziellen Hauptmanager Hitlers. Und als es ihm gar noch gelang, das Vermögen eines ehemaligen Reichsministers, den die SS in der Mordnacht vom 30. Juni 34 umbrachte, in die Schweiz zu transferieren, war er als Staatsfeind und Judenknecht abgestempelt. Er wartete die drohenden Repressalien nicht erst ab, schloß von sich aus am 3. August 34 seine Anwaltspraxis, verkaufte die Villa samt Orangerie und erwarb in Berlin-Kaulsdorf ein kleines Einfamilienhaus, in dem er, bereits seit 1924 Witwer, im ersten Kriegsjahr starb, lange bevor dieses Anwesen bei einem Luftangriff völlig ausbrannte.

Aber mit dem väterlichen Rückzug aus der Großen Welt war auch die Karriere des Sohnes abgeschnitten. Karl-Herbert legte zwar noch die Staatsprüfung ab, aber seine Dissertation »Über den Einfluß des Bankhauses Gerson Bleichröder auf die Balkanpolitik des Fürsten Bismarck« wurde zurückgewiesen (Gerson Bleichröder war ein Jude), und nur mit Mühe gelang es, dem jungen Herrn eine Tätigkeit als Leiter einer abgelegenen Filiale der Commerz- und Privatbank zu verschaffen, zunächst in Köslin, später in Wanne-Eickel und schließlich in Züllichau. Mit wenigen Ausnahmen zogen sich alle alten Freunde von dem Sohn des Staatsfeindes und Judenknechts zurück, seine Klasse verstieß ihn, und in dem öden Einerlei der Provinzfilialen mit ihren drei oder vier Angestellten erhielt Karl-Herbert Welsch ausgiebig Zeit und Gelegenheit, über die Mechanismen nachzudenken, die eine solche Entwicklung bewirkt hatten. Überdies ergab eine ärztliche Untersuchung bei ihm 1936 einen ernsten Tuberkulose-Verdacht. Jahrelang laborierte er an dieser gefährlichen Krankheit, die aber zum Glück nicht akut zum Ausbruch kam. Immerhin wurde er nicht zur Wehrmacht eingezogen, auch im Kriege nicht, erhielt aber andererseits nach dem Nazigesetz zur Verhütung erbkranken Nachwuchses zum Beispiel auch keine Eheerlaubnis, so daß seine langjährige Verlobte sich schließlich einem strammen HJ-Führer und Reserveleutnant zuwandte. Seltsamerweise sei, fügte Welsch achselzuckend hinzu, seine Lunge just in den Nachkriegsjahren trotz der Ernährungsschwierigkeiten völlig ausgeheilt; er rechne das dem Wegfall des psychischen Drucks zu, ein Deklassierter zu sein.

Mir fiel auf, daß mein Gesprächspartner wieder mehr und mehr in den mir vertrauten Plauderton zurückglitt, nachdem ich bei seiner Schilderung der Ereignisse von 1933 einen harten Glanz in seinen Augen bemerkt hatte, einen Ausdruck von Verbissenheit, der mir an meinem amtierenden Intendanten einfach neu war.

»Ja, und der dritte Grund, weshalb ich das Foto hier anbrachte«, fuhr Welsch in seiner altgewohnten Erzählweise fort, die mich immer ein bißchen an den Dialog einer anspruchsvollen Boulevardkomödie erinnerte, »der hat Bezug zum ›Vetter aus Dingsda‹, nämlich zum Sohn des Mannes, der in deinem Programmheft fälschlich Gaudeamus heißt, zu meinem Tennispartner Hans Oliven. Auch er zog sich 1934 von mir zurück, wie alle anderen, aber im Februar 1945 hat er mir möglicherweise das Leben gerettet. Als die Rote Armee auf die Oder vorstieß, nahm ich das Hauptbuch meiner Bankfiliale und schloß mich einem richtigen Treck an, der mit Pferd und Wagen westwärts flüchtete. Aber von Rechts wegen war ich trotz meiner Tbc laut Führerbefehl verpflichtet, meine Bank und meine Stadt als Volkssturmmann bis zum letzten Atemzug zu verteidigen. In der Nähe von Cottbus holte mich auch prompt die Feldgendarmerie von dem Kutschwagen, auf dem ich mitfuhr, und es sah sehr schlimm für mich aus, denn die Kettenhunde legten mir nach Einsicht in meine Papiere nichts Geringeres als Desertion zur Last, was ein sofortiges standgerichtliches Todesurteil hätte bedeuten können, wenn der vorgesetzte Offizier, zu dem sie mich schleppten, ihre Ansicht geteilt hätte. Dieser Offizier aber war Hans Oliven. Ich erkannte ihn sofort, und ich bin sicher, daß auch er mich erkannte. Der Raum war ein Klassenzimmer einer Dorfschule. Die Bänke hatte man übereinander entlang der Wand aufgestapelt. Hauptmann Oliven stand erhöht hinter dem Katheder, ein offenbar angetrunkener SS-Hauptsturmführer saß neben ihm, hinter ihm hielten sich zwei Feldwebel mit Stahlhelm und Maschinenpistole bereit, über ihm hingen in einer Reihe die Bilder des Alten Fritz, Hindenburgs und Hitlers an der Wand, und auf der Schultafel stand in schöner Sütterlinschrift: Adjektivische Endungen -ig, -lich; Schmutz – schmutzig, Tod – tödlich. Der Kettenhund, der mich hereingestoßen hatte, übergab Oliven meine Papiere, in die dieser so lange hineinstarrte, daß ich deutlich spürte, er benötigte Zeit, um mit unserer absurden Begegnung innerlich fertigzuwerden. Nach einem scheuen Blick auf den SS-Führer, der weltverloren mit seinem Taschenmesser spielte, entnahm er meiner Brieftasche einen vervielfältigten Runderlaß des Reichsfinanzministers Graf Schwerin v. Krosigk, der die Leiter der Zoll- und Steuerämter (zu denen ich gar nicht gehörte) anwies, wie sie ›bei drohender Feindberührung‹ ihre Unterlagen und Barbestände zu sichern hatten. Uns Bankleuten war diese Anweisung durch den Reichsbankpräsidenten abschriftlich mitgeteilt worden, und so kam das Papier in meine Habe. Stockend und kurzatmig fragte Oliven: ›Sie haben hier einen Befehl – ja – des Reichsministers der Finanzen, bestimmte – also – Unterlagen in Sicherheit zu bringen?‹ Ich betrat die Brücke, die er mir baute, und bejahte rasch. ›Dann lassen Sie sich‹, fuhr er mich nach einem neuerlichen Blick zu dem SS-Führer an, ›gefälligst das nächste Mal einen Marschbefehl Ihrer Kommandantur ausstellen! Wir haben totalen Krieg, werter Herr, und kein Tennismatch!‹ Ich nickte eifrig, und er befahl, nachdem er meinen Bestimmungsort barsch erfragt hatte, einem seitab sitzenden Schreiber, ein Formular auszufüllen, stempelte und unterschrieb es und ließ es mir samt meinen Papieren durch meinen Bewacher aushändigen. Ich bedankte mich in militärischer Haltung, machte kehrt und strebte rasch dem Ausgang zu, während der Hauptmann hinter meinem Rücken noch etwas von ›ungedienten Zivilisten‹ und ›denken wohl, daß es wieder anders kommt‹ blaffte und mit einem dröhnenden ›Heil Hitler!‹ sein Gerede abschloß, weil ich in der Eile vergessen hatte, beim Verlassen des Raumes den ›deutschen Gruß‹ zu entbieten. Das Formular, das ich mir draußen ansah, war ein ordentlicher Marschbefehl, mit dem ich auf dem wenig entfernten Bahnhof eine Fahrkarte erwerben konnte, so daß ich eher in Steinfurth eintraf als die Leute, die dorthin mit dem Gespann unterwegs waren. So kam ich davon, und auch daran erinnert mich dieses Foto, zugleich aber auch an das drohende ›Heil Hitler!‹, das sozusagen der programmatische Abschied dieses Mannes von mir war, denn ich habe nie mehr etwas von ihm gehört.«

Welsch stand auf, trat an das hohe, schmale Fenster, reckte Schulterpartie und Oberarme ein wenig und wölbte die Brust, als wolle er sich zu sportlicher Betätigung in Kondition bringen.

Ich nahm schweigend die Korrekturblätter des Programmhefts wieder an mich, denn der verdruckte Name des Herrn Rideamus mußte ja noch berichtigt werden, sah auf die Uhr und bemerkte mit Schrecken, daß meine drei

Gefährten mich im Theatercafé schon ungeduldig erwarten würden.

Ich erhob mich, aber da hörte ich, wie die Vorzimmertür geöffnet wurde und zwei Männer mit polternden Schritten in das Sekretariat kamen.

»Und wenn er keinen Wodka hat«, war dabei in der etwas roh artikulierenden Sprechweise Dr. Hopfs zu vernehmen, »dann trinken wir ihm seinen Repräsentationskognak aus!«

»Ungeschoren kommt er jedenfalls nicht davon«, ergänzte mit seiner überanstrengten Stimme Etappen-Hase, während er leibhaftig in der Öffnung der Polstertür sichtbar wurde.

»Immer auf dieselbe Stelle«, sagte Welsch lächelnd, »und immer wieder vergeblich, weil ich wegen meiner Gesundheit keine hochprozentigen Flüssigkeiten trinke. Aber hereinkommen könnt ihr trotzdem. Bitte!« Er deutete auf die beiden Armstühle gegenüber dem Schreibtisch, nicht auf die Sesselecke, und Hase ließ sich auch ohne Umschweife auf einem der Plätze nieder.

Hopf nahm von der Tür her auch mich wahr und begrüßte mich lauthals. »Ach, Rocki?« rief er, »prächtig, daß du dabei bist, dann kann die Jugend auch gleich mal ihre Meinung äußern!« Und er ließ meine Hand nach der Begrüßung nicht wieder los, sondern zog mich zu dem einzelnen Polsterstuhl, der an der Schmalseite des löwenfüßigen Intendantenschreibtisches stand, und brachte mich mit sanftem Nachdruck zum Sitzen.

»Wir kommen nämlich direkt von Arno Lehfeld!«

»Dann habt ihr doch eure Wodkas schon weg!« fiel ich Hopf in die Rede, denn die phonstarke Aufgeräumtheit der Ankömmlinge gab mir zu solcher Vermutung deutlichen Anlaß. Beide lachten.

»Arno ist ein Pfundskerl«, sagte Hase, »denkt an meine Worte: Der macht einmal seinen Weg!«

»Arno ist schwer im Kommen!« ergänzte Hopf, während er sich setzte. »Der befaßt sich nicht lange mit Wenn und Aber, der macht tabula rasa mit der Bürgerkaste!«

»Das ist auch der Grund, warum wir dir auf den Schreibtisch fallen, Karl-Herbert.« Hase hatte jene gönnerhafte Biedermannspose angenommen, die nach meiner Beobachtung bei ihm stets abenteuerliche Erörterungen einzuleiten pflegte. »Auch Arno ist der Meinung, daß die Untersuchung des Mordfalls zu liberal angefaßt wird. Rudi Zillgitt in allen Ehren, klassenbewußter Genosse, gibt's gar nichts, aber hier fehlt ihm einfach der politische Weitblick.«

»Er ist ein Taktiker, kein Stratege«, bekräftigte Hopf, und Hase deutete mit dem Finger direkt auf die Lippen des Doktors. »Du nimmst mir das Wort von der Zunge, Rudi hat kein Gefühl für die neue Etappe, in der wir stehen. Er sammelt Indizien, Hinweise, Aussagen, wie ein bürgerlicher Kriminalkommissar, anstatt vom Klassencharakter eines Verbrechens auszugehen und um jeden Preis erst mal klassenmäßig zu handeln! So was kann schwer in die Äppel hauen, ich muß das so deutlich sagen. Eine Fahrkarte nach Berlin kostet sechzehn Mark achtzig. Zillgitt scheint zu glauben, der Mörder wisse das nicht. Wenn es dem Täter paßt, haut er nach Westberlin ab, und dann können wir ermitteln, soviel wir wollen: Für die Masse der Schwankenden ist erwiesen, man kann der Arbeiter-und-Bauern-Macht eine Nase drehen, und die Feinde trauen sich wieder aus ihren Schlupflöchern und werden frech. Mit der Macht darf man nicht spielen. Wird sie angegriffen, muß man als erstes der Konterrevolution einen Schuß vor den Bug verpassen, ein paar bourgeoise Elemente festsetzen – Begründungen gibt es genug, denn die Gesetze verletzen sie alle. Deshalb schlägt Arno vor, eine Handvoll angesehener Genossen soll zur Landesregierung fahren, ins Innenministerium, und unsere Sorge dort auspacken. Wir können uns offen auf Arno berufen, sagt er, sollen aber am besten nicht zum Minister gehen, der sei ein ähnliches Kaliber wie Zillgitt, sondern zum Ministerialdirektor Schorsch Reißenweber, dem die Kaderfragen der Volkspolizei unterstehen und der einen harten revolutionären Kurs steuert. Wir sind gleich hergekommen, weil wir wissen wollen, ob ihr euch beteiligt.«

Karl-Herbert Welsch war sofort und vollständig einverstanden. An der unglatten Sprechweise und der etwas hochnäsigen Schärfe, mit der er das zum Ausdruck brachte, bemerkte ich, daß dieses Einverständnis wirklich seiner tiefen und leidenschaftlichen Überzeugung entsprach, und ich wunderte mich darüber, denn dem Persönlichkeitsbild, das ich mir von meinem amtierenden Intendanten entworfen hatte, hätte eher ein entschiedenes Eintreten für Zillgitts Bemühungen entsprochen, die Revolution mit der antifaschistischen Gesetzlichkeit des neuen Staates voranzubringen und nicht gegen sie.

Ich selbst erhob Widerspruch. Aber, ich will es nicht verschweigen, dieser Widerspruch war ziemlich zaghaft und unsicher. Ich weiß, daß mich da heute jeder Schüler beschämen würde, der aus der Geschichte und den Beschlüssen der Partei die Unhaltbarkeit der Haseschen Forderungen nachweisen könnte. Aber damals waren diese Schüler eben noch nicht geboren, war diese Geschichte noch nicht geschrieben, hatte man diese Beschlüsse noch nicht gefaßt. Was Henny mir vorhin auf dem Kundgebungsplatz zugeflüstert hatte, ging mir immer wieder durch den Sinn, daß nämlich Revolutionszeit sei und für uns noch vieles auf der Kippe stehe. War da nicht wirklich ein rigoroseres Vorgehen angebracht?

Dr. Hopf hatte gerade begonnen, mir an Hand der konterrevolutionären Banden in Polen, an Hand des Trommelfeuers täglicher Rias-Voraussagen über den bevorstehenden Zusammenbruch unseres Staates das gefährliche Versöhnlertum in meiner Haltung nachzuweisen, als das Telefon schrillte.

Karl-Herbert meldete sich und lauschte; offenbar nahm er eine Anfrage Püllekens entgegen, denn er sagte schließlich: »Bitte, natürlich, führen Sie ihn herauf.« Dann legte er auf, schob die Papiere auf seinem Schreibtisch endgültig beiseite und unterrichtete uns mit einem etwas maliziösen Unterton: »Unsere Runde erhält weiteren Zuwachs. Lupus in fabula. Genosse Zillgitt gibt uns die Ehre.«

In den nachgelassenen Papieren Zillgitts steht, er habe beim Eintreten in die Intendanz den Eindruck gehabt, eine Gruppe Verschwörer zur Unzeit zu überraschen. Anzumerken war ihm von einem solchen Gefühl aber nichts. Er begrüßte uns mit dem unbefangenen, etwas jokosen Ton, wie ihn gelegentlich heute noch verantwortliche Genossen an sich haben, wenn sie ganz unter sich sind, warf seinen wasserdichten Mantel über eine Sessellehne und setzte sich zu uns, indem er den einzigen noch freien Stuhl von der Wand abrückte und sich zwischen Hopf und Hase auf ihm niederließ, Karl-Herbert Welsch genau gegenüber.

Er habe sich eigentlich nur auf der Vorbeifahrt beim Pförtner erkundigen wollen, wie er morgen den amtierenden Intendanten am besten erreiche, aber da er dabei erfahren habe, Welsch sei im Hause, habe er gleich die Gelegenheit zu einem kurzen Gespräch beim Schopfe gepackt. Daß er hier auch auf drei weitere Mitbeteiligte treffe, sei gar nicht ungünstig, denn es erspare ihm möglicherweise Wege und Zeit. Er erbat sich von Welsch Angaben über die Geschäftsbeziehungen Haldewegs zu den Städtischen Bühnen, notierte sich für 1950 ein Wertvolumen Haldewegscher Fuhrleistungen von 26 000 Mark und erkundigte sich dann nach den Umständen, unter denen die Zusammenarbeit zwischen dem Theater und dem Ermordeten überhaupt zustande gekommen sei.

Ich sah, wie es Hopf und Hase schwerfiel, bei dieser – auch nach meiner Meinung der Sache fernliegenden – Fragestellung ruhig zu bleiben. Und auch Welsch merkte ich eine wachsende Erregung an, die sich in fahrigen Handbewegungen und einem sarkastischen Unterton seiner formgewandten Antworten kundgab.

Bei den Anstrengungen, erklärte er beherrscht, eine gewisse Sicherheit in die chaotischen Verhältnisse zu bringen, unter denen 1946/47 die auswärtigen Gastspiele des Theaters stattfanden, seien mehrere verantwortliche Mitarbeiter auf den Vorschlag einer ständigen Zusammenarbeit mit einem kleinen Fuhrbetrieb verfallen. Auch er selbst. Und bei der Überprüfung der Möglichkeiten habe sich herausgestellt, daß er, Welsch, einen der Kandidaten bereits – wenn auch oberflächlich – kannte. Und zwar seit dem Februar 1945, als er jeden in Steinfurth eintreffenden Umsiedlertransport aufsuchte, um eventuell etwas über den Verbleib seines eigenen Trecks zu erfahren, von dem er getrennt worden war. Dabei sei er einmal mit Haldeweg ins Gespräch gekommen, der mit seinem Pferdegespann auf dem Neumarkt stand und Köslin als seinen Geburtsort erwähnte, eine Stadt, sagte Welsch, die er selbst gut kannte, weil er dort 1934 bis 1936 tätig gewesen war. Ein knappes Jahr nach diesem Gespräch habe er, damals als Aktivist der ersten Stunde mit der Leitung der Gewerbeaufsicht beim Magistrat betraut, Haldeweg einmal für die Übernahme eines lebenswichtigen Gütertransports gewinnen müssen; da habe dieser schon seinen Holzgasbus besessen. Und schließlich sei er Haldeweg bei den alten Katelhöns wiederbegegnet, dem Gärtnerehepaar seines Vaters, das dieser, als er 1933 seine Villa verkaufte, an einen hiesigen Oberlandesgerichtsrat weitervermittelt hatte. Er, Welsch, habe zu den alten Leutchen ständig enge Beziehungen beibehalten und sorge auch heute noch für sie. Bei den Katelhöns sei Haldeweg im Sommer 1946 als Untermieter einquartiert worden, dort habe er ihn zufällig getroffen und kurzentschlossen auch das erste Sondierungsgespräch über eine mögliche Zusammenarbeit geführt. Später sei dann, nach verschiedenen Beratungen in der Leitung des Theaters, wirklich ein entsprechender Vertrag zustande gekommen.

Zillgitt hatte wiederum eifrig und intensiv mitgeschrieben, wobei er sich offensichtlich sehr hatte abmühen und abhetzen müssen, denn Welsch sprach fließend und schnell. Aber gerade dieser Einsatz aller Kräfte für die Aufhellung eines Fakts, der nach unserer Überzeugung nur drittrangige Bedeutung haben konnte, erbitterte meine drei Gesprächsnachbarn gegen den VP-Rat noch mehr. Es war seltsamerweise der sonst so konziliante und zurückhaltende Welsch, der sich entschloß, dieser Stimmung offen Ausdruck zu geben.

»Ich habe dir diszipliniert die erfragte Geschichte erzählt«, fügte er mit leiser Stimme an seine Aussage an, »aber wie ich an den Gesichtern der Genossen sehe, bin nicht nur ich verwundert, daß ihr in einer zugespitzten politischen Situation eure kostbare Zeit für solche Erhebungen einsetzt, pour la neige d'antan, für den Schnee vergangener Jahre. Natürlich sind wir Laien, was die Fachfragen der Kriminalistik anlangt, aber wir sehen die Aufklärung dieses Mordfalles eben zuerst als politische Frage an, und da halten wir uns durchaus für kompetent. Und sind äußerst besorgt, das muß offen gesagt werden, vor allem wegen des objektivistischen Herumrecherchierens, zu dem ihr euch entschlossen habt, anstatt sichtbar und sofort Machtmittel einzusetzen, die die unentschiedenen Klassenkräfte auf uns orientieren und den Feind einschüchtern.«

»Goldrichtig!« warf Etappen-Hase ein, »genau dieser Meinung ist Arno Lehfeld auch!«

Doch für den Zwischenruf hatte Zillgitt nur eine fast verächtliche Handbewegung, während er Karl-Herbert Welsch voll ansah, zweifelnd die Nase krauste und ihm ruhig zur Antwort gab: »Vorsicht! Das haben jetzt manche Genossen drauf: Argumentationen, die klingen bestechend. Wie deine. Aber denk sie dir praktisch realisiert – Fehlanzeige, leeres Stroh, Kurzschluß. Oder meinst du ernsthaft, wir sollten zunächst einmal wahllos verhaften, auch Unschuldige, nur um den Klassenfeind einzuschüchtern?«

»Was heißt Unschuldige?« fuhr Dr. Hopf rauh dazwischen und schlug sich, während er sprach, mehrmals heftig mit der Hand auf das Knie, »wenn man sich die Leute nach ihrer Klassenposition ansieht, die Profiliertesten von all den verkappten Bourgeois, sofern man sie zur Tat irgendwie in Beziehung bringen kann, erst mal in Gewahrsam nimmt und sie dann auf Herz und Nieren überprüft: Irgendwo hat von den Brüdern jeder Dreck am Stecken, aber jeder!«

Es war deutlich zu sehen, wie Zillgitt innerlich wütend wurde, seine Wangenmuskeln spannten sich, seine Rechte krampfte sich um den Drehbleistift zusammen, und erst nach einer Weile sagte er mit eisiger Ruhe: »Solch ein Vorgehen widerspricht den Parteibeschlüssen, widerspricht den Gesetzen. Unseren! Und gerade Sie –«, dabei wandte er sein Gesicht Dr. Hopf zu und steigerte merklich die Lautstärke, »Sie sollten froh und dankbar sein, daß unsere Gesetze solch ein Vorgehen ausschließen. Wenn es nämlich politisch auf bloße Festnahmen ankäme, dann wären Sie dafür zur Zeit einer der Spitzenkandidaten!«

Hätte ich, bevor ich sie hier wirklich beobachten konnte, solch eine Situation in einer Erzählung oder einem Roman darstellen müssen, ich hätte Dr. Hopf jetzt aufspringen und in einer unbeherrschten, halb gebrüllten Rede, die ihn beinahe bis zu Tätlichkeiten hingerissen hätte, sich diese

Beleidigungen verbitten lassen: Eine sittliche Eruption in einer mit Schmutz beworfenen Majestät. Aber das wäre ganz falsch gewesen.

Hopfs gelbe Gesichtsfarbe wechselte ins Graue, seine Blicke gingen mißtrauisch von einem zum anderen, und mit dem kläglichen Versuch eines Lächelns stieß er heiser und ruckweise hervor: »Eine Intrige! Eine glatte Intrige! Irgendwer hat mich angeschwärzt. Wer? Ihr müßt das herauskriegen: Wilfried, ich bitte dich – ruf sofort Arno Lehfeld an! Warne ihn. Ich bin bloß der Anfang. Das ist eine ganze Aktion. Oder steckt Harry Czech dahinter...?«

»Dreh nicht durch!« raunte Etappen-Hase, und Zillgitt konnte nur befremdet den Kopf schütteln.

»Niemand hat Sie angeschwärzt. Im Nachlaß Haldewegs fand ich Ihren Schuldschein. Sie hatten sich von dem Ermordeten eine große Geldsumme geliehen und hätten sie am morgigen Tag zurückzahlen müssen. Für Kriminalisten Ihres Geschmacks wäre das erst mal ein Tatmotiv, um Sie festzunehmen. Ich bin sicher, Sie haben die fällige Summe nicht beisammen.«

So viel Verblüfftsein, wie ich bei dieser Enthüllung in Karl-Herbert Welschs Zügen gespiegelt fand, hatte ich bisher kaum auf einer Gesichtsfläche beisammen gesehen. Hopf hingegen schien irgendwie erleichtert, er war ganz eifrig, hatte sogar wieder etwas Farbe im Gesicht und sagte fast triumphierend: »Doch. Doch! Ich habe das Geld. Ich habe es.«

Mit einem sarkastischen Auflachen meldete sich Welsch: »Das, glaube ich, kann ich bestätigen. Dr. Hopf hat sich von mir am Mittwoch 2500 Mark geliehen. Freilich mit einem völlig anderen Verwendungszweck.«

Zillgitt schrieb wieder. »2500?« fragte er. »Die Schuld bei Haldeweg beträgt nur 2000.«

Dr. Hopf hob die Blicke zur Decke und bewegte ungeduldig den Oberkörper hin und her. »Nun ja, etwas benötigte ich auch für mich. Mein Jüngster ist jetzt in die Schule gekommen –«

»Dafür habe ich dir doch 300 gepumpt!« warf Etappen-Hase empört ein, und es wirkte so, als wolle er sich vor allem selbst gegen mögliche Vorwürfe sichern, er habe seinen Freund im Stich gelassen und sich aus der offenbar stadtweiten Gläubigerschar ausgeschlossen.

Hopf rang die Hände. »Wilfried, das brauchte ich doch für die nächste Rückzahlungsrate von dem Sparkassenkredit, den mir Arno Lehfeld verschafft hatte.«

Jetzt mußte ich erhebliche Energie aufwenden, um das in mir aufsteigende Lachen zu unterdrücken. Eine Komödienkatastrophe wie bei Ostrowski, getäuschte Gläubiger, wohin man sah.

Zillgitt forderte Hopf ziemlich barsch auf, schnellstens Ordnung in seine Finanzen zu bringen, denn wenn einer der Gläubiger Strafantrag stelle, könne der Kunstpapst glatt wegen Betruges verurteilt werden, und wie das politisch auf die »Masse der Schwankenden« wirken würde, müsse man wohl nicht noch besonders erläutern.

Als ich auf Hopf sah, wurde mir klar, daß ich recht daran getan hatte, mein Lachen niederzukämpfen. Sein Haar fiel ihm strähnig über die Ohren, auf seiner Stirn stand Schweiß, und seine Schultern hingen schlaff herunter. »Ordnung hineinbringen«, wiederholte er bitter und mit heiserer Stimme. »Wie denn? Als Museumsleiter erhalte ich monatlich laut Tarif 531 Mark Gehalt. Ich habe vier Kinder, und hundert Mark brauche ich eben für Bücher. Ja, die brauche ich, meine Bibliothek, das ist meine Lebensluft. Und wenn ich hausen müßte wie ein Stück Vieh, aber neue Bücher, das muß eben sein! Ja, ja, seid schon ruhig, Genossen, euer Geld kriegt ihr. Auf Heller und Pfennig. Aber nehmt mir's nicht übel: Ich möchte jetzt gehen.«

»Ich komme mit, Robert«, sagte Etappen-Hase, und daß er Hopf jetzt nicht im Stich ließ, berührte mich angenehm.

Zillgitt brach ebenfalls auf. Er habe im Moment keine weiteren Fragen, meinte er, nahm sich seinen Mantel von der Sessellehne und gab dem Gastgeber und mir zum Abschied die Hand.

Hopf und Hase waren bereits gegangen, und im Kielwasser Zillgitts nutzte ich die Gelegenheit, um mich gleichfalls zurückzuziehen. Ich brachte meinen Korrekturabzug wieder in die Dramaturgie, gab rasch die Schlüssel ab und eilte dann im Laufschritt ins Theatercafé hinüber, wo mich

– so war ich sicher – vor allem von seiten Hennys heftige Vorwürfe erwarteten.

Aber auch hier verlief alles ganz anders. Ein baumlanger Mensch saß bei meinen drei Gefährten am Tisch, ungefähr in meinem Alter, aber mit einem jungenhaften Gesicht, und man unterhielt sich bei Wodka und Bier offenbar ausgezeichnet.

»Rocki kommt«, rief Siegfried mit alkoholverstärkter Wiedersehensfreude, »hoffentlich bringst du umwerfende Neuigkeiten mit, denn wir sahen vorhin Hopf und Hase ins Bühnenhaus eilen.«

»Hol dir einen Stuhl heran«, sagte Henny, und sie war gar nicht verärgert, so daß ich wortlos ihrer Anregung nachkam und mich neben sie an den runden Marmortisch setzte.

»Unsere Akquisition für den heutigen Abend«, fuhr Siggs mit launigem Pathos fort, während er auf den baumlangen Fremden wies, »das ist Oberleutnant Weidenbruch aus Berlin. Er soll hier Rudi Zillgitt zur Seite stehen. Du hast das Blauhemd noch an, da kannst du Bernd zu ihm sagen!«

Unwillkürlich sah ich mich in dem langgestreckten, schmalen Café um, weil Siggs den Dienstrang und den Auftrag des Fremden so ungeniert austrompetet hatte, aber es war noch nicht Theaterzeit, und nur am äußersten Ende des Raums saßen ein paar Gäste, Kränzchentanten.

»Das ist also Rocki«, sagte Weidenbruch, stand auf, reichte mir die Hand und nannte dabei überflüssigerweise noch einmal seinen Namen.

»Du kennst mich?« fragte ich erstaunt, und Henny erläuterte tiefbekümmert: »Deine anstößigen Verse sind auch bei der Staatssicherheit längst bekannt.«

»So? Anstößige Verse machst du?« meinte der Oberleutnant mit gespieltem Befremden, aber Siggs relativierte den Vorwurf herablassend, indem er feststellte, hinsichtlich dieses literarischen Genres befände ich mich eigentlich noch im Anfangsstadium der Qualifizierung.

»Die Wirklichkeitseindrücke fehlen ihm«, klagte Karin theatralisch, »seit Henny ihn fest in Händen hat, darf er die Nachtgesellschaften bei den Brüdern Tamm nicht mehr besuchen.«

»Nicht so laut!« raunzte ich ärgerlich, denn Anitamaus schaukelte heran, die phlegmatische, aber mit reizvollen Körperformen ausgestattete Kellnerin, die zum Stammkreis dieser Nachtgesellschaften gehörte. Sie griente mich an, denn sie kannte mich natürlich – wie sie fast alle Theaterleute kannte –, aber ich hatte leider die Unvorsichtigkeit begangen, Siggs zu erzählen, daß ich ihr bei den Tamms begegnet war. Kaum war sie daher mit der Bestellung einer neuen Bier- und Wodkarunde wieder von dannen geschaukelt, als Siegfried dieses Anlächeln lauthals als Symptom intimer Vertrautheit ausgab und mich provokatorisch nach meinen Eindrücken von den unverhüllten Reizen der Kellnerin zu befragen begann, die ich doch bei den Tamms gewiß ausgiebig studiert hätte.

Vergeblich machte ich geltend, daß ich ja nur ein einziges Mal solch eine verrufene Feier bei den Brüdern besucht hätte und daß, nach diesem Besuch zu urteilen, die kursierenden Vorstellungen von den dortigen Orgien maßlos übertrieben seien – Siggs wußte ja leider, daß auch die verbleibende Wahrheit immer noch pikant genug war, und Bernd Weidenbruch meinte gar mit unseriöser Grundsätzlichkeit, daß nur meine ungeschminkte öffentliche Beichte beweisen könne, daß ich mein Abgleiten in den Sumpf kleinbürgerlicher Unmoral innerlich für immer überwunden habe.

»Ihr seid lüstern wie fromme, vertrocknete Jungfern«, sagte ich mürrisch, »dabei gibt es anderswo sicher viel schlimmere Gelage, mit Entkleidungsszenen, ausgelosten Partnern und ähnlichen Zutaten. Von all dem ist bei den Tamms keine Rede. Man sitzt im Rauchzimmer bei Schummerlicht in bequemen Polstermöbeln, hört Schallplatten, tanzt, trinkt und unterhält sich. Sicher, dabei herrscht ein frivoler Ton, schlimme Witze werden erzählt, und manchmal muß Orelys aus zerlesenen Büchern, die Paul Tamm heraussucht, ein paar anstößige Gedichte vorlesen. Wenn dann die Alkoholstimmung eine gewisse Höhe erreicht hat, lost Peter Tamm mit einer Art Tischroulette ein gemeinsames Kostümspiel aus. An dem Abend, den ich miterlebt habe, hieß das Spiel ›Gasparone‹. Wir anwesenden fünf Männer gingen in einen Raum mit vielen Schränken und erhielten dort Kostüme verpaßt, jeder eine weiße Leinenhose mit Gummizug, der Beinkleidung ähnlich, die zum Kampfanzug der Judokas gehört, sowie eine farbige kurze Weste. Weil wir im Spiel Landleute aus den Abruzzen darstellen sollten, wurden – wegen der dortigen klimatischen Bedingungen – weder Schuhe noch Strümpfe getragen, und die Weste wurde über den unbekleideten Oberkörper gestreift. Ich erinnere mich, daß der dicke Bodo van Bergern in dieser Kostümierung wie ein türkischer Original-Eunuch aussah und ich immer wieder laut lachen mußte, sobald er in meinen Gesichtskreis kam. Als wir fertig waren, führte uns Peter Tamm über verwinkelte Korridore des alten Hauses in das fensterlose Spielzimmer, dessen Fußboden völlig mit stoffbezogenen Matratzen ausgelegt war und dessen Wände man mit einer verwirrenden Vielfalt von kleinen und großen Spiegeln versehen hatte. Die Beleuchtung erfolgte durch Kerzen, die in gewaltiger Zahl auf Wandarmen brannten, und auf mehreren Wandbrettern standen Gläser, Aschenbecher, Weinbrand- und Likörflaschen. Ich weiß noch, daß mich beim Betrachten dieses Milieus und unserer Verkleidung immer wieder der Gedanke beschäftigte: Wenn man das alles in einem Film zeigte, würden die Leute mit dem Argument protestieren, so etwas gäbe es nicht. Peter Tamm wies uns an, uns ungezwungen auf dem gepolsterten Fußboden zu lagern und einstweilen den Getränken zuzusprechen. Unsere vier Damen würden gleich erscheinen. Sie seien in den Abruzzen von Gasparone und seinen Räubern überfallen und schlimm zugerichtet worden. Sie hätten alle einen Schock erlitten und würden wie besinnungslos hier in der Mitte des Zimmers niederfallen. Wem es gelänge, die ihm zugewiesene Dame durch Berührung mit den Händen wieder zum Leben zu erwecken, dem falle nach der Spielregel für den Rest des Abends die Rolle des Kavaliers der von ihm Erretteten zu. Bei den Wiederbelebungsversuchen seien alle Berührungsformen erlaubt. Nur wer seine Partnerin zum Lachen bringe, werde schimpflich disqualifiziert. Kurz nachdem Peter Tamm geendet hatte, traten die Damen ein. Auch sie waren kostümiert. Sie trugen, enge, einfarbige Baumwollkleider, die aber, um den überstandenen Raubüberfall auszuweisen, kunstvoll zerfetzt waren. Man hatte die Röcke eingerissen und – über den ganzen Körper verteilt – kleine und größere Dreiangel in den Stoff geschnitten, durch die im Kerzenlicht die Haut hindurchschimmerte. Obwohl diese Zerstörungen maßvoll erfolgt waren, bewies die Lage und die Zuordnung der Stofflücken, daß die zerfetzte Baumwollruine offenbar das einzige Kleidungsstück war, das die Dame auf dem Leib trug, und darin bestand wohl das Raffinierte des ganzen Einfalls. Peter Tamm täuschte mit dem Aufeinanderschlagen zweier Brettstücke einen Schuß vor und drapierte danach die Damen, die von diesem Zeichen an eine Ohnmacht spielten, malerisch auf dem Boden. Dann führte er, je nach den gegenseitigen Sympathien, die er vor Spielbeginn beobachtet zu haben glaubte, jeder der vier Damen ihren Samariter zu. Ich mußte bei Orelys niederknien und sie durch streichelnde Berührung ihres Körpers dazu zu bringen suchen, daß sie ›aufgab‹, die fingierte Ohnmacht nicht mehr durchhielt. Ich gestehe, daß ich dabei einigermaßen irritiert wurde durch die grobe Art, in der sich neben mir Bodo van Bergern um Anitamaus bemühte, und so ging ich sicher sehr schüchtern und langsam vor, denn als Orelys endlich lächelnd die Augen aufschlug, hatten die drei anderen Paare und hatte sich auch der Gastgeber Peter Tamm längst aus dem Spielzimmer zurückgezogen.«

»Wohin?« fragte Karin voll naiven Gespanntseins, und Siggs lachte und tätschelte ihr lieb und gutmütig die Hand, während ich wahrheitsgemäß sagte, ich wisse es nicht, denn ich hätte bis zum Verlassen des Hauses niemanden wiedergesehen.

»Oho!« mischte sich Henny ein, »also bliebst du den Rest der Nacht allein mit der schönen Orelys? Dann bin ich gespannt, wie du den zweiten Teil deiner Beichte taktvoll ausformulieren wirst. Denn den bist du noch schuldig. Los, los, gestehe! Wie ging es weiter?«

»Nun laßt es doch gut sein«, brummte Bernd Weidenbruch nachsichtig. Offenbar befürchtete er eine Verstimmung zwischen Henny und mir, wenn ich jetzt einen Seitensprung eingestehen müßte, wobei er sich aber schon deshalb im Irrtum befand, weil ich Henny zum Zeitpunkt meines Besuchs bei den Tamms noch gar nicht gekannt hatte.

Dennoch nahm ich – sicherheitshalber – allen Charme zusammen, den ich bei mir auftreiben konnte, beugte mich auf den Tisch vor und lächelte Henny zu: »Ungefähr um die Mordzeit hast du mir gestern zugeflüstert, Orelys habe Stil. Ich würde das aus meiner Erfahrung an jenem Abend bestätigen wollen. Und für mich«, fuhr ich fort, »möchte ich von diesem Prädikat wenigstens so viel in Anspruch nehmen, daß ich von dem, was anschließend geschah oder auch nicht geschah, schweige. Spätere Einladungen habe ich jedenfalls geflissentlich überhört, gar nicht so sehr aus Respekt vor moralischen Normen, sondern weil ich das wüste Bild des enthemmten Bodo van Bergern nicht loswurde und die Überzeugung gewann, derartige Vergnügungen seien mehr etwas für verklemmte Jünglinge oder übersättigte Lustgreise.«

»Du, sag mal –«, Siggs hatte plötzlich einen Einfall und lehnte sich mit einer aufwendigen Körperbewegung weit auf seinem Polsterstuhl zurück, »– ob vielleicht Hermann Haldeweg auch zu dem Tammschen Freundeskreis gehört hat? Wenigstens für eine bestimmte Zeit? Ich erinnere mich, ihn ungefähr vor einem Jahr einmal im Morgengrauen in der Wohngegend der Brüder getroffen zu haben, als ich vom Bahnhof kam. Ja, ja, ich weiß –«, er winkte mit einer Hinwendung zu dem skeptisch lächelnden Weidenbruch ab, »die Kunstfritzen neigen zu wüsten Spekulationen; aber manchmal haben sie dabei auch das zweite Gesicht. Überlegt doch mal: Ein Motiv, um den braven, rechtschaffenen Haldeweg umzubringen, kann doch eigentlich nur in einer Sphäre entstanden sein, in der Hermann noch ein zweites, gar nicht so braves Leben lebte!«

»In jener Nacht war Haldeweg jedenfalls nicht bei den Tamms«, sagte ich, »und es sah auch nicht so aus, als ob jemand ausgeblieben sei, mit dem gerechnet wurde. Das heißt – –«

Für ganz kurze Zeit sah ich plötzlich ein Erinnerungsbild vor mir: Peter Tamm im Rauchzimmer am Telefon, wir warteten auf ihn, um anzustoßen, er kommt schließlich auch und raunt seinem Bruder drei, vier Worte zu, jemand könne heut nicht. Jemand? Er hat einen Namen genannt. Einen Vornamen. Wenn mich nicht alles täuscht, einen weiblichen. Und dann habe ich's. Spreche unwillkürlich die drei Worte laut nach: »Irmchen kann nicht.« Und muß natürlich der verwunderten Tischrunde die Worte erläutern, den Vorgang erzählen, an den ich mich eben erinnert hatte.

»Irmchen?« fragte Siggs nachdenklich. »Aber es stimmt. Ihr wart ja fünf Männer. Und für einen fehlte die Dame. Irmchen. Wer könnte das sein?«

»Frau Brautknecht heißt Irma«, meinte Karin ganz unschuldig, aber das war Henny zuviel, und sie nahm energisch das Heft in die Hand.

»Schluß!« forderte sie entschieden. »Hört auf, Detektiv zu spielen, es wird ja absurd, was zutage kommt. Irmchen! Das kann Irmgard bedeuten oder Irmentraut oder Irmhild oder meinetwegen auch Irma. Wenn es die Polizei interessiert, soll sie Peter Tamm danach fragen. Unsere Sorge ist es jedenfalls nicht.«

Und da Anitamaus jetzt endlich die schon überfällige Runde Bier und Wodka heranschleppte, gewann Henny an diesem Zufall einen gewichtigen Verbündeten, und die kriminalistischen Spekulationen verebbten wirklich.

Natürlich entdeckte ich erst, als Anitamaus schon wieder entschwunden war, daß ich keine Zigaretten mehr hatte. Ich machte mich deshalb, die Aushilfs-Angebote meiner Tischpartner eigensinnig zurückweisend, selbst auf den langen Weg zur Theke. Wie das in kundenschwachen Zeiten häufig vorkam, war aber Frau Blindhüner, die Büfettiere, gerade einmal weggegangen, und auch von der Kellnerin sah ich keine Spur. Ärgerlich suchte ich in meiner Jackentasche nach einem Zehnpfennigstück, um damit auf die Glasplatte des Kuchenregals zu klopfen, als auf einmal Bernd Weidenbruch neben mir stand.

»Soll ich dir etwas mitbringen?« fragte ich. »Es scheint hier eine Weile zu dauern.«

Er aber schob dergleichen Floskeln mit einer Handbewegung beiseite.

»Wir haben nur ein paar Sekunden Zeit«, sagte er leise. »Wenn jemand hinzukommt, müssen wir abbrechen. Hör zu. Ich habe mich nur deinetwegen an eure Runde herangemacht. Du hast gestern nacht etwas beobachtet. Möglicherweise heute. Schleppst es offenbar mit dir herum.«

Ich reagierte zunächst gar nicht so, wie man das immer beschreibt, grenzenlose Verblüffung, und: »Nein, woher weißt du das...«, sondern wollte ganz ernsthaft mein Schweigen erklären, aber er schnitt mir das Wort ab. »Laß. Zweitrangig. Weshalb ich dich ohne Zeitverzug sprechen mußte, ist dies: Es ist notwendig, weiterhin zu schweigen. Zu jedem. Aber vor allem zu Henny. Präge es dir bitte ein: Henny muß draußenbleiben. Sonst gefährdest du nicht nur unsere Arbeit, sondern auch sie! Das für heute. Sowie es möglich und nötig ist, suche ich dich auf und erkläre es dir.«

Ich glaube, ich stand schon eine ganze Zeitlang wieder allein an der Theke, und die zurückgekehrte Frau Blindhüner sprach mich sicher schon zum wiederholten Male an, als ich aus meinen Gedanken endlich in die Gegenwart zurückfand und fast mechanisch eine Schachtel Casino verlangte.

V.

Wenn ich die Augen zukneife, erscheint mir das Gebäude des berühmten Theaters wie ein riesiger heller Zigarrenstummel, dessen Glutseite man auf einem Steinplateau ausgedrückt hat, der aber noch seine Bauchbinde trägt, eine weiße, und auf der steht heute in massigen schwarzen Buchstaben: Goethe Egmont (1787). Öffne ich die Augen, wird aus der Bauchbinde ein überdimensionales weißes Transparent, angebracht über dem vieltürigen Portal, auf das ich zugehe und vor dem sich schon eine Anzahl Premierengäste angesammelt hat.

Unversehens rempele ich mitten in eine wartende Gruppe Theatergänger hinein. Das kommt davon, wenn man zur Fassade hinaufsieht und die hautnahe Wirklichkeit nicht beachtet. Es sind alte Leutchen, die offenbar zusammengehören, zehn oder zwölf, an den Rock- oder Mantelaufschlägen sehe ich SED-Abzeichen, oft auch das dreiekkige Symbol der VVN, und bei einem bemerke ich am Jakkett die kleine Interimsausführung des Vaterländischen Verdienstordens in Silber. Veteranen; ein hinzukommendes Paar wird darüber aufgeklärt, daß Moritz schon hineingegangen sei, um die Karten zu holen, und während ich mich sacht wieder aus der Gruppe herauszuwinden suche, höre ich, wie eine etwas gebeugte Genossin, die sich auf einen schwarzen Stock stützt, sagt, sie habe Ende 1932 noch Hans Otto als Egmont gesehen, am Gendarmenmarkt, ja, mit noch drei Genossinnen; für die Karten habe damals schon Moritz gesorgt, Stehparkett natürlich, aber plötzlich sei er mit teuren Billetts aufgekreuzt, angeblich Freikarten, und schließlich habe es sich herausgestellt, daß Hans Otto die Karten bezahlt hatte. Elschen sei noch dabeigewesen, die aus Ravensbrück nicht wiedergekommen ist.

Es ist mir – ehrlich gesagt – nicht angenehm, daß ich in diesem Augenblick jenseits der Auffahrtstraße Thomas Adriani mit seiner Freundin herankommen sehe. Ich löse mich nur widerwillig aus einem Kreis, in dem in dieser Minute Erinnerungen kursieren und man unwiederholbare Beobachtungen anstellen kann. Aber schließlich gehe ich doch Thomas entgegen, noch ganz mit dem Gehörten beschäftigt. Ich laufe in der Auffahrtsstraße fast in einen ausrollenden Citroën hinein, der direkt vor mir hält. Der Fahrer steigt aus, eilt um das Heck des Wagens herum, offensichtlich, um den Insassen beim Aussteigen behilflich zu sein. Ich will bereits vor der Vorderfront des Gefährts die Straße überschreiten, als ich bemerke, wie der stämmige, dickwangige Chauffeur beim Öffnen der Wagentür seine Schirmmütze abnimmt und sie ehrerbietig vor die Brust hält.

Jetzt bleibe ich stehen. Ob da ein Staatsoberhaupt aussteigt? Aber am Kotflügel befindet sich kein Stander mit einer Nationalflagge. Ein schlanker, schwarzhaariger Mann mit weit auf die Wangen hinuntergezogenem Oberlippenbart springt elastisch aus dem Wagen, ein Mittdreißiger mit schwarz-dunkelgrau gestreiftem Tuchanzug und einer purpurfarbigen Krawatte.

»San's Viertel auf zehn wieder hier, Sedlmaier«, sagt der Herr, mit einer Sprechmelodie, die in meinen Ohren wienerisch klingt, »wir fahren stantepeh retour nach Wilmersdorf, daß wir die Prinzessin nicht gar zu spät von ihrem Bridge-Tisch erlösen.«

Der Fahrer in seinem blauen Anzug steht stramm. »Sehr wohl, Euer Durchlaucht«, gibt er im gleichen Dialekt zurück, und ehe er die Wagentür schließt, wiederholt er beflissen: »Ein Viertel auf zehn, Euer Durchlaucht!«

Ziemlich angedonnert schaue ich der »Durchlaucht« nach, die mit sportlich durchtrainiertem Gang dem Theaterportal zustrebt. Gerade noch, daß ich an der Rückfront des abfahrenden Citroën das Nationenkennzeichen ausmachen kann, A, ein österreichischer Wagen.

Neele, wie Thomas seine Freundin Cornelia nennt, wundert sich sicher sehr und ist hoffentlich nicht gekränkt, daß ich ihr nur ganz nebenbei »Guten Abend« sage und: »Freut mich, Sie kennenzulernen.« Aber ich will meine Durchlaucht nicht aus den Augen verlieren. Ich erkläre Thomas in knappen Sätzen die Situation, aber wahrscheinlich so zusammenhanglos, daß der junge Grenzer mich mit mißtrauischen Blicken auf den Grad meiner Trunkenheit abtaxiert und verwirrt seinen Schritt verlangsamt.

Ich habe Glück. Durchlaucht gerät – mein Mißgeschick wiederholend – ebenfalls in die Veteranengruppe und ist dadurch in seinem Gehtempo gebremst. Ich bin mit meinen Begleitern heran, ehe der Fürstensohn sich durch die Ansammlung hat hindurchschlängeln können.

Und just in diesem Augenblick zieht Moritz sein strammsitzendes schwarzes Jackett zurecht und gibt das Zeichen, in das Theater hineinzugehen.

Die gebeugte Genossin mit ihrem Stock, die noch Hans Otto den Egmont hat spielen sehen, und ein ebenfalls gehbehinderter Veteran sind die ersten an der Tür.

Danach folgt die Durchlaucht. Ihr bleibt, will sie nicht als beschämter Flegel dastehen, nichts weiter übrig, als den betagten Vorderleuten die Tür aufzuhalten.

Die beiden bedanken sich freundlich, und die Durchlaucht will ihnen gerade mit einem großzügigen »Na, gehn's nur!« in das Foyer folgen, als jener Effekt eintritt, den jeder kennt, der beispielsweise schon einmal aus einer Menschentraube heraus in einen Autobus hat einsteigen müssen. Als seien die Andrängenden Daumen und Zeigefinger einer Hand und als sei der gerade Voranstehende ein Kirschkern zwischen ihnen, so federt es den jeweils ersten unaufhaltsam zur Tür hinein, und die Durchlaucht müßte brutale Gewalt gebrauchen, wollte sie sich von der Seite aus dazwischendrängen. So steht die Durchlaucht wie ein Portier an der Theatertür und hält den Flügel geöffnet, und ein Veteran nach dem anderen zieht an ihr vorbei, die ganze Gruppe, und jeder hat ein dankbares Scherzwort parat, und »Kollege« tituliert man dabei den hilfsbereiten Herrn, auch »Kumpel«, sogar »Jugendfreund«, ich spüre es richtig, wie der hochfürstliche Türhüter bei diesen Anreden innerlich zusammenzuckt, aber er lächelt standhaft. Eines der Hauptideale seiner Klasse, die Contenance, bewahrt er recht eindrucksvoll, auch als er die vielen Parteiabzeichen an den Aufschlägen mit vorsichtigen Blicken abtastet, als seien es Requisiten aus einer Schreckenskammer.

Moritz, der letzte der Gruppe, ruft der Durchlaucht ein liebenswürdiges: »Dann auch viel Spaß heute abend!« zu, und diese, konversationsgewandt wie eben nur ein Aristokrat, gibt trotz ihres tiefen Unbehagens weltmännisch zurück: »Na, wolln mal schaun, ob der Adriani mit seinem Theaterskalpell auch einem Klassikerbrocken beikommt.« Er kann endlich hineingehen und den Türflügel zufallen lassen.

Thomas empört sich eine ganze Weile über die Unterstellung, sein Vater handhabe die Theaterkunst wie ein Skalpell, was ja Vivisektion an der Poesie bedeuten würde, schon eine solche Vorstellung sei doch pervers, während ich die Gerechtigkeit des Zufalls preise, die ein sich eindrängendes Fossil halbvergessenen Herrentums zwang, bei uns brav den alten Genossen den Vortritt einzuräumen, verdienten Proleten die Tür aufzuhalten, still zurückzustehen und sich nicht zu mucksen. Rudi Zillgitt hätte das sehen müssen, erkläre ich, er hätte an diesem symbolhaften kleinen Ereignis seine helle Freude gehabt.

Aber bald muß ich erfahren: Schlaglichter erhellen selten die ganze Wahrheit. Geschichte verläuft zähflüssig, und ihre Logik holt immer wieder ihre Zufälle ein.

Ich möchte ein Programmheft kaufen, und als wir, nachdem wir unsere Mäntel abgegeben haben, durch das Parkettfoyer schlendern, trete ich an eine der rüstigen Omas heran, die in ihren kleidsamen grünen Schneiderkostümen die Eintrittskarten entwerten und Drucksachen feilbieten. Ich gerate an eine freundliche, tatkräftige Person; ihren Händen, die ich beim Geldwechseln betrachte, sieht man ein hartes Arbeitsleben an, und an der Sprechweise der Frau höre ich, daß sie aus dem böhmischen Raum stammt. Als sie mir mein Programmheft reicht, vernehme ich hinter meiner rechten Schulter eine Männerstimme, die sich in wienerischer Diktion ebenfalls an die Schließerin wendet: „Gehm's mir zwei Exemplare, bittschön, von Ihrer Schrift!«

Die Durchlaucht steht neben mir. Der hohe Herr händigt der böhmischen Oma ein Markstück aus, nimmt zwei Programmhefte entgegen, ich sehe an seiner linken Hand einen wappengeschmückten Siegelring. Der Blick des blaublütigen Käufers taxiert kurz die rührige Alte, und dann greift er, statt weiterzugehen, mit einem »Warten's!« in seine rechte Jackettasche, es klimpert ein bißchen, und er holt ein bundesdeutsches Fünfmarkstück heraus. »Machen's Ihren Enkeln auch amal einen guten Tag!« sagt er und reicht mit jener gönnerhaften Anmut, wie sie gewiß nur in Feldkirch oder auf Schloß Salem gelehrt wird, wo auch heute noch Prinzen erzogen werden, der Frau die Münze. Und da erweist diese Anmut auch hier, auch an diesem Tag in den siebziger Jahren, noch ihre hypnotische Kraft.

Ton und Vorgang werfen die alte Frau offenbar für Sekunden in ihre Kindheit zurück, im Gedächtnis verschüttete Verhaltensmuster aus der k. u. k. Monarchie werden wieder lebendig, die Aussicht auf einen kleinen Einkauf im Intershop beeinträchtigt sicher zusätzlich die kritische Selbstkontrolle, und die resolute Oma mit den abgearbeiteten Händen steht plötzlich wieder schüchtern wie eine Dienstmagd vor dem gnädigen Herrn. Kopf, Schulter und rechtes Knie deuten sogar einen Knicks an, und nach der Heimatsitte ihrer Kindheit sagt sie gerührt, während sie das Geldstück in ihre Kostümtasche steckt: »Küß die Hand, Herr Baron!«

Ich sehe Frau Schaade-Unschlitt vor mir, die fleischlose Dramaturgin, wie sie sich maßlos über das Muttchen empören würde, von wegen des verfallenden Klassenbewußtseins.

Welch ein Unsinn! Hier hat ein Zufall einen anderen relativiert, – nein, nicht aufgewogen, aber doch in eine unbarmherzigere Beleuchtung gerückt, die mich daran hindert, mich an einem flachen Geschichtsbild zu ergötzen, auf dem das Überlebte nur brav zurücksteht und sich nicht mehr zu mucksen wagt.

Ich habe recht daran getan, die Mappe mit Zillgitts Aufzeichnungen nicht an der Garderobe mit abzugeben, sie auch im Theater bei mir zu behalten. Die Papiere erscheinen mir auf einmal doppelt wertvoll, und ich sollte mit ihnen kein Risiko eingehen.

Den ganzen Montag über hörte ich von Weidenbruch nichts. Mein Verstand sagte mir, daß daran nichts Merkwürdiges sei, denn ich war gewiß nur eine Zufallsfigur im Umfeld des Falles Erwin Puppenmacher, und auch das nur unter der Voraussetzung, daß es überhaupt einen solchen Fall gab, daß Hennys Vater nicht selbst nur eine periphere Gestalt in einem noch größeren Fallzusammenhang war.

Aber meine Fantasie gehorchte den Weisungen des Verstandes nicht diszipliniert genug, dauernd entwarf sie Spekulationen über mögliche Absichten und Aufträge Puppenmachers, baute Brücken zwischen ihm und dem ermordeten Hermann Haldeweg, geheimniste in der Vergangenheit des Haushaltwarenhändlers herum und hielt mich in ständiger Unrast und Unausgeglichenheit. Obwohl ich auf ein so kindisches Niveau, etwa auf eigene Faust Detektiv zu spielen, denn doch nicht hinabglitt, ertappte ich mich dabei, daß ich meinen Tagesablauf unter dem Gesichtspunkt organisierte, möglichst oft mit Personen zusammenzutreffen, die zu den Ereignissen auf der Premierenfeier in Beziehung standen. Zum Beispiel suchte ich Ernst Kloppe in der Geschäftsstelle der Volksbühnenorganisation auf, um redaktionelle Fragen des nächsten Theater-Mitteilungsblattes mit ihm abzusprechen – das hätte gut und gern noch einige Tage Zeit gehabt –, gegen alle Gewohnheit aß ich bei Arthur Brautknecht in der »Sonne« Mittag, und ich ging auch zu Dr. Hopf ins Museum. Ich brachte ihm den ersten Band der Erstausgabe von Klopstocks »Messias« zurück, den er mir aus seiner Privatbibliothek vor einem halben Jahr geliehen hatte, damit ich daraus die Titelseite abfotografieren und das Bild für ein Matinee-Programmheft verwenden konnte – bei der Rückgabe nach so langer Zeit wäre es sicher auf einen weiteren Versäumnistag nicht mehr angekommen.

Besonders bei Dr. Hopf hoffte ich auf ein paar den Kriminalfall berührende Bemerkungen; ihm mußte doch daran liegen, vor mir seine Rolle vom gestrigen Nachmittag ins rechte Licht zu rücken, aber er war bedrückt und einsilbig und wohl auch in Eile; als ich in sein Zimmer kam, rief gerade seine Frau an und bat ihn dringend, nach Hause zu kommen, der Besuch von gestern abend, Herr Dr. Boschklöpper (so lustige Namen behält man im Gedächtnis), habe alles erledigen können und sei nun zurückgekehrt.

Nun gut, du suchst ja auch nichts, sagte ich mir gleichmütig. Aber gerade bei dieser Selbstberuhigung kam mir zum Bewußtsein, wie intensiv ich doch im stillen auf einen Zufall gehofft hatte, durch den mir irgendeine – meinetwegen bescheidene – kriminalistische Sensation beschert worden wäre.

Glücklicherweise bestand für mich keine Verpflichtung, vor Henny Versteck zu spielen, denn sie war für zwei Tage verreist; die Lehrerbildungsanstalt, an der sie studierte, hatte ihre Seminargruppe zur Exkursion in ein Hüttenwerk geschickt. Und bis sie zurückkommen würde – davon war ich überzeugt – würde mich Weidenbruch ja wohl aufgesucht und mir konkrete Informationen gegeben haben.

Aus Zillgitts Aufzeichnungen weiß ich, daß dieser Montag sowohl für den VP-Rat als auch für den Oberleutnant ein Tag sehr angestrengter Arbeit war.

Als Weidenbruch kurz nach sieben in das Dienstzimmer Zillgitts trat, hatte der bereits Selka und Pfeiffer bei sich und erteilte ihnen Aufträge, mit einer Eindringlichkeit, als gelte es, den Fall bereits in den nächsten Stunden abzuschließen. Dem Oberleutnant schob er mit einem »Lies!« gleich die Laborgutachten zu, an denen Bernd die Bestätigung besonders wichtig war, daß die Ampullen aus Haldewegs Nachlaß zu der gleichen Fabrikationsserie gehörten, aus der auch die beim Mord verwendete stammte.

Zillgitt fuhr inzwischen fort, Selka eine Liste der Tatzeugen zu diktieren, deren Lebensdaten dieser heute genauer ermitteln sollte, wobei er ihn ausführlich in die Schwierigkeiten dieser Arbeit einwies, denn eine ganze Anzahl der Zeugen arbeitete freiberuflich, so daß amtliche Personalunterlagen oft schwer zu beschaffen sein würden. »Trotzdem müssen verläßliche Angaben her, besonders zur Tätigkeit der Betreffenden in der Nazizeit, im Krieg und in den ersten Nachkriegsjahren, und zwar heute noch. Wir kommen nicht in die Offensive mit unserer Arbeit, wenn wir über den Frontverlauf keinen Überblick haben, also erkunde ihn rasch und exakt! Aber sei taktvoll; von verängstigten Leuten bekommen wir leicht falsche Aussagen!«

Der schlaksige Selka, der jetzt Zivil trug, erhob sich und machte sich ohne große Begeisterung auf den Weg, Zillgitt spürte sogar eine gewisse Opposition des jungen Mannes gegen das umständliche, scheinbar zaghafte Vorgehen, aber er nahm sie nicht zur Kenntnis, der erteilte Auftrag galt, und er wußte, der würde exakt ausgeführt werden.

Im Gegensatz zu Selka war Obermeister Pfeiffer sehr zufrieden mit seiner Aufgabe, er strahlte fast, denn er durfte bei den Kleingärtnern recherchieren. Wittigsruh-Süd? Klar, dort war Röschen Vorsitzender, Willi Rosenkranz, mit dem kam er rasch überein. Gekündigt zum 1. Januar? Welche Parzelle? Das war rasch zu erfahren. Wer Nachnutzer ist? Was man vom Kleingärtner Haldeweg hielt? Wird erledigt. Jawohl, er komme dann gleich zurück. Abmeldung, Gruß, Tür auf, Tür zu, und Pfeiffer ging in voller Lebensgröße ans Werk.

Weidenbruch legte die Mappe mit den Laborprotokollen wieder auf den Schreibtisch, während Zillgitt, mit dem Oberleutnant alleingeblieben, befriedigt auf seine Armbanduhr sah. »Wir liegen noch gut im Rennen. Um acht bin ich in der Rechtsabteilung verabredet. Haldewegs Testament soll eröffnet werden. Kommst du mit?«

Weidenbruch nickte, und auf dem Weg zu dem verwinkelten Anbau, in dem die Rechtsabteilung in einer ehemaligen Küche provisorisch untergebracht war, erzählte er Zillgitt von seinen gestrigen Erlebnissen im Theatercafé, von den Nachtgesellschaften bei den Tamms, von Bodo van Bergern und Anitamaus, von Adrianis alkoholischer Überspanntheit, schilderte überhaupt seinen Eindruck von uns vier eigenartigen Gestalten und berichtete, daß er mit uns einen interessanten Abend verbracht habe. Den Namen Puppenmacher erwähnte er nicht.

Haldewegs Testament war erst zwei Monate alt. Wie Sepp Meerzweck, der ewig frierende Justitiar, bestätigte, war es gültig, sofern nicht ein noch später geschriebenes auftauchte, das das vorliegende widerrief.

Haldeweg hinterließ, da er – wie er schrieb – weder Nachkommen noch Blutsverwandte mehr habe, seinen gesamten Besitz der Witwe Martina Lindwurm, die er als seine Verlobte bezeichnete. Sie habe aus dem Nachlaß die Verbindlichkeiten zu bestreiten, für das Begräbnis läge in der Kassette noch eine besondere Summe bereit, und er bitte Martina nur, falls sie das Fuhrgeschäft nicht weiterführe, vor dessen Liquidierung die Interessen der Städtischen Bühnen zu berücksichtigen, weshalb bei einem eventuellen Verkauf des Busses Herr Karl-Herbert Welsch zu Rate zu ziehen und dem Theater ein Vorkaufsrecht einzuräumen sei.

Legate waren nicht ausgesetzt; Zillgitts heimliche Hoffnung, im Testament Hinweise auf noch unermittelte Freunde oder Bekannte des Ermordeten zu finden, erfüllte sich nicht.

»Das ist unnormal«, sagte der VP-Rat auf dem Rückweg zu seinem Begleiter, »Haldeweg will so gar keine Vergangenheit haben. Nicht nur, daß er sie nirgends erwähnt hat, mir scheint fast, er hat sie geflissentlich ausgespart. Da gibt es keinen Kriegskameraden, mit dem er ab und zu einen Kartengruß wechselt, keine Jugendbekanntschaft, keinen Kontakt zu Umsiedlern aus dem gleichen Heimatort. Spekulationen hasse ich wie die Pest, aber hier drängt sich förmlich die Frage auf, ob Haldeweg mit dieser Enthaltsamkeit nicht irgendein Ereignis aus früheren Zeiten verbergen wollte. Vor dem Zusammenbruch war er unbefangener. Dem wildfremden Welsch hat er im Februar 45 noch aus freien Stücken erzählt, daß er aus Köslin stammt. Später verrät er es noch nicht einmal seiner Verlobten. Sag, was du willst, das ist kein Zufall, dafür muß es einen ganz ernsthaften Grund geben!«

Weidenbruch schmunzelte. »Provoziere mich nicht, seit gestern denke ich nur noch leise. Und zwar – soviel darf ich vielleicht verraten – immer wieder an die Tür, die jemand noch zuschlagen wollte. Warum? Um ein Stück Vergangenheit auszusperren?«

Zillgitt ging auf den heiteren Ton nicht ein. »Ich sehe, wir denken synchron. Das freut mich. Ich bin mehr und mehr überzeugt, die Mordtat ist so etwas wie die Explosion einer Zeitzünderbombe aus dem Krieg oder den Jahren davor. Zum Täter kommst du nur, wenn du bestimmte Ereignisse aus der Vergangenheit aufdeckst. Übrigens«, er blieb einen Augenblick stehen und sah Weidenbruch an, »es gibt hier in Steinfurth Genossen, die solch ein Herangehen an den Fall für völlig falsch halten, auch politisch.«

Bernd zuckte mit den Schultern. Ihm war davon noch nichts bekannt geworden, und von Arno Lehfeld kannte er nicht einmal den Namen. »Ich bin höchstens unsicher, ob dein Bild von der Zeitzünderbombe paßt. Dann wäre der Mechanismus ja schon vor Jahren eingestellt worden. Wenn ich den Fall schon mit einem Sprengkörper vergleichen soll, dann erinnert er mich mehr an einen Blindgänger, der losging, als man sich anschickte, ihn zu beseitigen. Vielleicht wollte Haldeweg das gefährliche Überbleibsel endlich verschwinden lassen, und das kostete ihn das Leben. Hier. Jetzt. Womöglich aus ganz aktuellen Gründen. Entscheidend ist die Vergangenheit, ja, aber vielleicht nicht so absolut, wie du es meintest.«

»Denken wir leise weiter«, sagte Zillgitt und schlug den Weg zum Haupteingang des Präsidiums ein, wobei ihm der Oberleutnant, der eigentlich auf eine Rückkehr ins Dienstzimmer eingestellt gewesen war, achselzuckend folgte.

»Du kannst dich freuen: Wir werden uns jetzt mit ganz aktuellen Dingen befassen, zum Beispiel damit, wie das Gift in das Schnapsglas kam.«

Sie gingen zum Parkplatz, wo der graue Pobeda bereits wartete.

»Zur ›Sonne‹!« befahl Zillgitt dem Fahrer, nachdem er ihn begrüßt und schwungvoll die Wagentür geöffnet hatte. Aber plötzlich verhielt er im Einsteigen und wandte sich über das Wagendach noch einmal an Weidenbruch.

»Übrigens, wenn auch leise: Nachdenken solltest du ruhig weiter. Ich meine, in deiner Richtung. Nicht jeder, dem ein Blindgänger einfällt, muß selbst einer sein.«

Die »Sonne« öffnete um neun, aber um diese Zeit waren Zillgitt und sein Begleiter die einzigen Gäste. Es schien sogar so, als sei es ganz unüblich, daß zu so früher Stunde jemand das Restaurant aufsuchte, denn die Reinemachefrau polierte noch mit einem Wolltuch an der Theke herum, aus dem Wintergarten erklang der hohe Summton des Staubsaugers, und in der Küche sang, von Klirren und Klappern der Töpfe und Küchengeräte untermalt, Muttchen Gutschwager ungeniert mit ihrem schon etwas schepperigen Alt: »Vilja, o Vilja, du Waldvögelein ...« Dabei kam sie nie bis zur zweiten Zeile; immer, wenn das Waldvögelein mit vielen Tremolos ihrem Munde entflogen war, fiel ihr eine wichtige Bemerkung zu ihrer Küchentätigkeit ein, etwa, daß neue Blechschmiere (ein Fettersatz für den Backvorgang) geholt werden müßte oder Naß-Preßlinge für das Feuer im Küchenofen fehlten, und sie mußte das der Chefin oder dem Chef stets sofort mit erhobener Stimme zurufen und begann danach ihren Schlager aus der »Lustigen Witwe« immer wieder von vorn, freilich nur, um ihn alsbald abermals zu unterbrechen.

Als Arthur Brautknecht beschleunigten Schrittes auf seine frühen Kunden oder Besucher zueilte, war gerade wieder das Waldvögelein verklungen, und durch die Wandöffnung hinter der Theke erinnerte Muttchen Gutschwager den Wirt lautstark daran, daß die Nährhefe alle sei.

»Ich weiß, Frau Gutschwager«, gab Brautknecht zurück, und der Gesang begann von neuem.

Der Chef der »Sonne« sah heute morgen wie ein etwas abgehetzter Bergführer aus, er trug grobe Halbschuhe, Knickerbocker und ein Lodenjackett mit Hirschhornknöpfen. Als er in das Gastzimmer hastete, richtete er noch die Kragenpartie seiner Jacke, hatte sie also gerade erst übergestreift, und nachdem er im Vorbeigehen seine Küchenhilfe abgefertigt hatte, rief er bereits von der Theke her: »Herzlich willkommen, ich hatte Sie fast erwartet. Darf's etwas zu trinken sein? Oder sind Sie ausschließlich dienstlich hier?«

»Wir sind ausschließlich dienstlich hier, Herr Brautknecht«, sagte Zillgitt gemütlich, »aber eine Brühe würden wir trotzdem trinken.«

»Zweimal Brühe, Frau Gutschwager!« Diesmal war der Wirt schuld, daß das Vilja-Lied nicht über das Waldvögelein hinaus gedieh. »Mit Ei-Ersatz?« Und als der VP-Rat gutmütig nickte, gab Brautknecht auch diesen Auftrag lautstark weiter: »Mit Dottofix, Lottchen!«

Zillgitt und Weidenbruch hatten sich an den Erkertisch gesetzt, der wegen der Nähe der vielen Fenster jetzt in weißer Helligkeit lag, obwohl draußen der Himmel bedeckt war. Brautknecht wurde zum Platznehmen aufgefordert, und er kam der Einladung mit einer gewissen Scheu nach, wohl vor alllem, weil ihm plötzlich zum Bewußtsein kam, daß dieser Tisch ja strenggenommen Schauplatz des Verbrechens gewesen war, das noch keine achtundvierzig Stunden zurücklag und über das er jetzt – was denn sonst? – ausgefragt werden sollte. »Ich bin so frei«, sagte er unsinnigerweise und schob sich vorsichtig auf einen Stuhl, der seine Lehne der Theke zukehrte und der vorgestern abend frei geblieben war.

Als die ersten Gäste seien die Tamms gekommen, berichtete Brautknecht auf eine entsprechende Frage des VP-Rats, das sei schon gegen neun gewesen. Sie hätten den Sekt gebracht und sich dann an den Erkertisch gesetzt, hierher, wo die beiden Herren jetzt säßen, an die linke Breitseite des Möbels. Zwei Bier hätten sie bestellt, er selbst habe die Getränke gebracht. Bodo van Bergern sei der nächste gewesen. Er habe gleich den Plattenspieler aufgestellt und sei nicht an den Erkertisch gegangen. Gegrüßt habe er die Tamms nur aus der Ferne und ihnen zugerufen, eine neue Sendung sei eingetroffen. Um sie sich anzusehen, seien Paul und Peter ihrerseits aufgestanden und zu dem Schlagzeuger an die Theke geeilt. Aber Herr van Bergern habe sich geziert, weil hier jeden Augenblick jemand hätte hereinkommen können, und so habe er, Brautknecht, die drei in sein Büro geführt. Was das für eine Sendung gewesen sei? Gott, wie solle man so etwas nennen ...

»Pornographische Bilder«, warf Weidenbruch mit lauter Stimme ein, und Brautknecht schreckte ein wenig zusammen. »Haben die Tamms sie dem Schlagzeuger abgekauft?«

»Wo denken Sie hin? Peter sagte, das sei primitives Zeug, Niveau eines Wehrmacht-Puffs, Herr van Bergern war zornig, und sie stritten sich. Ich konnte nicht länger im Büro bleiben, ich hörte Gäste kommen. Als ich ins Gastzimmer zurückkehrte, traten gerade Herr Kloppe und Herr Welsch zur Tür herein. Ich begrüßte sie, und dabei entdeckte ich ihn. Hermann Haldeweg. Er saß auf einmal hier am Erkertisch. Er mußte gekommen sein, während ich mit den

Tamms und dem Schlagzeuger im Büro saß. Ich konnte zunächst gar nicht zu ihm gehen, denn Herr Kloppe wollte wegen des Ablaufs der Feier noch etwas mit mir besprechen und hielt mich an der Theke fest. Herr Welsch ging inzwischen zu Haldeweg hinter und wechselte ein paar Worte mit ihm. Ich konnte Hermann erst begrüßen, als ich die Fragen Ernst Kloppes alle beantwortet hatte, einige Minuten später. Da war Herr Welsch aber schon weitergegangen und hatte sich einen Tisch gesucht, und Hermann saß in seiner feudalen Verkleidung mißgelaunt da und murrte vor sich hin. »Ich bin erkältet«, sagte er unwillig, als ich ihn aufheitern wollte, »bring mir einen doppelten Wodka!« Ich versuchte, ihn wegen der Erkältung zu einem Grog zu überreden, aber da fuhr er mich unbeherrscht an: Was für ihn gut sei, könne er selber entscheiden, wann wir das endlich kapierten! Ernst Kloppe blickte ganz erschrokken auf, und Welsch meinte lächelnd, Herr Haldeweg habe heute offenbar schlecht gefrühstückt. Ich sagte gar nichts und brachte ihm möglichst rasch seinen Wodka. Das heißt, als ich an der Theke einschenken wollte, kam Orelys Wiegleb herein. Sie fragte mich, ob Paul und Peter schon da wären und wo sie säßen, ich sagte es ihr, und sie bat mich, ihr ebenfalls einen doppelten Wodka mitzubringen. Dann ging sie zu Hermann und setzte sich an die Schmalseite des Erkertischs, mit dem Gesicht zur Theke, und ich brachte gleich beiden den Wodka.«

»In zwei gleichen Gläsern?« fragte Zillgitt, und als der Wirt das bejahte, wollte der VP-Rat den Vorgang des Servierens genau beschrieben haben.

Dabei kam heraus, daß Brautknecht die beiden Gläser mitsamt dem schmalen Metalltablett, auf dem sie standen, auf den Tisch gestellt hatte, etwa in die Mitte zwischen Orelys und Haldeweg. Warum? Nun, Hermann stopfte sich eine Pfeife und hatte die Tischfläche mit Utensilien belegt, die er dazu brauchte. Ein guter Servierer schiebt da kein Glas irgendwo dazwischen. An welcher Stelle das Tablett abgesetzt wurde? Brautknecht deutete es mit der Hand an: Den beiden Gästen war jeweils eine Breitseite der kleinen vernickelten Blechplatte zugewandt, jawohl, sie hatten sozusagen die freie Auswahl unter den Gläsern, diese standen – im Blickwinkel beider – nebeneinander, jedes gleich weit von der Hand entfernt, die sich danach ausstrecken würde.

Getrunken? Nein, in seiner, Brautknechts, Gegenwart trank keiner; Orelys nahm sich zwar ein Glas vom Tablett und stellte es vor sich hin, aber in diesem Augenblick kamen die Tamms in die Gaststätte zurück, und sie gab ihnen ein Zeichen, daß sie schon eingetroffen sei. Jetzt ging auch der Haupttrubel an der Eingangstür los: Herr Czech kam, Kollege Hase und Dr. Hopf; Welsch und Kloppe gingen ihnen entgegen und begrüßten sie, er, der Wirt, habe das natürlich auch getan, Bodo begann mit der Musik, Camilla Wiegleb trat ein, dann Herr Kindshirt, Frau Geißner, Musikdirektor Gothe. Orelys, fiel dem Wirt ein, sei übrigens noch einmal aufgestanden; als nämlich ihre Mutter hereinkam, habe sie ihr etwas zu geben oder zu sagen gehabt und sei ihr entgegengegangen, sei aber schon kurz darauf – gemeinsam mit den Tamms – an den Erkertisch zurückgekehrt. Ja, und nur wenige Minuten danach sei auch schon Martina Lindwurm ins Gastzimmer marschiert, habe Hermann zu sich herangewinkt, der sei dann auch aufgestanden und zu ihr an die Theke gekommen, während Martina auf ihn, den Wirt, eingeredet habe, sie müsse mit Hermann schnell noch etwas Wichtiges besprechen, und ob der Wintergarten frei sei. Und dann habe sie Haldeweg ohne lange Erklärungen dorthin geführt.

Es erübrigt sich fast zu sagen, daß Zillgitt während der ganzen Zeit seinen Drehbleistift über die Seiten seines Schreibbuchs jagte, und er gönnte ihm auch jetzt nur so lange eine Pause, wie er zum Formulieren seiner nächsten Frage brauchte.

»Ihre Frau war demnach gar nicht im Gastzimmer in dieser Zeit?«

Brautknecht gab sich sichtlich Mühe, sein Unbehagen durch betonte Beiläufigkeit des Antwortens zu verdecken. »Nein. Das heißt – doch, einmal. Nachdem ich die Wodkas an den Erkertisch gebracht hatte, ist Irma mir auf meinem Rückweg begegnet. Ich hatte am Nachmittag beim Zuziehen der Erkervorhänge – es ist da immer etwas eng, wie Sie sehen – die Blumenvase umgeworfen, die auf dem

Tisch stand. Die durchnäßte Decke hatte Irma ja gleich ersetzt, aber die Vase mit den drei Rosen für diesen Tisch war versehentlich in der Küche stehengeblieben, und Irma trug sie jetzt nachträglich noch hin.«

»Nach dem, was Sie vorher erzählten, muß das zu dem Zeitpunkt gewesen sein, als an der Eingangstür der Haupttrubel losging und Sie im Gefolge von Welsch und Ernst Kloppe die eintreffenden Genossen Czech und Hase begrüßten?«

»Und Dr. Hopf. Ja, um diese Zeit war es wohl.«

»Und wann kehrte Ihre Frau vom Erkertisch zurück?«

Brautknecht tat sich schwer mit der Antwort. »Das habe ich nicht genau gesehen, ich hatte jetzt sehr viel zu tun. Ich weiß nur, daß Irma schon auf dem Rückweg war und gerade mit Herrn Kindshirt ein paar Worte wechselte, als Martina Lindwurm hereinkam.«

»Mir geht es um die Augenblicke, als Orelys zu ihrer Mutter ging, um ihr etwas zu geben oder zu sagen. Währenddessen müßte Ihre Frau also mit Herrn Haldeweg hier am Tisch alleingewesen sein?«

»Möglich«, sagte der Wirt verschlossen. »Da fragen Sie sie am besten selbst.«

Dazu ergab sich nun auch Gelegenheit, denn Irma brachte die bestellte Brühe heran. Während sie mit ihrem Tablett näher kam, steckte Lottchen Gutschwager, nachdem wieder einmal ein Waldvögelein ihren Lippen entflogen war, ihren Kopf neuerdings durch die Durchreiche und rief Brautknecht zu: »Chef, Sie werden verlangt, Opa Katelhön ist von der Apotheke zurück!«

»Ich kann jetzt nicht!« erwiderte der Wirt ärgerlich, aber Zillgitt meinte, Brautknecht solle sich in seinen Geschäften nicht weiter stören lassen; vielleicht werde die Frau des Hauses den beiden Brühe-Trinkern ein Weilchen Gesellschaft leisten.

Gerade das war Arthur nicht angenehm, aber weil er eine Befragung Irmas ja doch nicht verhindern konnte, erhob er sich und ging achselzuckend zu Opa Katelhön ins Büro; Weidenbruchs spontaner Vorschlag, er könne doch den Zufall nutzen und dem alten Herrn gleich ein paar Fragen stellen, fand Zillgitts Billigung, und so war der VP-Rat mit Frau Irma allein, was ihm günstig schien, denn unter vier Augen – so hoffte er – würde die schöne Sonnenwirtin vielleicht gesprächiger sein als bei der ersten Befragung vorgestern nacht.

Daß Frau Irma so leicht errötete, nicht nur aus Verlegenheit, sondern auch bei Anstrengungen oder im Zorn, ergab sich aus der hellhäutigen Konstitution des mittelblonden Menschenschlags, zu dem sie gehörte. Sie war schlank und von ungekünstelter Anmut, hielt sich bei ihrer Mittelgröße stets sehr gerade und hatte einen festen Schritt. Ihre dicksohligen Halbschuhe verursachten auf dem Parkettfußboden ein schmatzendes Geräusch, als sie näher kam, und Weidenbruch, der sich nur kurz mit ihr bekannt machte und dann dem Hausherrn ins Büro folgte, war besonders beeindruckt von ihren ruhigen blauen Augen, deren forschender Ausdruck in starkem Gegensatz stand zu jener verlegenen Zurückhaltung, die sie bei den Formalitäten des Sich-Vorstellens und der ersten Begrüßung zeigte und die in Urväters Zeiten wohl als Überrest dörfischer Blödigkeit gegolten hätte.

Siegfried Adriani hatte mir einmal bei einer Debatte um Strindberg und Wedekind gestanden, eine abgründige Bürgersfrau, die etwa nach einem Ehejahrzehnt schlichten, gleichförmigen Kleinstadtglücks urplötzlich Kinder und Gatten an der Seite eines durchreisenden Messerwerfers verläßt, den sie kaum drei Tage kennt, stelle er sich immer am Bilde Irma Brautknechts vor, und er hatte Karin, als sie eine solche Rolle erarbeiten mußte, dazu angehalten, Züge und Äußerungsweisen der Sonnenwirtin zu beobachten.

Von dem Abgründigen, das man in der schüchternen, oft etwas scheu lächelnden Irma wittern mochte oder vielleicht nur in sie hineinfantasierte, empfand auch Zillgitt etwas, obwohl er parapsychologische Kommentare zu dieser Erscheinung bestimmt schroff zurückgewiesen hätte.

»Bitte, entschuldigen Sie«, sagte nämlich Frau Brautknecht leise und verhaucht, nachdem sie auf dem Platz ihres Mannes zum Sitzen gekommen war, »daß ich mich vorgestern nicht in der Gewalt hatte und dann so einsilbig dasaß, als Sie mich fragten. Mir war sehr übel. Ich will morgen zum Arzt gehen. Ich glaube, ich bin schwanger.«

Der letzte Satz klang dabei keineswegs – wie es der VP-Rat nach dem verlegenen Anfang für folgerichtig gehalten hätte – geniert oder verschämt, sondern verriet in der Tonfärbung und im Gesichtsausdruck, der ihn begleitete, eine versteckte Genugtuung, einen Triumph, ja einen – wie Siggs gesagt haben würde – entblößerischen Freimut, der Zillgitt aufhorchen ließ. Er hatte das unklare Gefühl von einer verdeckten inneren Widersprüchlichkeit dieser Frau, das ihm in der landläufigen Gedankenform von den stillen Wassern bewußt wurde, die oft tief sind.

Dieses Urteil fand er bestätigt, als er ohne Umschweife auf die Beziehung Irmas zum Ermordeten überleitete. Sie gab ihre Antworten zwar leise und nicht ohne Befangenheit, aber mit klaren Worten. Ja, es habe vor einem knappen Jahr eine Zeit gegeben, in der sie Hermann Haldeweg leidenschaftlich geliebt habe. Vorgestern sei sie einfach physisch nicht in der Lage gewesen, davon zu sprechen, und ihr Mann habe sich dazu nicht berechtigt gefühlt, aber heute sehe sie keinen Grund, es zu leugnen. Seit fast sechs Monaten sei die Sache vorbei, Arthur sei bereit gewesen, gemeinsam mit ihr einen neuen Anfang zu finden, und wenn sich nun wirklich ihr Wunsch nach einem Kind erfüllen sollte, sei für sie und ihren Mann nach einer Zeit der ernsten Prüfung eine höhere Stufe ihres Lebensglücks erreicht.

Es fiel Zillgitt auf, daß Irma diesen sentimentalen Gedankengang ganz unsentimental, redlich und ursprünglich darlegte. Sie lügt nicht, ging es ihm durch den Kopf, und sie redet sich auch nichts ein.

Ganz freimütig berichtete die Sonnenwirtin auch, wie es im April zur Lösung ihrer Beziehungen zu Haldeweg gekommen war, als Arthur sie zu einer klaren Entscheidung zwang. Sie sei von Hermann im Grunde deshalb fasziniert gewesen, weil er sich stets mit ganzem Einsatz auf ein Ziel, eine Aufgabe einstellte und dabei ungeheure männliche Kraft entwickeln konnte, um zu erreichen, was ihm notwendig schien. Arthur müsse man immer ein bißchen schieben und anstacheln, und so etwas liege ihr eigentlich nicht. Sie habe das ihrem Mann vorgehalten, und da sei seine Antwort gewesen, daß man in der Ehe eben zwei

Köpfe und vier Hände habe, und wenn man sich die Hälfte davon auch wegdenken könnte, ohne daß sich etwas Wesentliches verändert, sei es für ihn keine Ehe. Kurz und gut, ihr sei die Befürchtung gekommen, ob sie an Hermanns Seite auf die Dauer nicht eine wegdenkbare Zutat sei, denn seine Lebenspläne entwerfe und verwirkliche er allein, und Fragen nach ihrer künftigen Tätigkeit habe er stets uninteressiert übergangen, während sie neben Arthur täglich all ihre Kräfte würde entfalten können, ja, müssen... So habe sich langsam ihre Entscheidung vorbereitet, obwohl es ihr schwer geworden sei, weil ihr Eigensinn und ihre Leidenschaftlichkeit sie immer wieder zurückgeworfen hätten. Aber Ende April sei man dann zu einem endgültigen Abschluß gelangt. Hermann habe nämlich das Gespräch auch gesucht: Er wollte einen uralten Kredit endlich an Brautknecht zurückzahlen, und bei dieser Gelegenheit habe Arthur die Sache in die Hand genommen, hier im Wintergarten, für solche diplomatischen Aufgaben sei ihr Mann wie geschaffen, in aller Freundschaft und ohne Vorwürfe habe man den unwürdigen Zustand beendet, und Hermann habe sich dann mehr und mehr der Frau Lindwurm zugewandt.

»Wie wollte denn Herr Haldeweg ursprünglich Ihre Zukunft gestalten? Ich meine, sollten Sie sich scheiden lassen und ihn heiraten?«

»Sicher. Aber in Steinfurth wäre das schlecht möglich gewesen. Er wollte nach dem Westen gehen, und ich sollte ihm folgen.«

»Was denn – er war bereit, seinen Bus im Stich zu lassen? Und wovon hätten Sie drüben gelebt?«

Irma zuckte mit den Schultern. So etwas war für sie offenbar zweitrangig. »Er sagte, drüben erwarte ihn ein horrendes Startkapital, da sei auf lange Sicht vorgesorgt, und er brauche im Grunde nur loszufahren. Aber es fiele ihm schwer, aus Steinfurth wegzugehen, wo sein Neubeginn so erfolgreich verlaufen sei und ihm die Menschen gefielen.«

»Hat er nie durchblicken lassen, welcher Art dieses ›Startkapital‹ war? Hing es vielleicht mit Schmuck zusammen, mit Edelsteinen oder Edelmetallen?«

Da mußte Frau Brautknecht aber herzlich lachen.

»Schmuck? Hermann – und Juwelen? Nein, Herr Zillgitt, davon versteht unsereins schon so gut wie nichts, aber Hermann Haldeweg bestimmt noch zehnmal weniger. Das schlagen Sie sich aus dem Kopf, das kann ich beschwören. Er hat sich aus ganz armen Verhältnissen heraufgearbeitet, ich glaube, richtiges Gold hat er überhaupt noch nie in der Hand gehabt.«

»Einen Manschettenknopf mit einem großen roten Stein haben Sie nie bei ihm gesehen?«

»Nein, bestimmt nicht.«

Also Fehlanzeige, dachte Zillgitt, und auch weitere Fragen über Haldewegs angebliche materielle Sicherstellung in Westdeutschland erbrachten keine Ergebnisse. Frau Irma wußte nichts darüber. Sie hatte auch nichts über Bekannte oder Freunde Haldewegs erfahren, und nur der Vollständigkeit halber fragte der VP-Rat sie noch nach ihrer flüchtigen Begegnung mit dem Fuhrunternehmer kurz vor dem Mord, als sie die Vase mit den Rosen auf den Erkertisch stellte.

Die Erinnerung an das letzte Gespräch mit Hermann ging Frau Brautknecht nahe, Zillgitt sah es am Zucken ihres Mundes, aber sie weinte nicht.

»Er sagte, er sei erkältet, die Tabakspfeife schmecke ihm nicht, ihm sei heiß, vielleicht habe er Fieber. Er sah wirklich krank aus, und es stand ihm Schweiß auf der Stirn. Ich erbot mich, ihm ein Migränepulver zu holen, weil ihm das früher einmal geholfen hatte, aber er wollte das nicht, er hatte prinzipiell eine Abneigung gegen Arzneien. Als Fräulein Wiegleb weggegangen war – ich glaube, sie wollte mit ihrer Mutter sprechen, die gerade eintrat –, hat mir Hermann dann noch etwas vorgeschimpft, so im allgemeinen, verstehen Sie, gegen die Menschen und die ganze Welt. Das war sonst überhaupt nicht seine Art, deshalb wunderte ich mich darüber.«

»Bitte, versuchen Sie sich zu erinnern«, sagte Zillgitt und trank von der Brühe, die inzwischen auf eine erträgliche Temperatur abgekühlt war, »was schimpfte Herr Haldeweg? Welche Worte gebrauchte er?«

»Gott – vor allem erklärte er immer wieder, er ließe sich nicht bevormunden, das sollten sich alle hinter die Ohren schreiben. Und zu zwingen sei er schon gar nicht, da stächen seine Trümpfe zu gut. Es kam auch etwas von alten Hypotheken vor, die man beizeiten hätte abstoßen sollen; in dem Moment hatte ich den Verdacht, das könnte auf Dr. Hopf gemünzt sein, der gerade an einen Nachbartisch trat und erklärte, er gehe jetzt hinaus, um die Künstler zu empfangen. Ich sah mich nach ihm um, aber Hermann winkte nur rasch ab und sagte: Vergiß es. Ich habe Fieber. Und dann prostete er mir zu, trank aber nur einen kleinen Schluck von seinem Wodka. Als er das Glas absetzte, lächelte er wieder. Nimm's nicht so tragisch, meinte er, ich sitze am längeren Hebelarm, und das weiß man genau. Na ja, weil er nun wieder guter Dinge zu sein schien, bin ich dann gegangen. Der Kartoffelsalat für den Imbiß war noch nicht fertig – ich wurde ja in der Küche gebraucht. Tja, das war alles.«

Zillgitt bedankte sich bei der Sonnenwirtin für ihre Angaben, nachdem er hatte einsehen müssen, daß sie trotz intensiver Befragung zu den »alten Hypotheken« nichts Aussagekräftiges zu berichten vermochte.

Er bezahlte ihr die beiden Brühen, trank die seine aus und wartete, während Irma mit ihren festen Schritten enteilte, auf die Rückkehr Weidenbruchs.

Mit Freude bemerkte er, daß Muttchen Gutschwager, die irgendwo im Küchen- und Bürotrakt herumwirtschaftete, vom Vilja-Lied auf eine andere Operettenmelodie umgestiegen war. »Machen wir's den Schwalben nach«, vernahm er, »bau'n wir uns ein Nest!« Aber dann unterbrach Lottchen wiederum ihren Vortrag, die Tür vom Büro-Gang wurde geöffnet, und die Küchenhilfe rief laut und durchdringend in das Gastzimmer: »Herr Zillgitt, Telefon!«

Es war das Präsidium, und zwar das Sekretariat Otto Marquardts. Sir Otto wünschte den VP-Rat schnellstens zu sprechen, und Zillgitt erwiderte der Anruferin, er breche sofort auf.

Weidenbruch berichtete ihm im Pobeda von seinem Gespräch mit Opa Katelhön, mit dem sich Zillgitt nur kurz, nach dem Telefonieren, hatte bekannt machen können.

»Der alte Herr ist 76 Jahre, aber hast du den Haarkranz um seine Glatze gesehen? Noch pechschwarz, kein graues

Haar! Und dann die handgestrickten Wollstrümpfe und die Sandalen, die er trug. Dazu Lodenjacke und Leinenhosen. Mein Onkel hat vor seiner Laube in Schildow einen Gartenzwerg stehen, der sieht Opa Katelhön zum Verwechseln ähnlich. Brautknecht kennt den Alten aus dem Krieg, aus der heutigen Klinik Professor Roßteuschers, die damals als Lazarett diente. Dort war Brautknecht Küchenchef, und Katelhön besorgte den Garten, nachdem sein erster hiesiger Brötchengeber, ein Gerichtsmensch, verstorben war. Dort haben die beiden übrigens im April 1945 Etappen-Hase versteckt, der sich aus seiner Einheit davongemacht hatte, fast vierzehn Tage, bis die Amerikaner einrückten. Aus der Lazarettzeit kennt Katelhön auch den Besitzer der St.-Georgs-Apotheke, Herrn Jammerthal, und manchmal, wenn er für Brautknecht die regelmäßigen Wege zur Bank erledigt, läßt ihn der Sonnenwirt aus der Apotheke etwas mitbringen, so wie heute. Der Opa hatte die Arzneien gerade aus der Tasche genommen: Ein Fläschchen mit Magentropfen, und dazu – ich dachte, mich küßt ein Kamel – genau solch eine Schachtel wie die, in der wir Haldewegs Giftampullen fanden! Die heutige enthielt Migränepulver, zwölf Portionen, jede säuberlich in Papier eingefaltet, und auf dem Etikett stand in der gleichen Schrift wie bei Haldeweg ›Katelhön I × tgl.‹!«

Zillgitt fiel die Bemerkung Irmas ein, ihr Migränepulver habe Haldeweg „einmal geholfen«, und er nahm sich vor, die Sonnenwirtin schnellstens zu befragen, ob sie dem Fuhrunternehmer einmal eine solche Schachtel überlassen habe und wenn ja, wann.

Er habe wissen wollen, erzählte der Oberleutnant weiter, wieso der Name Katelhön auf dem Etikett stehe, und zur Antwort erhalten, Jammerthal sei da eigen, Name und Indikation gehörten auf jede Arznei. Er schreibe allerdings immer den Namen des Käufers hin; wem der das Zeug weitergebe, sei ihm egal, Hauptsache, die Vorschrift sei erfüllt. Übrigens habe das Gespräch mit dem alten Herrn Nerven gekostet, Katelhön sei Berliner und von unversiegbarem Redefluß. Nur mit Brachialgewalt habe er, Weidenbruch, die Diskussion auf Haldeweg lenken können, der ja als Untermieter eine Zeitlang bei dem Alten gewohnt habe;

er sei aber noch zu keinem Ergebnis gelangt, weil Katelhön immer wieder von dem alten Justizrat Welsch geredet habe und davon, was Karl-Herbert, der Sohn, für ein feiner Mensch sei, der habe Herzensbildung, jawohl, wir jungen Leute wüßten wahrscheinlich gar nicht mehr, was das ist.

»Nun gut«, entschied Zillgitt, denn sie kamen auf dem Külz-Platz an, »wir werden den redseligen Herrn aufsuchen, so rasch es geht. Ich brauche über Haldeweg jede Kleinigkeit, die zu haben ist.«

Sir Otto erwartete Zillgitt in seinem getäfelten riesigen Dienstzimmer, das für die feudale Repräsentation eines königlich preußischen Polizeipräsidenten gebaut worden war und in dem man über dem Kamin noch den Platz für das Kaiserbild erahnen konnte. Dieses Stück Wand war jetzt mit rotem Fahnentuch verkleidet. Das Bild Wilhelm Piecks hing direkt neben dem Schreibtisch, auf der mahagonifarbenen Täfelung, es hatte dadurch eine lebendige Beziehung zum Arbeitsplatz Otto Marquardts, dessen zierliche Gestalt in den enormen Ausmaßen der Möbellandschaft, die ihn umgab, eines solchen Rückhalts förmlich zu bedürfen schien.

»Die Sache ist die, Rudi«, – damit nötigte der Polizeipräsident seinen Besucher in einen der gewaltigen hellbraunen Ledersessel, »sie haben mich vorhin in die Stadtleitung geholt, ins Sekretariat. Die Genossen wollten Auskunft über den Fall, den du bearbeitest.«

Zillgitt hatte sich etwas Ähnliches schon gedacht. »Und da gab es Meinungen, ich betreibe die Sache zu liberal, nicht wahr? Und nun hast du den Auftrag, mich anzuheizen.«

Sir Otto ging vom Schreibtisch zu seinem alten Kampfgefährten und setzte sich neben ihn in einen zweiten Sessel. »Du schlägst gleich um dich, als ob du ein schlechtes Gewissen hast. Die Ansichten im Sekretariat waren geteilt.«

»Na bitte! Ich kenne doch Arno Lehfeld. Und das sind nicht nur persönliche Antipathien zwischen uns: Aus seiner Sicht erkämpft man wirklich die Macht mit Husarenstreichen, und alles andere ist liberal.«

»Er ist nicht durchgekommen. Harry Czech hat mich sehr

sachlich unterstützt, und der Erste holte Arno ruhig und langsam wieder auf den Boden herunter.«

Der VP-Rat lächelte unbeeindruckt. »Aber am Ende bist du beauftragt worden, dich der Sache persönlich ein bißchen anzunehmen und dem Genossen Zillgitt zu helfen, besonders wenn sich praktizistische Tendenzen in seiner Arbeit zeigen.«

Sir Otto zog einen kurzen Bleistift aus der äußeren Brusttasche, hielt die gespitzte Seite zwischen den Fingern und tippte mit der anderen in der Luft herum. Zillgitt mußte auch jetzt wieder über diesen Überrest alter Marquardtscher Gewohnheiten schmunzeln; er erinnerte sich, wie der frischernannte Polizeipräsident sich seinerzeit den Bleistift bei der ersten Dienstberatung nach ausgiebigem Spielgebrauch sogar hinters Ohr gesteckt hatte, wie er das in seinem früheren Beruf jahrzehntelang gewohnt gewesen war.

»Schadet das?« fragte Sir Otto schließlich und stieß dabei das stumpfe Bleistiftende in der Richtung seines Gesprächspartners durch die Luft. »Oder willst du auf deine alten Tage noch eitel werden und dich gekränkt fühlen?«

Zillgitt schwieg. Ein bißchen verblüfft. Natürlich konnte es nur von Nutzen sein, wenn er für den Fall Haldeweg einen zusätzlichen Berater und Diskussionspartner vom Format Otto Marquardts gewann. Aber ihn wurmte der Anlaß. »Es mag bei mir dieses und jenes geben, aber keine praktizistischen Tendenzen!«

Sir Otto zuckte mit den Schultern. »Kann ja sein. Aber was ändert das unterm Strich? Sie Sache ist die, Rudi«, er ging an seinen Schreibtisch zurück, schloß ein Fach auf und kam mit einem lindgrünen Schnellhefter wieder. »Bitte, lies mal die ersten Seiten. Es ist der Durchschlag des politischen Informationsberichts, den Arno heute früh an die Landesleitung der Partei hat absenden müssen. Die Absätze über den Kampfappell der Jugend kannst du überspringen. Fang hier an«, er deutete – ziemlich am Ende der ersten Seite – auf eine Stelle, die mit den Worten begann: »Die politische Situation in der Stadt wurde am Wochenende durch ein Verbrechen spürbar beeinträchtigt.«

»Greif zur Phrase, Kumpel!« murrte Zillgitt, aber Sir Otto forderte ihn auf, erst einmal weiterzulesen, und der VP-Rat fand in dem Text nach einer kurzen Schilderung des Mordes an Haldeweg wirklich eine Reihe von Informationen, die ihm neu waren und auch ihn beunruhigten.

Wegen der Anwesenheit vieler stadtbekannter Persönlichkeiten bei dem Giftmord hatte sich die Nachricht von dem Ereignis bereits am anderen Morgen durch ganz Steinfurth verbreitet. Schon bei den ersten Menschenansammlungen am Sonntag früh, nämlich bei den Gottesdiensten, war der Mordfall der Stoff ungezählter individueller Gespräche gewesen, der Prediger der Domgemeinde hatte sogar in seiner Kanzelrede verschlüsselt darauf Bezug genommen, und sowohl bei den Kirchgängern als auch in vielen Debatten bei den Frühschoppen in den Gaststätten war die Meinung von der völligen Ratlosigkeit der Volkspolizei besonders häufig zu hören, ja geradezu charakteristisch. Bereits am frühen Abend brachte der Rias in seiner Sendung »Aus der Zone – für die Zone« eine Meldung über den Mord, an den sich ein Kommentar über die generell zunehmende Hilflosigkeit der »Vopos«, die öffentliche Sicherheit zu gewährleisten, anschloß, eine Ohnmacht, die in manchen Gegenden bereits zu chaotischen Zuständen geführt habe, allerdings auch die »gesunden Kräfte des deutschen Volkes« zu entschlossenerem Auftreten gegen das Regime ermutige und insgesamt ein weiteres deutliches Symptom für den baldigen Zusammenbruch des Zonenstaates sei.

Nachdem er diese Tatsachen hatte darlegen müssen, konnte es Arno Lehfeld natürlich im weiteren Verlauf seiner Analyse nicht als zufällig einschätzen, daß in Steinfurth schon in der anschließenden Nacht zum Montag die Zahl der Ordnungswidrigkeiten, Vergehen und Straftaten auf 72 angestiegen war, also um mehr als die Hälfte höher lag als im mehrjährigen Durchschnitt aller Wochenenden, und daß sich darunter – erstmals seit langer Zeit – wieder solche Vorkommnisse befanden wie das Verprügeln von Volkspolizisten, die bei einer Tanzveranstaltung in der Südstadt die Ordnung wiederherstellen sollten, das Zerstören und Besudeln von Fahnen und Transparenten in der Gorkistraße und die Aufschrift »SPD lebt« an einer Ruinenwand am Stadtwall.

Als Zillgitt den Hefter wortlos an Sir Otto zurückgab, war er nachdenklich und ernst.

Marquardt schloß die Papiere wieder sauber und sorgfältig in seiner Schreibtischschublade ein, schob bedeutungsvoll seinen Bleistift durch die Luft und meinte: »Du siehst, auch wenn Arnos Forderung, wir sollten endlich etwas Sichtbares unternehmen, aus seinem Bedürfnis nach Husarenstreichen erwachsen sollte, – das Motiv ist uninteressant, denn die Orientierung ist richtig.«

Aber der VP-Rat verarbeitete das Gelesene auf seine Weise. Nachdem er eine geraume Zeit, die Lippen zusammengekniffen, unbeweglich dagesessen und gegrübelt hatte, sprang er plötzlich auf, schritt energisch zum Fenster, das bis zum Boden heruntergezogen war und zum Külz-Platz hin auf einen wuchtigen Balkon führte, wandte sich dann mit einem Ruck Sir Otto zu und fragte: »Sag es konkret, Otto, was willst du? Soll ich zaubern? Soll ich irgendwen verhaften, ohne daß ich ihm etwas beweisen kann, bloß, damit die Leute Respekt bekommen? Du weißt genau, daß ich nicht faul bin und mit äußerster Kraft um einen erfolgreichen Abschluß des Falles kämpfe. Trotzdem zeigst du mir den Bericht, wirbst um Einsicht für Arnos Ungestüm – wozu? Was willst du damit erreichen?«

»Daß du dein ganzes Herangehen noch ein weiteres Mal politisch analysierst, Stück für Stück und mit äußerster Konsequenz.«

Er bemerkte ein leichtes Stirnrunzeln Zillgitts, löste sich deshalb von seinem Schreibtisch und ging, während er weitersprach, an seinen alten Kampfgefährten heran, bis er ihm mit dem Bleistiftende gegen die Brust klopfen konnte. »Ja, sicher, so etwas Ähnliches machen wir jeden Tag, es ist uns schon selbstverständlich geworden. Aber eben das Selbstverständliche reicht hier nicht aus! Ich brauche es diesmal noch ein paar Nummern gediegener, Vorlage-Qualität fürs Politbüro, wenn dir das Bild etwas sagt. Darum geht es mir.«

Zillgitt schaute verdrossen auf ein schadhaftes Ornamentteil im Parkettfußboden und auf die blitzblanken uralten Halbschuhe Sir Ottos. Dann lachte er ganz kurz und etwas bitter auf, ehe er den Blick wieder langsam zu Marquardt emporhob. »Und was ist, wenn ich dir das nicht liefern kann?«

Der Polizeipräsident wurde zum erstenmal ungeduldig. »Wenn du es nicht liefern kannst? Was fragst du da? Als ob ich unsere Kampfgesetze hier und heute erfinde! Dann wird es ein anderer liefern!«

»Aha.« Wie immer, wenn er unerwartete Gesprächswendungen zu verarbeiten hatte, nickte Zillgitt ein paarmal stumm vor sich hin. »Nun weiß man doch wenigstens, worauf Arno Lehfeld hinauswill. Nein, nein, du brauchst keinen Wutanfall zu bekommen, du für dein Teil hast ja völlig recht, ich halte das schon auseinander. Ich würde doch noch ganz anders reagieren, wenn das nicht wäre, was da auf deinem Papier stand. Ich würde einfach erklären: Arno Lehfeld möchte, ich soll den Mordfall benutzen, um den Kleinbürgern durch irgendwelche ›Aktionen‹ die Faust unter die Nase zu setzen, ich dagegen meine, das ist politisch falsch und verstößt gegen zentrale Parteibeschlüsse, und wenn Otto Marquardt meine Ansicht nicht akzeptieren kann, muß er mir den Fall abnehmen. Entweder – oder. Aber wie ich mich überzeugen muß, wird das Entweder nicht gebraucht und das Oder auch nicht. Wirklich benötigt wird offenbar ehrliche, gründliche Arbeit, wie ich sie ja will, aber mit raschem politischem Masseneffekt, wie ihn Arno anstrebt. Und von dem weiß ich wirklich nicht, wo ich ihn hernehmen soll. Vielleicht ergeben sich plötzlich Umstände, die mir ein rasches Zuschlagen ermöglichen, das Arno zufriedenstellt – aber ich glaube es nicht. Sobald sich die Lage so zuspitzt, daß Arno Oberwasser behält, mußt du eben in Teufels Namen den harten Kurs fahren, den dieser und jener heute verficht – doch, doch, ich habe ja Augen im Kopf, – und mußt mich ablösen. Je länger du das hinauszögern kannst, desto mehr Material wird mein Nachfolger vorfinden, um rascher Erfolg zu haben. Ich bin zu lange dabei, um sentimental zu sein; hier muß stur nach dem Nutzen entschieden werden, und das ist dazu mein Vorschlag.«

Zillgitt setzte sich wieder in den Ledersessel, beugte

sich vor, lehnte mit gefalteten Händen die Unterarme auf die Knie und sah Sir Otto abwartend an.

Marquardt meinte, er wolle jetzt nicht gegen Begriffe wie »harter Kurs« polemisieren, weil er im übrigen die Lage ähnlich werte wie sein Gesprächspartner. Im Hinblick auf dessen Vorschlag sei er allerdings entschlossen, mit Zillgitt gemeinsam alles daranzusetzen, daß die Frage einer Ablösung gegenstandslos werde, bevor jemand sie stelle, also auf eine gründliche, ehrliche, aber eben auch rasche Aufklärung des Falles Kurs zu nehmen.

Während er sich in diesem Betracht die bisherigen Ermittlungsergebnisse ausführlich erläutern ließ, um selbst einen genauen Einblick in die Lage zu gewinnen, hatte Evelyn, Zillgitts Sekretärin, die Mittagspause längst beendet. Sie saß wieder an ihrer Torpedo-Schreibmaschine und übertrug die handschriftlichen Notizen Selkas über die Befragungen aus der Mordnacht in lesbaren Klartext. Als sie den letzten Zettel in Angriff nahm, war es weit nach vierzehn Uhr.

Die Stille in dem langgestreckten Arbeitsraum, in dem sonst an den drei Schreibtischen immer gesprochen, telefoniert, gelacht oder auch geflucht wurde, war ihr unangenehm. Als Zillgitt zum Polizeipräsidenten gegangen war, hatte sich ja Weidenbruch eine Weile auf Selkas Platz niedergelassen, aber er war gegen zwölf durch einen Anruf in die hiesige Dienststelle seines Ministeriums beordert worden, und seitdem saß Evelyn allein im Zimmer. Sie war blond, bleich und etwas füllig, und sie hatte ein eindrucksempfängliches Gemüt. Vergeblich versuchte sie die Stille mit den peitschenden Lauten ihrer Maschinenschläge zu übertönen, und sie war froh, als schließlich der dürre Selka in den Raum schlurfte und sich auf kürzestem Weg zu seinem Schreibtischstuhl wandte, um die laufmüden Beine auszuruhen.

»Der Chef ist noch immer bei Sir Otto«, sagte sie, als der VP-Meister einen dicken Stapel Personalunterlagen, Urkunden und Fragebogen aus seiner abgetragenen Aktentasche zog und auf den Schreibtisch knallte. Aber sie erntete nur ein Brummen, weil die Verwendung von Spitznamen Selkas ausgeprägtem dienstlichem Ordnungssinn zuwiderlief, ihm eine gemütliche, liberale Diensthaltung zum Ausdruck zu bringen schien, die er haßte.

»Ich stelle aus den Unterlagen über die Tatzeugen Kurzbiographien zusammen. Du kannst sie dann gleich abschreiben.« Er nahm ein paar leere Blätter aus dem Schreibtisch, zog seinen Kugelschreiber hervor und begann, ohne sich eine Verschnaufpause zu gönnen, aus den Personalunterlagen die wichtigsten Angaben herauszuschreiben. Als einzige Marscherleichterung gestattete er sich eine Zigarette.

Sie war noch nicht ganz aufgeraucht und das erste Blatt noch nicht vollgeschrieben, als Weidenbruch zurückkehrte.

Auch er wurde von Evelyn darüber aufgeklärt, daß Zillgitt noch immer bei Sir Otto verweile, was wieder ein Brummen Selkas zur Folge hatte.

»Das trifft sich gut.« Der Oberleutnant trat zu Evelyn an den Maschinentisch und lächelte sie an. »Sie könnten dann rasch für den Genossen Rat noch etwas abschreiben. Er braucht es nachher.« Und da die Sekretärin mit Selkas Notizen gerade fertig war (und wohl auch dem Lächeln Weidenbruchs nicht abweisend begegnen wollte), spannte sie wortlos einen neuen Bogen ein. Der Oberleutnant zog ein Fernschreiben aus seiner Brusttasche, legte es entfaltet neben die Torpedo-Maschine, und Evelyn schrieb:

Lübeck, Kurd-v.-Schlözer-Weg, benannt nach kaiserlichdeutschem Diplomaten, Gesandten beim Vatikan, aus Lübeck gebürtig, gest. 1894; Straße enthält Einfamilienhäuser und Villen. Nr. 5: Einfamilienhaus, Baujahr ca. 1930, Besitzer (seit 1946) und Bewohner Adolf Mathias Lämmle, Makler, ca. 55 Jahre alt, verheiratet, kinderlos, gilt als Aufkäufer von Juwelen für ausländische Großabnehmer. Frühes Vorleben unbekannt, seit 1934 im Stab des 1947 verstorbenen SA-Obergruppenführers Kahlmüller (Schwiebus), 1936–1937 im »Industriellen Reichsbüro Technik im Heim« in Berlin tätig, dann Bevollmächtigter Kahlmüllers für dessen Vermögensverwaltung (Aktien und Rittergüter). Im Krieg Stabsintendant bei der Wehrmacht, 1945 untergetaucht, seit 1946 in Lübeck, als unbelastet entnazifiziert. Tritt öffentlich nicht hervor, lebt zurückgezogen, unscheinbares Büro in der Innenstadt, dessen Besucher aber meist in teuren ausländischen Wagen vorfahren. Eingeweihte halten L. für fast unbegrenzt kapitalkräftig.

Evelyn hatte ihre Abschrift dem Oberleutnant gerade übergeben und dafür ein weiteres Lächeln samt einigen sehr schmeichelhaften Dankworten ernten können, als Zillgitt eintrat und von der Tür her die drei Wartenden mit seinem Blick umfaßte.

»Ich glaube, ich habe hier eine mittlere Sensation!« sagte Weidenbruch mit sichtlichem Stolz und wollte dem VP-Rat eilig seine Abschrift übergeben.

Zillgitt wehrte mit einer entschiedenen Handbewegung ab. »Ich auch!« erklärte er, und Selka sah gespannt zu ihm hin. Marquardt hat ihm den Fall abgenommen, ging es ihm durch den Kopf. Denn daß man den Polizeipräsidenten heute ins Sekretariat der Stadtleitung geholt und daß Sir Otto anschließend sofort Zillgitt zu sich gerufen hatte, war natürlich auch im Präsidium kommentiert worden. Gleich unten an der Wache hatte ein Genosse vom Streifendienst Selka mit dieser Nachricht überfallen, und der etwas doktrinären Unbedingtheit des VP-Meisters schien ja ohnehin manche Maßnahme seines Vorgesetzten zu human und versöhnlerisch.

»Ich bin total arbeitsunfähig, wenn ich nicht schnellstens etwas zu essen bekomme!«

Alles lachte. Selka allerdings etwas gezwungen, weil er solche Flachsereien im Dienst immer als eine leichte Ironisierung der eigenen revolutionären Kampfposition empfand, und Evelyn erbot sich, aus der Kantine einen Berg markenfreier belegter Roggenbrötchen zu holen, ja, ja, keine mit saurem Fisch, nur solche, die mit Lachsschnitzelersatz oder mit »Brotaufstrich« belegt waren.

Inzwischen ging Zillgitt mit Selka und dem Oberleutnant in sein Zimmer hinüber, und er las natürlich die Abschrift von Weidenbruchs Fernschreiben sofort. »Also doch Juwelen. Die Spur wird handfester.« Der VP-Rat gab das Blatt an Selka weiter und blätterte suchend in seinem Schreibbuch. »Hier steht es: ›Haldeweg sagte, drüben erwarte ihn ein horrendes Startkapital!‹ Irma Brautknecht hat mir das erzählt. Damit kann der Ermordete also Zahlungen des Herrn Lämmle gemeint haben. Vorausgesetzt, Haldeweg hatte wirklich Juwelen. Was aber die Sonnenwirtin nun wieder für undenkbar hält.«

»Moment! Moment!« In dienstlich ganz unzulässiger Aufregung warf Selka die Information über Lübeck auf einen Stuhl und wühlte hastig in seinem Unterlagenstapel, bis er ein dünnes Bündel zusammengeklammerter Papiere herausgefunden hatte. »Ich ahnte es doch! Noch ein Zusammenhang!« Und er legte Zillgitt den bei der Gewerbeaufsicht vorgefundenen Fragebogen Erwin Puppenmachers auf den Schreibtisch und wies auf die Rubrik, in der die früheren Arbeitsstellen eingetragen waren. »Industrielles Reichsbüro Technik im Heim« stand dort, und zwar für den Zeitraum von 1935 bis 1943. Puppenmacher mußte also Herrn Lämmle kennen, denn der Apparat des »Reichsbüros« konnte schwerlich so groß gewesen sein, daß nicht alle Mitarbeiter miteinander hätten Kontakt haben müssen.

»Wohin führt das nun wieder?« brummte der VP-Rat unwillig. »Verbindungen zu solchen Figuren wie Lämmle kann man gar nicht ernst genug nehmen. Aber für einen Mordverdacht kommt Puppenmacher von vornherein nicht in Frage. Er betrat überhaupt erst das Gastzimmer, als Haldeweg bereits mit Frau Lindwurm im Wintergarten saß. Verflucht, dieser Mordfall ist wie eine Zentrifuge, alle Spuren führen weg von der Tat!«

Es klopfte, und auf Zillgitts »Herein« schaukelte Obermeister Pfeiffer rotwangig und strahlend ins Zimmer, wobei Evelyn im Windschatten seines Auftritts an ihm vorbeihuschte und einen großen Teller mit Brötchen sowie eine Flasche Limonade nebst Glas auf den Schreibtisch stellte. Zillgitt bedankte sich bei ihr fast überschwenglich und griff sogleich mit Heißhunger zu.

Pfeiffer, dessen Hereinkommen dadurch an den Rand der allgemeinen Aufmerksamkeit abgedrängt wurde, war darüber nicht im mindesten verstimmt, sondern brachte sich mit einem dröhnend-fröhlichen »Guten Appetit!« sogleich wieder in Erinnerung. Und dann meldete er offiziell, daß er den erteilten Auftrag ausgeführt habe. Den Vorsitzenden der Kleingartensparte habe er angetroffen und sei von ihm an den Rentner Anton Joksch verwiesen worden, der Haldewegs Parzelle jetzt in Nutzung habe. Und nun hatte Pfeiffer Glück gehabt. Er traf den rüstigen Sechziger – einen ehemaligen Wassersportler, wie sich herausstellte – an Ort und Stelle an, das heißt im Garten, und er konnte sich lange und intensiv mit ihm unterhalten. Nach Jokschs Meinung sei Haldeweg kein guter Gartenfreund gewesen. Die Obstbäume seien nicht sachgemäß geschnitten worden, die Stachelbeeren ständen viel zu dicht, und manche Beete seien wellig gewesen, gar nicht eben, was für die gleichmäßige Belüftung und Durchfeuchtung des Bodens sehr nachteilig sei. Joksch habe ihm unmittelbar neben der neuen Laube eine Stelle gezeigt, an der er gerade mit dem Umgraben begonnen hatte, wo sich im Gartenstück eine richtige Vertiefung befand. Sie sah ungefähr wie ein Hundegrab aus, über dem die Erde ein Stück nachgesackt ist. Bei diesem Anblick sei er, Pfeiffer, sehr mißtrauisch geworden. Denn die gleiche Wirkung, wie er sie vor sich sah, hätte auch eingetreten sein können, wenn Haldeweg an dieser Stelle zum Beispiel einen Koffer vergraben gehabt, ihn bei der Aufgabe des Gartens ausgegraben und die Erde beim Wiederzuschütten des Loches nicht schichtweise festgestampft, sondern nur einfach hineingeworfen hätte. Leider habe er keine Befugnis und auch keine Argumente gehabt, um Joksch am weiteren Umgraben zu hindern; denn Fachleute hätten sicher feststellen können, ob seine Vermutung des Vergrabens und Wiederausgrabens richtig sei. Aber dieser Mangel sei unverhofft zum Guten ausgeschlagen. Als Joksch bis zur besagten Vertiefung vorgedrungen sei, habe es auf einmal am Spaten ein klapperndes Geräusch gegeben, und sie hätten unter einem herausgehobenen Erdklumpen etwas Glitzerndes entdeckt.

In ein Stück Zeitung eingeschlagen, zog Pfeiffer dieses Etwas aus seiner Jackettasche, legte das Päckchen vor Zillgitt neben den Brötchenteller und schob dann das Papier auseinander.

Vor ihnen lag ein goldener Manschettenknopf mit der roten reußischen Gemme aus mexikanischem Feueropal.

VI.

Siggs hatte mir es vorangekündigt, und nun ist es soweit: Ich lerne Herrn Leopold Quiek kennen, den Kometen der Theatertheorie, leitenden Dramaturgen des Hauses und unermüdlichen Kolumnisten vieler Kunstzeitschriften, den Mann, dessen Fragestellungen wie Hohlspiegel zünden und auch schon einige lodernde Theaterfeuer entfacht haben. Im geistigen Bereich, versteht sich. Das brandschutzwidrige Sprachbild drängt sich mir überhaupt nur wegen der beiden Feuerwehrleute auf, die bei ihrem Kontrollgang eine kleine Steh-Rast im Foyer eingeschoben haben und in ihrer unauffälligen Wachsamkeit zufällig Leopold Quiek einrahmen, als Thomas ihn mir zeigt.

Der streitbare Kolumnist lehnt fast regungslos an einem Marmorpfeiler und späht, während das zweite Klingelzeichen ertönt, kritisch und sprungbereit in das Zuschauergewimmel, und es sieht ein bißchen so aus, als werde da ein gefährlicher Brandstifter vorsorglich eskortiert und unter Kontrolle gehalten.

Als Sohn des Chefregisseurs Adriani ist Thomas natürlich mit Quiek bekannt und wird von ihm mit einer aufwendigen Höflichkeit begrüßt, die viele Gewohnheitsposen enthält und deshalb in meinen ersten Eindruck gleich ein paar kritikhaltige Empfindungen einmischt.

In meiner Fantasie hatte seit eh und je ein Komet der Theatertheorie einen gestutzten Vollbart zu tragen, eine Klischeevorstellung, gewiß, – aber Quiek trägt wirklich einen, goldblond wie sein schütteres Stoppelhaar, und diese Übereinstimmung mit meinem Entwurfsbild gefällt mir natürlich und drängt alle Kritik in den Hintergrund. Die langaufgeschossene Gestalt des Herrn Leopold steckt in einem olivgrünen Baumwollanzug und steht auf parallelgestellten großen Füßen mit dicksohligen hohen Schnürschuhen.

Das sieht auf rührende Weise linkisch aus und verstärkt meine heitere Nachsicht und Sympathiebereitschaft.

Als Quiek mir durch Thomas vorgestellt wird (der Komet ist viel jünger als ich), blitzen mich seine randlosen elliptischen Brillengläser an, und ich werde gleichfalls seinem aufwendigen Begrüßungsritual unterzogen, das nun freilich, vor allem wegen des extrem kraftlosen Händedrucks, wieder mein Unbehagen belebt. Auch stört es mich, wenn jemand seine naturwüchsige sächsische Lautbildung mit künstlichen Berlinismen wegzuschwatzen versucht, wie ich das leider bei meinem Kometen entdecken muß.

»Das also ist Rocki? Total erfreut. Ihr Name läuft oft über Siegfrieds Zunge. Fürs Theater schreiben Sie gar nicht mehr? Wenn ich Siggs richtig interpretiere, arbeiten Sie jetzt sozusagen Polizeiberichte in Spannungsprosa um? Sie verzeihen den Schauder, der mir bei der Vorstellung über den Leib kriecht, man zwänge mich an ein solches Geschäft.«

Ich merke wohl, der Komet will eigentlich nur geistreich plaudern; daß er dabei mich und meine Arbeit heruntersetzt, ist gar nicht seine ausdrückliche Absicht, es unterläuft eben, wenn ein Quiek sich realisiert, und man hat es in Kauf zu nehmen. Verbindlich, aber doch mit spürbarem Nachdruck, erwidere ich: »Sie schlagen da auf ein Genre los, das man, glaube ich, nur treffen kann, wenn man sich sachlich damit beschäftigt.«

Der Aufwand ist nutzlos. Herr Quiek nimmt mein Achtungs- und Stop-Signal gar nicht wahr; anderen zuzuhören hat er sich – wie es scheint – abgewöhnt, er spinnt unbeirrbar seinen Faden weiter.

»Sie dürfen das nicht persönlich nehmen: Ich halte das Genre in toto für problematisch; nicht so sehr als Leser, da vergnügt man sich schon daran, sondern vom Grundsatz her. Ihresgleichen gewöhnt den Konsumenten an Lösungen: Der Mord wird aufgeklärt, jede Frage bekommt ihre Antwort, es bleibt kein Rest. Verirren sich die Leutchen dann zu uns, verlangen sie es logischerweise genauso. Und wenn wir sie in der Kunst nun vor unsere Fragen hinstoßen, sie eben geistig zur Kasse bitten, wollen sie partout nicht zahlen, schütteln unsere Ansprüche ab und sagen, die Chose sei ihnen zu mager und strapaziös. Sie werden es im ›Egmont‹ wieder erleben.«

Das ist mir doch ein zu starker Tobak. Im Klartext heißt es, meinesgleichen bilde die Säue heran, welche die Perlen des Herrn Quiek nicht zu würdigen wissen. Leider argumentiere ich schlecht, wenn mich etwas empört. In solch einem Moment ist der Spitzname »Rocki«, wie kalauerhaft es auch sein mag, ihn von »barock« abzuleiten, durchaus am Platze. Ausladend und überkräftig sind meine Gegenvorstellungen, auch hier, schon weil mich die Anmaßung erzürnt, mit der ein Herr Quiek »die Leutchen (!) geistig zur Kasse bitten« will.

»Wenn ich im ›Egmont‹ aber nicht Quieksche Fragen, sondern Antworten suche?« Ich sage das recht maliziös und mit wenig Verbindlichkeit. »Natürlich, sofern ein Künstler nichts weiß, muß er fragen, aber daß er mir dafür noch Geld abverlangt, halte ich für unmoralisch.«

Das ist überspitzt und läßt bewußt den Zusammenhang außer acht, daß eine gültige künstlerische Antwort stets neue Fragen enthält und hervorruft, aber um diese Art Fragen geht es meinem Gegenüber ja auch nicht. Der Komet richtet seine Blicke angelegentlich auf die Stuckverzierungen des Plafonds und äußert nur lässig und obenhin: »Verstehe, verstehe: Praktische Winke für alle Lebenslagen, Kunst als Leserbriefkasten. Danke für Backobst. So was mag ja bei uns auf einer Ebene einträglich sein, auf der man – sagen wir – Frieda-Hockauf-Preise für werktätigen Kunstfrohsinn vergeben könnte, für ernst zu nehmende Leute steht es heute auf der ganzen Welt außerhalb jeder Debatte.«

Neele klammert sich ganz eingeschüchtert an den Arm ihres Begleiters, und Thomas wirft mir einen mitfühlenden Blick zu, der mich wohl seiner solidarischen Empfindungen versichern soll, wenn ich gegen Quieks Arroganz nicht aufkomme.

»Von ›praktischen Winken‹ war nicht die Rede. Sie sollten es unterlassen, die Ansichten anderer auf das Niveau herabzufälschen, auf dem bei Ihnen Polemik stattfindet!«

Thomas zuckt zusammen, und er setzt spontan zu einer begütigenden Handbewegung an, denn Herr Leopold reißt sich mit einem zornigen Ruck die Brille vom Gesicht, als präpariere er sich für einen Boxkampf. Aber er poliert nur die elliptischen Gläser mit seinem safrangelben Taschentuch und hebt dabei sein bärtiges Kinn so hoch in die Foyerluft, daß ich den sauber rasierten Hals betrachten kann. »Auf einen Urmenschen-Streit mit geistigen Faustkeilen bin ich nicht eingerichtet.«

Das ist lendenlahm, und so setze ich nach. »Ich bemerke es. Sie bevorzugen Kübel mit schmutzigen Flüssigkeiten.« Das geht auf die zynische Bosheit mit dem Frieda-Hockauf-Preis.

»Kujon!« donnert er los. Ein Glück, daß die beiden Feuerwehrleute längst weitergegangen sind und nur einige alte Garderobenfrauen verschüchtert zusammenfahren, so daß niemand gegen den Ruhestörer einzuschreiten versucht. Ich glaube, da würde Quiek in diesem Augenblick gewalttätig werden.

»Kunst artikuliert sich weltbefragend, ob man das am Krimi-Fließband wahrhaben will oder nicht, sie stört auf, zieht in Zweifel, und eines Tages, wird man ihr auch bei uns erlauben müssen – –«

»– – zu quieken!« fahre ich dazwischen, und von der Sinnlosigkeit weiteren Streitens überzeugt, füge ich kalt und hochfahrend hinzu: »Kein Bedarf. Falsch verbunden. Mahlzeit, der Herr!«

Ich drehe mich kurzerhand um und gehe davon, so rasch, daß Neele und Thomas einige Laufschritte einlegen müssen, um mich einzuholen. Denn das Aufsehen ist mir doch etwas peinlich, obwohl es sich nun, je weiter ich mich entferne, immer mehr auf den Kometen Leopold eingrenzt, der wie ein Rohrspatz hinter mir her schimpft.

Noch als wir an der Sperrsitz-Pforte des Zuschauerraums wieder zum Halten kommen und in allen erreichbaren Taschen nach unseren Eintrittskarten suchen, ist Thomas viel erregter als ich.

»Rocks, das ist sensationell!« sagt er begeistert, »daß einer den Halbgott mal unbekümmert zur Ader läßt! Selbst mein alter Herr läßt ihn immer nur unauffällig ins Leere laufen, sobald es politisch wird.«

Laut und entschieden verkünde ich: »Ich gebe eine Flasche Sekt aus! Thomas hat zum ersten Mal den ›Onkel‹ weggelassen.«.

Der junge Adriani winkt verlegen ab, er hat seine Karten gefunden und unterzieht sich mit Neele der Abfertigung durch die Schließerin, und ich beginne, mich innerlich wieder auf die bevorstehende Aufführung einzustellen.

Als wir alle drei die enge Pforte zum Zuschauerraum passiert haben, hält Thomas mich doch noch einmal zurück. »Es kann dir allerdings sehr schaden.« Er flüstert es halb, als dürfe es außer mir niemand hören. »Leopold Quiek hat Einfluß. Sicher wird er versuchen, dich in einem Artikel auszuschmieren. Old Siggs sagt, man käme da nicht an ihn heran, es heißt, er hat mächtige Gönner. Hast du das nicht gewußt?«

Zunächst sage ich nur einfach: »Nein.« Dann erst bemerke ich den Abgrund hinter der Frage, und ich sehe Thomas ein bißchen befremdet an.

»Wieso? Wäre das etwa für dich ein Gesichtspunkt, um kurzzutreten?«

Er kneift das linke Auge ein wenig zusammen und wendet dann mit einem halben Auflachen den Kopf ein Stück zur Seite, als wolle er mich auffordern, doch nicht so naiv zu tun. Dabei fällt sein Blick auf die schwarze Kunststoffmappe mit Zillgitts Papieren, die ich unterm Arm trage, und er deutet darauf und fragt mit unüberhörbarer Ironie zurück: »Für euch war so was wohl nie ein Grund?«

Ich sehe zu der Mappe, dann wieder zu Thomas, und ich bin plötzlich ganz ernst und betroffen und sage so schlicht, wie ich irgend vermag: »Nein, Thomas. Nein und nochmals nein. Für uns war das keiner.« Und gehe dann rasch auf unsere Sitzreihe zu, zwänge mich auf meinen Platz und nehme es kaum wahr, wie Thomas und Neele mir verwirrt nachhasten.

Als sie schließlich neben mir sitzen, stößt mich Thomas nach einer Weile verlegenen Schweigens vorsichtig an. »Nun sei nicht enttäuscht, Rocks, wegen meiner Frage. Ich dachte, dir wäre das recht.«

Ziemlich fassungslos wende ich mich ihm zu, aber er deutet wieder auf meine schwarze Mappe.

»Wozu willst du denn sonst eure Jugend noch einmal auskramen? Doch damit man sie schamlos befragen kann!«

Und zum ersten Mal mischt sich Neele ein, beugt sich vor, bis sie mir von der Seite her ins Gesicht zu sehen vermag, und erkundigt sich mit entwaffnender Anmut: »Oder wollen nur Sie die Fragen stellen – wie der Herr Quiek?«

Ich sehe, wie Thomas ihr in liebevoller Solidarität die Hand, die er in der seinen hält, ganz fest drückt und wie sie unauffällig ihr Knie an das ihres Freundes preßt.

Nur ein kleinlautes »Hm!« bringe ich heraus. Aber Goethe kommt mir, als ich betroffen nach einer richtigen Antwort suche, zu Hilfe, indem er mich ihrer enthebt.

Das Licht im Saal verlischt langsam, und die Brüsseler Bürger beginnen mit ihrem Armbrustschießen.

Frau Klapperstück, meine Wirtin, nannte das möblierte Zimmer, das ich bei ihr bewohnte, unbeirrbar chambre garnie, teils, weil sie die Witwe eines Französisch-Lehrers war, teils wohl auch aus historischem Stilgefühl, denn die Einrichtung oder das meublement meiner Behausung repräsentierte eindrucksvoll die Zeit, in der diese Bezeichnung verbreitet und wohlberufen, mit einem Wort en vogue gewesen war.

Meine breite Nußbaumbettstatt mit ihren gedrechselten Säulen besaß sogar einen Himmel, und Henny hatte anfangs bestimmte Hemmungen aus ihrer Besorgnis erklärt, ein hier etwa empfangenes Kind werde zwangsläufig zum kaisertreuen Untertanen heranwachsen, eine Vorstellung, welche die ohnehin belastenden Besorgnisse jener pillenlosen Zeit schon zur panischen Furcht steigern konnte.

Mein Frühstück nahm ich an einem achteckigen Eßtisch ein, dessen Beine nach innen gekrümmt und durch fußstützende Bretter verbunden waren. Dabei saß ich auf einem der hohen, dackelbeinigen Stühle, deren Sitzflächen Lederbezüge aufwiesen, und schaute auf eine gewaltige Kredenz oder genauer auf das wuchtig gerahmte Gemälde darüber, eine Kopie von einer Kopie einer »Italiänischen Gebirgs-Parthie«, die etwa 1880 von einem Epigonen der (selbst schon epigonalen) Piloty-Schule erschaffen sein mochte.

Weil ich vor der Probe noch in der Druckerei etwas absprechen wollte, war ich früher aufgestanden und trank bereits gegen acht im aufgeräumten und gelüfteten Zimmer meinen Morgenkaffee. Frau Klapperstück hatte die Zeitungen hereingebracht, und ich ärgerte mich wieder einmal über die Lokalseite des »Demokratischen Anzeigers«, auf der der ehemalige Waldhornist Karl Robert Kußmaul unter dem Pseudonym Krokus als Theaterkritiker sein Unwesen trieb (ehe er später als Leiter einer HO-Fischverkaufsstelle noch sehr erfolgreiche Arbeit leisten konnte). Heute ließ er sich über meine Uraufführung aus, und wie stets denunzierte er alles Wertvolle als mißlungen und lobte alles Mißlungene als künstlerische Tat. Siegfried behauptete immer, Krokus handle so aus Gehässigkeit gegen das Theater, in dessen Orchester der Waldhornbläser sich nicht hatte behaupten können, ich hingegen war überzeugt, daß dieser Gehässigkeit allzeit eine ehrliche Ignoranz zu Hilfe kam, nicht gerechnet der Zorn, daß die Premieren sonnabends stattfanden, wodurch dem Kritiker, der im Nebenamt an den Wochenenden mit dem Kussy-Trio zum Tanz aufspielte, jedesmal eine gutbezahlte »Mugge« verlorenging.

Hatte ich am gestrigen Montag einer Begegnung mit Bernd Weidenbruch förmlich entgegengefiebert, so war ich, als es in diesem Augenblick klopfte und der Oberleutnant zur Tür hereintrat, richtig überrascht und verwirrt.

Nach seiner Gewohnheit nahm Weidenbruch zunächst einmal die Zimmereinrichtung genau in Augenschein, kommentierte seinen Eindruck mit einem trockenen »Heil dir im Siegerkranz«, strich aber sofort dieses Zitat aus der alten Kaiserhymne mit seiner ausladenden Armbewegung gleichsam wieder aus und meinte tröstend: »Aber du hast wenigstens einen separaten Eingang.«

Ich sagte: »Setz dich«, und: »Schön, daß du kommst«, und: »Kann ich dir eine Wurststulle anbieten?« (denn meine Eltern hatten mir zur Uraufführung als stolze Inhaber einer Neubauernstelle ein paar Gläser Hausgeschlachtetes geschickt). Bernd setzte sich und aß mit großem Appetit, und wir unterhielten uns übers Wurstmachen und die Lage der Neubauern und die Freien Spitzen und die HO-

Preise, bis der Oberleutnant plötzlich und ohne Übergang meinte: »So, und jetzt soll ich dir von Erwin Puppenmacher erzählen, nicht wahr?«

Ich nickte, und er nickte auch, aber mit einem unmutigen Seufzer, und dann verblüffte er mich mit der schlichten Ankündigung: »Ich werde dich natürlich in den April schicken.«

»Wie bitte?«

Für einen Augenblick lächelte Bernd. Verschmitzt, wie mir schien. »In den April, na was denn sonst. Ich kann dir bloß ausgewählte Tatsachen erzählen, ich hoffe, ich brauche dir nicht klarzumachen, warum; und solche Auswahl verschiebt natürlich die Proportionen der Wahrheit, stellt strenggenommen eine Unwahrheit dar. Ich sage das absichtlich so grob, denn auf dich kommt einiges zu. Es ist besser, du lernst das Schlucken beizeiten.«

Ich grinste deutlich und dreist; Bernd sollte mir wirklich nicht Angst vorm schwarzen Mann einjagen wollen. »Dann lüg mal los!«

Weidenbruch schüttelte den Kopf. »Was ich sage, ist an sich alles wahr; es ist manchmal nur nicht die ganze Wahrheit. Der allerletzte Rest Redlichkeit fehlt. So ähnlich wie bei dir.«

»Was?«

»Wie bei dir. Ja. Das sind doch Gedichte, die du geschrieben hast?« Er zog aus seiner Aktentasche eine Bündel Blätter mit maschinengeschriebenen Texten und legte mir die Papiere neben die leere Kaffeetasse. »Sie sind leider nicht bis nach Innsbruck gelangt, wie es dir Puppenmacher sicher versprochen hat. Man hat sie bei Herrn van Bergern sichergestellt, als er am Sonntagabend nach Westberlin fuhr, um die Qualität der letzten Sendung pornographischer Bilder zu reklamieren und raffiniertere Sujets einzukaufen. Das Kuvert, in dem deine Verse steckten, war von Erwin Puppenmacher handschriftlich adressiert an Herrn Direktor Vinzenz Dulterer in Fa. Kosmochronos-Verlag, Innsbruck, und der Begleitbrief wies aus, daß sie dort in einem Bändchen ›Junge Lyrik aus der Zone‹ erscheinen sollten. Nein, nein, das ist alles nicht strafbar, selbst wenn der Kosmochronos-Verlag nur mit amerikanischen ›Spenden‹

am Leben erhalten wird, aber ich sprach von dem letzten Rest Redlichkeit, verstehst du?«

Ich war, was äußerst selten geschah, puterrot geworden, und dieser Augenblick zählt zu den unangenehmsten meines Lebens, weil mir unvermittelt bewußt wurde, in welch schiefe Stellung ich geraten konnte, vielleicht schon geraten war, nur weil ich ein beiläufiges Anerbieten des alten Puppenmacher, das ich gar nicht recht ernst genommen hatte (wie sollte denn ein Haushaltwarenhändler bei einem Verlag wirklich Einfluß haben!), nicht ausdrücklich zurückgewiesen hatte.

Das war also der Brief vom Sonntagnachmittag gewesen! Wegen seiner Beförderung hatte Puppenmacher das merkwürdige Telefongespräch geführt und war sogar zu den Tamms hinausgefahren!

»Die Gedichte –«, stammelte ich etwas hilflos, »verleugnen aber meine Gesinnung in keiner Weise!«

»Ich sprach vom letzten Rest Redlichkeit, Rocki. Von Lumpereien war nicht die Rede.«

Er könne sich schon vorstellen, wie ich das Anerbieten eines Mannes, der Kochlöffel und Nachtgeschirre verkaufe und von Poesie sicher nicht viel verstehe, im Grunde als Fantasterei gewertet habe. Mein Gewissen hätte sich wahrscheinlich mit dem Gedanken beruhigt, das Literatur- und Verlagsgeschäft werde ja drüben von einem geschlossenen Kreis arrivierter Leute betrieben, bei denen die Fürsprache eines Herrn Puppenmacher wohl kaum Gewicht haben würde. Aber Vinzenz Dulterer gehöre gar nicht zu diesen Leuten. Er sei nach der faschistischen Okkupation Österreichs als Auslandskaufmann in das »Reichsbüro Technik im Heim« eingetreten und habe auf dem Balkan Kunden für deutsche Nähmaschinen geworben, das heißt, in Wahrheit habe er dort für Hitlers Geheimdienst obskure Aufträge ausgeführt. Nach 1945 sei er halt, wie viele seiner Kumpane, zu neuen Geldgebern übergewechselt, und heute habe er als Verleger den Auftrag, junge poetische Talente des Ostens an die »freie Welt« zu binden, sie aufzukaufen.

Mich interessierte dieser Mann nicht so sehr. Vielleicht wehrte sich in Wahrheit auch nur mein Schamgefühl gegen Enthüllungen über jene Instanz, der mein Leichtsinn meine Gedichte auszuliefern bereit gewesen war. Jedenfalls richtete sich meine Neugier mehr auf die Rolle, die Hennys Vater in diesem Zusammenhang spielte.

»Also ist Puppenmacher von seiner Reichsbüro-Zeit her ein Geheimdienst-Kumpan des Herrn Dulterer?«

»Der Verdacht liegt nahe. Bloß ...« Bernd verstummte, kämpfte offenbar mit sich, ob er weitersprechen sollte, sah mich eine Weile prüfend an und entschied sich dann doch dafür, mich vorsichtig ins Vertrauen zu ziehen. »Wir haben bisher keinen Beweis für eine Geheimdienst-Verbindung Puppenmachers vor 1945. Die meisten anderen Brüder aus dem Reichsbüro sind in den Nazi-Unterlagen als Agenten ausgewiesen, Hennys Vater nicht. Aber das muß ihn nicht entlasten, es kann im Gegenteil auch ein Zeichen dafür sein, daß er nicht wie die anderen zu den ›kleinen Fischen‹ gehört hat. Bestimmte Karteien sind ja auch in die Hand der westlichen Siegermächte gefallen, und wir kennen sie nicht.«

Ich war damit nicht zufrieden. »Aber ihr wißt doch, in wessen Auftrag Puppenmacher heute arbeitet?«

Bernd ging an mein Fenster und betastete zerstreut die Plüschportiere, die dort statt eines Vorhanges angebracht war. »Ja, natürlich«, sagte er knapp und sah auf die gründerzeitliche Straße mit den Rotdorn-Bäumen hinaus, die menschenleer in der Septembersonnne dahinträumte.

»Aber dann spielt doch die Reichsbüro-Zeit für die Einordnung dieses Mannes nicht die entscheidende Rolle!«

Mit einem mitleidigen Seufzer wandte sich Weidenbruch wieder zu mir um, und einen Augenblick lang schien es mir so, als wolle er mir besonders schonend und zartfühlend begegnen, wie einem, dem es ohnehin bald schlimm ergehen werde. »Doch. Aber mehr davon dürfte ich im Moment nicht einmal Rudi Zillgitt erzählen. Es gibt für uns harte Regeln beim Klassenkampf in der Dunkelzone, und wenn man sie nicht exakt einhält, muß man teuer bezahlen.«

Er kam vom Fenster zurück und setzte sich wieder zu mir. Dabei erläuterte er ziemlich eindringlich, aber mit gedämpfter Stimme, daß sich übrigens aus solch einer Regel auch seine Forderung herleite, ich müsse Henny gegenüber absolutes Stillschweigen bewahren. Erführe sie etwas, würde sie ihren Vater zur Rede stellen, und von diesem Augenblick an sei dieser gewarnt und dadurch der Fortgang der Ermittlungen in Frage gestellt. Außerdem gelte Henny dann natürlich als ungebetene Mitwisserin bei den Gewarnten, und es könnten doch Situationen eintreten, wo jemand, der »zuviel weiß«, für sie objektiv eine Gefahr darstellte, so daß sogar Hennys Sicherheit bedroht wäre, – solche Risiken würde ich wohl zuallerletzt eingehen wollen.

Ich gab ihm ja recht, aber ich fühlte mich moralisch außerstande, für Tage, vielleicht auch Wochen neben Henny auf der Grundlage einer Lüge dahinzuleben. Ich gestand das Bernd unumwunden, aber er erwiderte ärgerlich, ich sei ein erwachsener Mann und solle mich nicht »einkitschen«. Lüge – Wahrheit – was denn das heiße? Wenn ich die Sache schon von der Moral aus betrachten wolle, sei jetzt mein höchster moralischer Auftrag, Henny heil aus der Sache herauszubringen, und selbst eine Wahrheit sei, wenn sie das verhindere, im Augenblick zutiefst unmoralisch.

Ich schwieg, und Weidenbruch setzte nach einer Pause versöhnlicher hinzu, daß ich im übrigen Henny die Affäre mit meinen Gedichten ruhig erzählen dürfe; Herr van Bergern werde ja nach seiner Rückkehr sowieso nicht schweigen, daß man ihm das Kuvert abgenommen habe. Auf diese Weise hätte ich eine plausible Begründung, falls Henny wirklich an mir Bedrücktsein oder eine Verlegenheit bemerke.

»Was die Kontakte zwischen uns beiden anlangt«, meinte Bernd abschließend und hievte seine lange Gestalt wieder umständlich auf die Füße, »wir kennen uns nur aus dem Theatercafé. Wenn es nötig sein sollte, arrangiere ich von mir aus ein neues Zusammentreffen. Du bleibst völlig passiv, auch wenn unerwartete Ereignisse eintreten sollten.«

»Und wenn – sagen wir – heute nachmittag plötzlich Genosse Zillgitt hier hereinkommt und mich über Puppenmacher befragt?«

»Dann beantwortest du jede Frage wahrheitsgemäß,

ohne Abstriche, aber du läßt dich fragen, erzählst nicht von dir aus. Übrigens wird Rudi Zillgitt dich heute nachmittag bestimmt nicht aufsuchen. Vor Mitternacht dürfte er schwerlich aus Gera zurück sein.«

Ich weiß noch ganz genau, daß ich längere Zeit ziemlich reglos auf meinem unbequemen Stuhl saß, nachdem Bernd Weidenbruch gegangen war und erst aufschreckte, als Frau Klapperstück klopfte, um das Frühstücksgeschirr hinauszuräumen. Ihr gegenüber war ich recht einsilbig, ich glaube, sie quittierte das sogar mit einer spitzen Bemerkung, aber ich brachte es wirklich im Moment nicht fertig, mich an einem belanglosen Schwätzchen zu beteiligen. Erst als sie mein Zimmer wieder verlassen hatte, gewann ich langsam eine bewußte Übersicht über die Eindrücke, Empfindungen und Gedanken, die der plötzliche Besuch des Oberleutnants bei mir ausgelöst hatte.

In bezug auf den Fall war ich so schlau wie vorher. Weidenbruch hatte es verstanden, mich mit der Scheinsensation der beschlagnahmten Gedichte innerlich so in Bewegung zu bringen und meine Fantasie mit den unterschiedlichsten Anregungen so zu beschäftigen, daß ich die Dürftigkeit der realen Ausbeute erst jetzt richtig bemerkte, da er mich wieder verlassen hatte.

Sicher hätte es mir keinen Trost gewährt, aber vielleicht gegenüber dem Auf und Ab der kriminalistischen Erfolgskurve eine etwas gleichmütigere Einstellung vermittelt, wenn ich gewußt hätte, daß dieser Dienstag auch für die beamteten Aufklärer des Falles nur magere Ergebnisse bereithielt.

Daß Zillgitt heute nach Gera gefahren war, hatte mir der Oberleutnant so ganz nebenbei verraten. Ich konnte aber damit nichts anfangen, denn ich wußte damals noch nichts von der reußischen Gemme, wegen der der VP-Rat kurzentschlossen auf Reisen gegangen war.

Er wollte herausbringen, auf welchem Weg die beiden Edelsteine aus dem erbprinzlichen Schloß nach Steinfurth gekommen waren. Irgendwie mußte Haldeweg, mußte die Mordvorgeschichte damit ganz eng in Verbindung stehen.

Aus Zillgitts Papieren ist zu entnehmen, daß sich sein

Besuch in Gera zunächst erfolgversprechend anließ. Zwar war im Präsidium von einem Schmuckdiebstahl auf Schloß Osterstein nichts bekannt, und in den Inventarlisten waren auch keine Manschettenknöpfe mit roten Gemmen verzeichnet, aber die Genossen in der thüringischen Stadt hatten einen Mann aufgetrieben, der genauere Auskunft über die persönliche Habe von Ixelvau geben konnte: Den ehemaligen Kammerdiener des Erbprinzen, den lockigen Herrn Bernhard Stachon.

Zillgitt befragte ihn im Fundus der Städtischen Bühnen, wo der gealterte Lakai jetzt als Garderobier tätig war und gerade im Wäscheraum der Herrenabteilung für die Abendvorstellung der »Csárdásfürstin« Frackhemden bügelte. Stachon zeigte sich überhaupt nicht beeindruckt, als sich der VP-Rat, seinen Ausweis herzeigend, beim Hereinkommen mit dem Wort »Kriminalpolizei« vorstellte.

Er setzte vorsichtig das Bügeleisen beiseite, rückte zwei Stühle ans Fenster und sagte gemessen und ungerührt: »Wollen der Herr bitte Platz nehmen.«

Ja, den Manschettenknopf, den der Herr vorweise, kenne er gut. Er habe zu den persönlichen Pretiosen Seiner Hochfürstlichen Durchlaucht gehört. Stachon sagte es leise und monoton, mit etwas weibischer Lautformung und Sprechmelodie, und mit dem einfältigen Zusatz, daß allerdings, sooft der Erbprinz dieses Kleinod angelegt habe, immer noch ein zweites vom gleichen Aussehen vorhanden gewesen sei.

»Wann haben Sie die Stücke zum letztenmal gesehen?«

Stachon war nicht mehr der Jüngste, weit über sechzig, sein Gedächtnis lieferte nicht mehr auf Anhieb jede Information. Mit der Attitude angestrengten Nachdenkens führte er die Handfläche über sein schlohweiß und dünn gewordenes Lockenhaar, oder richtiger: er ließ seine Fingerkuppen vorsichtig die Wellenkämme seiner Frisur berühren. Zillgitt fielen, als er das beobachtete, die dezenten kosmetischen Korrekturen auf, die der Garderobier an seinem Äußeren vorgenommen hatte, die offensichtliche Schwarzfärbung der Augenbrauen und die leichte Rouge-Auflage der Wangen.

»Es muß mitten im bösen Krieg gewesen sein«, sagte Stachon gedehnt und klagend, und dann erinnerte er sich etwas genauer. »Aber ja! Herr Hofkammerdirektor Grimm hatte Vortrag gehalten über die Bombenangriffe und schlimmen Zerstörungen an vielen Residenzschlössern fürstlicher Familien, und Seine Durchlaucht gaben Befehl, die wertvollsten Schätze auf Osterstein teils in Kellern einzulagern, teils auf ländliche Besitzungen zu verbringen, und die Pretiosen mußte ich in unseren süßen kleinen Krokodillederkoffer verpacken, den der gnädige Herr höchstselbst auf die Sommerreise mitnahm. Und das ist 1942 gewesen, jawohl, denn die Fahrt ging, das weiß ich noch, zunächst zum Vetter Doppeldreier – so nannte Seine Durchlaucht immer im Spaß den Prinzen Heinrich XXXIII., der auf Trebschen residierte. Aber der ist im November 1942 verstorben, also kann die Reise nicht in einem späteren Jahr stattgefunden haben, und früher auch nicht, denn da gab es noch nicht diese entsetzlichen Luftangriffe.«

»Und der Erbprinz brachte den Krokodillederkoffer nicht wieder mit von seiner Reise zurück?«

»Nein. Er ist von Trebschen dann noch nach Stonsdorf gefahren und war auch ein paar Tage in Ernstbrunn in Österreich. Als er zurückkehrte, habe ich aus höchstseinem Munde gehört, die Pretiosen seien vor Luftangriffen nun sicher; wenn nur der böhmische Gefreite nicht in seinem plebejischen Übermut überhaupt den Endsieg verspiele. Ach, der gnädige Herr war ja so unvorsichtig!«

»Und in welchem Schloß hat er nach Ihrer Meinung die Juwelen gelassen?«

Stachon zog die gefärbten Brauen bedeutungsvoll in die Höhe und gab sich fachmännisch: »Auf keinen Fall in Ernstbrunn. Der dortige Vetter, Heinrich XXXIX. war der nächste Agnat, der Erbe Seiner Hochfürstlichen Durchlaucht, und die beiden harmonierten nicht sehr. Ich würde auf Trebschen raten. Zum Vetter Doppeldreier hatte der Herr Vertrauen.«

Zillgitt nahm aus seiner Brusttasche eine Fotografie Haldewegs und wollte von Ixelvaus Kammerdiener wissen, ob er den Ermordeten irgendwoher kenne oder im Zusammenhang mit einem Mitglied der reußischen Fürstenfamilie irgendwann einmal den Namen Hermann Haldeweg gehört habe.

Stachon schwor Stein und Bein, er habe die Dienerschaft auf Osterstein, Ebersdorf, Trebschen, Stonsdorf und Ernstbrunn genau gekannt, aber dieser Mann sei niemals darunter gewesen, abgesehen davon, daß es im Kriege auf den Schlössern der Vettern nur noch weibliches Personal gegeben habe, außer einigen sehr alten Herren, alle wehrpflichtigen männlichen Kräfte seien im Felde gewesen; einzig beim Chef des Hauses in Gera habe der militärische Moloch zunächst noch einige Herren des persönlichen Dienstes verschont.

Auch als Zillgitt seinem Gesprächspartner ein Foto von Haldewegs verstorbener Frau zeigte, das auf dem Schreibtisch des Ermordeten in einem kleinen Standrahmen seinen Platz gehabt hatte, war das Ergebnis negativ. Stachon erklärte mit Bestimmtheit, daß diese Dame nie zum persönlichen Dienst der prinzlichen Familien gehört habe, – ja, möglicherweise irgendwo zum landwirtschaftlichen Personal, aber das habe in den Schlössern niemals Zutritt zum Wohnbereich der Herrschaften gehabt. Nein, nach dem Abtransport der Pretiosen im Sommer 1942 hatte Stachon die Manschettenknöpfe nie wieder gesehen und auch nichts von einer neuerlichen Verlagerung der Schmuckstücke gehört. Falls sie wirklich in Trebschen deponiert worden waren, dafür wollte der alte Herr sich fast verbürgen, hatte sie niemand dort wieder weggeschafft. Stachon bezog sich dabei auf ein Gespräch des Erbprinzen mit dem Hofkammerdirektor nach dem Tode des Doppeldreiers, in dem es um den Trebschener Familienbesitz gegangen war und in dem Ixelvau erklärt hatte, trotz der Abwesenheit des im Felde stehenden Erben befänden sich alle Wertgegenstände dort in geradezu pupillarischer Sicherheit, und er wünsche daran nichts zu verändern.

Der lockige Herr Stachon konnte nun aber noch so beflissen antworten und sein Gedächtnis noch so sehr strapazieren, – er vermochte Zillgitts Geraer Fiasko nicht abzuwenden. Er wußte einfach das nicht, was der VP-Rat eigentlich wissen wollte, und auch die hilfsbereiten Genossen im Geraer Präsidium waren nicht in der Lage, Hinweise zu dem Problem beizusteuern, wie Haldeweg zu der reußischen Gemme gekommen war.

Trebschen lag östlich von Oder und Neiße, soviel hatte Zillgitt aus dem Gespräch mit Stachon noch entnehmen können, und dort waren keine Nachforschungen möglich, ob die Manschettenknöpfe aus Doppeldreiers Schloß gestohlen worden waren, – wenn überhaupt die Vermutung zutraf, daß sie sich dort befunden hatten.

In Gera waren sie jedenfalls nicht abhanden gekommen, und kurzentschlossen brach Zillgitt seinen Besuch in dieser Stadt vorfristig ab und fuhr bereits um die Mittagsstunde wieder in Richtung Steinfurth. Ziemlich wütend, denn ihn reute die aufgewandte Zeit, die er zu Hause viel nutzbringender hätte einsetzen können. Dabei beunruhigte ihn auch die Frage, ob nicht die eine oder die andere Aufgabe, die er heute wegen seiner Abwesenheit an Selka oder Pfeiffer hatte übertragen müssen, bei ihm selbst in besseren Händen gewesen wäre.

Wie sich an diesem unergiebigen Dienstag zeigen sollte, war eine solche Sorge – wenigstens in einem Fall – auch am Platze, denn wegen der doktrinären und rauhen Befragungsweise Selkas geriet ich etwa zur gleichen Zeit in eine Situation, die Zillgitt bestimmt nicht hätte entstehen lassen.

Kurz nach dreizehn Uhr, als ich gerade zum Mittagessen in die »Sparflamme« aufbrechen wollte, stürmte nach kurzem Anklopfen Erwin Puppenmacher zu mir in die Dramaturgie, hochrot im Gesicht, die Baskenmütze lächerlich gerade auf dem Kopf, aufgeregt und aufgelöst fordernd, ich müsse ihm helfen, man verdächtige ihn offenbar des Mordes an Haldeweg.

Zum Glück war die Dramaturgiesekretärin, mit der ich mein schräges Arbeitsstübchen teilte, bereits zu Tisch gegangen; ich glaube, Puppenmacher hätte auch in ihrer Anwesenheit kein Blatt vor den Mund genommen, und dann wäre binnen weniger Stunden seine bevorstehende Verhaftung im Theater- und Stadtklatsch beschlossene Sache gewesen.

Vor etwa anderthalb Stunden, empörte sich mein Besucher, während er sich in den angebotenen Stuhl fallen ließ und vergeblich an seiner erloschenen Zigarre zog, sei die Kriminalpolizei in sein Geschäft eingedrungen, und zwar ein langer, noch ganz junger, aber finsterer Mensch. Er, Puppenmacher, habe gerade die Frau des Optikers Windey beim Kauf einer Haspel für die Wäscheleine beraten, da sei dieser Zeitgenosse mit einem: »Kriminalpolizei! Ich habe mit Ihnen zu sprechen!« dazwischengefahren, habe ihm jede Auskunft verweigert und ihn fast gewaltsam in die angrenzende Ladenstube abgedrängt. Dem Fräulein Jakobsen, seiner Verkäuferin, sei vor Schreck gleich eine Steingutvase aus der Hand gefallen, und Frau Windey habe ihm mit dem Mut der Verzweiflung nachgerufen: »Wir halten zu Ihnen, Herr Puppenmacher!«

Der Aufgeregte zündete nun doch erst mal ein Streichholz an und brachte seine Zigarre wieder zum Glühen, aber auch bei dieser ziemlich zeitraubenden Tätigkeit beruhigte er sich keineswegs.

Immerhin erhielt ich auf diese Weise Gelegenheit, abkürzend zu fragen, was denn der Genosse Selka – denn nur um ihn konnte es sich handeln – um Himmels willen konkret habe wissen wollen. Aber damit hatte ich Puppenmachers Erregung womöglich nur noch belebt.

»Das ist es ja! So verschlagen gehen die Leut' doch nur vor, wann sie einen für erzverdächtig halten. Dieser Selka hat mich eigentlich nur einen Schmarren gefragt: Ob ich den Lämmle-Adolf aus meiner Reichsbüro-Zeit kenne. Freilich kenn ich den Deppen, immer das Nazi-Bonbon im Knopfloch und spartanische Sprüche im Mund. Und dann hat er bei einem großen Motorsägen-Geschäft mit Finnland irgend so einer Maschinenbau-Bude in Schneidemühl ein paar fette Solo-Karpfen zugeschanzt, weil dort sein Gönner, ein gewaltiger Goldfasan, die Aktienmehrheit hatte. Das hat aber den großen Haien den Profit verhagelt, und da haben sie ihn 1937 einfach geschaßt. Der hat vielleicht ein dummes Gesicht gezogen, als er sah, daß es über den braunen Bonzen halt eine noch mächtigere Instanz gab, wann's ums Geschäft ging. Ich hab auch danach noch ab und an einen Kartengruß mit Herrn Lämmle gewechselt, wir waren durch das gemeinsame Interesse am Trabersport ein bißchen näher bekannt geworden;

auch nach dem Zusammenbruch hat er mir von Lübeck aus ein paarmal geschrieben, ohne jede praktische Absicht, nichtssagendes Zeug. Und da stellt sich dieser Selka hin und sagt: Sie geben also zu, mit dem USA-Agenten Lämmle ständigen Kontakt zu haben? Und hat anschließend noch die Frechheit, mich zu fragen, welche Aufträge ich aus Lübeck erhalten habe und ob Haldeweg vielleicht meinem Boß – ich bitt Sie: meinem Boß! – unbequem geworden sei, und ich solle im eigenen Interesse nur alles rechtzeitig offen zugeben, denn er könne auch andere Saiten aufziehen.«

Obwohl ich sicher war, daß Puppenmacher Selkas Vorgehen tendenziös übertrieb, zweifelte ich nicht daran, daß sich die Überzeugung etwa Arno Lehfelds oder Wilfried Hases, man müsse bestimmte Mittelschichten machtbewußter und härter behandeln, auch bei einem ehrgeizigen jungen Kriminalisten ausgeprägt haben konnte. Und da ich durch Weidenbruch aufgefordert war, vorzeitige Beunruhigungen Puppenmachers, soweit das in meinem Vermögen stand, hintanzuhalten, versprach ich dem Aufgeregten, bei Zillgitt und auch bei Harry Czech in seinem Sinne vorstellig zu werden, was meinem Gegenüber sichtlich wohltat. Ja, ich vermochte ihm auch zu verdeutlichen, wie jung an Jahren und wie subaltern dem Dienstrang nach ein Mann wie Selka doch war; ich würde an seiner, Puppenmachers, Stelle zwar auch das Geschehene nicht auf sich beruhen lassen, mich aber gleichzeitig davor hüten, Gedankengänge eines unerfahrenen VP-Meisters etwa als Ausdruck der Überzeugungen Zillgitts zu werten.

Das leuchtete meinem Besucher ein, er paffte ein paarmal heftig und sagte dann, schon erheblich gesetzter: »Na sicher, wann man es so sieht – –! Aber ich hab die Scherereien. Wie kalmiere ich jetzt meine Kundschaft? Und Fräulein Jakobsen? Ach, es ist ein Kreuz mit den jungen Leuten heutzutag!« Damit stand er auf, und weil er mich lächeln sah, fiel ihm ein, daß ich ja auch zu den »jungen Leuten« gehörte, woraufhin er sich etwas übereifrig korrigierte. »Nein, nein, es gibt da natürlich Ausnahmen! Wenn einer zum Beispiel wie Sie sogar auf dem Pegasus reiten kann –« Er hatte bei der Erwähnung des Flügelpferdes einen so rührenden Augenaufschlag ehrlicher Bewunderung, daß ich direkt vergaß, peinlich berührt zu sein. »Übrigens: Ihre poetischen Gedichte sind expediert; ich hatte nämlich von meinem Freund Dulterer Nachricht bekommen, daß er die Sonette vom Herrn Kindshirt abdrucken wird und nun auf die Zusendung Ihrer Verse spitzt.«

Ich bewahrte mich erst in der allerletzten Sekunde davor, mit der Wahrheit über das Schicksal dieses Briefes und mit meinen Vorhaltungen herauszuplatzen, und ich war hinterher froh, daß ich mich bezwungen hatte. In seiner augenblicklichen Verfassung hätte Puppenmacher sofort einen Zusammenhang zwischen Selkas Verdächtigungen und der Beschlagnahme der Sendung an Dulterer gesehen, hätte sich ernsthaft überwacht, eingekreist, halb entlarvt gefühlt und wäre, sofern Weidenbruchs Verdacht gegen ihn zu Recht bestand, möglicherweise in echte Panik geraten, was ja unbedingt verhindert werden sollte.

Sicher, sobald Bodo van Bergern zurückkehren würde, mußte der Haushaltwarenhändler von den Ereignissen bei der Grenzkontrolle erfahren, aber wußte ich denn, was ein Zeitgewinn bis zu diesem Augenblick für Weidenbruchs Arbeit bedeuten konnte?

So schwieg ich, murmelte nur eine allgemein-skeptische Bemerkung zu solch einem Vorhaben und versprach Puppenmacher zum Abschied nochmals, mit Zillgitt und Harry Czech zu reden, so daß mich mein Besucher einigermaßen beruhigt und aufgerichtet verließ.

Ich selbst aber verfluchte Weidenbruchs Weisung, passiv zu bleiben; nach meiner Meinung hätte ich ihm doch schleunigst von dem Kenntnis geben müssen, was mir soeben widerfahren war. Angestrengt darüber nachgrübelnd, wie ich dem Oberleutnant eine Nachricht zukommen lassen könnte, ohne seine Weisung geradezu zu verletzen, trat ich meinen Tischweg zur »Sparflamme« an.

Am Theatereingang rief Pülleken mich zurück. »Hier – in dieser Minute hat das ein Herr für Sie abgegeben, so ein ausgewrungener langer. Sie müßten ihn draußen noch sehen!«

Ich riß das Kuvert auf, auf dem nur mein Name stand. Ein Notizbuchblatt kam zum Vorschein, hastig mit Bleistift beschrieben: »Anliegen deines Besuchers bekannt. Bitte keine Veränderung unserer Absprache. Gruß B. W.«

Ich rannte zum Portal hinaus, aber draußen war natürlich von Weidenbruch nichts mehr zu sehen. Man läßt also Puppenmacher nicht mehr aus den Augen, überlegte ich und steckte die Nachricht des Oberleutnants ein. Bernd wußte offenbar längst von Selkas Auftreten bei Hennys Vater, hatte diesen auf seinem erregten Protestweg zu mir anscheinend selbst verfolgt. Ich empfand in diesem Augenblick nach, was da zugrunde liegt, wenn man mitunter liest, ein Ring habe sich um einen Täter geschlossen.

Und ich hätte laut aufstöhnen mögen, als sich plötzlich der Gedanke an Henny wie ein Schatten über diese Erwägungen legte.

Mittwochmittag wollte sie wieder eintreffen. Ich konnte sie nicht einmal vom Bahnhof abholen, weil ich in der Frühschicht des VEB Grobtuch bei einer Volksbühnenaussprache auftreten mußte, die um vierzehn Uhr begann. Je näher der Zeitpunkt von Hennys Ankunft heranrückte, um so öfter ertappte ich mich bei Empfindungen der Zufriedenheit, daß ich dienstlich daran gehindert war, sie am Zug zu begrüßen. Ich fürchtete mich vor der Wiederbegegnung, und zwar nicht, weil ich nicht gewußt hätte, wie ich ihr im schrecklichen Augenblick der Entlarvung ihres Vaters zur Seite stehen sollte, sondern weil ich sie darüber hinwegtäuschen mußte, daß solch ein Augenblick nahe bevorstand.

Bedrückt und tief herabgestimmt begab ich mich am Mittwochmittag auf den Weg zu dem Textilbetrieb. Als meine Straßenbahn durch die verwinkelte Altstadt rumpelte, sah ich in der engen Hinrich-Schmetz-Straße Zillgitts grauen Pobeda vor einem zweistöckigen Fachwerkhaus halten, und der VP-Rat stieg mit Weidenbruch aus und ging mit ihm auf die Eingangstür zu.

Ich wußte damals nicht, daß hier der alte Katelhön wohnte, und zerbrach mir vergeblich den Kopf, wen wohl die Kriminalisten in dieser abgelebten Gegend des früheren Stadtkerns aufsuchen mochten.

Dabei war – wie aus Zillgitts Aufzeichnungen ersichtlich ist – die Behausung der Katelhöns durchaus wohlerhalten und anheimelnd, keinesfalls abgelebt. Im Parterre wohnte der kinderlose Hauswirt mit seiner Frau, ein ältlicher Schornsteinfegermeister, der genügend Handwerker kannte und ihnen mit Hilfe seiner bäuerlichen Verwandtschaft auch wohl einmal eine Seite Speck oder einen Sack Weizen in Aussicht stellen konnte, wenn sie ihm das Haus in einem properen Zustand erhielten.

Die Wohnung der Katelhöns im Obergeschoß bestand nach der Bausitte früherer Jahrhunderte aus Stube, Kammer und großer Küche, die Türen waren zu zwei Seiten eines offenen kleinen Flurs angeordnet; am Kopf der Treppe aber führte eine weitere Tür noch in ein weiteres Zimmer, das als Anbau in den Hof hineinragte und unter dem sich im Parterregeschoß ein Schuppen befand. In diesem separaten Raum hatte Hermann Haldeweg gewohnt; jetzt gehörte das Zimmer, wie Opa Katelhön dem VP-Rat berichtete, dem Neffen des Hauswirts. Eine steile Stiege ging in das Dachgeschoß hinauf; dort gab es zwei Bodenkammern, die beide von dem alten Gärtnerehepaar genutzt wurden, eine zum Abstellen des alten Hausrats, die andere als Aufbewahrungsraum für die Eimer und Besen und Scheuerbürsten der Frau Koddrigkeit, einer Reinigungskraft der Städtischen Bühnen, an deren Beispiel Opa Katelhön zum Ärger Weidenbruchs gleich wieder auf die »Herzensbildung« Karl-Herbert Welschs zu sprechen kam. Denn dieser schickte (und bezahlte) die Frau wöchentlich für einige Stunden, damit sie der ziemlich schwach und hinfällig gewordenen Gattin des alten Gärtners die Reinigungsarbeiten abnahm, freilich – je nach Abkömmlichkeit im Theater – zu wechselnden Zeiten, weshalb sich die Einrichtung einer besonderen Kammer für sie als nützlich erwies, damit sie mit eigenem Kammerschlüssel in Tätigkeit treten konnte, auch wenn bei Katelhöns einmal niemand zu Hause war.

Zillgitt und Weidenbruch wurden in die Stube geführt und mußten auf dem Sofa Platz nehmen, dessen olivgrüner Plüschbezug mit grau-weißen Jugendstil-Applikationen verziert war. Der Oberleutnant erspähte über dem Vertiko an der gegenüberliegenden Wand sofort das große gerahmte Foto einer Villa, die in einem weiträumigen Park lag und im klotzigen Stil der Jahrhundertwende errichtet war.

»Das Anwesen unseres seligen Herrn Justizrat«, erläuterte Katelhön, »die Gärtnerwohnung und die Orangerie sind auf dem Bild durch die Villa verdeckt. Und wissen Sie, wer das 34 gekauft hat? Ein Posamenten-Fritze, der Alleinhersteller von Hitlerjugend-Armbinden! Jawoll! Eine Viertelmillion hat der in bar hingeblättert! So war det damals. Aber det schlimmste war, wie sie den armen Karl-Herbert geschurigelt haben. Ick sage immer zu meiner Frau, det der Kommunist geworden ist, det haben die Nazis auf dem Gewissen.«

Zillgitt hielt es für angezeigt, energisch die Führung des Gesprächs an sich zu ziehen.

»Herr Katelhön, wir wollen heute nur etwas über Hermann Haldeweg wissen. Und da möchten wir Zeit sparen und schön bei der Sache bleiben. Sie sind ja zum Glück noch so rüstig, daß das bei Ihnen kein Problem ist. Aber was wir da manchmal erleben – –! Also: Haldeweg hat vom Sommer 46 bis Frühjahr 48 bei Ihnen gewohnt?«

»Ja, vorne, in dem separaten Zimmer.«

»Was für Bekannte hatte er? Wer kam zu ihm zu Besuch?«

»Keine Seele, Herr Rat. Der ging früh aus dem Haus und kam abends retour. Meistens sehr spät. Er hat ja auch noch eine Gartenparzelle gehabt, und die macht Arbeit, det können Sie einem alten Gärtner schon glauben. Hätte ich ihn nicht ab und zu in die ›Sonne‹ mitgeschleift, der wäre nicht einmal in eine Kneipe gegangen. Gespart hat er. Na ja, das Geld, was er aus der Heimat mitgebracht hatte, hatte er für die Autobus-Ruine berappen müssen, und was er für die Fahrten einnahm, steckte er gleich wieder in det Vehikel rein. Mit der Zeit ist da denn eine ganz schmucke Kalesche draus geworden, und ick habe Herrn Welsch auch zugeredet: Den könnt ihr nehmen für euer Theater, Haldeweg ist solide. Die beiden haben sich nämlich bei mir kennengelernt. Wenigstens näher. Begegnet waren sie sich wohl vorher schon mal. Aber Besuch – nee, in den ganzen zwei Jahren kann ich mich nicht erinnern, daß mal jemand zu ihm gekommen ist.«

»Hatte er nicht irgendwann eine Freundin?«

Opa Katelhön sah seine Frau an, die schweigend am Fenster saß und strickte. »Siehst du, Jette! Da haben wir nämlich auch daran herumgerätselt, na, wie so was eben ist. Manchmal ist Haldeweg ja die Nacht über weggeblieben, aber det kann geschäftlich gewesen sein. Mit einem Bus hat man schließlich auch mehrtägige Fahrten.«

»Und hat er nie etwas erzählt? Ich meine, über sich selbst, oder was er erlebt hat?«

Jetzt mußte sogar die schweigsame, zerbrechliche Frau Katelhön lächeln, während ihr Mann in komischer Verzweiflung die Hände zusammenschlug. »Erzählen? Der und erzählen! Haldeweg war wie ein Kaktus, verschlossen und stachlig. Ich meine damit nicht maulfaul; er hat schon mit allen geredet und auch mal einen Witz gemacht, auch zu uns war er immer freundlich und hilfsbereit; aber über seine Privatsachen – kein Wort, da ließ er keinen heran.«

»Selbst ein Kaktus blüht doch alle paar Jahre mal auf; irgendeine Bemerkung entschlüpft auch den verschlossensten Leuten. Oft können auch Kleinigkeiten für uns wertvoll sein.« Zillgitt versuchte mit aller Macht, einen neuerlichen Mißerfolg abzuwenden, und redete auch Frau Katelhön ausdrücklich an: »Man sagt doch, Frauen beobachten besonders scharf. Ist Ihnen nichts in Erinnerung?«

Aber die strickende Hausherrin schüttelte nur ratlos den Kopf und sah hilfesuchend zu ihrem Mann. Der aber klopfte plötzlich mit den Fingerknöcheln auf den wachstuchbedeckten Tisch. »Wo Sie det mit dem Aufblühen sagen – da fällt mir wat ein: Ein einziges Mal habe ick et erlebt, daß Haldeweg blau war. Und da ist det wirklich so gewesen: Der blühte Ihnen richtig auf. Wir hatten in der ›Sonne‹ im Wintergarten gesessen, Hermann Haldeweg, icke, Atze Brautknecht und der alte Tamm, der damals noch lebte, wissen Sie, der Vater von Peter und Paul, die jetzt die Inhaber des Spirituosen-Geschäfts sind. Gustav Tamm hatte zwei Pullen mitgebracht. Atze Brautknecht stellte noch eine dazu, und weil Haldewegs Geburtstag noch nicht so lange zurücklag wie der von uns anderen, wurde beschlossen, wir feiern jetzt Hermanns Geburtstag nach. Wir ließen ihn hochleben, jeder mußte einen Trinkspruch auf ihn ausbringen, und als wir zwei Flaschen niedergemacht hatten, fing ick einen zünftigen Rundgesang an. Sie, ick war im Männerchor vom Berliner Ziergärtnergehilfen-Verein Semiramis fast fuffzehn Jahre lang erster Baß, und noch heute, – wat Jette? – wenn wir zwei beide manchmal in der Dämmerstunde im Duett mit dem ›Lenz‹ von Hildach loslegen, Herr Rat, auch Ihnen würden die Tränen kommen!«

Zillgitt hütete sich, das zu bezweifeln, er dachte an Muttchen Gutschwagers Waldvögelein, und er hielt es für dringend geboten, den alten Gärtner und Sangesbruder mit ein paar freundlichen Worten wieder zur Sache zurückzuführen.

Katelhön fügte sich auch gehorsam. »Gut, gut, gut, jedenfalls – als wir gegen halb eins aus der ›Sonne‹ hinauswackelten, war mein Hermann selig, er sang immer wieder: ›Der Lenz ist da!‹, obwohl es auf Weihnachten ging, und ick hatte mit ihm meine liebe Not. Nun kommen wir durch die Brockdorff-Rantzau-Straße, und da sieht er doch plötzlich noch Licht in einem Haus. Es war ein Zweifamilienhaus, ein bißchen zurückgebaut, und im Parterre brannte hinter zwei oder drei Fenstern noch volle Festbeleuchtung. Und da legt Hermann auf einmal los: ›Da wohnt ein ganz mächtiger Mann, Opa, ein Mann, den fast jeder in Steinfurth kennt. Und wie viele, wie viele haben scheußliche Angst vor ihm. Aber ein popliger Hermann Haldeweg, der hat keine, Denn er kennt ihn genauer. Er hat ihn nämlich aufgegabelt. Im Februar 45!‹ Und dann hat er mir eine lange Geschichte erzählt, wie er mit seinem Pferdegespann ungefähr dreißig Kilometer vor Steinfurth in einen Tieffliegerangriff gekommen ist, aber noch schnell in einen Tannenwald hineinpreschen konnte. Doch einen Lastwagen, der gerade vorbeifuhr, erwischte es. Als der Jagdbomber abdrehte und Hermann heranzuckeln konnte, brannte das Fahrzeug lichterloh. Der Fahrer war tot, und der Beifahrer oder Transportleiter, ein Zivilist, versuchte vergeblich, die schweren Kisten vom Laderaum herunterzuzerren: Der Qualm war zu stark, und das Feuer breitete sich zu schnell aus. Nur eine einzige Kiste konnte er noch retten, und den Koffer mit seinen persönlichen Sachen.

Weil der Mann ganz durcheinander war und wie ein Verrückter auf Hermann einredete, nahm der ihn samt Kiste und Koffer mit und setzte ihn dann in Steinfurth ab. Und nach einem dreiviertel Jahr – inzwischen war der Zusammenbruch gewesen – hat dieser Mann plötzlich Hermann aufgesucht und auf ihn eingeredet, det er eine Erklärung als Zeuge mitunterschreibt. Auf dem Papier stand, det dann und dann da und da der LKW verbrannt ist mit dem gesamten Inhalt, so daß der Transport Nummer soundso sein Ziel nicht erreichen konnte. Hermann hat det auch unterschrieben. Es war ja die Wahrheit. Bis auf die kleine Kleinigkeit: Von der einen geretteten Kiste stand nichts auf dem Papier. Die habe Privatsachen enthalten, soll der Mann gesagt haben. Aber Hermann hatte mit seinem einen gesunden Arm ja mit angefaßt, um det zentnerschwere Ding auf seinen Pferdewagen zu laden. Und dabei hatte er deutlich die Aufschrift der Kiste gesehen: Preußische Staatsbibliothek. Und am Gewicht bemerkt, det sie Bücher enthalten mußte. ›Ick sage keiner Seele was davon‹, hat mir Hermann versichert, und ick mußte versprechen, ebenfalls zu schweigen, ›aus dieser Höllenzeit hat jeder am eigenen Päckchen genug zu tragen. Aber Angst – habe ick keine mehr vor diesem Halbgott!‹ Neugierig wie ick bin, wollte ick aber nun auch wissen, wer der bedeutende Mann ist. Hermann wurde erst einmal wieder verschlossen und stachlig, aber schließlich hat ihm sein Schwips doch die Zunge gelockert: Der Mann mit der Kiste soll Dr. Hopf sein.«

Zillgitt klappte sein Schreibbuch zu und nickte stumm vor sich hin. Was er hier hörte, wog schwerer, als er erwartet hatte, aber zugleich beschlich ihn dabei ein ungutes Gefühl. Ja, sicher – hier wurden Zusammenhänge sichtbar, die man keinesfalls gering achten durfte. Wenn Haldeweg bei einer kriminellen Handlung des Kunstpapstes Mitwisser gewesen war, konnte er Hopf erpreßt haben, was auch dessen dauernde Geldverlegenheiten erklären würde. Und Irma Brautknecht hatte den Eindruck gehabt, daß sich Haldewegs drohende Bemerkungen am Erkertisch gegen den Museumsleiter richteten. Hopf hatte sich selbst als fanatischer Büchernarr ausgewiesen, und aus seiner Personalakte wußte Zillgitt, daß der Doktor vor 1945 als wissenschaftliche Kraft bei der Preußischen Staatsbibliothek in Berlin tätig gewesen war. Schließlich waren über den Schuldschein verborgengehaltene Beziehungen zwischen ihm und dem Ermordeten erwiesen. Und zu guter Letzt: Hier lag überhaupt die einzige Spur, die bisher in die Vergangenheit Haldewegs hineinführte, in der doch nach der Überzeugung des VP-Rats der Ausgangspunkt des Verbrechens liegen mußte.

Dennoch: Hopf – wie einleuchtend auch mögliche Tatmotive für ihn auf einmal zutage lagen – konnte den Mord nicht begangen haben, weil er mit Haldewegs Wodka nachweislich nicht in Berührung gekommen war. Mehr noch: Eine unterschlagene Bücherkiste als Erpressungsgegenstand? Wenn man die beteiligten Personen in Betracht zog, den intelligenten Hopf und den geistig weit unterlegenen Haldeweg, so war ein Mord-Ausweg doch dem Sachverhalt unangemessen, nur als spontane Verzweiflungstat denkbar, und diesen Charakter trug das Verbrechen offenbar nicht.

Zillgitt entschloß sich, unverzüglich, heute noch, den Verdachtsmomenten gegen Dr. Hopf nachzugehen, um sich nicht einen weiteren Ballast von Hypothesen aufzuladen, sondern in diesem Bereich rasch aussondern zu können, was einer ernsthaften Prüfung nicht standhielt.

Er bedankte sich bei den Katelhöns, nicht ohne eventuell einen weiteren Besuch in Aussicht zu stellen, verpflichtete beide ziemlich nachdrücklich zum Stillschweigen über den Verlauf der Befragung und fuhr mit Weidenbruch auf kürzestem Weg ins Museum.

»Wenn ich der neuen Spur auch nicht traue«, erläuterte er im Wagen dem Oberleutnant seine plötzliche Eile, »in ihrem Zusammenhang macht mich stutzig, was mir Etappen-Hase heute früh übermittelt hat. Er rief gegen zehn bei mir an, um mir mit dem nachsichtigen Ton eines Oberlehrers mitzuteilen, daß ihm Dr. Hopf ›ganz von sich aus‹ die geborgten 300 Mark wiedergegeben hat und daß der Doktor auch seine Schulden bei Welsch anstandslos abgetragen habe, so daß nun wohl der gute Leumund dieses verdienten Kulturpolitikers ganz wiederhergestellt sei. Ich habe es gleich überprüfen lassen: Auch die Rückzahlung bei Welsch ist erfolgt. Aber das sind zusammen 2800 Mark! Wie hat Hopf über Nacht solch eine Summe auftreiben können? Wer sprang da für ihn in die Bresche? Warum? Nach dem, was Katelhön uns erzählte, möchte ich diese Fragen doch schnellstens exakt beantwortet haben.«

Im Museum erfuhren die Kriminalisten, daß Dr. Hopf sich für heute abgemeldet hatte, um zu Hause am Wegweiser für die Ausstellung »Die Kunst der Befreiungskriege« zu arbeiten, und so gaben sie dem Fahrer den Auftrag, sie zur Brockdorff-Rantzau-Straße zu bringen, zu jenem Haus, in dem vor Jahren Haldeweg Licht gesehen und aus diesem Anlaß zum ersten und einzigen Mal eine Fährte in seine Vergangenheit eröffnet hatte.

Weidenbruch war die Verzögerung sehr unlieb; er hatte um fünfzehn Uhr von seiner Dienststelle aus eine wichtige Verabredung, aber Zillgitt beruhigte ihn, er werde ihn notfalls mit dem Pobeda an den gewünschten Ort bringen lassen.

Das Haus, in dem die Hopfs im Parterre wohnten, war kaum älter als fünfzehn Jahre. Unter seinem abgeflachten Dach duckte es sich wie ein hellgrauer Mops in die dichte Rasenfläche hinein. Die dreiteiligen breiten Fenster wirkten wie blutunterlaufene Augen, denn der Architekt hatte in ihrem Umkreis rote Klinker vermauern lassen, in der Hoffnung, so etwas würde die eintönig-glatte Rauhputzfläche des Klotzes ein wenig beleben.

Die Haustür war verschlossen; auf Zillgitts Klingeln meldete sich niemand. Die Mieter aus der ersten Etage schienen verreist zu sein, denn dort waren überall die Rolljalousien heruntergelassen. Daß aber bei Hopfs niemand auf das Klingelzeichen reagierte, beunruhigte den VP-Rat. Vier Kinder gehörten zur Familie, es war jetzt vierzehn Uhr, da hätte doch irgend jemand zu Hause sein müssen.

Weidenbruch begann, von der Gartenseite her die Keller- und Waschhauseingänge zu untersuchen. Sie waren verschlossen, aber an einem Nagel in der Fensternische hing ein rostiger Schlüssel, mit dem sich die Kellertür öffnen ließ. Über den Kellergang und eine Treppe gelangte der Oberleutnant in den Hausflur und gab hier von einem

Fenster aus Zillgitt ein Zeichen, ihm zu folgen. Natürlich war auch die Hopfsche Wohnungstür verschlossen, aber der Sorglosigkeit eingedenk, auf die er eben am Kellereingang gestoßen war, begann Weidenbruch für alle Fälle die Stellen abzusuchen, die in solchen Häusern oftmals als Schlüsselverstecke genutzt werden, damit auch bei sehr vielen Familienmitgliedern niemand auf das Eintreffen eines glücklichen Schlüsselbesitzers zu warten braucht: unter dem Fußabtreter, auf der Türfüllung, in den Fenstern und Nischen des Flurs. Und er hatte auch hier Glück. Im Hausbriefkasten Hopfs, dessen Blechtür nur angelehnt war, fand der Oberleutnant ein ganzes Schlüsselbund, und nach einem kurzen Ausprobieren traten die Kriminalisten in die Wohnung des Kunstpapstes ein.

Sie war leer. Ausgeräumt bis auf wenige wertlose Möbelstücke und einige Stapel ausrangierter Bücher und alten Hausrats. Und bis auf die Gardinen, die zur Täuschung der Nachbarschaft an den Fenstern verblieben waren.

Zillgitt stürzte zum Telefon, das verloren auf dem Fußboden stand, um das Präsidium zu informieren und ein Kommando herbeizubeordern, während Weidenbruch sich in den Zimmern umsah. Auf einem Tischchen, bei dem ein Bein angebrochen und das offenbar deshalb zurückgelassen worden war, entdeckte er ein verschlossenes Kuvert mit einer Aufschrift.

»Hier liegt ein Brief!« rief er dem VP-Rat zu, und es hallte in den leeren Räumen wider wie in einer Kirche.

»Er ist aber an Wilfried Hase gerichtet.«

»Hase! Der fehlt mir noch. Beschlagnahmt! Aufmachen!« donnerte Zillgitt vom Telefon aus mit einer Kommandostimme zurück, die den Verdacht liberalen Herangehens diesmal wirklich nicht aufkommen lassen konnte. Der Oberleutnant riß den Umschlag auf und las:

»Lieber Wilfried!

Durch unausweichliche Umstände bin ich gezwungen, Euch und auch mich selbst zu enttäuschen. Auf Veranlassung meines ehemaligen Chefs in der Preußischen Staatsbibliothek bringt man mich und meine Familie mit Sack und Pack nach Wiesbaden, wo ich meiner früheren

Tätigkeit wieder nachgehen werde. Ich habe dem aus eigenem Entschluß zustimmen müssen. Meinem früheren Vorgesetzten ist ein Programmheft der Städtischen Bühnen in die Hände gefallen, in dem das Titelblatt der Erstausgabe von Klopstocks ›Messias‹ abgebildet ist und ich als Leihgeber des Exemplars benannt werde. Obwohl ich den Stempel entfernt hatte, konnte man auf dem Bild an Hand eines stehengebliebenen handschriftlichen Nomenklaturzeichens das Buch als Eigentum der Preußischen Staatsbibliothek identifizieren. Als daraufhin mein früherer Chef mich am Sonntagabend unverhofft besuchte und sich in meiner Privatbibliothek umsah, vermochte ich nicht zu leugnen, 1945 eine Kiste mit wertvollen Ausgaben des 18. Jahrhunderts gerettet und an die jetzige Staatsbibliothek der DDR nicht zurückgegeben zu haben.
So wurde ich vor die Alternative gestellt, dem (immerhin ehrenvollen und lukrativen) Angebot Dr. Boschklöppers nach Wiesbaden nachzukommen – wobei ich die seinerzeit geretteten Bücher natürlich in das dortige Nachfolgeinstitut einbringen muß –, oder hier denunziert und der Unterschlagung oder des Diebstahls angeklagt zu werden. Wenn ich nicht mein ganzes Leben ruinieren will, fällt die letztere Variante von vornherein aus. Also geht es wider besseres Wissen zurück in die Tänzerschar, die das Goldene Kalb umkreist. Alle Gedanken an Euch und die hiesigen Folgen schiebe ich bewußt beiseite: Sie führen zu nichts, denn ich habe keine andere Wahl.
Unsere Reise – mit einem im Grenzgebiet gecharterten LKW – hat Dr. B. genau vorbereitet. Ich war ja ahnungslos, wie raffiniert und risikoarm man heute noch solch einen Grenzübertritt organisieren kann!
Natürlich steht hinter meiner plötzlichen Abreise nicht etwa ein Geheimdienst o. ä. Ich habe auch meine Schulden (bis auf die an Haldewegs Nachlaß, die ich später begleichen werde) durch Hausrat- und Bücherverkäufe sämtlich getilgt. Mit dem Mord an Haldeweg habe ich nichts zu tun, obwohl der Fuhrunternehmer 1945...«
Hier brach der Brief zunächst ab, und später war mit ha-

stigen Schriftzügen, offenbar im Stehen, denn die Zeilenrichtung war eine ganz andere, daruntergesetzt:

»Muß schließen, LKW fährt, Gruß Dr. Robert Hopf.«

Der Oberleutnant hatte Zillgitt das Schreiben wortlos ausgehändigt, sobald dieser seine Telefonate beendet hatte. Nach wie vor war der VP-Rat reizbar und voller Zorn.

»Renegatengewäsch!« damit warf er den Brief, als er ihn gelesen hatte, wieder auf das defekte Tischchen, »kläglich, sentimental und eitel!«

Und er wanderte mit großen, wuchtigen Schritten durch die beiden leeren Vorderzimmer, deren Verbindungs-Schiebetür bis zum äußersten Anschlag offenstand. »Na, bitte!« höhnte er. »Ist das kein Paukenschlag? Arno Lehfeld wollte doch einen! Bloß mit diesem wird er schwerlich zufrieden sein. Schließlich war Hopf sein politisches Ziehkind. Die ganze Arbeit bringt es uns durcheinander! Allein die Sitzungen, die jetzt auf uns warten! Und der Täter lacht sich ins Fäustchen! Denn ich sage dir – –«

Und er hielt auf seinem Wanderweg einen Augenblick dicht vor Weidenbruch an: »Mehr als vorher bin ich sicher: Dies hier ist für uns eine tote Strecke. Ein Geschwür, das mit aufgeht, weil es in der Nähe der Wunde liegt. Aber es hat mit ihr nichts zu tun! Bloß: Wie ich es wieder anstellen soll, daß mir Sir Otto das abnimmt!«

Grimmig setzte er seinen Marsch durch die Räume fort. In seinem Zorn wäre er dabei fast über einen Stapel aussortierter Bücher gefallen, und dieses Hindernis verstärkte womöglich seine Reizbarkeit noch.

»Der Büchernarr!« schäumte er und ergriff den zuoberst liegenden Halblederband, der auf dem Deckel in teurer Goldprägung den preußischen Königsadler zeigte! »Welche edlen Erzeugnisse der Herr Genosse gesammelt hat!«

Er schlug die Titelseite auf und las voller Ingrimm vor: »Das königlich preußische Ulanen-Regiment Nr. 10, eine Festschrift zum zwanzigjährigen Jubiläum der Namensverleihung ›Prinz August von Württemberg‹, mit fünf Original-Photographien und einer Orientierungskarte, von Hasso v. Pracher und Stehle, kgl.preuß. Rittmeister z. D., Frankfurt/Oder 1909.«

Kopfschüttelnd, als könne er es gar nicht glauben, daß

solche Elaborate einmal gedruckt und verkauft worden waren, blätterte Zillgitt in dem Band. Dabei klappte die »Orientierungskarte« heraus, und der VP-Rat entfaltete sie vollends. Sie zeigte die Anlage des Korpsmanövers des III. Armeekorps vom Jahre 1908, durchgeführt im Raume östlich von Frankfurt/Oder. Weidenbruch beobachtete, wie Zillgitts Kopfschütteln sich zunächst verstärkte, aber dann plötzlich abebbte und wie sich auf einmal ein verwunderter, schließlich sogar ein verblüffter und erregter Ausdruck im Gesicht des Betrachters ausprägte. Neben der Schiebetür war ein hölzerner Hocker stehengeblieben, und der VP-Rat ließ sich darauf nieder, als trügen ihn plötzlich die Beine nicht mehr. »Völlig logisch«, murmelte er vor sich hin, »zwingend, wohin trägt man Juwelen.«

»Was hast du?« fragte der Oberleutnant besorgt.

»Sieh es dir an«, sagte Zillgitt, ohne sein intensives Nachdenken zu unterbrechen, »Geographie ist eine verdammt nützliche Wissenschaft.«

Weidenbruch konnte, als er das Gewirr der Städte, Dörfer, Flüsse und Seen auf der Karte betrachtete, keine Erklärung für das Betroffensein seines Gefährten ableiten. Er mußte sogar lachen, weil ihm an der Ostgrenze des dargestellten Gebiets wirklich und wahrhaftig eine Ortschaft mit dem Namen Klein-Posemuckel ins Auge fiel.

Der VP-Rat gab keine weiteren Erläuterungen. Er sah mit zusammengekniffenen Augen irgendwohin, und was er sagte, klang wie ein Selbstgespräch.

»Gewußt wo! Die tausend Teilchen, die wir in Händen haben, passen auf einmal zusammen.« Er klopfte mit dem Finger auf einen Punkt der Landkarte. »Und von hier aus kam das Uhrwerk in Gang.«

Schließlich wandte er das Gesicht dem Oberleutnant zu und sah ihn mit einem fast feierlichen Ernst an. »Wenn ich das beweisen kann, Bernd, sind wir am Ziel. Dann gibt es den richtigen Paukenschlag. Und keiner wird glauben, daß wir ihn dieser Scharteke verdanken.«

VII.

Hoch über dem Bühnenboden schwebt eine riesige flache, fast elliptische Scheibe. Das ist die Beletage der Aufführung, hier spielen die Szenen bei der Regentin, hier wird die Wohnung des Grafen Egmont aufgebaut, hier der Culenburgische Palast, in dem Herzog Alba residiert, der spanische Unterdrücker. Gleißend hell ist hier das Licht, das durch den gelblichen Teppichbelag der Scheibe nur wenig erwärmt wird, und immer, immer bleibt dieser strahlende Überbau gegenwärtig, auch wenn die bürgerlichen Figuren in ihrer Theaterumwelt agieren, die unten, auf dem ebenen Bühnenboden angedeutet ist und gedämpfter, aber viel farbiger ausgeleuchtet wird, die Brüsseler Straßen, der Marktplatz, Klärchens Wohnung.

Siegfried Adriani hat bei der Aufführung für eine ins Auge fallende Scheidung der beiden Spiel-Etagen gesorgt, durchgehend, ständig, das ist seine erste und Haupt-Fußnote, die er den Goetheschen Vorgängen beigibt. Wenn Egmont zu Klärchen geht, führt von der hellen Scheibe eine Art Freitreppe herab, die nach unten von Stufe zu Stufe immer dunkler eingefärbt ist und einen knappen Meter über dem Bühnenboden, ohne ihn zu berühren, in einer kleinen freischwebenden Plattform endet. Da entsteht ein enges, instabiles Zwischenreich, in das der Titelheld seine Geliebte für ein paar Theaterminuten hinaufheben kann. Und bei aller Innigkeit der Beziehungen beider ist dem Zuschauer doch immer sichtbar, daß Siggs und sein Theater für die Richtigkeit dieses Liebesverhältnisses nicht die Gewähr übernehmen, indem sie uns durch das Milieu fortwährend zu bedenken geben, daß dieser Liebe der dauerhafte gesellschaftliche Boden und Entwicklungsraum fehlt.

Natürlich ist diese General-Fußnote über die Klassenunterschiede zunächst nicht viel mehr als ein Gemeinplatz, aber wie das in Dutzenden von Einzelheiten immer wieder überraschend »aufgeht« und verblüffend neue schauspielerische Situationen herbeibringt, erzeugt schon eine große ästhetische Freude am Scharfsinn, mit dem die Inszenierung erarbeitet wurde.

»Achtung, Fußnote!« flüstert mir Thomas zu, als oben auf der hellen Scheibe meine Lieblingsszene beginnt, die zweite des zweiten Aufzugs, in Egmonts Wohnung. Im beißend hellen Licht stechen die Livreefarben der Egmontschen Diener heftig hervor, und wenn Richard, der Geheimschreiber, die Domestiken so gruppiert, daß immer ein Blau-, ein Weiß- und ein Rotgekleideter nebeneinanderstehen, so ergibt das eine scharfe Provokation mit den niederländischen Nationalfarben gegen die spanische Fremdherrschaft, eine Provokation freilich, deren übermütig-kindischer Charakter sich sogleich wieder bloßstellt, weil sie in Egmonts eigenen vier Wänden natürlich keinen Sinn hat und durch die Reaktion des hinzutretenden Titelhelden vollends zum Fastnachtsspiel abgewertet wird.

Dieser Egmont wird von dem jungen Schauspieler Hubert Reps dargestellt, einem blonden, hochgewachsenen Mecklenburger, den sich Adriani eigens aus Greifswald geholt hat. Er spielt hier die Fußnote seines Regisseurs hochbegabt und konsequent: Ein ausgelassenes, begeistertes Lachen über das politische Farbenspiel mit den Livreen, ein Lachen, auf das er auch im Verlauf der nachfolgenden Szene immer wieder zurückkommt. Fortgerissen von der sinnlichen Freude an dem Einfall, befragt er ihn gar nicht nach seiner Zweckmäßigkeit und seinen Weiterungen.

Und für die Richtigkeit dieses Nicht-Fragens übernehmen Adriani und sein Theater offenbar wiederum keine Gewähr. Denn das Lachen Egmonts denunziert sich hier zunehmend als ein solcher Ausweis von Ungeistigkeit, Reflektionsphlegma, ja, kindischer Torheit des Titelhelden, daß ich plötzlich bei dem ganzen Lakaienauftritt (den Goethe gar nicht vorgesehen hat) einen Einfluß von Leopold Quiek vermute. Der niemals fragende, nichts in Zweifel ziehende Egmont verwandelt sich hier in einen Prototyp jener Quiekschen »Leutchen«, denen, sobald sie jemand geistig zur Kasse bittet, die Chose zu mager und strapaziös erscheint. Ich bin fast sicher, daß der Komet uns das Stück gern als unausweichliche Tragödie des tätigen Optimismus, der »staatsbemutternden Klotzköpfigkeit« offeriert hätte, aber sowohl Siggs als auch Hubert Reps gehen da sichtlich nur so weit mit, wie sich an der Ungeistigkeit Egmonts eine Erscheinungsform feudalen Klassenhochmuts entlarven läßt.

In diesem Zusammenhang erinnere ich mich, beim Überfliegen des Programmheftes auf der vorletzten Seite Quieksche Formulierungen gesehen zu haben, die meine Vermutung stützen. Die gewaltige Helligkeit auf der Szene streut auch in den Zuschauerraum genügend Licht herein, um das auf der Stelle noch einmal nachzuprüfen. Ja, wirklich: Auf Anhieb fällt mein Blick auf eine Zeile des Quiekschen Schlußessays, in der es heißt, daß »der Zweifel als das eigentliche Kennzeichen geistiger Tätigkeit neu zu beglaubigen« sei. Da diese kühne Einseitigkeit in Anführungszeichen gesetzt, also zitiert ist, sehe ich rasch noch einmal auf die Literaturangabe, die in Quieks Programmheften immer sehr umfangreich ausfällt.

Mehrere Standardwerke sind aufgeführt, Nummern der Weimarer Beiträge, der Zeitschrift »Kunst und Literatur«, ein paar englische und ein niederländischer Titel – und dann traue ich meinen Augen nicht, muß es gleich ein zweites Mal lesen, damit mein Gehirn sich bereitfindet, die Information wirklich aufzunehmen. Unter den Werken, die der dramaturgischen Arbeit an der Aufführung zugrunde lagen, ist von Herrn Quiek auch das folgende angegeben: »Skepsis und Produktivität, Studien zu Goethes Arbeiten in Italien 1786–88, 2 Bände, Innsbruck 1975, von Robert Hopf.«

Bolivar lebt also noch. In Innsbruck publiziert er auf die alten Tage. Sicher nicht bei Herrn Dulterer; der Kosmochronos-Verlag dürfte wohl kaum noch existieren. Nur mit Mühe bewahre ich mich vor einem hörbaren Auflachen. Hopf, der vor Jahrzehnten sich bereitfand, in die Reihen der Tänzer zurückzukehren, die das Goldene Kalb umkreisen, betreibt also diesen Tanz heute als Literaturwissenschaftler und wird sogar bei den Nicht-Tänzern gelesen, zumindest vom Kometen der Theatertheorie.

Und obwohl Quiek bestimmt nichts von den Geschehnissen um den Steinfurther Renegaten weiß, für mich ist sein zufälliger Mißgriff bezeichnend: Der Komet ist im Grunde ein geschichtsloser Mensch, er befragt eben nie etwas auf seine historische Wahlverwandtschaft, weder die eigenen Gedanken noch ein fremdes Buch in zwei Bänden. Das Woher interessiert ihn ebensowenig wie das Wohin.

Plötzlich wird mir bewußt, daß über die spätere Lebenslaufbahn, über das Wohin vieler Personen, die zum Fall Haldeweg in Beziehung standen, in Zillgitts Unterlagen gar nichts zu finden ist. Daß ich zusehen muß, wie ich da zuverlässige Nachrichten auftreibe und auf keinen Fall vergessen darf, auch Harry Czech danach auszufragen.

Als ich mich den Bühnenvorgängen wieder mit voller Aufmerksamkeit zuwende, geht die schöne Szene Egmonts mit seinem Geheimschreiber bereits ihrem Ende zu. Der Titelheld ist schon bei der berühmten Phaëtons-Vision der vor dem Schicksalswagen durchgehenden Sonnenpferde angelangt. Und auf einmal scheint es, als biete er sich mir als ganz persönlicher Gesprächspartner dar, indem er meine letzten Gedanken über Herrn Quiek auf seine Weise mit Goethes Worten zu bekräftigen scheint: »Wohin es geht, wer weiß es? Erinnert er sich doch kaum, woher er kam!«

Die schäbige Flucht des Kunstpapstes sprach sich in Steinfurth nicht ganz so rasch herum wie seinerzeit der Mord an Haldeweg, aber die Wirkung war fast noch nachhaltiger.

Zillgitt wollte sich schon freuen: Die politische Dringlichkeit einer schnellen Mordaufklärung schien nachzulassen, die Sache aus dem Brennpunkt des öffentlichen Interesses herauszugeraten; der VP-Rat hoffte schon, jetzt ohne Zeitdruck arbeiten zu können, – aber dann kam es doch so, wie er es befürchtet hatte. Man zog ihn nicht nur in die große Geschäftigkeit mit hinein, die durch die Aufregung um den Museumsleiter veranlaßt wurde. Alle Welt – von den kannegießernden Skatbrüdern im Ratskeller bis zur Stadtleitung der Partei – vermutete einen Zusammenhang der Hopfschen Flucht mit dem Mord, und so stand Zillgitt am Ende unter einem stärkeren Erfolgszwang als vorher, sogar unter einem noch unangenehmeren, da doch nach Meinung der Öffentlichkeit von ihm nur noch die Spur ausgewertet werden mußte, die der Kunstpapst durch sein Verschwinden deutlich genug bezeichnet hatte.

Auch auf seine Mitarbeiter blieb diese zwielichtige Lage nicht ohne Einfluß: Der VP-Rat war an diesem Nachmittag zum ersten Mal genötigt, ein offensichtliches Mißtrauen Selkas gegenüber seinen Entscheidungen durch einen strikten Befehl zu bändigen, eine Notwendigkeit, die ihm seit eh und je als Zeichen für einen verheerenden Autoritätsverlust eines Vorgesetzten gegolten hatte.

So setzte Zillgitt alles auf eine Karte. Er bat noch am gleichen Abend um ein ausführliches Gespräch mit dem Polizeipräsidenten, und bei dieser Unterredung in der halbdunklen Möbellandschaft Sir Ottos (es wurde am Külz-Platz – wie überall – Strom gespart) gelang es ihm schließlich, Marquardt von der bestürzenden Stimmigkeit jener Tathypothese zu überzeugen, zu der er durch den alten Schmöker in der Wohnung Hopfs angeregt worden war. Das ging eigentlich sogar leichter, als er erwartet hatte. Die lebenslange Klassenkampferfahrung hatte Sir Ottos kritischen Blick für verborgene Zusammenhänge sehr geschärft und sehr sicher werden lassen. Deshalb erkannte er ziemlich rasch: Was Zillgitt hier darlegte, war die echte Lösung, obwohl es noch ungeheuer schwer schien, dafür einen gerichtsnotorischen Beweis zu führen, und so traf er in Übereinstimmung mit seinem Gesprächspartner nach gründlichem Abwägen eine Reihe von wesentlichen Entscheidungen.

Niemand, auch kein Mitarbeiter, sollte zunächst vom Verdacht des VP-Rates erfahren, solange nicht ein Minimum von Beweismitteln vorlag. Offiziell wurden die Hopfschen Spuren mit allem Nachdruck verfolgt, nicht nur, weil das der zu erwartenden Forderung der Öffentlichkeit entsprechen würde, sondern auch, weil es den Täter in Sicherheit wiegte und so die Beweiserhebung gegen ihn begünstigte. Schließlich erhielt Zillgitt einige erforderliche Ermächtigungen, und es wurden ihm zwei weitere Genossen zugeteilt, mit denen er in aller Stille das Einkreisen des wirklichen Mörders fortsetzen konnte.

Der VP-Rat war von der Zusicherung dieser kleinen Unterstützungsmannschaft etwas verblüfft. Er wußte, daß es im Steinfurther Präsidium so wenige Kriminalisten gab, daß er es von sich aus gar nicht gewagt hatte, einen solchen Wunsch zu äußern. Als er das sagte, verzog Sir Otto – was sehr selten geschah – sein unbewegliches Gesicht zu einem Lächeln, zu einem verschmitzten Lächeln sogar. Ganz untätig sei er nach dem langen Montagsgespräch auch nicht gewesen, sagte er und schwenkte dabei seinen Bleistift vor dem Gesicht hin und her. Er habe beim Innenministerium Kaderunterstützung angefordert, und ab morgen stünden zwei Unterkommissare zur Verfügung, junge Genossen, die frisch von der Schule kämen und nach praktischer Bewährung dürsteten. »Die beiden sind natürlich hier unbekannt, keiner weiß, daß sie zu dir gehören. Wenn wir es so einrichten, daß das auch weiterhin niemand erfährt, vor allem der Täter nicht, könnten sie dir enorm nützlich werden – – –«

Otto Marquardt wollte, als Zillgitt gegen zwanzig Uhr aufbrach, ebenfalls sein Dienstzimmer verlassen und nach Hause fahren, aber im Sekretariat wartete VP-Meister Selka auf ihn. Er habe eine wichtige Meldung zu erstatten, eine offizielle Beschwerde, die keinen Aufschub vertrage.

Sir Otto sah fragend auf den VP-Rat. Der zuckte mit den Schultern. »Genosse Selka hält eine bestimmte Entscheidung von mir für politisch fahrlässig. Ich habe ihm meinen Befehl erteilt und im übrigen auf den vorgeschriebenen Beschwerdeweg verwiesen. Bitte, hör ihn dir an!«

Marquardt ließ den VP-Meister eintreten und kehrte, nachdem er sich von Zillgitt mit einer bedauernden Geste verabschiedet hatte, in sein Zimmer zurück.

Er fühle sich verpflichtet, sagte der lange Selka in strammer Haltung, auf eine Spur aufmerksam zu machen, die der Genosse Rat nicht zur Kenntnis nehme. Es sei erwiesen, daß der Haushaltwarenhändler Puppenmacher Verbindungen zu einem in Lübeck ansässigen ehemaligen Nazi-Agenten unterhalte, der im Auftrag ausländischer Kunden Juwelen aufkaufe. Im Rahmen eines Mordfalls, der offenbar mit Juwelen zusammenhänge, sei so etwas verdächtig und müsse nach seiner, Selkas, Auffassung genauestens untersucht werden. Zwar könne Puppenmacher den Mord nicht begangen haben, aber über dessen Tochter sei zum Beispiel der Dramaturg, der das Theaterstück geschrieben hat und der angibt, Haldeweg tot aufgefunden zu haben, eng mit dem Haushaltwarenhändler verknüpft. Dieser Rocki könne theoretisch sehr wohl die Tat ausgeführt haben, zumal eine heutige Befragung des Musikers van Bergern beweise, daß der junge Dramaturg seine dichterischen Werke durch Puppenmacher an westliche Verlage empfehlen lasse, also wichtige Dienste des Haushaltwarenhändlers – oder der hinter diesem stehenden Agentenorganisation – in Anspruch nehme. Dabei sei er, Selka, sich durchaus im klaren darüber, daß sich solch ein Verdacht als völlig haltlos erweisen könne, aber man müsse den Spuren doch wenigstens nachgehen, wenn man den Fall verantwortungsbewußt untersuche und die erforderliche politische Wachsamkeit walten lasse. Zumal aus dem Abschiedsbrief Dr. Hopfs hervorgehe, daß letztlich kein anderer als dieser Rocki die Flucht des Museumsleiters ausgelöst hat, denn er habe ja das Titelblatt des gestohlenen Buchs in seinem Programmheft abgebildet, und aus den Versandlisten des Theaters gehe hervor, daß dieses Programmheft von dort aus – und unter Verantwortung des gleichen Mannes – den westdeutschen Instituten und Bibliotheken zugeschickt worden ist.

»Und was hat Genosse Zillgitt zu Ihrer Hypothese gesagt?«

»Ich soll ihm die Fakten schriftlich zusammenstellen und keine vorschnellen Spekulationen hineindeuten! Dabei habe ich gelernt, daß objektive Klasseninteressen – etwa des Agenten Lämmle in Lübeck – ebensogut Fakten sind wie gesicherte Fingerabdrücke. Und keine Spekulationen! Aber der Genosse Rat läßt politische Beweismittel nicht gelten, und offenbar werde ich nun auf ein Nebengleis geschoben. Ich habe Befehl, morgen zum Suchdienst des Deutschen Roten Kreuzes zu fahren und dort Umsiedleradressen herauszusuchen, wahrscheinlich, um Leute aufzutreiben, die Anno dazumal den Ermordeten gekannt haben könnten. Sicher muß ich dann noch kreuz und quer durch die Republik reisen, um die ermittelten Personen nach Haldeweg zu befragen – –«

Sir Otto hob seinen Bleistift. »Wie ich informiert bin, hat Ihre Adressensuche ein anderes Ziel. Von Abschieben kann nicht die Rede sein. Aber das wird Ihnen Genosse Zillgitt erläutern. Ich erwarte von Ihnen, daß Sie auch diesen Befehl in der hohen Qualität ausführen, die ich bei Ihnen kenne.«

Selka nahm Haltung an, und als der VP-Meister das Zimmer verließ, war sich Sir Otto durchaus bewußt, den ehrgeizigen jungen Mann schwer enttäuscht zu haben.

Selkas Hypothese war ja nun eine mittlere Sensation. Als ich in Zillgitts Aufzeichnungen davon las, daß ich ernsthaft des Mordes verdächtigt worden war – mit Argumenten, die nicht einmal so unseriös schienen –, sah ich mich gar nicht gleich imstande, darüber zu lachen.

Zunächst erschrak ich sogar; ich stellte mir vor, welche Unannehmlichkeiten mir hätten erwachsen können, wenn an Marquardts Stelle etwa ein Mann wie Oberkommissar Schindler entscheidungsbefugt gewesen wäre, der verdrehte Telefonschnüre pedantisch zu ordnen pflegte und gewiß jeden Verdacht – wie er eben geliefert wurde – als ein Symptom von Unordnung erst einmal Schritt für Schritt »abgearbeitet« hätte.

Aber je deutlicher ich sah, daß ich ja nur im Gefolge Erwin Puppenmachers in den möglichen Täterkreis geraten war, desto mehr nahm ich Selkas Unterstellungen als begreifliche Irrtümer hin. Denn wäre ich nicht selbst an jenem Mittwochnachmittag bereit gewesen, den Haushaltwarenhändler auf der Stelle zu verhaften, wenn das in meiner Macht gelegen und wenn ich vor allem gewußt hätte, wo er zu finden war?

Wie Fräulein Jakobsen mir sagte, war er mittags zum Bahnhof gefahren, um seine Tochter abzuholen. Aber als ich gegen vier von meiner Besucherversammlung aus in die Puppenmachersche Wohnung kam, traf ich dort niemanden an. Fräulein Jakobsen hatte bereits begonnen, sich Sorgen zu machen, wie sie sagte, denn der Chef habe zugesichert, zum nachmittäglichen Höhepunkt des Kundenanstroms wieder anwesend zu sein. Aber er kam nicht zurück. Er rief auch nicht an, um über eine Verhinderung zu informieren. »Wenn sie ihn nur nicht verhaftet haben!« klagte die ältliche Verkäuferin wieder und wieder, »ach, sie haben ihn bestimmt verhaftet!«

Mit jedem Kunden erörterte sie ihre Sorgen über das Verschwinden Puppenmachers, und »verhaften« war dabei wohl das am häufigsten gebrauchte Wort. Ich konnte es nicht abwenden, obwohl ich natürlich wußte, daß dadurch schädliche Gerüchte in die Bevölkerung gelangten.

Ich war durch meine Sorge um Henny so aus dem Gleis geworfen, daß ich trotz wiederholten Eingreifens einfach das Geschick und die Beharrlichkeit nicht entwickeln konnte, um Fräulein Jakobsen von ihrem dummen Gerede abzubringen. Denn auch von Henny fehlte jede Spur.

Es lag ja für mich, der ich mehr wußte als die Verkäuferin, nicht nur Puppenmachers Verhaftung (an die ich nicht glaubte) im Bereich des Möglichen. Er war zum Bahnhof gefahren, um Henny abzuholen. Aber konnte er nicht auch in Richtung Berlin abgereist sein? Hätte er Henny eine akute Gefahr glaubhaft gemacht – ob sie ihn unter dem ersten verwirrenden Eindruck dieser Nachricht nicht schließlich begleitet hätte? Ich wußte, wie sehr sie an ihrem Vater hing.

Zum zweiten Mal verfluchte ich Weidenbruchs strikten Auftrag, nicht von mir aus mit ihm Kontakt aufzunehmen. Die Zeit verrann, und wenn Puppenmacher bereits im Zug saß, war er binnen Stundenfrist den Genossen entwischt.

Ohne vernünftigen Plan lief ich durch die Straßen, ging immer wieder durch die Eichendorff-Allee, wo ich die Stadtdienststelle des MfS unbelebt und unauffällig in der Frühabendsonne liegen sah – von Weidenbruch oder irgendeiner Geschäftigkeit keine Spur –, und kehrte in immer kürzeren Abständen zu Fräulein Jakobsen zurück, bis sie um achtzehn Uhr den Laden schloß und die Tageseinnahme zur Bank bringen mußte.

Nun war auch diese Anlaufstelle verwaist, und das erfolglose Warten hatte mich inzwischen so zermürbt, ja demoralisiert, daß ich mir Fatalismus einredete und erschöpft nach Hause schlurfte.

Dort aber fühlte ich mich wie eingekerkert, versuchte schließlich, meine Verzweiflung durch Tätigkeit zu disziplinieren, und setzte mich an einen Presseartikel, der den »Vetter aus Dingsda« als nächste Premiere ankündigen sollte. Diese Fronarbeit gelang und bekam mir relativ gut. Ich hatte sie fast beendet und war, wenn auch nicht beruhigt, so doch einigermaßen gesammelt, als es kurz nach sieben klopfte.

Henny stand in der Tür.

Nach dem inneren Jubelschrei der Erleichterung schlägt ja wohl das Pendel unserer Empfindungen in solchen Fällen zur anderen Gemütsseite aus, zum Zorn, zur gekränkten Manneswürde, und ein Strafgericht getäuschter Erwartungen pflegt sich anzuschließen. Aber aus Hennys Blicken sprach eine so tiefe Traurigkeit, daß ich vor jeder jähen Äußerung des Unmuts zurückschreckte.

»Mein Vater«, sagte sie mit zuckenden Lippen, »mein Vater hat einen alten Bekannten getroffen. Es war sehr wichtig für ihn. Ich konnte nicht weg.«

Sie weiß alles – durchfuhr es mich –, der Alte hat sie ins Vertrauen gezogen, da war irgendein Treff, sie ist noch völlig benommen, sie ist verzweifelt, sie weiß keinen Ausweg!

»Hauptsache, du bist da«, sagte ich. Und hob langsam die Arme.

Sie preßte sich an mich, und ich hielt sie lange fest.

»Hast du etwas Schlimmes erfahren?« fragte ich schließlich, und meine Stimme klang etwas unsicher.

»Ein bißchen Geschichte. Alter Schnee. Ich erzähle es dir morgen, da habe ich nämlich frei. Nichts, was die Erde aus ihrer Bahn bringt. Oder hast du morgen Termine?«

»Ab Mittag nicht. Aber warum morgen?«

Sie lehnte sich abermals an meine Brust.

»Weil mir jetzt nicht nach Vergangenheit zumute ist. Kein Empfangsthema nach meiner großen Reise.«

Vergangenheit? Er hat ihr nicht alles gesagt, schlußfolgerte ich und war eigentlich ein wenig erleichtert, natürlich, er will sie in Raten einweihen; wenn sie durchdreht, drohen ihm ja katastrophale Folgen, er wird zunächst von der Zeit vor 1945 gesprochen haben, und das schon hat Henny zutiefst erschüttert.

Mir wurde auch klar, weshalb mich diese Erkenntnis erleichterte: Es bestand für Henny noch keine akute Gefahr, man konnte ihr wirklich die Zeit bis morgen einräumen, mußte sie jetzt nicht zum Sprechen bringen.

»Ich hole dich mittags ab, wenn ich von der Probe komme.« Ich spürte, wie sie an meiner Schulter nickte. »Wir könnten rausfahren in den Pölsdorfer Wald und bei Siebenhühner Kaffee trinken.«

Jetzt nickte sie rascher und ausdauernder.

»Ach so«, sagte sie nach einer Weile, löste sich von mir und vertiefte sich in ihre Umhängetasche, »ich hatte uns ja auch etwas mitgebracht.«

Ihre Stimme klang verschnupft, und sie entzog meinen Blicken so betont unauffällig ihr Gesicht, daß ich den wahren Grund ihrer Geschäftigkeit erraten konnte. Sie wollte ihre Tränen vor mir verbergen. Sie spürte wohl, daß ihr das nicht gelang, deshalb gab sie den Versuch auf, und als sie eine kleine Wodkaflasche aus ihrer Tasche genommen und auf meinen achteckigen Eßtisch gestellt hatte, trocknete sie sich unversteckt die Augen.

»Nicht reagieren, Rocks. Die letzten Zuckungen der Backfischsentimentalität gehen am schnellsten vorüber, wenn man sie nicht zur Kenntnis nimmt.« Und schon lächelte sie ein wenig. »Ich bin eben ganz gerührt, wieder hier zu sein.«

Ich nahm die Tränen wirklich nicht zur Kenntnis. Ich ahnte ja ihre Ursache, und da wäre mir besorgte Neugier aufdringlich und plump erschienen.

»Mein Planvorschlag für heute abend:« – sie hakte sich bei mir ein, führte mich ein Stück durchs Zimmer und schien ihr Bedrücktsein langsam zu überwinden – »Erst gehen wir essen, dann machen wir unter deiner sachkundigen Führung einen weiten Spaziergang, und dann spielen wir im Chambre garnie Hôtel Astoria und trinken bei muntren Reden den edlen Zahnaer Wodka. Akzeptiert?«

Gern ging ich auf ihren jokosen Ton ein und verwandelte mich auf der Stelle in einen Zeitgenossen meiner Zimmereinrichtung: »Ist es schon ein Vergnügen, den Amendements einer reizenden Dame zu folgen, um wieviel mehr, wenn es auch noch reizende Amendements sind!«

Sie lachte herzlich und amüsiert. »Und was muß ich auf den Stuß antworten?«

»Du mußt mit dem Fächer nach mir schlagen: ›Sie sind ein Schmeichler, Monsieur!‹ Und mir vor allem den Arm reichen. Damit wir gehen können.«

Wir aßen im »Blauen Reiter«, wo uns zu unserer Wurstplatte das Kussy-Trio mit einem Richard-Wagner-Potpourri erfreute, und weil das Brot frisch und schmackhaft war, ließen wir auch noch »Heinzelmännchens Wachparade« über uns ergehen, aber bei der »Petersburger Schlittenfahrt« brachen wir auf, zumal sie von Karl Robert Kußmaul in seiner kurzen Ansage als »kleiner musikalischer Beitrag zur deutsch-sowjetischen Freundschaft« angekündigt wurde.

Es war ein romantischer Nachsommerabend, warm und sternklar, im Stadtpark übten sich die ersten schüchternen Nebel ein, und Henny forderte mich auf, sie mit Literatur zu füttern, und ich – o ja – stellte mich auf eine Steinbank vor eine Taxushecke und rezitierte »Es schienen so golden die Sterne...« und »Füllest wieder Busch und Tal...« und auch Bechers jüngst erschienenes »Heimat, meine Trauer...«, und während ich das niederschreibe, male ich mir das Entsetzen des Herrn Quiek aus, wenn er das lesen sollte, und freue mich diebisch.

Am Stadtwall gingen wir schweigend an den vielhundertjährigen Wehrmauern entlang, über die der Vollmond wie ein Wächter herüberlugte. Henny hatte sich eng an meine Seite geschmiegt. Als ich ihr einmal ins Gesicht sah, mußte sie lächeln.

»Ich wälze ein skandalöses Problem, grünes Licht für Eifersucht. An deinem Arm, jetzt, heute, bin ich ein richtiges Ja auf zwei Beinen, das Glücks-Ist überholt meine Fantasie, noch mehr ist nicht denkbar. Und gleichzeitig wispert der schnöde Verstand: Gratulation, höchst erfreulich, aber bilde dir ja nicht ein, daß das unwiederholbar ist. Wenn es sein muß, gibt es für Rocks solch ein Ist auch mit anderen Frauen, und für dich mit anderen Männern auch. Wer innerlich reich ist, kann immer wieder bei Null anfangen. Nur Bankrotteure sterben an gebrochenem Herzen.«

Ich betrachtete Hennys belebtes Gesicht und die blitzenden dunklen Augen, und ich spottete ein bißchen, wobei ich ihr spaßhaft die geballte Linke unter die Nase hielt.

»Wo ist der Kerl, mit dem du bei Null anfangen möchtest?«

»Nein, ernsthaft, Rocks. Glaubst du, daß du mit einer anderen irgendwann wieder solch absolut rostfreies Hoch erreichen könntest?«

Ich wiegte den Kopf. »Meine Fantasie sagt nein. Eindeutig. Weil sie es sich nicht ausmalen kann. Aber bei logischer Analyse des Sachverhalts – –«. Und mit jener materialistischen Rigorosität, mit der wir damals genußvoll jeden Begriff und jede Sache als etwas ganz Neues für uns zu entdecken pflegten, suchte ich mir – in vollem Ernst – eine prinzipielle Antwort zusammen. »Liebe ist ja ein Sammelbegriff für bestimmte gesellschaftliche und biologische Vorgänge, die natürlich nach objektiven Gesetzen ablaufen und daher im Wesen auch wiederholbar sind, wenn auch nie in der gleichen Erscheinungsform.«

Man muß nicht denken, daß ich mir wichtig oder weise vorkam bei solcherart Liebesgeflüster in einer Mondnacht am Stadtwall; es blieb ein naiver und herzlicher Gedankenaustausch, und Henny war da auch ihrerseits ganz bei der Sache. Sie nickte eifrig.

»Ich glaube, das trifft den Kern. Liebe bleibt immer latent, von der Kategorie der Möglichkeit her. Und ist jeweils einmalig in der Kategorie Wirklichkeit, wo sie historisch-konkret erscheint.«

Henny zeigte sich nach dieser tiefschürfenden Selbstverständigung womöglich noch gelöster, inniger, heiterer, als hätte die theoretische Debatte in ihr eine ernste Sorge beschwichtigt.

Zärtlich legte sie ihren Kopf an meine Schulter, und obwohl wir gerade den erleuchteten Vorplatz der Applaus-Kathedrale erreichten, hätte ich ihre Zärtlichkeit erwidert, wenn ich nicht einen Mann hätte direkt auf uns zukommen sehen. Mit offenem, wehendem Mantel und einer Aktentasche stapfte er vom Theater her zum Stadtwall hin.

»Das ist Etappen-Hase«, sagte Henny, die ebenfalls aufmerksam geworden war.

»Ach du lieber Vater! Wenn er uns lange beschwätzt, sage ich, du hättest Zahnschmerzen und müßtest nach Hause.«

Doch Wilfried Hase war tief in Gedanken. Erst im letzten Moment bemerkte er, daß ich ihn grüßte.

»Ach, Rocki?« rief er, und seine Stimme klang heute gar nicht angestrengt. »Da kann ich mich auch von euch gleich verabschieden. Ich war eben schon bei Karl-Herbert.«

Er kam etwas fahrig auf uns zugestürzt, und einen Augenblick dachte ich, er habe getrunken.

»Ja, ich beginne eine neue Etappe. Ich gehe zur IG Eisenbahn. In den Landesvorstand. Vor zwei Stunden bin ich mit Arno klargekommen: Ich trete als Stadtrat zurück.«

Wir fielen aus allen Wolken.

»Wie denn – ihr wißt wohl noch gar nichts? Dr. Hopf ist in dieser Nacht abgehauen. In den Westen, mit Kind und Kegel. Ich ziehe natürlich die Konsequenzen. Tja, da seid ihr erschlagen. Häuser hätte ich auf Robert gebaut. Zillgitt ist nun natürlich obenauf, denn Hopf war ja ein Liebling von Arno Lehfeld. Aber am Ende wird Arno doch der Stärkere bleiben. Deshalb nehme ich die ganze Verantwortung auch erst mal auf mich und verschwinde.«

Ich hatte immer noch Mühe zu folgen. »Mal langsam. Hopf in den Westen? Warum denn?«

»Erpressung, glaube ich. Er hat wohl mal Bücher geklaut. Aber das erfahrt ihr schon noch genauer. Ich will um neun beim OB sein, bin jetzt in Eile. Bloß eins, Rocki, muß ich dir noch sagen.«

Er kam ganz nahe zu uns heran, und ich bemerkte, daß mit dem Rücktrittsentschluß offenbar auch viel von seinem wichtigtuerischen Posieren von ihm abgefallen war. »Wenn ich je wieder eine neue Etappe beginne, persönlich, meine ich, nie wieder gehe ich in die Scheiß-Kultur! Arno hat mir das auch versprochen. Bei den Kunstleuten ist an jedem Tag immer auch noch vorgestern und dann wieder übermorgen und auch heute und gestern und alles zugleich. So ein Eisenbahner – für den ist wenigstens eine Etappe noch eine Etappe!«

Ich bemerkte, daß Henny sich mühsam das Lachen verbiß. Das machte mich übermütig, und ich fragte mit überzeugend gespielter Weltfremdheit zurück: »Etappe? Heißt das bei der Bahn nicht Station?«

Hase empfand den Spott nicht. Mit Eifer und tiefem Ernst belehrte er mich: »Nicht doch, ich meine das sinnlich. Oder konkreter: politisch!«

Ich blieb ja gefaßt, aber Henny geriet richtig ins Zittern, so sehr schüttelte sie der Lachreiz, und das mußte schließlich auch Etappen-Hase bemerken.

»Ach, ihr wollt mich verklapsen? Auch Faxenmacher? Na, dann: Glückauf! Nie wieder, Leute, nie wieder!«

Er verschwand zornig und enttäuscht irgendwo in der Mondnacht, und Henny konnte endlich ungehemmt lachen. »Nie wieder in die Scheiß-Kultur!« wiederholte sie und erheiterte sich von neuem, »das ist klassisch. Das werde ich nie vergessen.«

Bei der unschönen Art, in der ich damals den gestürzten Stadtrat veralbert habe, ist es übrigens für mein Gewissen eine Wohltat, aus Zillgitts Aufzeichnungen erfahren zu haben, daß Hases »Nie wieder!« kein lebenslängliches Verdikt für ihn gewesen ist. Als der ehemalige VP-Rat seine Erinnerungen aufschrieb, war Wilfried jedenfalls an der Steinfurther Bezirkskulturakademie tätig, wo er noch heute, wenn er nicht inzwischen als Veteran seinen Abschied genommen hat, die Weiterbildung der staatlichen Kulturfunktionäre leiten müßte.

Gegen halb zehn langten Henny und ich wieder in meinem Chambre garnie bei Madame Klapperstück an, und wann das Wodkafläschchen zur Neige ging, weiß ich nicht mehr. Ich habe erst am nächsten Morgen wieder zur Uhr gesehen.

In den Zeitabschnitten dieser Nacht, in denen wir wunschlos dahinträumten und den verblichenen Ganymed am Betthimmel betrachteten, rauchte Henny – ich will es offen gestehen. Wenn ich auch später (und bis auf den heutigen Tag) sogar in der Funktion eines Liebhabers die Forderungen des vorbeugenden Brandschutzes stets beachtet habe (und beachte), – damals hatte Henny an einer der gedrechselten Bettsäulen einen Aschenbecher aufgehängt, der nicht einmal mit Wasser gefüllt war, und in den Zeiten glücklichen Dahinträumens rauchte sie. Wir hatten dann unsere Freude an Ganymed, der über den Wölkchen aus Tabaksqualm plötzlich zu schweben schien, der Adler, auf dem er saß, bewegte in unserer Fantasie seine Flügel, und da der unbekleidete Jüngling einen Becher emporhielt, schlugen wir um die Wette Flüssigkeiten vor, die er uns, wären wir Zeus, jetzt im Augenblick bringen müßte.

Dabei überboten wir uns gegenseitig im Finden abseitiger und unpassender Getränke, aber als ich bei dem Götterknaben Baldriantee bestellte, protestierte Henny auf einmal ernsthaft. Nein, den möge sie nicht, den habe man ihr in den schlimmsten Stunden ihres Lebens eingeflößt, als sie zwölf Jahre alt war, damit sie sich beruhige, und schon durch die bloße Erwähnung des Namens fühle sie sich heute noch an den Tod ihrer Mutter erinnert.

Ich schwieg sofort. Sie drehte sich auf die Seite, so daß ihre Wange meine Brust berührte, und zog meinen Arm fester um ihren Körper. »Ich glaube heute nicht mehr, daß es ein Unglücksfall war, und ich bin sicher, Paps glaubt es im Innersten auch nicht, hat es nie geglaubt.«

Henny hatte noch nie über den Tod ihrer Mutter gesprochen, ich hatte sie auch nie eingehender befragt, weil ich merkte, daß ihr das unangenehm war. Jetzt aber erzählte sie ohne Anstrengung oder inneren Kampf, einfach und ruhig.

»Festgestellt hat man damals nur den banalen Fakt: Sie hatte zweimal ihr starkes Schlafmittel genommen, einmal vor ihrer Nachttoilette und beim Zubettgehen noch einmal. Ein Versehen, hieß es, denn sie war damals wirklich sehr nervös und abgespannt. Paps spricht ja überhaupt nicht über diese Zeit; manchmal denke ich, er hat irgendwem Rache geschworen, so verbissen und abweisend reagiert er, wenn man zufällig einmal Muttis Tod erwähnt. Sie ist wirklich sein ein und alles gewesen; als sie gestorben war, konnte er wochenlang überhaupt nicht mehr zusammenhängend sprechen. Irgendeine Nervenlähmung durch den Schock. Sie wollten ihn schon ins Krankenhaus bringen, aber da gab es einen großen Luftangriff auf Berlin, bei dem Onkel Eisenhuth umkam, ein Bekannter, der uns oft besucht hatte. Ich bin furchtbar erschrocken: Als Paps die Nachricht bekam, hat er gelacht, ganz entsetzlich, wie ein

Irrsinniger, und dann hat er etwas Lateinisches gemurmelt, wie ›fiat iustitia‹ klang es, und das würde wohl soviel heißen wie: es gibt noch eine Gerechtigkeit. Seit dem Augenblick war seine Sprachstörung überwunden. Onkel Eisenhuth war vor Muttis Tod fast jeden Tag bei uns aus- und eingegangen, und wenn er sonnabends kam, brachte er mir immer eine Schlange aus Lakritze mit, die ich gern aß. Aber eigentlich mochte ich ihn nicht besonders. Er sah aus, wie die Nazis immer die Juden darstellten, hatte schwarze Locken und eine gebogene, fleischige Nase, war aber ›arisch‹, wie das damals hieß, trug manchmal auch das Naziparteiabzeichen, heute glaube ich sogar, er hatte unter der Hand etwas mit der SS oder der Gestapo oder irgend etwas Geheimem zu tun. Ich bin jetzt auch überzeugt, daß ihm Mutti nicht gleichgültig gewesen ist, sie war viel schöner als ich, und er machte ihr oft sehr blumige Komplimente. Mitunter spinne ich mir aus, er könnte etwas über Paps gewußt haben und hat Mutti damit erpressen wollen, mit ihm zu schlafen, und als er sie immer mehr in die Enge trieb, hat sie sich umgebracht. Aber dafür gibt es natürlich keine Beweise.«

»Natürlich nicht«, sagte ich, als sie schwieg, und war auf einmal aus Ganymeds Götterreich wieder schmerzhaft in die Steinfurther Ebene versetzt. In dem Halbdunkel jener Vorgänge, die Henny hier berührte, verliefen die Anfangsstrecken des Weges, auf dem in diesen Stunden Erwin Puppenmacher einer schimpflichen Katastrophe entgegenging. Und Henny, deren warme Haut ich an der meinen spürte? Noch hielt ich sie fest. Würde ich stark genug sein, sie zu halten, wenn der Zeitpunkt dieser Katastrophe gekommen war?

»Nun verstehst du sicher«, sprach sie leise und zärtlich in das entstandene Schweigen hinein, »weshalb ich Paps nie enttäuschen könnte. Alles Sentimentale beiseite gelassen: Ich hätte einfach die Kraft nicht, mich auch noch aus seinem Leben hinauszuschleichen. Ach, mein Rocks«, seufzte sie dann und umspannte mich mit ihren Armen.

Ich streichelte ihr Haar, und sie knurrte behaglich.

»Da tickt ein Wecker«, sagte sie plötzlich und hob verstört ihren Kopf, »halte ihn an! Der kommende Tag wird verschoben, um mindestens eine Woche!« Sie sah mir von oben her ins Gesicht, und ich lächelte.

»Du wirst ihn nicht hören«, erwiderte ich leise und zog sie an ihren Schultern zu mir herab.

Mit dem Morgengrauen begann ein Tiefausläufer weiße Wölkchen an den Himmel zu häkeln, und als wir gegen acht auf die Straße traten, hing seine Wollarbeit schon halbfertig über der Stadt. Henny bestand darauf, mich bis vor das Theater zu begleiten und dann allein nach Hause zu gehen. »Wenn ich mir wieder die seelischen Hausschuhe anziehe, störst du.«

So gingen wir über die Esplanade durch die noch wenig belebte Innenstadt. Mir fiel auf, daß Henny immer wieder meinen Gang durch ein elegischeres Schrittempo zu mäßigen suchte. Einmal blieb sie sogar stehen und lehnte dabei traurig ihren Kopf an meinen Arm.

»Laß es dich nicht verdrießen, Rocks! Wenn ich sehr glücklich bin, werde ich furchtbar leicht sentimental.« Als ich sie ansah, standen wirklich ein paar Tränen in ihren Augen. »Ich bin die Dreigroschenausgabe der Dichterwahrheit, daß höchste Erfüllung und Tod ganz nah beieinanderliegen.«

Ich lachte herzlich und preßte ihren Arm fester unter den meinen. »Lieber Himmel, der Tod!«

»Lach nicht«, sagte sie, »an diesem Gedanken ist euer Theater schuld. Weil ihr die ›Nora‹ gespielt habt. Immer wieder sehe ich die Szene vor mir, in der dieser schwerkranke Doktor nach einer heiteren, herrlichen Abendgesellschaft sich von jedem glücklich verabschiedet, die Szene verläßt und von draußen heimlich seine Visitenkarte in den Briefkasten wirft, auf der er seinen Namen mit einem schwarzen Kreuz versehen hat. Als man morgens die Karte findet, ist er tot, hat er sich vergiftet, um nicht qualvoll an seiner Krankheit zugrunde zu gehen: Ein glücklicher Abschied – ein freundlicher Tod. Ohne Schrecken und wilde Verzweiflung.«

Wieder merkte ich, daß sie in eine stockende Sprechweise geriet und mit den Tränen kämpfte. Ich begriff ja, daß die Belastung vom gestrigen Nachmittag, die Verzweiflung über die Vergangenheit ihres Vaters mit dem

Neuanbruch des hellen Alltags wiederkehren mußte. Im Gehen legte ich den Arm um ihre Schultern und drückte und schüttelte Henny liebevoll. Sie versuchte mich anzulächeln.

»Wenn ich als Kind geheult habe«, sagte ich, »wegen eines Schmerzes oder Schocks oder einer Ungerechtigkeit, hat mein Vater mich immer an unseren Bretterschuppen geführt, mir einen Spaten in die Hand gedrückt und auf irgendein Beet in unserem kleinen Garten gezeigt: ›Umgraben, min Söhn, dat hilft man immer!‹ Du wirst heute umgraben, wenn du nach Hause kommst – ich meine das natürlich nur sinnlich, um mit Etappen-Hase zu sprechen.«

»Oder konkreter: politisch.« Henny lachte wieder, und als wir vor dem Bühneneingang anlangten, erschien sie mir sogar heiter und übermütig.

»Keinen langen Stehkonvent, Rocks. Zurücktreten von der Bahnsteigkante, dein Expreß fährt ein. Uhrenvergleich: Acht Uhr siebenundzwanzig. Grüße alle Onkels und Tanten von mir, versuche einen Fensterplatz zu bekommen und denke immer daran, daß die mißbräuchliche Benutzung der Notbremse bestraft wird. Laß keine Gepäckstücke liegen, und vergiß mich nicht. Nein? Vergiß mich nicht.«

Henny war so konsequent in ihr Bahnsteig-Spiel eingesponnen, daß sie mich auffallend heftig umarmte und küßte.

»Tschüß, mein Rocks! Und weil ich nicht gern einem abfahrenden Zug hinterherwinke, gehe ich jetzt rasch, und du winkst hinter mir her. Einverstanden? Warte! Wie hieß der Spruch deines Vaters?«

»Umgraben, min Söhn, ––«

»– dat hilft man immer. Jawohl. Den will ich mir merken.«

Dann ging sie, und ich rief ihr noch nach, daß ich sie mittags abholen würde, wie abgemacht, und bevor sie um die Straßenbiegung am Ballettsaal verschwand, drehte sie sich noch einmal um, ich winkte, sie winkte, und dann stürmte ich voller Elan die Stufen zu Püllekens Pförtnerloge hinauf. Die elektrische Uhr über seinem Schalter zeigte acht Uhr neunundzwanzig.

Das weiß ich heute noch ganz genau. Denn es war die Minute, in der ich Henny zum letztenmal sah.

Ich befand mich an diesem Vormittag in robuster, ausgelassener Stimmung. Ich lachte meine Sekretärin aus und verspottete ihre Klatschsucht, als sie mich nach der Frühstückspause fragte, ob ich mit Fräulein Puppenmacher einen Krach gehabt hätte; Herr Werner aus der Buchhaltung (für den Siegfried Adriani schon vor Jahresfrist das Prädikat »eingeschworenes Waschweib« erfunden hatte) habe Henny heute früh hinter dem Ballettsaal am Eisengitter lehnen und wie ein Kind schluchzen gesehen.

Im übrigen hatte ich viel zu tun. Ehe ich um zehn zur Hauptprobe vom »Vetter aus Dingsda« ging, mußte ich in Welschs Auftrag den Kollegen Keilpflug durch das Theater führen, der für längere Zeit von der Landesleitung der Deutschen Volksbühne als Instrukteur nach Steinfurth entsandt worden war und hier eine Jugendbespielung organisieren sollte.

Der bebrillte Ulrich Keilpflug war ein schmächtiger Jüngling, etwa in meinem Alter, witzig und zugänglich, und wir verstanden uns auf Anhieb recht gut. Er erzählte mir, Ernst Kloppe wolle am Sonnabend nach der »Vetter«-Premiere den kleinen Empfang wiederholen, der bei meiner Uraufführung wegen des Mordes abgebrochen worden war, und er bat mich, daran teilzunehmen.

Ich empfand diesen Entschluß – gelinde gesagt – als unpassend, aber ich mußte mich belehren lassen, daß Ernst Kloppe da wohl Gefangener seiner Buchhaltung war. Die Mittel für den Empfang waren teilweise schon in Anspruch genommen, und sie mußten nun im dritten Quartal – das in wenigen Tagen zu Ende ging – auch verbraucht werden; Zillgitt – so berichtete Keilpflug – habe heute früh zugestimmt, und so fände die Feier halt statt.

Karl-Herbert Welsch, der mich gegen neun hatte rufen lassen, um mir den jungen Volksbühneninstrukteur vorzustellen und zur weiteren Betreuung zu übergeben, war offenbar von der Flucht Dr. Hopfs und dem Rücktritt Hases sehr verstört worden. Wir kamen nur kurz und am Rande darauf zu sprechen, aber er vermochte seine Sorge über den polizeilichen Ermittlungsstillstand – wie er sich ausdrückte – kaum zu verbergen.

»Dieser Mordfall führt uns in Steinfurth noch in ein politisches Debakel! Ich war gestern auf der Vorstandssitzung des Kulturbundes, eine unschöne Atmosphäre, alles ist unsicher und aufgescheucht. Auf dem Heimweg sagte mir Frau Geißner, die übrigens auch erbittert ist, weil man ihr eine Brosche oder etwas Ähnliches beschlagnahmt hat, die Lage sähe aus wie auf einem Gemälde vom Höllen-Breughel: chaotisch. Aber Genosse Zillgitt bestellt für sich und seine Mannschaft zum Sonnabend Premierenkarten!«

Welsch war sicher nicht der einzige, den das befremdete, was man von den neuesten Maßnahmen des VP-Rates erfuhr. Selbst ich konnte noch beim ersten Durchlesen der Aufzeichnungen nicht eine starke Verwunderung verhehlen, als ich auf die Notizen über den Donnerstag stieß. Zillgitt hatte zunächst mit Ernst Kloppe die blödsinnige Wiederholung der Premierenfeier abgesprochen, dann die Theaterkarten für den »Vetter aus Dingsda« bestellt und saß ab neun in einem Hotelzimmer des Anhalter Hofs dem Unterkommissar Unverricht gegenüber, der im Morgengrauen aus der Landeshauptstadt eingetroffen war, und diktierte ihm einen Brief an den Täter!

Gerd Unverricht war in der äußeren Erscheinung eine etwas jüngere und kantigere Ausgabe von Obermeister Pfeiffer, groß und schwer; er wirkte bieder und redlich, ja sogar – wenn er es darauf anlegte – etwas beschränkt, und diese irreführende Wirkung gedachte Zillgitt auszunutzen.

Der Unterkommissar mußte seiner Handschrift ein unbeholfeneres Aussehen verleihen und auch einige orthographische Fehler einschmuggeln; der Täter – sagte der VP-Rat – dürfe sich den Schreiber um Himmels willen nicht als erfahrenen Ganoven oder Erpresser oder cleveren Burschen vorstellen, sondern müsse denken, es handle sich um einen naiven, etwas beutegierigen Verwandten des Toten, mit dem er leicht fertigwerden könne.

Deshalb gab sich Unverricht nach der Anrede zunächst als Sohn des einzigen Cousins von Haldewegs verstorbenem Schwiegervater zu erkennen, und dann fuhr er – nach dem Diktat Zillgitts – fort:

»Bitte entschuldigen Sie meine Freiheit, aber Hermann hatte mir wiederholt gesagt, das ich mich an Ihnen wenden soll, wenn er mal stirbt. Wegen der Juwelensache, die er mir erzählt hat, worüber ich aber geschwiegen habe gegen Jedermann, weil ich in seinen Anteil eintreten sollte nach seinem Tod als einzigster Verwandter. Das hat er mir versprochen und ich zeige es Ihnen schriftlich! Weil er immer gesagt hat, das Sie ehrlich sind, wage ich hiermit meine Bitte. Ich kann Sie nicht aufsuchen es könnte Verdacht erregen bitte schreiben Sie mir wann und wo ich Sie bis Sonnabend 24 Uhr sprechen kann, Sonntag Früh muß ich wieder fahren, weil ich auf Arbeit muß. Enttäuschen Sie mich nicht denn wenn ich garnichts von Ihnen kriege, muß ich im Notfall machen das Sie auch nichts kriegen. Ich habe ja Hermanns Brief, aber sonst bin ich ehrlich wie Hermann. Sie können sich auf Mich verlassen.

Hochachtungsvoll
Gerd Unverricht
zur Zeit Hotel Anhalter Hof.«

Zillgitt war zufrieden. »Es ist zwangsläufig«, sagte er, »der Täter muß reagieren.«

Nachdem der VP-Rat noch einige Überwachungsaufgaben für den heutigen Tag mit Gerd Unverricht abgesprochen hatte, begab er sich eilig wieder zu seinem grauen Pobeda, der in einer Nebenstraße parkte, und fuhr ins Präsidium.

Dorthin waren Zeugen geladen, die über Hopfs Republikflucht befragt werden mußten, und eingedenk der mit Sir Otto getroffenen Festlegungen konnte Zillgitt es sich nicht nehmen lassen, die wichtigsten selbst anzuhören.

Da war vor allem der Dentist und Lyriker Jens-Jürgen Kindshirt. Sein rundes Gesicht glühte förmlich vor Erregung, als er gegenüber dem VP-Rat Platz nahm. Er hatte auf das Angebot des Kunstpapsts hin am Montag ein massives Bücherregal und den naturwissenschaftlichen Teil der Hopfschen Bibliothek gekauft, für achthundert Mark, alle Billigkeit, der Doktor habe gesagt, er wolle sich auf einen Ruck und rigoros von allen Schulden befreien, aber in Wahrheit habe er sicher als Germanist die Bücher dieses Wissensbereiches für seine Flucht als entbehrlich angesehen. Übrigens habe er, Kindshirt, gestaunt: Unter den Bänden sei eine ganze Anzahl toxikologischer Werke gewesen, eine richtige kleine Fachbücherei, über deren Erwerb er sich besonders freue, weil er in seiner Freizeit an der Entwicklung eines gasförmigen Fliegengifts herumexperimentiere. Ja, er brauche das einfach, als Ergänzung für sein dichterisches Schaffen, Goethe habe sich bekanntlich auch immer wieder als Forscher an der Mutter Natur erprobt. Zur Zeit gebe ihm die Dosierungsfrage die meisten Rätsel auf; Zillgitt möge verstehen: Die Fliege dürfe nicht sofort tot zur Erde fallen, dürfe sich aber auch nicht noch zu lange quälen. Auf die Giftdosis käme es an. Hätte Haldewegs Mörder zum Beispiel am Sonnabend in das Wodkaglas nur ein paar Gramm Zyanidlösung zuviel hineingetan, wäre der Fuhrunternehmer auf der Stelle tot umgefallen, nicht erst im Wintergarten, also habe es sich um eine schwache, fachmännisch ausgewogene Dosierung gehandelt, und wenn man vom Verbrecherischen einmal absehe, sei das eine hervorragende Leistung.

Zillgitt bedachte dieses merkwürdige Kompliment mit einer kurzen sarkastischen Randglosse. Aber als er in seinem Schreibbuch etwas vervollständigen wollte und die Stelle suchte, stutzte er beim Überfliegen seiner Mitschrift. Was hatte da Kindshirt gesagt? Und mit raschem Entschluß stand er auf, bedankte sich bei dem Dentisten für eine wichtige Bemerkung, der er sofort nachgehen wolle, und übertrug die weitere Befragung an Obermeister Pfeiffer.

Von Evelyn ließ er sich im Vorzimmer Selkas Notizen von der Mordnacht und die Untersuchungsprotokolle des Labors geben und sah die Papiere gleich im Stehen noch einmal durch. »An der Nase hat er uns herumgeführt, auf falsche Spuren gelockt, dieser Satan.«

»Herr Kindshirt?« fragte Evelyn furchtsam, und Zillgitt sah sie mißbilligend an.

»Jetzt ist auch die letzte Unmöglichkeit aus der Welt«, murmelte er verbissen. »Jetzt weiß ich auch, wie er den Giftmord begehen konnte.«

»Verhaften Sie ihn gleich?« flüsterte Evelyn und deutete auf das Dienstzimmer des VP-Rats.

»Wen? Kindshirt? Um Himmels willen.«

Als ich, von der Hauptprobe kommend, über die belebte Ringstraße eilte, nahm ich das Motorrad eigentlich nicht bewußt wahr. Erst Stunden später tauchte es als Erinnerungsbild wieder vor mir auf, wie es mir entgegengekommen und dann in Richtung Stadtrand weitergefahren war. Und daß da ein Mann mit Schirmmütze und Lederolmantel am Lenker gesessen hatte und einer mit blauem Trenchcoat und Baskenmütze auf dem Sozius. Heute bin ich fest überzeugt, daß Erwin Puppenmacher auf diesem Wege die Stadt verließ.

An jenem Donnerstag war ich auf dergleichen ja nicht gefaßt. Noch als ich in die Clara-Zetkin-Straße einbog, in der sich Hennys Wohnhaus befand, machten mich die vor dem Laden parkenden schwarzen Limousinen und die sich ansammelnden Neugierigen zunächst nicht stutzig. Als ich näherkam, empfand ich zwar unklar, daß da irgendwas im Straßenbild normwidrig aussah, aber richtig aufmerksam wurde ich erst, als ich die vier Stufen zur zurückgebauten Haustür hinaufsteigen wollte und auf einmal von hinten durch einen Jüngling bedrängt wurde, der eine karierte Windjacke trug: »Bitte mal den Personalausweis!« Dabei schob er mich unauffällig vorwärts, so daß ich im Hausflur stand, ehe ich mich's versah. Dort brannte Licht, und mehrere Männer legten Papiere auf die unterste Stufe der Treppe, die zur Wohnung hinaufführte. Neben dem Stapel stand Bernd Weidenbruch, und als ich sein ernstes Gesicht sah, wußte ich plötzlich alles.

»Wo ist Henny?« fragte ich angstvoll, und der Oberleutnant gab dem Genossen, der die karierte Windjacke trug, einen Wink, nahm mich an der Schulter und führte mich durch die geöffnete Verbindungstür in das Warenlager, damit wir dort einen Augenblick allein sein konnten.

»Henny holen wir nicht mehr ein. Sie ist elf Uhr fünfundzwanzig mit dem Berliner D-Zug abgefahren. Ihr Vater soll noch vor einer Stunde hier gesehen worden sein. Ein Funkgerät haben wir bisher sichergestellt. Und das hier.« Er zog einen handgeschriebenen Brief aus der Brusttasche, in dem Puppenmacher mit »lieber Ewi« angeredet wurde und von Herrn Blank die Rede war und »mit Freuden zugestimmt« stand und »Beschäftigung im Technischen Beschaffungsamt«.

Ich begriff das im ersten Augenblick alles gar nicht.

»Offenbar will Puppenmacher nach Koblenz. In das ›Amt Blank‹, das für das neue westdeutsche Militär die Bewaffnung und Aufstellung vorbereitet. Das halbe ›Reichsbüro‹ hat sich dort wieder zusammengefunden.«

»Aber Henny! Wo ist Henny? Warum macht sie das mit?«

Weidenbruch schlug mit der Faust gegen ein Vogelbauer, das verkaufsbereit von der Decke herabhing. Ich bemerkte erst jetzt, wie stark ihn sein offensichtlicher Mißerfolg enttäuschte und bedrückte.

»Da kreist man das Nest mit allem strategischen Scharfsinn ein, und den entscheidenden Augenblick verpaßt man dann doch! Rocks, was Henny anlangt: Wir wissen noch nicht alles. Wahrscheinlich gibt es etwas, das sie auf Gedeih und Verderb an ihren Vater bindet.«

Bernd brauchte seine unbestimmte Auskunft gar nicht mehr zu geben; durch meine Frage ausgelöst, standen mir plötzlich selbst bedeutungsvolle Bilder des gestrigen Abends, der Nacht, des heutigen Morgens vor Augen, und auf einmal begriff ich: Henny hatte gewußt, daß unsere letzten Stunden gekommen waren, sie hatte wie jener Dr. Rank aus Ibsens »Nora« einen vollen, glücklichen Abschied gewollt, bevor sie mir ihre Visitenkarte mit dem schwarzen Kreuz zurücklassen mußte. Nur in einzelnen Augenblicken hatten Zweifel und Schmerz gedroht, sie aus dem Gleis zu werfen, bei ihren Tränen am Anfang, bei der Frage, ob großes Glück wiederholbar sei, bei ihrer Forderung, den Wecker anzuhalten und den schrecklichen Abschiedstag hinauszuschieben, bei den düsteren Novalis-Gedanken über die Nachbarschaft von Glück und Tod. Und das Bahnsteig-Spiel beim Abschied war furchtbarer Ernst gewesen, bis hin zum krampfhaft beschworenen Halt fürs Danach: Umgraben, min Söhn, dat hilft man immer.

Welch eine Tapferkeit vor sich selbst! Welch eine leidenschaftliche Willensstärke! Und alles das weggeworfen für einen Schuft, einen gekauften Lumpen, nur weil der Kerl halt ihr Vater war und sie »nicht die Kraft hatte, sich auch noch aus seinem Leben hinauszuschleichen«!

Ich war verzweifelt über den Widersinn – doch was ist damit gesagt –, jeder Gedanke in mir schrie vor Schmerz, und es war wohl allein die Gewohnheit, die mich aufrecht auf meinen Beinen hielt. »Laß mich nach Hause gehen«, sagte ich leise. Bernd nickte stumm, ohne mich anzusehen.

»Wir treffen uns hier wahrscheinlich nicht wieder«, meinte er schließlich, »wenn die Genossen den Kerl nicht mehr einholen, und ich habe da wenig Hoffnung, muß ich bestimmt heute noch nach Berlin zurück. Zum Rapport. Mach's gut, Rocks!« Er drückte meine Hand lange und herzlich und schlug mir auch noch einmal freundschaftlich auf den Oberarm. Dazu schwieg er, aber ich sah ihm an, er hätte sehr gerne irgend etwas gesagt. Durfte er nicht? Oder fielen ihm nur die passenden Worte nicht ein?

Schließlich brachte er mich hinaus, gab den im Flur postierten Genossen durch ein Zeichen zu verstehen, daß es seine Richtigkeit habe, und öffnete mir die Haustür, durch die ich so oft freudig oder erwartungsvoll oder auch glücklich ein- und ausgegangen war, und als ich die Stufen hinunterschritt, schloß er sie hinter mir. Ein für allemal. Endgültig.

In meinem Zimmer, das inzwischen von Madame Klapperstück wieder symmetriebewußt in den Zustand keimfreier Ordentlichkeit versetzt worden war, fiel mir keinerlei Hauch schmerzlich-schöner Erinnerungen auf, der etwa noch an den Gegenständen gehaftet hätte, auch nichts Ähnliches, obwohl man doch manchmal von solchen Erscheinungen liest. Es kann aber auch sein, daß ich unbegabt bin, dergleichen zu empfinden. An jenem Nachmittag hatte ich eher das Bedürfnis, mit einer scharf geschliffenen Axt über den ganzen Plunder herzugehen, über die gedrechselten Säulen, die Dackelbeine der Stühle, die holzreiche Kredenz oder die Italiänische Gebirgs-Parthie. Aber man ist kein Vandale, und ich hatte auch keine Axt, und so setzte ich mich brav an meinen achteckigen Tisch, überließ mich mir selbst, gab mich frei, ließ mich – mit einem Wort – gehen und half mir zugleich über alle Untiefen meiner Verzweiflung hinweg, indem ich mich dabei zu beobachten begann, erst zaghaft, dann immer dreister. An der steinernen Wand, die der Schmerz zwischen uns und die Welt legt, stieß ich mir stundenlang Gemüt und Gedanken blutig, ohne sie durchbrechen zu können, – aber bringt es ein echter Theatermann (und gewiß nicht nur er) übers Herz, solch eine seltene Gelegenheit vorbeigehen zu lassen, ohne zu studieren, wie so etwas – Stückchen für Stückchen – eigentlich abläuft?

Wer lächelt da? Nein, nein, beobachtet kann ja nur werden, was wirklich vorhanden ist und was – etwa beim Schmerz – sich durch besondere Schärfe und Unermeßlichkeit auszeichnen muß, damit es der Mühe überhaupt lohnt. Es tut schon sehr weh, und der kleine Stolz, der dabei ist, daß man es durch Beobachten aufzuheben und später wieder hervorzubringen vermag, stellt sich immer erst nachträglich ein.

Ich habe wohl mehrere Stunden so dagesessen; zum Glück hatte Madame Klapperstück donnerstags ihr Kränzchen im Café Baumann, so daß sie mich vorerst nicht störte.

Es war auch nicht ihr Klopfen, das hörte ich gleich, durch das ich gegen sechs aus meinem Grübeln gerissen wurde.

Auf mein heiseres »Herein!« trat Harry Czech in die Tür. Er stand eine Weile da, sah mich an, hob dann etwas vage die Arme, ließ sie wieder sinken und machte überhaupt keine Sprüche. Mich berührte es sehr, daß er kam, aber ich sagte auch nichts; ich glaube, ich habe zunächst nur ziemlich dumm gelächelt.

»Na, Poet und Jugendfreund?« raunzte er schließlich. »Siegfried meint, man dürfe dich nicht allein lassen. Weil er Abstechervorstellung hat, rücke ich dir auf die Bude. Mann, hast du eine Barbarossagruft!«

Diese verfremdende Bezeichnung galt Madame Klapperstücks Mobiliar, und ich warnte Harry, sie je in Hörweite der Wirtin zu gebrauchen.

»Ach was, raus aus diesem Panoptikum! Ein kleiner Fußmarsch bekäme uns beiden gut. Nein, danke, deshalb will ich mich ja nicht setzen, bei mir schleichen sich ziemliche Friedens-Fettpolster unter die Haut, die muß ich abwandern. Ich dachte, vielleicht begleitet er dich eine Strecke. Bis kurz vor sieben habe ich Zeit.«

»Wenn ich keine Marschlieder dabei singen muß«, sagte ich, und diese Bemerkung erwies für meinen Gefühlszustand eine enorme Menge Heiterkeit.

Ich erklärte mir später die Festigkeit und Widerstandskraft, die ich seit jenem gemeinsamen Fußmarsch gegenüber dem empfangenen schweren Schlag habe aufbringen können, zunächst aus dem Einfluß, den die körperliche Anspannung auf unser geistiges Wohlbefinden auszuüben vermag. So trainiert der Sport ja bekanntlich nicht nur unsere Muskeln, sondern eben auch unsere Nerven, unseren Willen und unser Selbstgefühl. Nein, Harry Czech hat damals mit mir über Henny überhaupt nicht gesprochen; von dem, was man ideologische Arbeit nennt, war nicht die Rede. Arno Lehfeld hätte das sicher für einen großen Mangel gehalten.

Harry sagte auch nicht: Komm zu mir, wenn du nicht mehr weiter weißt! Er zeigte einfach durch seinen Besuch, daß er für mich da war, ohne davon zu sprechen, und wahrscheinlich wird er es für eine typische Künstler-Übertreibung halten, daß ich immer an ihn und jenen Abend denken muß, wenn ich im persönlichsten Erlebnisbereich etwas davon nachempfinden will, was der große Begriff Solidarität meint. Ich nehme es durchaus nicht zurück: Die Anspannung der körperlichen Kräfte bei unserem ausgiebigen Fußmarsch an jenem Abend hat bei mir entscheidend darauf eingewirkt, daß ich nach Hennys Verrat nicht in eine innere Krise geriet. Aber insgeheim und ganz für mich selbst schreibe ich doch der wortlosen und selbstverständlichen Verbundenheit Harrys einen großen Anteil an diesem Ergebnis zu.

Bei unserer Wanderung sahen wir übrigens vor dem Pfarrhaus zu Sankt Georg den grauen Pobeda Zillgitts stehen. Offenbar wurde Martina Lindwurm gerade noch einmal ausgefragt, und Harry Czech spöttelte ein wenig über die Verbissenheit, mit der der VP-Rat alles daransetzte, den Fall von der Vergangenheit Haldewegs her zu lösen. »Ich wette, die arme Pfarrerswitwe muß sich jetzt wieder einmal das Gedächtnis zermartern, ob sie nicht doch noch eine Spur beizusteuern vermag, die in die Vergangenheit ihres Hermann führt.«

Wem es Freude macht, einen drastischen Irrtum zu konstatieren, dem ein heute nicht unbekannter Mann einmal aufsaß, der mag sich hier freuen. Aus den Aufzeichnungen Zillgitts geht hervor, daß für ihn bei der abendlichen Befragung von Frau Lindwurm Haldewegs Vergangenheit gar keine Rolle mehr spielte. Diese Phase der Untersuchung war abgeschlossen.

Zillgitt hatte zum Endspurt angesetzt, da ging es ihm nur noch um den Mordabend selbst, und die Antworten, die er in dieser Stunde zu diesem Thema aus Martina herausfragte, sollten dabei keine geringe Bedeutung haben.

VIII.

Wem ich es verdanke, weiß ich nicht, jedenfalls erhalte ich, wenn Harry Czech bei einer Adriani-Premiere im Theater ist, immer eine Einladung, die Pause und die ersten Stunden nach der Aufführung im Gästeraum des Intendanten zu verbringen. Ich bezweifle, daß die Initiative dazu von Intendant Hofschneider ausgeht; als er mich im kleinen Vorgemach (das bei den Theatermitgliedern die Pufferzone genannt wird) willkommen heißt, wird mir wieder bewußt, daß wir uns nie etwas Belangvolles zu sagen haben. Unsere Konversation dreht sich um die Kandelaber, die bei der Neuausstattung der Repräsentationsräume hier kürzlich angebracht wurden, und berührt vor allem Technologien und Lieferfristen des kleinen Thüringer Herstellerbetriebes. Wir sind beide wohl recht zufrieden, als Siggs herankommt und mich in den eigentlichen Gästeraum geleitet, und als ich hier eintrete, weiß ich auch, weshalb mich Hofschneiders Diskurs über die Kandelaber doch nicht so quälend gelangweilt hat wie manches seiner früheren Konversationsthemen.

Der Raum erinnert mich an Arthur Brautknechts »Sonne«, und aus dem gleichen Grund waren mir die Beleuchtungskörper mit ihren Glasprismen vertraut vorgekommen. Nun bringt natürlich der heutige Tag – ich trage die Mappe mit Zillgitts Aufzeichnungen noch immer unter dem Arm – bei mir eine besonders starke Disposition für solche Bildverbindungen mit sich. Aber die Tische sind hier wirklich wie in der »Sonne« angeordnet, auch ein Erkertisch steht an ähnlicher Stelle, nur daß den heutigen eine geschlossene, oben gewölbte Mauernische umgibt, die keine Fenster aufweist. Freilich, hier sitzen die Gäste auf imitierten Barocksesseln, und als ich auf den Erkertisch zugehe, von dem aus mir Harry Czech entgegenwinkt, kommt mir plötzlich der Vergleich mit der Steinfurther »Sonne« aus vielen Gründen auch wieder willkürlich und erzwungen vor. Vor allem die Gäste wären in Brautknechts Etablissement wohl so nicht denkbar gewesen; auch Harry selbst ist eben ein anderer als vor fünfundzwanzig Jahren. Er trägt beileibe kein FDJ-Hemd mehr, seine siebzehnjährige Tochter sitzt neben ihm, seine Schläfen sind beinahe weiß, er ist auch viel schlanker – man sieht ihm ein bißchen die ständige ärztliche Aufsicht an. Nur die Brille ist noch die gleiche (oder doch eine ähnliche), oben mit einer Hornfassung versehen, nach unten zu randlos, wir nannten sie damals Grotewohl-Brille, weil der erste Ministerpräsident eine solche trug, und bei Harry erscheinen noch immer Iris und Pupille hinter den Gläsern ganz unnatürlich groß, wenn man ihm in die Augen sieht.

»Los, heran, die Steinfurther, sonst ist die Pause zu Ende, ehe man drei Worte gewechselt hat!«

Aufgeräumt und doch auch weisungsgewohnt nötigt er uns auf die freien Barocksessel, macht uns mit seiner Tochter und einem Genossen der Bezirksleitung bekannt, der mit seiner blonden Frau zur Tischrunde gehört, Siggs stellt mir noch Attaulfo di Razzi vor, den Mailänder Bühnenbildner der Egmont-Inszenierung, der an Karins Seite Platz genommen hat, und dann steuert Harry gleich mitten hinein ins Fragen und Plaudern.

»Karin sagt, du gibst jetzt den dichterischen Nachlaß von Rudi Zillgitt heraus?«

Das geht an mich, und ich muß lachen.

»Den Fall Haldeweg will ich nacherzählen. Dazu hat er mir Aufzeichnungen hinterlassen. Ich habe sie sogar bei mir.«

»Mach's aber nicht sentimental, nach dem Motto: Ach, der schöne schwere Anfang! Das nimmt dir die Jugend nicht ab. Was, Beate?«

Beate lächelt und stößt ihren Vater mit der Faust von der Seite an, als wollte sie »du Schuft!« sagen, weil er hier offenbar einen familieninternen Meinungsstreit in die Öffentlichkeit trägt.

»Nee, auf Morgenrot steh ick nicht. Wenn Sie können, machen Sie et ein bißken lustig; sicher, mit Niveau, det ist klar. Aber det Pädagogische wär schön, wenn Sie et wegließen; ick bin immer, wenn ick lese, gerne selber mein Pädagoge.«

Beate gefällt mir. Daß sie so auffällig berlinert, paßt nur im ersten Augenblick nicht zu den Erwartungen an eine Tochter ihres Vaters. Später entpuppt es sich als durchaus angemessene sprachliche Äußerungsform Czechscher Vitalität und Direktheit, außerdem macht es sie keß, und das mag ich.

»Pädagog?« fragt der schmächtige Attaulfo di Razzi, der die deutsche Sprache schlecht beherrscht und glücklich ist, weil er glaubt, endlich einmal einen Gesprächsfetzen verstanden zu haben. »Ah, Signorina denken wie Schiller: Theater ist Pädagog, Theater ist moralischer – wie sagt man? – Anstalt!«

Das hat er ja gründlich mißverstanden, Siggs lächelt verlegen, eine kleine Pause entsteht, und dann versucht Karin auf englisch, dem Bühnenbildner seinen Irrtum begreiflich zu machen.

Aber Beate antwortet unbefangen. »Nee, det denke ick eigentlich nicht – Pädagogik auf der Bühne? Ick versteh schon: Deshalb halten Sie det Volk hier im ›Egmont‹ bloß parterre, und die Ausbeuter spielen oben, auf der fliegenden Untertasse, und auch wenn sie jerne für det Volk eintreten möchten, der Pädagoge sagt: Nischt anzuschieben, Leute, die Klassenschranken sind objektiv! Aber wenn ick det selbst rauskriegen müßte, vielleicht wär't noch schöner.«

Herr di Razzi, der von all dem sicher gar nichts verstehen kann, nickt sinnloserweise ganz intensiv, aber Harry meint: »Ist dir das klar, Beate: auf diese Weise greifst du die Grundidee von Siegfrieds Inszenierung an!«

Sie ist ehrlich erschrocken. »Nee, det will ick nicht. Die Aufführung ist doch Klasse!«

Und an dieser spontanen Zustimmung ist kein bißchen Heuchelei, so wenig wie an der Kritik vor wenigen Sekunden, so daß Siggs, der ja Humor hat, herzlich lacht.

»Das erinnert mich an Steinfurth! Dort hatte ich einmal bei einer Feierstunde auf einer Baustelle zu rezitieren, und da sagte Arno Lehfeld in seiner Ansprache: Ich danke allen

Bauschaffenden für ihren beispielhaften Einsatz bei der Errichtung dieser neuen Werkhalle, wenn ich auch die Kollegen Maurer ausnehmen muß, durch deren Fehlen wir den Bau leider noch nicht beginnen konnten!«

Jetzt lachen alle, und der Genosse, der mit seiner blonden Frau dem Bühnenbildner gegenübersitzt, mischt sich interessiert ein. »Was denn, ihr kennt Arno Lehfeld? Ich war lange mit ihm in Leipzig zusammen, bei der Bezirksleitung. Er leitet dort den Sektor Mitgliederbewegung. Soviel ich weiß, heute noch.«

»Eine verdiente Karriere!« sage ich trocken und in durchaus abschätzigem Sinn, denn wenn ich spontan werte, ohne erst sachlich zu überlegen, verdrießen mich Mitmenschen, die Formulare ausgeben und Karteikarten zählen, von vornherein, weil sie der Natur ihrer Aufgabe nach pedantisch sein müssen, und mein Gefühl reagiert auf Pedanterie kaum weniger heftig als auf Diebstahl, Rückversicherei und Vandalismus.

Harry lächelt mich etwas spöttisch an und kraust dabei leicht die Nase, ich winke ab: Weiß ja Bescheid, nimm es nicht so ernst, Organisiertheit ist eine scharfe Waffe, Pedanten sind auch Menschen. Auch Arno Lehfeld ist einer, selbst wenn er Papier wiederkäut. Mich interessiert seine Lebensgeschichte.

»Arno wurde ja noch in meiner Steinfurther Zeit erster Sekretär im Kreis Köckritz. Ein reiner Agrarkreis damals. Und Bündnispolitik war Arnos schwache Stelle. Offenbar ist das nicht gutgegangen?«

Harry zieht eine Schulter in die Höhe. »Er ließ sich nicht helfen. Im Mai 53 hatte er in Köckritz zwar den höchsten LPG-Anteil des ganzen Bezirkes, aber auch die wenigsten Traktoren, die niedrigste Planerfüllung und die größte Quote an Republikflucht. Wir mußten ihn ablösen. Im bloßen Handstreich kann man die Dörfer nicht umkrempeln. Arno war dann drei Jahre auf Schule, ich studierte in Moskau in dieser Zeit, da habe ich ihn aus den Augen verloren. Im vorigen Jahr ist er mir wiederbegegnet. Bei einem Empfang, als er den Vaterländischen Verdienstorden bekommen hatte. Strahlt mich an und sagt zu mir: ›Na, du Liberaler?‹ Und ich antworte: ›Na, du Dogmatiker?‹ Und dann haben wir so laut gelacht, daß es schon gegen das Protokoll verstieß.«

Neben mir hat Siegfried seine randlose Brille abgesetzt und schwenkt einen der Bügel nervös hin und her, ein Zeichen des Unmuts, wie ich noch weiß.

»Sehen Sie, Beate, Rocki kann die Pädagogik gar nicht aus seinem Buch herauslassen, das Leben selbst ist bei uns pädagogisch, hurra, sogar ein Lehfeld wurde am Ende ein feiner Kerl und bekam einen Orden.«

Jetzt spottet Harry Czech eine Spur nachdrücklicher. »Was denn, was denn, Siggs, gehst du neuerdings auch unter die Aasfresser? Ja«, erläutert er auf den fragenden Blick der blonden Frau am Tischende, »manchmal stößt man auf so was, biedere Bartträger meistens, denen wir zu wenig seelische Kadaver produzieren und die uns deshalb langweilig finden. Denn in der Regel geht natürlich ein Menschenleben bei uns ziemlich gut aus, alles in allem, dafür strampeln wir uns ja auch zur Genüge ab. Aber das wäre – sagen sie – zwar fürs Leben ganz schön, aber für die Kunst nicht geeignet. Und da suchen sie nun die Landstriche wie Spürhunde nach Kadavern ab, und sobald sie einen gefunden haben, ist uns ein neues Theaterstück sicher.«

Siegfrieds Spiel mit dem Brillenbügel wird heftiger. »Du überspitzt, Harry«, sagt er mit verhaltenem Ärger.

»Immer. Weißt du das nicht? Das war schon in Steinfurth so. Das bringt Paprika in die Debatte.«

Siegfried setzt wortlos seine Brille wieder auf. Ich sehe rötliche Flecke auf seinen Wangen und begegne einem besorgten Blick Karins. Noch steht Siggs ja in jener Premierenspannung, die sich bei ihm meist in Überempfindlichkeit und heftiger Streitlust äußert. Nun kenne ich ihn und weiß, daß man da seine Behauptungen nicht zu wörtlich nehmen darf. Aber ob auch Harry darauf gefaßt ist?

Ich will einer unerquicklichen Szene oder gar einem verdorbenen Abend vorbeugen. Deshalb wechsle ich rasch das Thema. Ich frage Harry nach dem Schicksal Bernd Weidenbruchs. Und ich habe Glück, er vermag mir zu antworten, obwohl er Bernd in Steinfurth, wie er sagt, nur ganz oberflächlich kennengelernt hätte.

»Vielleicht stellt dieser Lebenslauf Siggs eher zufrieden. Weidenbruch stand kurz vor der Beförderung zum Major. Da hat es ihn erwischt. Aus heiterem Himmel, Anfang der sechziger Jahre, auf der Reise zu einer Konsultation. Sein D-Zug fuhr im Nebel auf einen Güterzug auf, ein paar Wagen entgleisten. Er war sofort tot.«

Für ein paar Sekunden ist es still am Erkertisch. Ich bin zu bedrückt, um auf die Reaktion der anderen zu achten. Nur die hilflos fragenden Blicke von Signor di Razzi fallen mir auf, der wieder nichts hat verstehen können.

»Richtig sinnlos«, murmle ich schließlich, mehr wütend als traurig, »nicht die Spur Pädagogik hat dieses Ende! Ich mochte Bernd wirklich gern.«

Plötzlich schiebt Siegfried seinen Sessel heftig zurück und fährt sich mit einer unkontrollierten Bewegung durch das lichtgewordene Haar.

»Entschuldigt, solange nicht endlich diese dreimal verfluchte Premiere zu Ende ist, bin ich wahrscheinlich hysterisch. Wie es aussieht, macht der Zufall bloß durch die anständigen Leute einen Strich, die anderen leben und werden fett und kriegen am Ende noch einen Orden. Nein, nein«, wehrt er, sich zu mir wendend, meinen drohenden Einspruch ab, »ich will Arno Lehfeld seine alten Sünden ja gar nicht mehr vorwerfen; wenn es sein muß, nenne ich dir auf Anhieb auch gegenwärtige Beispiele.« Und fortgerissen von einer übersensiblen Verbissenheit, läßt er hastig seine Blicke durch den Raum schweifen, und ehe ich versuchen kann, ihn zu beruhigen, deutet er auf den Eingang: »Da! Nimm den Hoflieferanten!«

Das geht offenbar auf Intendant Hofschneider, der in der Nähe der Tür auf einen Stellvertreter des Oberbürgermeisters und zwei Genossen vom Kulturministerium einredet.

»Sieh dir doch an, wie er wieder gut Wetter macht. Natürlich, ich könnte zufrieden sein, er macht ja für mich gut Wetter. Aber ohne auch nur einen Funken davon begriffen zu haben, was ich mit dem ›Egmont‹ will. Und was an dem, was ich will, vielleicht falsch sein könnte. Deine Tochter –«, und jetzt bezieht er Harry in seine überdrehte Protestrede ein, »deine Tochter sagt es mir mit drei Worten. Aber den Hoflieferanten interessiert so was gar nicht. Er versteht ja auch nichts davon. Er ist von irgendwann übriggeblieben. Sein Ideal ist die Gnadensonne. Und bei jeder Premiere fragt er herum, ob sie scheint. Und scharwenzelt, um sie hervorzulocken. Könnt ihr denn diese kaiserlich-sozialistischen Kommerzienräte nicht endlich mal abschaffen? Entschuldige, Harry, ich gehe jetzt. Ich will noch mal hinter die Bühne. Nach der Vorstellung, wirklich, ich kenne mich ja, bin ich wieder normal und zurechnungsfähig.«

Er steuert, wie auf der Flucht vor sich selbst, eilig und grußlos zur Tür hinaus, während wir ihm alle etwas bestürzt nachblicken.

»Lampenfieber scheint eine aufreibende Krankheit zu sein«, sagt Harry, und er gibt seiner Bemerkung einen zusammenfassenden, abschließenden Charakter, als wollte er Siegfrieds heftigen Angriff auf Intendant Hofschneider damit jeder weiteren Erörterung entziehen.

»Brauchst du noch mehr Auskünfte über Bekannte von damals?« fragt er dann und trinkt seinen Cobbler aus, den der gastliche Hofschneider jedem Eingeladenen hat servieren lassen.

Ich hebe die Hände. »Wahrscheinlich mehr, als du geben kannst. Ich bin weitgehend ahnungslos, was aus den Leuten geworden ist, die man in Steinfurth kannte. Von Puppenmacher angefangen, dessen Flucht mich ja ganz persönlich betraf– –«

»Wieso? Puppenmacher?«

»Ja, Hennys Vater, der damals Bernd in letzter Sekunde entwischte und ins Beschaffungsamt für die Bundeswehr ging.«

»Ich weiß, ich weiß schon.« Harry erheitert sich beinahe bei dem Gedanken, man müsse ihm erklären, wer Puppenmacher war. Zögernd, fast vorsichtig, sucht er mir zu verdeutlichen, wie sein Einwurf gemeint war.

»Du hast wirklich nie wieder etwas von ihm gehört? Auch nicht – sagen wir – in den letzten Jahren?«

Diese schonende Vorbereitung auf eine offenbar unwillkommene Nachricht erschreckt mich natürlich.

»Nein. Nun sag schon! Was ist mit ihm?«

Aber in diesem Augenblick schlägt die Referentin des Intendanten an einen kleinen Gong, und Hofschneider bittet die »verehrten Genossen und Freunde« herzlich, da die Pause beendet sei, wieder den Zuschauerraum aufzusuchen, denn nach dem kurzen Genuß geselligen Kontakts halte nun Siegfried Adriani wieder »einen neuen Kunstgenuß« für alle bereit.

Solch eine Formulierung treibt mich sonst auf die Barrikaden, weil ich da immer die Verwechslung eines Kunsterlebnisses mit einer Süßwaren-Abfütterung vermute, aber diesmal registriere ich sie kaum.

»Was ist mit Puppenmacher?« frage ich eindringlich, während wir uns erheben.

Harry überlegte eine Weile im Gehen, dann schüttelt er den Kopf. »Wir sehen uns doch nach der Vorstellung. Um davon zu erzählen, brauche ich schon ein paar Minuten.«

Er weicht aus, durchzuckt es mich, er glaubt, die Pille versüßen zu müssen! Aber ich kann gegen seinen Vorschlag keinen vernünftigen Einwand erheben. Das Klingelzeichen ruft uns drängend in den Zuschauerraum.

»Dann bis nachher«, sage ich.

Ohne rechten Erfolg halte ich mir vor, daß wohl doch keine Nachricht über Puppenmacher, wie furchtbar sie auch sein mag, bei mir noch einmal eine solche Erschütterung auslösen könnte, wie es die Ereignisse von 1951 vermocht hatten. Seither war dieser Mann doch mein Feind, hatte keinerlei Anspruch mehr auf meine Teilnahme.

Und doch. Der Gedanke an Henny hat offenbar noch nach einem Vierteljahrhundert Kraft genug, um eine quälende Spannung in mir hervorzurufen, und mit einer solchen Empfindung belastet, der mein Verstand aber zugleich die Berechtigung und Anerkennung versagen will, eile ich zu Neele und Thomas ins Parterre hinunter.

Der Herbst kündigte sich an. Es war am Donnerstagnachmittag schon ziemlich kühl in Sir Ottos Möbellandschaft. Zillgitt beriet bereits eine ganze Weile mit dem Polizeipräsidenten, und er beobachtete nicht ohne Beimischung von Schadenfreude, wie der hagere und zierliche Marquardt immer wieder seinen Bleistift wegstecken und sich die Finger warmreiben mußte, während er selbst – dank seiner fleischigeren Konstitution – in seinem hellbraunen Ledersessel ganz behaglich dasaß und die niedrige Temperatur gelassen ertrug.

Da kam der Anruf.

Hauptmann Verdyck, der Leiter der Stadtdienststelle des MfS, informierte Marquardt von den Ereignissen um den geflohenen Erwin Puppenmacher, dankte dabei für die Unterstützung, die Weidenbruch zuteil geworden sei, und entschuldigte sich zugleich, daß der Oberleutnant ohne jeden Abschied abreisen müsse, aber mit der mißglückten Festnahme des Haushaltwarenhändlers seien Umdispositionen verbunden, die keinen Zeitverzug litten. Zumal nun der Anlaß für die Genossen seiner Dienststelle, Kontakt zu den Ermittlungsarbeiten im Fall Haldeweg zu halten, fortgefallen sei und sich für einen Zusammenhang Puppenmachers mit dem Mord kein Anhaltspunkt ergeben habe.

Otto Marquardt ging erst ein paarmal unruhig durch den Raum, ehe er sich wieder setzte.

»Verflucht und zugemauert! Nun dürfen wir uns aber wirklich keine Schlappe mehr leisten! Puppenmacher ist weg. Gerade als Verdyck zugreifen wollte.«

Er informierte Zillgitt, der nach dem ersten Fragelaut des Überraschtseins wieder stumm vor sich hinzunicken begann, wie er es immer tat, wenn er einen Sachverhalt nicht gleich einzuordnen vermochte.

»Also Puppenmacher und seinem Reichsbüro galt die Aufmerksamkeit aus Berlin!« murmelte der VP-Rat schließlich.

Sir Otto meinte: »Der Selka hatte doch eine gute Witterung.«

Der andere zuckte mit den Schultern. »Natürlich ist Selka begabt. Hätte ich ihn sonst für die Offiziersschule vorgeschlagen? Bloß die Scheuklappen muß er ablegen und sich das Spekulieren abgewöhnen.«

Marquardt stand abermals auf. Er brauchte Bewegung, denn auch vom Fußboden her begann ihn die Kühle anzugreifen.

»Wir werden also am Sonnabend wie abgesprochen verfahren. Wenn alles planmäßig gelaufen ist, stehst du in der ›Sonne‹ den Leuten Rede und Antwort. Nach dem neuesten Mißerfolg wird das einfach lebensnotwendig. Auch raffinierteste Anschläge haben bei uns keine Chance – der Beweis dafür muß sich bis ins Detail herumsprechen, und zwar rasch. Bei der Steinfurther Situation gehört das zur Frage: Wer – wen? Schluß der Debatte, Rudi! Ich habe mich so mit der Stadtleitung abgestimmt. Harry Czech wird wieder mit dasein, und ich nehme die Sache auf meine Kappe.«

»Nun gut.« Auch Zillgitt erhob sich. »Die Zusammenkunft nach der Premiere habe ich nach deiner Anweisung vorbereitet, Unverrichts Brief ist unterwegs, ich vermute, der Täter wird den Treff auf den Sonnabendabend legen. Was dann zu erfolgen hat, müßte wie ein Uhrwerk ablaufen. Genosse Unverricht macht mir übrigens einen guten Eindruck, er sollte seiner Aufgabe gewachsen sein.«

Sir Otto begleitete den VP-Rat bis an die Doppeltür. »Er muß! Und sobald der Treff-Termin bekannt ist, erhalte ich Nachricht.«

»Natürlich.« Zillgitt blieb noch einmal stehen. »Aber doch schade, daß Bernd Weidenbruch in der Endphase nicht mehr dabeisein kann. Er gehörte schon richtig dazu. Nun ja. Nicht zu ändern.«

Er verabschiedete sich und ging, und in seinem Dienstzimmer fand er einen aufgeregten Pfeiffer vor. Ein Telefonanruf Selkas sei gekommen, aus Berlin, der VP-Meister habe einen Namen durchgegeben, den er beim Suchdienst ermittelt hätte: Ida Schreyvogel, Kontoristin, der Genosse Rat wisse angeblich schon Bescheid. Die Dame wohne in Eberswalde, im Städtischen Pflegeheim. Selka habe dort mit dem Leiter telefoniert: Fräulein Schreyvogel habe eine Beinlähmung, seit zwei Jahren, geistig sei sie durchaus auf der Höhe, und Selka fahre nun morgen hin und werde sie befragen. Nur: mit herbringen könne er sie nicht.

»Ein Befragungsprotokoll tut es vorerst auch«, meinte Zillgitt, und dann ließ er Evelyn für halb sechs den Pobeda bestellen und vertiefte sich noch einmal in die Notizen seines Schreibbuches, um sich genau auf die Fragen vorzubereiten, die er in einer Stunde Martina Lindwurm stellen wollte.

Die Aufzeichnungen Rudi Zillgitts sind sehr arm an Hinweisen auf eigene Stimmungen oder persönliche Empfindungen des Schreibers, deshalb finde ich seine ausdrückliche Feststellung auffallend, in der Nacht vom Donnerstag auf Freitag hätten ihn Zweifel an der Methodik seiner Arbeit nicht ruhig schlafen lassen. Sie scheint mir etwas davon zu verraten, daß sich der VP-Rat damals des Risikoreichtums und der Abenteuerlichkeit der Situation wohl bewußt war, die er zu schaffen sich anschickte, um ein äußerst scharfsinnig konzipiertes Verbrechen beweiskräftig aufzuklären.

Ich bin sicher – und die Hartnäckigkeit, mit der er sich gegen Sir Ottos Absicht einer öffentlichen Darstellung des Untersuchungshergangs wehrte, stützt meine Meinung –, daß er sich bei dem theatralischen Zuschnitt, den er wichtigen polizeilichen Maßnahmen geben wollte, nicht wohl fühlte. Ja: Unerbittliche, sachliche Analyse von Fakten – das hätte den methodischen Überzeugungen entsprochen, mit denen ihn seine Kampferfahrung ausgerüstet hatte. Aber so war hier nun einmal dem verschlagenen Gegner, der nach seiner Tat völlig passiv blieb, nicht beizukommen. Man mußte mit einer Art Köder arbeiten – führte so etwas aber nicht bedenklich in die Nähe von Gaukelei, Bluff, Scharlatanerie, sah dem »großen Coup« eines Wunderdetektivs ähnlich? Sicher, gewiß doch, Sir Otto hatte natürlich recht, es ging nicht darum, elegant zu fechten, sondern den Feind zu schlagen. Aber dem alten Proleten Rudi Zillgitt war das Mittel der Provokation, das er hier anwenden mußte, wesensfremd, und die Wahl dieser Waffe warf für sein Gefühl von vornherein einen Makel auf jenen Sieg, dessen er sich dann auch noch wie ein applausdurstiger Taschenspieler öffentlich rühmen sollte!

Es ist eine leidige Sache um unseren Schatten: Er macht uns gewiß noch eine unruhige Nacht, wenn wir am Morgen über ihn springen sollen. Nur – meist hilft es ihm nichts, jedenfalls half es ihm bei Rudi Zillgitt nichts. Der VP-Rat fuhr am Freitagmorgen sogleich zu Gerd Unverricht, um mit ihm die Gaukelei, die Provokation mit der ganzen Genauigkeit und Systematik vorzubereiten, die seiner Kampferfahrung entsprach.

Der Treff fand auf dem Hauptbahnhof statt, in einem Geräteraum der Bahnpolizei, und zwar unter konspirativen

Vorsichtsmaßregeln, die Zillgitt nicht wenig genierten, weil er sich bei einer solchen Komödie ein bißchen lächerlich vorkam. Doch es hing ja alles, aber auch alles davon ab, daß der Täter nichts über die wahre Identität Unverrichts erfuhr, ja, nicht einmal das leiseste Mißtrauen bei ihm entstand, und da waren auch die albernsten Zufälle in Betracht zu ziehen und auszuschließen.

Für Gerd Unverricht war solch ein Einstand in seine praktische kriminalistische Tätigkeit natürlich ein Fest. Dergleichen gab es selten, das wußte er, und er nahm die Mühen und leeren Wartezeiten gern in Kauf, die damit tagsüber verbunden waren. Auch die Enttäuschung, daß sich seine Postnachfrage an der Rezeption des »Anhalter Hofs« bis zum Freitagabend als ergebnislos erwies, ertrug er geduldig.

Er schlief auch gut, und er war, soweit man bei seinem ausgeglichenen Naturell überhaupt davon sprechen kann, in glänzender Stimmung, als er am Sonnabendmorgen frisch rasiert in die Eingangshalle des »Anhalter Hofs« hinunterschritt, um am Empfangsschalter aufs neue nach Post für Unverricht zu fragen.

Am Sonnabend wurde damals ja generell noch gearbeitet, er war der Haupteinkaufstag, auch für Tausende von Bauersfrauen, die aus den umliegenden Dörfern nach Steinfurth kamen, ich mußte mich förmlich durch die überfüllte Innenstadt hindurchschlängeln, als ich um halb zehn zur Regiesitzung ins Theater ging, die regelmäßig an jedem zweiten Sonnabend stattfand.

Ich wußte, daß heute Personalfragen behandelt werden sollten. Die Zeit kam heran, in der alle Intendanten nach guten Kräften für die nächste Spielzeit Ausschau hielten, und so hatte auch Welsch eine »Engagementsreise« vor, um sich an möglichst vielen Theatern Aufführungen anzusehen und talentierten Leuten einen Vertrag für die Steinfurther Bühnen anzubieten. Dazu mußte die heutige Regiesitzung eine Übersicht erbringen, wie viele und welche Kräfte denn neu gewonnen werden sollten, und während Siegfried Adriani für die Kunstgattung Schauspiel eine knapp und sachlich begründete Wunschliste vorlegte, zog Fridolin Gothe – wie ich von vornherein befürchtet hatte –

die Beratung mit unklaren und oft doppelbödigen Stellungnahmen zum Musik-Theater in die Länge.

Seine Einschätzung der Talente war bekanntermaßen von persönlicher Zu- oder Abneigung beeinflußt; so mäkelte er prinzipiell bei gutaussehenden jungen Frauen an den gesanglichen und darstellerischen Fähigkeiten herum, während er die künstlerische Leistungsstärke empfindsamer junger Männer oft enthusiastisch übertrieb. Doch solche Meinungen äußerte er beileibe nicht direkt, und das gab den Debatten darüber meist eine quälende Ziellosigkeit.

So empfahl er heute zum Beispiel dringend das Neuengagement einer lyrischen Sopranistin, wobei er die gegenwärtige, eine sehr talentierte, aber eben auch sehr gut aussehende, diesmal über den grünen Klee lobte und unbedingt zu behalten vorschlug. Aber nach seinen Vorstellungen für den nächsten Spielplan sei der Arbeitsanfall in diesem Stimmfach für eine einzige Vertreterin viel zu groß, man brauche zwei.

Als Dramaturg, der ich für die Spielplanentwürfe ja zuständig war, warf ich ein, daß ich nach den bisher vorgesehenen Operntiteln diese Ansicht nicht teilen könne. Onkel Frido sah sich durchschaut und schlug einen Haken, sagte etwas von Spielplanveränderungen, die er noch im Hinterkopf habe, aber, nach diesen Plänen befragt, wußte er keine klaren Auskünfte zu geben, und so kam er mit seinem Vorschlag natürlich nicht durch. Er schmollte, und ich erntete ein giftiges Zischeln. »Hauptsache, das Schauspiel hat alle Fächer doppelt und dreifach besetzt!«

Siegfried und ich tauschten einen Blick. Der fromme Knecht Fridolin hatte vorgehabt, die gegenwärtige lyrische Sängerin zu veranlassen, von sich aus zu kündigen, indem er ihr durch das Engagement einer zweiten Fachvertreterin einen Teil ihrer künstlerischen Aufgaben entzog und ihr das Gefühl nahm, eine entscheidende Stütze des Ensembles zu sein.

Der Musikdirektor fiel am Schluß der Regiesitzung noch einmal auf, als er bat, von der Teilnahme an der Vetter-Premiere dispensiert zu werden, da er dem jungen Bariton Camillo Hirschlein seit langem zugesagt habe, ihn bei seinem heutigen ersten Liederabend in Friedrichswalde anzuhören und moralisch zu stärken. Er sei ja seit Mittwoch voriger Woche glücklicher Besitzer eines Autos, wenn auch nur einer gebrauchten Stoewer-Limousine, und könne sich deshalb am späten Abend noch in der »Sonne« einfinden, wenn seine Anwesenheit dort erforderlich sei.

Welsch bat ihn darum, man dürfe Ernst Kloppe nicht brüskieren, erinnerte seine Vorstände bei dieser Gelegenheit noch einmal ausdrücklich an die Einladung zur Premierenfeier und schloß die Sitzung.

Es war Viertel nach eins.

Um diese Zeit hatte Zillgitt nach einem arbeitsreichen Vormittag seine wichtigsten Vorbereitungen bereits abgeschlossen.

Kurz nach neun Uhr war über den vorgesehenen Mittelsmann die ersehnte Nachricht von Unverricht eingetroffen. Der VP-Rat fuhr zu dem dafür festgelegten Treffpunkt und ließ den Unterkommissar zusteigen.

Auf der Rückfahrt sah er sich den Brief genau an, den der Täter übersandt hatte. Das Schreiben war mit der Post befördert worden, der Stempel zeigte das gestrige Datum mit der Zeitangabe zwanzig Uhr. Die Absenderbezeichnung fehlte natürlich, Adresse und Text waren mit der Schreibmaschine geschrieben, und auf dem eingelegten weißen Bogen stand:

»Werter Herr Unverricht!

Zu einer Regelung Ihrer Ansprüche, sofern Sie deren Berechtigung nachweisen, bin ich selbstverständlich bereit. Stehen Sie Sonnabend, 20 Uhr, am Kiosk auf dem Neumarkt. Ich werde Sie fragen: ›Hat denn der Laden hier schon geschlossen?‹

Sie antworten: ›Sonnabends, glaube ich, ab halb sechs.‹

Anschließend fahren wir mit dem Wagen an den Gesprächsort.

Hochachtungsvoll!«

Eine Unterschrift gab es nicht.

»Eine Falle?« fragte der Unterkommissar.

Zillgitt verzog den Mund. »Ich bin überzeugt: nein! Sein Hauptinteresse muß sein, Aufsehen zu vermeiden. Davon hängt für ihn alles ab, und da ist ihm ein korrumpierter Mitwisser hundertmal angenehmer als ein toter. Ich bin sicher, zum Mordversuch versteigt er sich nur in der äußersten Bedrängnis. Trotzdem ist natürlich für Sie größte Vorsicht angebracht!«

Unverricht lachte. »Eine Schußwaffe hat er nicht, und sonst weiß ich mich meiner Haut schon zu wehren. Vergessen Sie nicht, daß ich direkt von der Schule komme. Da bin ich sozusagen noch trainiert.«

Im Präsidium, das sie diesmal durch die Hofeinfahrt erreichten, verständigte Zillgitt zunächst telefonisch Sir Otto, und dann machte er Pfeiffer und den erfolgstrahlenden Selka, der gestern abend mit einem hervorragenden Befragungsprotokoll aus Eberswalde zurückgekehrt war, mit Gerd Unverricht bekannt.

Die Dienstberatung, die sich anschloß und in der der VP-Rat zunächst eine genaue Darstellung der Tat und ihrer Vorgeschichte gab und danach die Rolle des Unterkommissars und die gemeinsamen Aufgaben für den heutigen Abend erläuterte, hatte auf die drei Volkspolizisten eine ganz unterschiedliche Wirkung.

Pfeiffer schien erschlagen von den Sensationen, die ihn wie eine Lawine überrollten, seine Wangen glühten, er bewunderte seinen Chef ehrlich und vorbehaltlos, und das setzte sich in eine ungeduldige eigene Einsatzbereitschaft um, die schließlich den schweren und fast behäbigen Mann immer nervöser auf seinem Stuhl hin- und herrutschen ließ.

Dagegen saß der lange Selka ganz ruhig, hielt den Kopf und den Oberkörper etwas gesenkt und hörte regungslos zu. Von den Eröffnungen Zillgitts war ihm ein Teil ja bekannt, für seine Mission beim Suchdienst und in Eberswalde hatte ihn sein Chef in wichtige Zusammenhänge eingewiesen, aber das Gesamtbild aller Tatsachen beeindruckte auch ihn gewaltig, und er genierte sich vor sich selbst, daß er am politischen Weitblick und der fachlichen Leistungsfähigkeit des VP-Rats so nachdrücklich hatte zweifeln können.

Gerd Unverricht schließlich beobachtete vor allem. Er war bereits eingeweiht, ihn interessierte, wie die »Genossen an der Basis« sich in einer so wichtigen Dienstberatung verhielten. Er registrierte auch bestimmte Widersprüche zwischen der Art Zillgitts, die Besprechung zu führen, und den strafferen methodischen Prinzipien, die für solche Leitungsvorgänge an der Schule gelehrt wurden. Daß sich zum Beispiel Ober-Meister Pfeiffer gar nichts notierte, hätte er an der Stelle des VP-Rats nicht durchgehen lassen, und die Ausbilder des Offizierslehrgangs würden sicher auch manchen Befehl Zillgitts wegen mangelnder Direktheit kritisiert haben. Dennoch: Auch Gerd Unverricht konnte sein inneres Angespanntsein, die Über-Wachheit, die vor einer komplizierten, alles entscheidenden Bewährungsprobe Atem und Herzschlag beschleunigt, nicht ganz verleugnen. Denn auf ihm lastete in der Schlußphase die Hauptverantwortung, und sobald er nur daran dachte, war es immer für eine Weile mit dem kühlen Beobachten vorbei.

Hätte mir jemand in dieser Mittagsstunde etwas von solch einer Endspurtstimmung in Zillgitts Dienstzimmer erzählt, ich hätte ihn ausgelacht. Wie alle in Steinfurth war ich damals unzufrieden mit der scheinbaren Ratlosigkeit der Kriminalpolizei und ärgerte mich für die Genossen, daß sie noch so weltenweit von einer Lösung des Falles entfernt schienen. Deshalb hielt ich es auch für politisch unklug, daß der VP-Rat ausgerechnet zu diesem Zeitpunkt öffentlich eine kollektive Freizeitgestaltung seiner Abteilung demonstrierte, denn als etwas anderes konnte ich den heutigen Premierenbesuch seiner Mannschaft nicht ansehen, und anders wurde er auch von niemandem verstanden, der bisher darum wußte.

Ulrich Keilpflug, der neue Volksbühnen-Instrukteur, war freilich von dem Vorhaben Zillgitts begeistert. »Ein echtes Beispiel!« sagte er immer wieder. »Nicht nur Produktionskollektive, sondern auch Kollektive der Volkspolizei gehen nunmehr gemeinsam ins Theater – Stück für Stück wird die Idee unserer Volksbühnenorganisation materielle Gewalt!«

Keilpflug war auch der erste, der Zillgitt und seine Genossen kurz nach sieben im marmorgeschmückten Foyer in Empfang nahm. Ernst Kloppe konnte gar nicht so schnell heraneilen, der junge Instrukteur bediente und bedienerte die Gäste so eifrig, daß der Volksbühnen-Vorsitzende und der VP-Rat sich im Gedränge fast verfehlt hätten.

Zillgitt sah in seinem dunkelblauen Zweireiher, mit hellgrauen Schuhen und rotem Schlips richtig schneidig aus. Siegfried Adriani sagte später, als er ihn erblickte, so stelle er sich ein Mitglied des IOC vor. Pfeiffer und Selka wirkten freilich ein bißchen grimmig und verkleidet, aber dafür zog Evelyn in ihrem Schottenkleid mit weitem Rock und riesigem weißem Kragen viele bewundernde Blicke auf sich, vor allem von seiten Keilpflugs, der sich ihr mit besonderer Aufmerksamkeit zu widmen schien.

Ich hatte Karin und Siegfried zu Hause abgeholt; Adriani bestand darauf, daß wir einen kleinen Umweg machten, so daß wir die Applaus-Kathedrale über den Parkplatz an ihrer Ostseite erreichten.

Ohne geradezu ein Autonarr zu sein, interessierte sich Siegfried doch sehr für Kraftwagen und begutachtete zu jeder Premiere das Bäckerdutzend, das damals bei solcher Gelegenheit vor dem Theater abgestellt war.

Dazu gehörte auch wieder der schwarze Mercedes, den Paul Tamm fuhr, dann der neue Eisenacher BMW der Städtischen Bühnen, noch aus der Vorkriegsserie, aber nach 1947 gebaut, daneben standen mehrere DKW, Hanomag-Kabriolets und P4-Limousinen, an denen Siggs aber achtlos vorüberging. Bei der nachtblauen Halbkugel eines Adler-Trumpf-Junior blieb er einen Augenblick stehen, und schließlich verharrte er an einem gepflegten schwarzlakkierten Gefährt.

»Dacht ich's doch! Unsere Tante Frida ist mitnichten in Friedrichswalde. Hier steht ihr Auto.«

Der »Tiefland«-Klavierauszug auf der Hutablage des Rückfensters ließ auch mir keinen Zweifel darüber, daß wir den Wagen des Musikdirektors vor uns hatten.

»Ein ›Stoewer-Greif‹«, erläuterte Siegfried. »Die beiden Türen auf jeder Seite öffnet man wie eine zweiflüglige Schranktür, die Scharniere sind an Bug und Heck angebracht, und in der Mitte gibt es keinen Holm, die beiden Flügel verklinken sich ineinander. Wenn beide offenstehen, kannst du mit gespreizten Armen einsteigen.«

»Mich interessiert mehr, was Tante Frida für heute abend wirklich vorgehabt hat«, sagte ich, aber schon im gleichen Atemzug hatte ich es mir anders überlegt und verbesserte mich gelangweilt: »Oder nein, strenggenommen – interessiert es mich auch wieder nicht.«

»Mir ist kalt!« maulte Karin.

Siggs wies mit einer pathetischen Geste auf das Theater. »Dann auf nach Batavia!«

Und wir eilten die Treppe zum Portal hinauf, in die Arme von August Kuhbrot, dem Vetter aus Dingsda.

Allerdings in Etappen. Zunächst öffnete uns Jens-Jürgen Kindshirt die seinen, das heißt, eigentlich mir, denn Karin und Siggs begrüßte er nur ganz oberflächlich, so daß sie an die Garderobe entkommen konnten. »Ich habe in diesen Tagen viel an Sie denken müssen«, sagte der Dentist und zog die Stirnhaut in so tiefe Falten, daß er richtige Kulleraugen bekam, »und obgleich wir uns eigentlich fremd sind – glauben Sie mir, ich habe tief mit Ihnen mitgefühlt. Dennoch ist es am Ende für uns die alte Geschichte: Dichter und Mütter entbinden eben nur mit Schmerzen –«

Unwillkürlich sah ich an mir herab, aber er meinte es »nur sinnlich«, es war nur eine verhatschte Metapher.

»– oder wie ich es in einem meiner Gedichte sage: ›Wer Lorbeer sät anstatt des Brotgetreides, dem reift die Saat im Tränenstrom des Leides.‹ Vielleicht richtet es Sie etwas auf, wenn Sie ab und zu in diesem Bändchen lesen, das ich Ihnen, mit einer herzlichen Widmung versehen, überreichen möchte.« Und er gab mir seine Gedichtsammlung »In unserm Herzen wollen wir ein Gärtlein hegen...«, die er 1947 mit Genehmigung der damaligen sowjetischen Stadtkommandantur im Selbstverlag hatte drucken lassen, und ich bedankte mich vielmals, tat sprachlos gegenüber so feinsinniger Aufmerksamkeit, und er half mir selbstbewußt aus meinem vorgetäuschten Befangensein, indem er vertraulich meine Hand tätschelte. »Wir Wissenden verstehen einander auch ohne viel Worte.« Sprach's und zog sich diskret zurück, und ich wollte schon tief aufatmen, als ich drei Meter vor mir die hauchdünne Klavierpädagogin Camilla Wiegleb gewahrte, die jede Sekunde auf mich zueilen konnte, um mich mit Rilke-Versen zu trösten, und rasch entschlossen nahm ich Reißaus.

Karl-Herbert Welsch machte im Smoking in der Nähe der Kasse die Honneurs, seine blanken Aufschläge spiegelten im Foyerlicht, wenn er in seiner lebhaften Art auf Harry Czech und Frau Geißner einredete, die bei ihm standen. Ich ließ meine Anwesenheit nicht merken, denn mein amtierender Intendant schätzte mich sehr und hätte mich gewiß in den Kreis hineingezogen.

Aber ich wollte Siggs und Karin wiederfinden, und so ging ich durch das Gewimmel bis zum östlichen Ende des hufeisenförmigen Foyers. Dort sah ich Zillgitt, wie ein Fels vor dem Spiegel neben der Herrentoilette aufgebaut, die Hände auf dem Rücken verschränkt, und der dicke Bodo van Bergern, der ein weißes dinner-jacket trug und damit wie der Steward eines Ozeandampfers aussah, versuchte ihn devot, aber händeringend und temperamentvoll von etwas zu überzeugen, ich nehme an, von seiner Unschuld und Loyalität. Schließlich sagte ich Orelys Wiegleb und den Brüdern Tamm guten Abend. Die beiden Männer erschienen mir eigentümlich maulfaul und verschlossen, während Orelys sich anscheinend freute, mit jemandem unbeschwert reden zu können.

»Sag mal, stimmt es, daß Etappen-Hase jetzt auf dem Bahnhof Köckritz Stationsvorsteher ist?«

Ich lachte. »Nein, er soll zum Landesvorstand der IG Eisenbahn gegangen sein.«

»Guckt mal, wer auch da ist!« sagte Orelys zu den Tamms und winkte lächelnd zum Café-Eingang hin, »Opa Katelhön! Und sogar seine Frau hat er mitgebracht.«

Peter Tamm winkte ebenfalls. »Ich sehe auch Wohlfahrts!«

Orelys nickte und erläuterte, zu mir gewandt: »Das ist unser Schornsteinfeger – wenn das nicht Glück bringt? Er wohnt mit Katelhöns im gleichen Haus.«

Ich kannte Wohlfahrts nicht und war daher sehr zufrieden, daß plötzlich Karin und Siggs an meiner Seite auftauchten und kein weiterer Gedankenaustausch über den Kaminkehrer und seine Hausgenossen erfolgen konnte, denn sechsmal Händeschütteln – das nimmt Zeit in Anspruch und verändert ganz selbsttätig das Gesprächsthema.

Weil meine Dienstkarte mir als Dramaturgen einen Randplatz zuwies, ging ich erst nach dem dritten Klingelzeichen in den Zuschauerraum. Ich ließ die Premierenbesucher sich vor mir durch die Pforte zwängen, sah noch den amtierenden Intendanten mit Harry Czech und einigen anderen Genossen die Rangtreppe hinaufgehen – Welsch geleitete die Ehrengäste stets selbst auf den Mittelrang, um anschließend seine Proszeniumsloge aufzusuchen –, ich erblickte auch Zillgitt noch einmal, der merkwürdigerweise gleich mir etwas zurückblieb, aber, als dann das Foyer beinahe leer war, suchte auch ich meinen Klappsitz auf und ließ mich nach der Betrachtung eines ausgiebigen Bühnenfrühstücks durch Julchen und Hannchen musikalisch darüber aufklären, daß man Onkel und Tante »am liebsten nur von hinten sieht«.

Zillgitt – da hatte ich richtig beobachtet – war bewußt zurückgeblieben, mehr noch, er wandte sich, als die allerletzten Besucher in den Zuschauerraum gingen, unauffällig einem naheliegenden Notausgang zu und verließ das Theatergebäude. Draußen lief er im Mauerschatten ein paar Schritte bis zu einer dunklen Nische und wartete. Es dauerte nicht lange, und er hörte Pfeiffer und Selka herankeuchen, die das Theater auf der anderen Seite des Foyers verlassen hatten.

»Uhrenvergleich«, empfing er die Genossen, »neunzehn Uhr fünfunddreißig. Ihr fahrt zum Neumarkt, macht den BMW und das Krad klar. Wenn er auftaucht, selbständig verfolgen, erst fährt die Maschine, dann der Wagen. Nicht nervös werden, Abstand halten. Ich komme hinterher.«

Pfeiffer und Selka lösten sich aus dem Mauerschatten und schritten wie zwei Spaziergänger zur nahen Böckelstraße, wo unter einer Laterne ihre Zündapp stand.

Zillgitt ging zur anderen Theaterseite. Dort hielt jenseits der Straße ein alter Opel-Kadett, der zu einem Kleinlastwagen umgebaut war.

Der VP-Rat nahm neben seinem Fahrer Platz, der vom grauen Pobeda an diesem Abend auf das unansehnliche Gefährt übergewechselt war, das Zillgitt zur Täuschung des Täters ausgewählt hatte. Bei der extrem niedrigen Verkehrsdichte damals war solch ein Versteckspiel, das heute wohl lächerlich anmutet, dringend geboten.

Von seinem Sitz aus hatte der VP-Rat sowohl den Parkplatz des Theaters als auch die Ostseite der Applaus-Kathedrale im Auge. Er sah auf die zahlreichen Bürofenster der Gebäudefront, die jetzt alle dunkel und unbelebt dalagen. Aber nach wenigen Minuten leuchtete eines vorwitzig auf. Eine Silhouette wurde sichtbar, jemand zog die Gardine zur Seite und öffnete beide Fensterflügel weit.

»Das Zeichen«, sagte Zillgitt. »Alles startklar?«

Der Fahrer nickte.

»Jetzt hat sich unser Kunde wohl wieder aus dem Zuschauerraum herausgeschlichen?«

»Jedenfalls wird er gleich irgendwo auftauchen.«

Es war neunzehn Uhr fünfzig, als von der Rückfront des Theaters her ein Mann auf den Parkplatz kam. Man sah seine Aktentasche, und daß er zu einem Raglanmantel einen schwarzen, breitkrempigen Filzhut trug. Der Mann ging rasch, aber ohne Hast auf eine der dunklen Limousinen zu, schloß deren Tür auf und stieg ein, ohne sich umzusehen. Der Wagen wurde gestartet und rollte mit vollem Licht vom Parkplatz auf die Straße. Schon nach fünfzig Metern bog er nach rechts zur Innenstadt ab.

»Er fährt direkt zum Neumarkt«, stellte Zillgitt befriedigt fest. »Los, hinterher!«

Sekunden später hatte sich auch der Lieferwagen in Bewegung gesetzt. Als er die Straßenecke erreichte, sah der VP-Rat die Limousine in einem unverdächtig weiten Abstand vor sich. Der Opel folgte ihr ohne Schwierigkeiten.

Erst an der letzten Kreuzung vor dem Neumarkt fuhr der Mann plötzlich rechts ab, statt die Richtung beizubehalten, die ihn direkt ans Ziel geführt hätte.

Zillgitt war ganz ruhig. »Er klappert die Nebenstraßen ab, ob dort Verfolger bereitstehen. Außerdem ist es noch nicht ganz acht. Wir lassen ihn und fahren zu unserem BMW auf den Parkplatz.«

Dort zeigte sich, daß die Genossen die Festlegungen der mittäglichen Dienstberatung exakt eingehalten hatten. Der BMW stand wie verlassen an den Holundersträuchern;

Pfeiffer hatte sich tief heruntergebeugt und lugte nur kurz vom Fahrersitz aus durch die Seitenscheibe.

Das Krad parkte vor einem Haus, von dem aus der Kiosk gut einzusehen war, und Selka, der sich im BMW eine Kombination mit Kappe und Schutzbrille übergezogen hatte, wartete in der Haustür, und jedesmal, wenn er ein Motorengeräusch hörte, trat er auf den Fußweg, spähte zu dunklen Fenstern hinauf, ließ schüchterne Pfiffe ertönen, warf wohl auch einmal ein imaginäres Steinchen nach den Scheiben und benahm sich ganz wie ein ausgesperrter Liebhaber.

Er tat das auch jetzt, denn vom nahen Dom begann es acht zu schlagen, und aus einer der Nebenstraßen kam ein Auto heran. Es war die schwarze Limousine.

Gerd Unverricht sah sie natürlich zuerst. Er lehnte schon seit zehn Minuten an der Holzwand des Kiosks. Er trug ein buntkariertes Hemd, ein lappiges braunes Jackett aus Zellwolle und graue Hosen mit etwas abgenutzter Bügelfalte. Ein Hütchen mit schmaler Krempe und einer Kordel saß verwegen auf seinem Kopf. Er roch nach Alkohol, nicht übertrieben stark, aber doch merklich.

Der Mann ließ den Motor laufen, stieg aus und kam auf ihn zu. »Hat denn der Laden hier schon geschlossen?«

Unverricht grinste, gab sich leicht alkoholisiert. »Hello! Sonnabends, glaube ich, schon ab halb sechs!«

Der Mann trat nahe an den Wartenden heran. Er sprach freundlich und gewinnend, aber bestimmt. »Es würde für unser Gespräch die Gefahr des Mißtrauens sehr verringern, wenn Sie bereit wären, sich zu legitimieren.«

»Legimi – – Was soll ich?«

»Mir Ihren Ausweis zeigen!«

»Ach so! Aber sicher!« Unverricht tat erleichtert und zog beflissen ein Bündel Papiere aus der Brusttasche. Der Mann konnte dabei den Brief erkennen, den er geschrieben hatte, sowie eine Rechnung vom »Anhalter Hof«. Der Personalausweis, den sein Gegenüber ihm reichte, beglaubigte auch den Namen: Gerd Unverricht, Bergarbeiter, aus Stargard gebürtig, wohnhaft in Aue. Der Unterkommissar beglückwünschte sich im stillen zur Umsicht Zillgitts, der ihm bereits für die Hotelanmeldung statt des Dienstausweises einen normalen Personalausweis hatte aushändigen lassen.

»Steigen wir ein. Ich glaube, wir werden rasch einig werden.«

Der Mann gab Unverricht das Dokument zurück. Beide setzten sich in die Limousine, und das Gefährt rollte an.

»Wie haben Sie vom Tod Haldewegs erfahren?« fragte der Mann.

»Zufällig. Es wurde im Radio erwähnt. Im Rias, bei einem Kommentar. Ein Mord in der Kneipe. Ich glaube ja, ein Weib steckt dahinter. Die Leute hier nehmen das auch an. Hermann war so ein stilles Wasser.« Unverricht drehte vielsagend die Hand in der Luft.

Der Kerl ist naiv, dachte der Mann, ich zahle ihn aus, zweihunderttausend ist für ihn eine astronomische Summe, dafür hält er still. Aber gewiß, am Geld soll's nicht liegen, auch Haldeweg hätte seinen Anteil erhalten, auf Heller und Pfennig; was ihm, dem Manne, zustand, reichte ihm, damals wie heute, aber stillhalten mußte der Partner, da konnte es kein Erbarmen geben.

Die Limousine bog in das enge Gassengeflecht der Altstadt ein, und Unverricht zwang sich eisern dazu, nicht nach hinten zu spähen, ob Selkas Krad wirklich folgte.

»Wieviel hat Haldeweg Ihnen erzählt?« wollte sein Nachbar wissen.

»Wenig. Daß es sich um Brillanten und so was handelt, und woher sie stammen, daß er den Koffer für Sie gerettet hat und daß Sie nun bald mit ihm teilen wollten. Er hatte wohl gerade einen scheußlichen Verkehrsunfall miterlebt, als er einmal auf der Durchreise bei mir vorbeikam, ich war ganz platt, denn wir kannten uns ja so gut wie gar nicht. Aber es muß ihm bei mir gefallen haben, denn bevor er am anderen Tag weiterfuhr, hat er gesagt: ›Wenn mir mal plötzlich was zustößt, du bist der einzige Verwandte, wende dich an den und den, da ist noch ein bißchen zu holen.‹ Und dann hat er von der Sache erzählt, aber ganz allgemein, und ein paar Wochen später hat er den Brief geschrieben, den ich Ihnen nachher zeigen kann.«

Die Limousine schleuderte ein wenig, weil sie mit den linken Rädern in den Gleisbereich der Straßenbahn gekommen war. Unverricht hielt es für angezeigt, etwas stärker die Alkoholwirkung zur Geltung zu bringen, die zu seiner Rolle gehörte.

»Vorsicht, Meister! Das wäre Hermann auf Garantie nicht passiert. Ich habe übrigens bei der Wismut einen Kumpel, dem sehen Sie ähnlich. Doch, mit dem Schlapphut – genau wie Huckebein! Sie, der ist früher mal Offizier gewesen. Waren Sie auch Offizier? Wir haben ja bei der Wismut die verrücktesten Typen beisammen.«

»Wir sind da«, sagte der Mann streng und zog den Zündschlüssel ab.

Unverricht linste hinaus, sah ein schmales Fachwerkgebäude. »Nanu, das ist ja der Puff von der Witwe Zschenderlein? Tatsache, der sah genau so aus. Aber die Polizei hat ihn dichtgemacht.«

Als der Unterkommissar ausgestiegen war und sein Begleiter die Wagentüren sorgfältig abschloß, fuhr ein Kradfahrer vorbei. Unverricht winkte ihm mit einem leicht alkoholisierten »Huhu!« ein bißchen nach, aber Selka beachtete die Aussteigenden natürlich gar nicht, sondern bog um die nächste Ecke.

»Lassen Sie das, und kommen Sie!« zischte der Mann ärgerlich, schloß die Haustür auf und führte seinen Mitfahrer schweigend in eine Kammer im zweiten Stock des Gebäudes. Mehrere Schränke, ein Holztisch und zwei alte Stühle standen hier, und eine Küchenlampe mit Emailleschirm spendete dürftiges Licht.

»Komfortabel wohnen Sie aber nicht«, sagte Unverricht und ließ sich, ohne den Hut abzunehmen, auf einen Stuhl fallen, »haben Sie die Brillanten hier in dem Schrank?«

Den Mann begann die »proletenhafte Ungezwungenheit«, wie er das Verhalten seines Gastes in Gedanken benannte, zunehmend zu erbittern. Mit solchen Menschen konnte man keine begrenzten Zweckbündnisse schließen, keinen sicheren kaufmännischen Vertrag, er kannte den Typ und verabscheute ihn zutiefst. Gut, diese Leute waren keine Erpresser, sie logen und betrogen nicht, aber sie respektierten beim Partner keine Tabus; beschränkte man den Kontakt auf das rein Geschäftliche, fühlten sie sich zum Handlanger herabgedrückt und scherten aus, und vertraute man ihnen total, rissen sie einem die Führung aus den Händen.

»Ich kann nur mit Ihnen verhandeln, wenn Sie sich sachlich auf unser Thema konzentrieren.« Der Mann entledigte sich des Mantels, unter dem er ein olivgrünes Sakko trug, und hängte ihn mitsamt dem Hut an einen Haken neben der Tür.

»Na, na«, murrte Unverricht friedfertig, »man wird doch noch fragen dürfen. Nachher haben Sie die Juwelen schon längst nicht mehr, und wir verhandeln bloß so, pro forma.« Er lachte laut und amüsiert. »Und ich habe Hermanns Brief ganz umsonst abgeschrieben!«

»Abgeschrieben? Sie haben das Original gar nicht mit?«

Unverricht zog eine heiter-verschmitzte Grimasse. »Vielleicht ja – vielleicht nein. Aber Ihnen zeige ich erst mal die Abschrift.«

Aus seiner Jackettasche zog er beschriebene Papiere, suchte darin herum – der Hausherr hatte den sicheren Eindruck, daß der Alkohol es dem Gast erschwerte, Original und Abschrift auseinanderzuhalten – und reichte dem Mann ein Blatt hinüber.

»Vor der Auszahlung Ihres Anteils brauche ich aber das Original!«

Der Gast hieb großspurig mit der Hand durch die Luft. »Weiß ich doch. Aber wieviel ›Anteil‹ rücken Sie eigentlich raus?« Unverricht beugte sich neugierig vor, während der andere sich setzte.

»Sie erhalten etwas weniger als Haldeweg, weil Sie an der Rettung der Wertsachen selbst nicht beteiligt waren. Ich gebe Ihnen am Dienstag in Lübeck einen Scheck über zweihunderttausend Mark. Westmark natürlich.«

»Zweihundert – – eu!« Unverricht schob sich das Hütchen in die Stirn und lehnte sich ergriffen wieder zurück. »Dann kann ich ja – also, dann rauche ich ab Dienstag Zigarren!«

»Sie müssen dazu morgen abend um zwanzig Uhr in Westberlin am Flughafen Tempelhof sein, Geld für die Flugkarte lege ich aus, Montagmittag sind wir beim Käufer der Gegenstände, und am Dienstag, nachdem Sie Ihren Anteil erhalten haben, trennen sich unsere Wege.«

Der Gast griente. »Das wird ein Fest für Sie, was?« Doch dann wiegte er bedauernd den Kopf. »Bloß – morgen abend – das paßt nicht, morgen habe ich Nachtschicht, da muß ich halb zehn auf Arbeit sein.«

Der Mann gab sich Mühe, ruhig zu bleiben. »Heilige Einfalt, ich hätte hier auch Verpflichtungen – –«

»Aber nicht bei der Wismut! Das ist der Unterschied. Ja doch, wir sind eine rabiate Truppe, ist ja bekannt, auch mein Bereich, da könnte ich Ihnen Schtories erzählen – aber die Prozente, die müssen kommen, da gibt's kein Pardon!«

»Himmeldonnerwetter noch mal! Sie können ein neues Leben anfangen! Mit zweihunderttausend West in der Tasche, Riviera, Whisky, Zigarren, Sekt, Frauen, eigenes Auto, was weiß ich, aber drüben, verstehen Sie, nicht in Aue!«

Unverricht nickte nachdenklich, und dann sagte er seufzend: »Ist ja wirklich schön, aber man merkt eben, daß Sie meinen Meister nicht kennen. Nein, Chef, das müssen wir anders deichseln. Können Sie es nicht verschieben? In drei Wochen habe ich wieder vier Tage frei, da komme ich von Aue gleich nach Berlin, und bis zur Nachtschicht am fünften Tag ist die Sache gelaufen, auf Garantie.«

Dem Mann begannen vor Erregung die Hände zu zittern. Eine Kuh auf dem Bahngleis, ging es ihm durch den Kopf, ein verfluchter Proletendickschädel: Zweihunderttausend, natürlich, das nehme ich mit, aber das stellt nicht die Lebensuhr. Und wenn man sich mit solchen Figuren verbünden muß: Ehe man es sich versieht, hängt man im Schlepptau. Weg muß so etwas, weg.

Kühl, aber bestimmt, wiederholte der Mann seine Forderung. »Ich erwarte Sie, wie gesagt, morgen abend am Flugplatz. Wenn Sie nicht da sind, muß ich allein fliegen, und Sie sind Ihren Anteil los.«

Der Gast erhob sich empört. »Was denn, was denn, Brikass und Daumen drauf? Nicht bei mir, Spannemann! Und beschissen wird schon gar nicht, das sage ich Ihnen im guten und friedlich, sonst könnte ich heute nacht noch mit Hermanns Brief wer weiß wo aufkreuzen. Ich bin mein eigener Herr, und mich erpressen Sie nicht, daß ich tanzen muß, wenn Sie pfeifen! Wenn Sie nicht mehr drei Wochen warten können, geben Sie mir eben jetzt meinen Anteil. In Sachwerten, ich meine in Steinen. Die haben Sie doch bestimmt hier versteckt.« Und Unverricht rüttelte prüfend an den verschlossenen Schranktüren.

»Lassen Sie das!«

Der Mann saß auf einmal müde und bleich auf seinem Holzstuhl. Die zweite Variante – hämmerte es in seinem Gehirn –, es bleibt keine andere Wahl, es ist wie bei Haldeweg, aus dem ganzen Lebenszuschnitt der Leute erwächst eine permanente Gefahr, eine absolut tödliche.

»Wir werden uns einigen«, sagte er leise, »aber jetzt brauche ich erst mal einen Schnaps.«

Unverricht fuhr herum, blickte erst zweifelnd, dann strahlend auf seinen Partner. »Dacht ich's doch gleich – ich habe Sie verkannt. Sie haben ein Herz für die Menschen. Wenigstens, wenn Sie ein zweites Glas auftreiben.«

Der Mann lächelte bitter, holte einen Sicherheitsschlüssel aus seinem Mantel und öffnete damit einen Flügel des rechten Schrankes. Unverricht begab sich brav und erwartungsvoll wieder auf seinen Platz zurück.

Der Mann suchte einen Moment in einem Fach, offenbar nach dem Korkenzieher, entkorkte dann eine eckige Flasche Kirschgeist und brachte schließlich zwei gefüllte Gläser zum Tisch, zu denen er auch die Flasche stellte.

Er setzte sich ebenfalls, schlapp und streitmüde.

»Sie hatten übrigens recht. Die Steine befinden sich in dem Schrank. Aber lassen Sie uns erst einmal trinken.«

Sie führten die Gläser an die Lippen, als Unverricht mißtrauisch aufhorchte.

»Da ist wer im Haus!«

»Unmöglich.«

Der Mann wandte sich lauschend zur Tür. Aber es blieb still.

»Wahrscheinlich knackt es manchmal in den alten Gemäuern«, sagte Unverricht. »Na, dann prost!« Er hauchte genüßlich und setzte das leere Glas ab. »Fünfundvierzig Prozent! Den hätten Sie gleich rausrücken sollen. Dann wären wir längst – – oh, was ist denn das – –« Sein Gesicht verkrampfte sich, er stöhnte, sprang auf, rang nach Luft und sackte schließlich zusammen.

Der Mann hielt den Blick zu Boden gesenkt, er mochte nichts davon sehen, was geschah. Erst als Unverrichts Röcheln schwächer wurde, zwang er sich aufzustehen, ergriff die mitgebrachte Aktentasche und legte die Gläser hinein, die zugekorkte Flasche, den Korkenzieher und die Reste einer geleerten Ampulle. Dann trat er, nicht ohne Unbehagen und Scheu, an Unverricht heran, nahm aus dessen Taschen alle Papiere und den Ausweis heraus und schob das Bündel in ein Seitenfach seiner Mappe. Er zog den Mantel an, setzte den Hut auf, hob aus dem Schrank einen kleinen, aber schweren Vulkanfiberkoffer, klemmte die Aktentasche unter den Arm und löschte das Licht. Zügig ging er, nachdem er die Kammer zugesperrt hatte, hinunter ins Parterre, trat auf die Straße und verschloß auch das Haus. Als er sich seinem Wagen zuwandte, sah er plötzlich eine Gestalt, die reglos vor dem Fahrzeug stand.

»Guten Abend«, sagte die Gestalt.

»Guten Abend«, gab der Mann mechanisch zurück. Und dann erkannte er Rudi Zillgitt. Unwillkürlich sah er sich nach einem Fluchtweg um, doch von allen Seiten bewegten sich auf einmal Schatten auf ihn zu. Der Mann stammelte verständnislos: »Wieso – das ist überhaupt nicht möglich – –«

»Es ist«, sagte der VP-Rat nur. »Karl-Herbert Welsch, Sie sind festgenommen.«

Pfeiffer war mit den Handschellen zur Stelle, Selka sicherte die Beweisstücke, die der Täter bei sich trug: Koffer, Aktentasche, Schlüssel und Papiere.

»Befreien Sie den Genossen Unverricht«, befahl Zillgitt. »Im zweiten Stock, aus Katelhöns Bodenkammer, oder richtiger, aus der von Frau Koddrigkeit.«

Der BMW kam herangefahren, und zwei Volkspolizisten stiegen mit dem Festgenommenen ein, um ihn ins Präsidium zu bringen.

Schließlich trat auch Unverricht aus Katelhöns Haus, und Selka, der ihn befreit hatte, verschloß die messingbeschlagene Tür hinter ihm wieder sorgfältig. »Hat irgendwer ein Jackett für mich?« fragte der Unterkommissar. »Meines muß ins Labor. Es ist ein Beweismittel. Ich habe mir den vergifteten Schnaps auf den Rücken gekippt.«

In der »Sonne« hatte Ernst Kloppe Mühe, seinen Zorn zu verbergen. Er mußte allein den Gastgeber spielen, weil sich die Theaterleitung nicht sehen ließ.

Die letzten Gäste trafen bereits ein, Mitwirkende der soeben aus der Taufe gehobenen Operetteninszenierung. Kloppe hatte sie zusätzlich eingeladen, damit die Feier wenigstens den Anschein eines realen Anlasses erhielt. Und natürlich auch, weil sonst gegenüber dem vergangenen Sonnabend eine Reihe von Plätzen leergeblieben wäre.

Ich zählte in Gedanken einmal durch. Haldeweg fehlte natürlich, dann Martina Lindwurm, der man die Teilnahme heute wirklich nicht zumuten konnte, Puppenmacher und Henny, Hopf und Hase – ein halbes Dutzend, eine stattliche Anzahl.

Die Wiedergekommenen hatten fast alle ihre alten Plätze eingenommen. Mit wenigen Ausnahmen. So hatte sich Bodo van Bergern jetzt am Erkertisch niedergelassen, just auf dem Platz des Ermordeten, und Siegfried, der diesmal Karin mitgebracht hatte, saß neben mir am Tisch von Harry Czech, während Kindshirt irgendwo in der Nachbarschaft an der Seite der hauchdünnen Klavierpädagogin thronte und vermutlich mit ihr einen Gedankenaustausch über die ästhetische Hege der Herzensgärtlein pflog.

In Ulrich Keilpflug hatte Kloppe, soweit ich das beobachten konnte, heute abend keine Stütze bei den unangenehmen Repräsentationspflichten, der junge Mann beschränkte seine Tätigkeit darauf, die Plätze neben Harry Czech frei zu halten.

Gern würde ich aufzeichnen, daß sich im Raum eine unerklärliche Spannung verbreitet hatte, die sich niemand erklären konnte, oder eine »knisternde« Atmosphäre, denn das liest man doch mit Vergnügen. Aber zum Unglück war es nicht so. Trotz der erfolgreichen Premiere begann sich allgemein die Befürchtung auszubreiten, es nehme hier eine entsetzlich öde Pflichtfeier ihren Anfang, zumal man an Kloppes Verhalten merkte, daß irgend etwas nicht programmgemäß lief. Einzig der geschäftige Arthur Brautknecht war extrem guter Laune, zum einen überhaupt (das

Gerücht von seiner angehenden Vaterschaft machte an den Tischen die Runde), zum anderen aber auch wegen des enormen Alkoholumsatzes, der sich aus der allgemeinen Erwartung der Langeweile ableitete.

Da trat Rudi Zillgitt ein, und mit ihm kam ein zierlicher älterer Herr in auffallend gepflegter Kleidung, den Ernst Kloppe besonders respektvoll begrüßte.

»Otto Marquardt«, raunte mir Harry zu, »der Polizeipräsident.«

Ich wunderte mich, konnte mir nicht erklären, welchen Sinn dieser hohe Besuch haben sollte. Aber nur zwei, drei Sekunden lang. Dann sah ich, wie Zillgitts Blicke sich mit denen von Ulrich Keilpflug trafen, der dicht neben unserem Tisch an der Wand lehnte, und ich hörte, wie der VP-Rat ihn mit gedämpfter Stimme zu sich rief: »Genosse Unterkommissar!«

Und in diesem Augenblick war ich sicher, daß uns in den nächsten Minuten wenn nicht die Mordaufklärung, so doch ein bedeutendes Ermittlungsereignis bevorstand, und für meine Person verfiel ich durchaus der eben abgeleugneten Spannung. Denn wenn Ulli, wie wir Keilpflug inzwischen alle schon nannten, im Theater gar nicht als Volksbühneninstrukteur, sondern als Kriminalist gearbeitet hatte, dann war, während wir die scheinbare Inaktivität und Ratlosigkeit Zillgitts beseufzten, hinter unserem Rükken und in aller Stille zielstrebig ermittelt worden, und dann kam natürlich sowohl Zillgitts heutigem Premierenbesuch als auch der merkwürdigen jetzigen Zusammenkunft in Anwesenheit des Polizeipräsidenten eine fallbezogene Bedeutung zu.

Und wirklich, kaum daß Marquardt sich neben Harry Czech niedergelassen und uns Tischnachbarn begrüßt hatte, richtete Zillgitt, ganz in meiner Nähe zwischen Eingangstür und Theke stehend, das Wort an die Gäste.

Es war keine Rede oder Ansprache, die der VP-Rat hielt, er gab eigentlich nur eine dienstlich-knappe Information. Er müsse uns davon unterrichten, sagte er, daß er leider auch heute – ähnlich wie vor acht Tagen – gezwungen sei, den Ablauf des geselligen Beisammenseins in gewisser Weise zu stören. Doch die Verantwortung dafür falle nicht ihm, sondern einem Menschen zur Last, den die unbedingte Entschlossenheit, für sich persönlich die Weltuhr um zwanzig Jahre zurückzustellen, zum skrupellosen Mörder habe werden lassen.

Zillgitt tauschte einen kurzen Blick mit Sir Otto. Mir war, als müsse er sich innerlich einen Ruck geben, um fortzufahren, und deshalb geriet ihm, was er anfügte, ein wenig geschraubt. »Ich habe den Auftrag, die Anwesenden darüber zu informieren, daß dieser Mann auf Grund intensiver Ermittlungsarbeiten, zu denen auch Ihre Unterstützung wesentlich beigetragen hat, identifiziert werden konnte. Vor etwa anderthalb Stunden haben wir ihn nach einem weiteren, aber fehlgeschlagenen Mordversuch, gewissermaßen auf frischer Tat, festnehmen können. Es ist Karl-Herbert Welsch.«

Als hätte ein Wirbelsturm die Gehirne und Gemüter leergefegt, so starr und leblos ragten die verstörten Gesichter ins Licht. Ein Frösteln kroch mir über den Rücken, und die Stille, die Sekunde für Sekunde unerträglicher zu werden begann, explodierte schließlich in einem Schrei.

Frau Tussy Scherflein-Schauwerth, die Erste Operettensängerin, kreischte nämlich vor Entsetzen laut auf, Fridolin Gothe bemühte sich um sie, und Siggs, der bei dem schrillen Ton zusammengefahren war, zischte ärgerlich zwischen den Zähnen: »Diese Kuh!«

Aber der Schrei löste auch die allgemeine Erstarrung, und Proteste, Kommentare und Fragen schwirrten durch den Raum, die sich zu Zurufen verdichteten.

Ich hörte die helle Stimme von Bodo van Bergern: »Herr Welsch hat doch nie an diesem Tisch gesessen!« Ich unterschied auch Camilla Wieglebs Behauptung: »Aber er hatte doch gar kein Motiv!« Und Rafaela Geißner wiederholte immer wieder: »Der Mann war mir nie ganz geheuer!«

Der VP-Rat hatte sich inzwischen neben Sir Otto an unseren Tisch gesetzt, der Polizeipräsident lächelte vielsagend zu ihm hin, und Zillgitt sagte schließlich, er sei bereit, obwohl das nicht üblich sei, ein paar weitere Auskünfte über die Tat und die Arbeit bei ihrer Aufklärung zu geben, schon damit keine Gerüchte entstünden.

Sofort war es wieder still im Raum.

»Vielleicht beginnen wir mit dem Motiv, nach dem eben gefragt wurde. Dazu muß man ein Stück in die Vergangenheit zurückgehen. Welschs Vater führte in den zwanziger Jahren als Rechtsanwalt die Prozesse bedeutender Berliner Großbankiers, war als juristischer Beistand von Reichsministern und Parteiführern tätig und verfügte dadurch über Einfluß im gesellschaftlichen Leben der Hauptstadt. Demzufolge gehörte auch der Sohn von vornherein zur Kaste der Reichsten und Mächtigsten; mit den Kindern eines Reichskanzlers spielte er Tennis, und sein Aufstieg in eine bedeutende Stellung stand außer Zweifel. Aber durch diese Herrlichkeit machte der Faschismus einen Strich. Die Kapitalkreise, mit denen der alte Welsch verbunden war, wurden von den Konzernen, die hinter Hitler standen, als jüdisch und demokratisch verketzert und zerschlagen. Ihr Anhang war natürlich den neuen Machthabern anrüchig, und so schob man den jungen Welsch auf Leiterposten kleiner Provinzfilialen der Commerz-Bank ab, unter anderem nach Züllichau, wo er bis zum Zusammenbruch tätig war. Diesen Sturz aus der Kaste der Privilegiertesten hat Karl-Herbert Welsch nie verwunden. Ihn wollte er rückgängig machen, das war sein Handlungsmotiv, sowohl heute als auch vor sieben Jahren. Die Tat vom vorigen Sonnabend beginnt eigentlich schon in den letzten Monaten des Hitlerreiches. Herr Gothe machte uns auf eine Gemme aus dem fürstlich reußischen Familienbesitz aufmerksam, die plötzlich in Steinfurth aufgetaucht war. Mit Hilfe von Frau Geißner konnten wir – über Zwischenstationen – ermitteln, daß das wertvolle Schmuckstück bis vor kurzem dem Ermordeten gehört hatte. In Haldewegs früherem Garten fanden wir Anzeichen, daß dort ein Köfferchen oder etwas Ähnliches vergraben gewesen sein mußte, und wir entdeckten in der Erde des betreffenden Beetes das Gegenstück zu der bereits sichergestellten Gemme. Schließlich kam im Nachlaß des Ermordeten die Lübecker Adresse eines gewissen Lämmle zum Vorschein. Dieser Mann kauft in großem Stil Edelsteine und Wertsachen für USA-Kunden und Besatzer auf. Vor 1945 ist er übrigens in Schwiebus Vermögensverwalter eines hohen Nazis gewesen, der dort ein Rittergut erworben hatte, um auf diesem abgelegenen

Landsitz die Erträgnisse seiner Raubzüge unauffälliger anzuhäufen.

Jedenfalls stießen wir im Zusammenhang mit Haldeweg immer wieder auf das Motiv der Juwelen, aber jeder, der den Fuhrunternehmer gekannt hatte, lachte uns aus: Der Ermordete habe so etwas nie besessen und sich auch nie für solche Dinge interessiert. Herr Stachon, der Kammerdiener des letzten Erbprinzen, sagte uns, daß der Familienschmuck der Fürsten im Kriege ausgelagert worden sei, höchstwahrscheinlich nach Trebschen auf das Gut eines Verwandten, doch irgendeine Verbindung zu Haldeweg ergab dieser Hinweis nicht.

An diesem Tiefpunkt unserer Untersuchungen beschleunigte ein Zufall die Weiterarbeit. Als ich in der Wohnung des geflohenen Dr. Hopf eines der dort zurückgebliebenen Bücher in die Hand nahm, klappte eine Landkarte heraus, die das Gebiet östlich von Frankfurt (Oder) zeigte. Ich las ›Palzig‹ und dachte: Jetzt erfährst du doch mal, wo das Dorf eigentlich genau liegt, in dem Haldeweg seinen Bauernhof hatte. Und als ich ein bißchen herumsuchte, stand da auf einmal ›Trebschen‹, und mir fielen natürlich die reußischen Juwelen ein. Und dann las ich ›Schwiebus‹, wo Herr Lämmle für den hohen Nazi dessen ergaunerten Besitz verwaltet hatte, worunter sich vielleicht auch geraubter Schmuck aus den okkupierten Ländern befunden haben mochte. Im Zentrum jedoch, als Kreisstadt, war auf der Karte Züllichau eingezeichnet, und das war der Ort, in dem Welsch die Filiale der Commerz- und Privatbank leitete. Und plötzlich stellte sich mir die simple Frage: Wohin bringt man Schmuck, wenn man ihn sicher aufbewahren will? Man mietet einen Safe in der nächsten Bank. Waren vielleicht in einem Schließfach bei Welsch die reußischen Juwelen deponiert gewesen? Und vielleicht nicht nur die reußischen? Und je mehr ich nun weiterfragte, um so mehr Tatsachen begannen den aufkeimenden Verdacht zu stützen. Frau Lindwurm hatte mir ziemlich genau wiedergegeben, wie Haldeweg seine Flucht vor der näherkommenden Front geschildert hatte. Danach war der Ermordete von Palzig aus mit einem Pferdefuhrwerk zur zuständigen Kommandantur gefahren – also nach Züllichau –, anschließend zur schon verlassenen Bank, wo er noch einen Verantwortlichen auftrieb, der ihm sein Guthaben auszahlte. Und dann ist er erst am nächsten Morgen, und zwar in Begleitung eines Kameraden, der sich ihm anschloß und der hier in Steinfurth eine Anlaufadresse kannte, mit seinem Gespann aufgebrochen. Wie, wenn nun besagte Bank die Commerz-Bank gewesen war? Dann wäre der ›Verantwortliche‹, der dem Eindringling das Geld noch ausgezahlt hatte, Welsch gewesen! Und wenn man nun die Geschichte betrachtete, die dieser von seiner Flucht erzählte, so provozierte sie geradezu die Schlußfolgerung: Niemand anders als Welsch hatte am anderen Morgen als ›Kamerad mit der Steinfurther Anlaufadresse‹ neben Haldeweg auf dem Kutschbock Platz genommen.

Vorhin bei seiner ersten Vernehmung gestand Welsch, er sei von Haldeweg, der über Hintertüren und Schleichwege in die Bank eingedrungen war, beim Verpacken von Schmuckstücken überrascht worden. Daraufhin habe er dem Fremden kurzentschlossen eine Beteiligung angeboten, zumal sich durch dessen ordentliche Evakuierungspapiere und das Pferdefuhrwerk eine sichere Möglichkeit eröffnete, mit der Beute aus dem Kampfgebiet zu entkommen. Haldeweg habe ohne langes Palaver zugestimmt.

Wieso Welsch eine Reihe von Safes öffnen konnte, hatten wir schon ermittelt, weil wir in Eberswalde Fräulein Schreyvogel ausfindig machten, eine ehemalige Angestellte in Welschs Bank. Sie wußte, daß durch die örtliche Gestapodienststelle nach dem Attentat vom 20. Juli 1944 die Weisung ergangen war, für die Schließfächer bestimmter Personen schnellstens von der Bankzentrale die Zweitschlüssel anzufordern. Das hatte Welsch getan, aber als die Schlüssel eintrafen, waren die Banditen vor der herannahenden Front bereits in alle Winde zerstoben.

Welsch war entschlossen, sich für die ›besseren Zeiten‹, die nach dem Zusammenbruch des Faschismus und dem ersten allgemeinen Chaos kommen mußten, eine Startposition zu schaffen, die wieder seiner Herkunft entsprach. Dazu bedurfte es nach seiner Auffassung zunächst einer großzügig bemessenen materiellen Unabhängigkeit. Und dafür stellten die gestohlenen Juwelen in seinen Augen ein ausreichendes Faustpfand dar. Natürlich ergaben sich die konkreten Pläne, den ganzen Ramsch über Lämmle nach den USA zu veräußern, erst später, und als Nationalökonom wußte Welsch auch, daß man bis zur Stabilisierung der Verhältnisse einige Jahre würde abwarten müssen, ehe man an den Verkauf des Schmucks ging.

Das Abwarten fiel ihm nicht schwer. Als Fachmann mit einer eindeutig nichtfaschistischen Vergangenheit wurde er bei uns gebraucht. Zum Bekanntenkreis seines Vaters hatten in seiner Jugend auch SPD-Politiker gehört; er hatte also nichts dagegen, in die SPD einzutreten, gelangte also in unsere Partei und, da er sich in seiner Arbeit bewährte, auch in verantwortliche Positionen.

Haldeweg erwies sich zunächst als ein einsichtiger, redlicher und verschwiegener Partner, in dessen Garten die Beute jahrelang gut vergraben ruhen konnte. Welsch hatte auch keineswegs vor, den Fuhrunternehmer etwa um dessen Anteil zu betrügen, er sah sich als soliden Geschäftsmann; beim späteren Mord ging es ihm nicht darum, den Raub allein zu behalten.

Nein, er hatte bei seiner glasklaren Rechnung alles richtig vorausgesehen – bis auf einen einzigen Umstand: Daß sich die Menschen und ihre Lebensansichten verändern können. Er hatte es nicht für möglich gehalten, daß sein Partner sich im Laufe der Zeit mit seinem hiesigen Dasein durchaus anzufreunden vermochte. Haldeweg begann zu fragen, wieso er für seinen Beuteanteil denn unbedingt seine Steinfurther Existenz aufgeben müsse. Er könne doch auch hier nach und nach ein paar Steine verkaufen oder notfalls dazu nach Westberlin fahren ...

Das aber durfte keineswegs geschehen! Wenn in den USA durch Zufall jemand ein Kollier oder einen Ring wiedererkennen sollte (eine Gefahr, die ohnehin kaum bestand): Dort war Welsch durch den Besatzerstatus des Käufers vor tiefgreifenden Nachforschungen sicher. Anders auf deutschem Boden. Daß bei uns in der Republik in solch einem Fall genaue Ermittlungen erfolgen würden, wußte der Täter von vornherein. Aber auch in Westdeutschland oder Westberlin bestand für ihn höchste Gefahr, wenn eines der Schmuckstücke identifiziert wurde.

Dort gehörten die Geschädigten ja wieder zur herrschenden Schicht, und der Polizeiapparat würde in ihrem Interesse gewiß ganze Arbeit leisten, Haldeweg als Verkäufer aufspüren und über kurz oder lang die Wahrheit herausbringen, ja, der Sache sogar ausnahmsweise auch dann nachgehen, wenn wir, die Volkspolizei, das Verbrechen entdecken würden.

Welsch schätzte die Lage schon richtig ein, wenn er solche Vorschläge ablehnte, was am schlagendsten durch die Tatsache bewiesen wird, daß am Ende wirklich eine einzige Gemme, die vorzeitig auftauchte, ausgereicht hat, um sein ganzes Kartenhaus zum Einsturz zu bringen.

Es gelang ihm zunächst noch, seinen Partner bei der Stange zu halten. Haldeweg bereitete sich wirklich – private Gründe kamen hinzu – auf die Republikflucht vor, er kündigte seinen Garten auf (trotz neuerbauter Laube), beschäftigte sich mit Fuhrunternehmerchancen im Westen, die Juwelen wurden ausgegraben und in ein rascher zugängliches Versteck gebracht – und dabei muß sich ein Mißgeschick ereignet haben, dessen genauen Verlauf ich zur Zeit nur vermuten kann. Vielleicht war der Verschluß des Behältnisses defekt geworden, und der Inhalt fiel heraus und mußte schnell wieder eingesammelt werden – jedenfalls ging während des Ausgrabens ein reußischer Manschettenknopf verloren und Haldeweg fand ihn nicht wieder. Deshalb nahm er den zweiten, der ihm nun wertlos schien, ebenfalls aus dem Behältnis heraus und behielt ihn. Später hat er ihn als Andenken verschenkt, aber dadurch kam das Schmuckstück unter die Leute, und die Gemme konnte schließlich von Herrn Gothe erkannt werden.

Ich bezweifle, daß Welsch von dieser Torheit seines Partners etwas wußte, aber er mußte in diesem Frühjahr bemerken, daß Haldeweg sich wieder ernsthaft gegen eine Aufgabe seiner hiesigen Existenz zu sperren begann, und zwar heftiger als zuvor. Eine Frau war im Spiele, möglicherweise Heiratspläne, – kurz und gut, der Fuhrunternehmer weigerte sich jetzt entschieden, bei Nacht und Nebel nach drüben zu gehen.

Freilich, leer ausgehen wollte er auch nicht. Zur Zeit wissen wir noch nicht, welche konkreten Forderungen er gestellt hat. Unterkommissar Keilpflug, der in unserem Auftrag während der letzten Tage im Theater tätig war, konnte nur ermitteln, daß es in Welschs Dienstzimmer wiederholt ziemlich lange Besuche Haldewegs gab, den letzten am Vortag des Mordes, und daß dabei Gesprächsfetzen mitgehört worden sind, die ultimative Ansinnen des Fuhrunternehmers belegen, denn er wollte, wie er ebenfalls geäußert hat, nun ›die alte Tür endlich zuschlagen‹.

Somit wurde der Partner für Welsch gefährlich. Eine einzige Indiskretion, und seine ganze Existenz war vernichtet, rettungslos, und zwar hüben wie drüben. Er mußte handeln, und er entschloß sich zum Mord. In einem der Safes in Züllichau hatte er Ampullen mit einem Zyanid gefunden, wie sie sich hohe Nazis gegen Kriegsende beschafft hatten, um durch Selbstmord der gerechten Strafe zu entgehen. Welsch hatte Haldeweg zwei davon überlassen – wir stellten sie in seiner Wohnung sicher –, eine weitere gedachte er jetzt selbst zu gebrauchen. Er hat den genauen Ablauf des Mordes nicht vorher geplant; der Zeitpunkt und die Durchführungsform standen für ihn fest, im übrigen verließ er sich auf seine wache Intelligenz und seine große Nervenstärke, die ihn befähigte, auf die sich ergebenden Situationen zu reagieren und sie auszunutzen.

Vorhin sagte jemand, Welsch sei am Mordabend doch gar nicht am Erkertisch gewesen. Zwar stimmt das nicht, er war zweimal dort, – aber entscheidend ist, daß die Vergiftung Haldewegs an diesem Tisch gar nicht erfolgte. Das Gift in dem Wodkaglas war eine künstlich angelegte falsche Spur, die den Täter von jedem Verdacht freimachen sollte. Wir sind Herrn Kindshirt zu großem Dank verpflichtet für seine Bemerkung, die uns darauf brachte: In dem Schnapsglas war so viel Gift, daß Haldeweg nach dem ersten Schluck binnen weniger Sekunden tot umgefallen wäre. Also hat er nicht davon getrunken, denn er ging ja noch in den Wintergarten hinüber, sprach auf dem Weg mit mehreren Zeugen und lebte auch noch, als ihm eine ganze Zeit später der Sekt gebracht wurde, – Herr Tamm zum Beispiel kann das bestätigen.

In Wirklichkeit ist Haldeweg erst im Wintergarten vergiftet worden – durch den Sekt, den Welsch ihm kredenzt hat. Wir haben mit Hilfe von Frau Lindwurm vorgestern abend die Vorgänge dieser Minuten genau rekonstruiert: Erst nach dem Mord, als Welsch wegen der Gesundheit Haldewegs besorgt tat, ging er zum Erkertisch. Dort saß jetzt niemand mehr, Fräulein Wiegleb und die Brüder Tamm waren ja an der Theke mit dem Auswaschen der Sektkelche beschäftigt. Der Täter schüttete unbemerkt den Rest aus der Giftampulle in das Wodkaglas. Er rechnete dabei fast richtig: Würden wir im Wodka das Gift feststellen, war er automatisch außerhalb jeden Verdachts, weil sich viele Zeugen dafür finden würden, daß er mit dem Glas, solange sich Haldeweg im Gastzimmer aufhielt, nicht in Berührung gekommen sein konnte.

Wenig später trat er dann in den Gang vor dem Büro. Vielleicht wollte er die Überreste der Ampulle zum Fenster hinauswerfen, jedenfalls sah er in der Fensternische die leere Sektflasche, und rasch entschloß er sich, das verräterische Indiz darin zu verbergen.

Welsch fühlte sich ganz sicher. Wie breite Kreise der Öffentlichkeit hielt er uns für ratlos und völlig verwirrt. Als deshalb plötzlich ein weitentfernter Verwandter Haldewegs an ihn schrieb und um ein vertrauliches Gespräch in der Juwelensache bat, fluchte er zwar, weil sein Partner offenbar doch nicht ganz dichtgehalten hatte, schöpfte aber gegen uns keinen Verdacht. Er konnte die Zuschrift nicht ignorieren, er mußte herausbringen, wieviel dieser unvermutete Mitwisser erfahren hatte und vor allem, ob er etwa Beweismittel aus der Hand Haldewegs besaß, die ihm, dem Täter, gefährlich werden konnten. Er sagte also einen Treff zu, heute abend, während der Vorstellung, – wir hatten extra Premierenkarten bestellt, damit er uns im Theater wußte und glauben durfte, vor uns völlig sicher zu sein.

Nach Aufführungsbeginn verläßt er seine Loge, vertauscht seine Smokingjacke mit einem Straßensakko und fährt mit dem Dienstwagen zur verabredeten Stelle in der Stadt. Die Wahl dieses Ortes zeigt wieder die besondere Verschlagenheit des Täters. Er hatte beileibe nicht vor, den neuen Mitwisser zu ermorden, er fühlte sich als Geschäftsmann, der Widersprüche grundsätzlich mit dem Scheckbuch regelt, aber er traf auch alle Vorbereitungen für einen möglichen Notfall. Zunächst hatte er durch Vergabe von Premierenkarten für die Abwesenheit der Hausbewohner gesorgt. Dann führte er das Gepräch in einem Raum, in dem eine Leiche garantiert erst nach Wochen gefunden werden konnte, zu einem Zeitpunkt, da Lämmle die Beute längst verkauft und er, Welsch, den Erlös sicher untergebracht haben würde. Der Raum war eine Kammer, die nur von einer Reinigungskraft des Theaters benutzt wurde, und zwar auch nur, sobald Welsch sie mit den entsprechenden Schlüsseln in das Haus schickte.

Aber diese Verschlagenheit brachte uns auch Vorteile. Sie führte den Verwandten Haldewegs, der in Wahrheit ein Mitarbeiter von uns war, an das Versteck der Juwelen und der Giftampullen heran, das sich in dieser Kammer befand.

Damit aber war die Beweiskette geschlossen. Es hätte des Mordversuchs, zu dem Welsch sich am Ende noch bewogen fand, gar nicht mehr bedurft, um ihn zu überführen. – So. Jetzt haben Sie, glaube ich, einen Überblick.«

Zillgitt nahm einen großen Schluck von dem Bier, das Brautknecht ihm schon vor geraumer Zeit hingestellt hatte. »Ihre Premiere haben wir nun allerdings nicht sehen können. Ich hoffe, sie ist erfolgreich verlaufen.«

»Glänzend!« zwitscherte Frau Scherflein-Schauwerth, und als wäre am ganzen Abend von nichts anderem die Rede gewesen, setzte sie begeistert hinzu: »Die Leute waren ja richtig goldig! Mein ›Strahlender Mond‹ hatte zwei Dakapos!«

»Mein ›Wandergesell‹ hatte sogar drei!« warf Franz-Joseph Knedler ein, der Operettentenor, und er strich sich mit seiner schwerberingten Linken selbstzufrieden über das geklebte Toupet, »in meinen fast dreißig Bühnenjahren habe ich das noch nie erlebt.«

»Ich bitte Sie«, wandte seine Bühnenpartnerin mit wohlwollender Herablassung ein, »beim ›Wandergesell‹ liegt das doch schon in der Komposition, ›Ich bin nur ein armer Wandergesell‹, darauf warten die Leute von Anfang an, aber beim ›Strahlenden Mond‹ will der Erfolg ersungen werden!«

»Gehns doch weg«, meldete sich Knedler wieder, und

wenn er zornig wurde, sprach er bayrisch, obwohl er aus Liberec stammte, »daß ich mein hohes C im Pianissimo aushalte, bis ich in der Gassen verschwunden bin, das macht meine Dakapos! Die Komposition spielt da gar keine Rolle.«

»Im Pianissimo? Falsett, lieber Kollege, Sie sollten ehrlicherweise Falsett sagen, oder noch besser das deutsche Wort, das Frau Professor Metzger-Dobermann, meine Lehrerin, immer dafür gebraucht: Fisteltöne!«

Jetzt fuhr der Tenor zornig auf seinem Stuhl herum. »Was sagt das Mensch? Ich hätt' eine Fistelstimme? Drei Dakapos und eine Fistelstimme? Ich will Ihnen awas sagen, verehrte Kollegin, und wann Sie dreimal an' Fleischerhund als Professor haben –«

Fridolin Gothe sprang wieder auf und begütigte, das Buffopaar versuchte zu schlichten, Arthur Brautknecht brachte im Laufschritt einen doppelten Kümmel für den Tenor, und Siegfried Adriani nickte sarkastisch vor sich hin und kommentierte den Vorgang mit dem tiefsinnigen Satz: »Tja, das Läben geht weiter!«

Allerdings schien es, als sei mit dem absurden Operetten-Sängerkrieg jenes Quantum Narretei, das bei Künstlern dem Lebensverhalten so oft beigemischt ist, für diesen Abend aufgebraucht, denn die Flut der Fragen und Anmerkungen, die sich nun von allen Seiten auf Sir Otto und den VP-Rat ergoß, erwies bei den Gästen doch in erstaunlichem Ausmaß ein Bestürztsein, das tiefging und aus dem nur wirkliche Antworten heraushalfen. Und so sah ich manchen verstört überlegen, ganz ernsthaft, auch Leute, die ich ernsthafter Gedanken sonst kaum für fähig hielt: Bodo van Bergern, Camilla Wiegleb, Herrn Kindshirt, für Minuten sogar die Tamms. Ich sah in ihrem Antlitz sich die ersten Ahnungen ausprägen, daß auch für sie die Frage »wohin?« eine verflucht unausweichliche Frage zu werden begann, auf die man doch nicht wie Herr Welsch antworten konnte.

Ich blieb schweigsam. Denn solche Entdeckungen soll man nicht dadurch stören, daß man dazwischenschwatzt.

IX.

Die Fassade des berühmten Theaters ragt schwarz und unbelebt in den Nachthimmel.

Ich habe Harry Czech und Beate bis zum Wagen begleitet, und nun bin ich allein in der Stadt. Ich spüre die kühle Plastehaut der Mappe in meiner Handfläche und finde es angenehm, den eigenen Schritten zuzuhören, deren Rhythmus sich laut und wichtigtuerisch in der Stille austobt.

Die Gesellschaft im Gästezimmer hat sich aufgelöst, viele feiern noch in der Kantine weiter, aber mir ist nicht danach zumute. Die Aufführung hat ihre Feier verdient. Siggs vor allem hat sie verdient, aber die Gestalten, deren Beschreibungen ich unterm Arm trage, veranstalten ein Privattheater in meinem Kopf. Dabei spielen sie schlecht in der bacchantischen Kulisse einer Premierenfeier, und das macht mich mürrisch und ungesellig.

Drei Viertel zwei. Eine Uhr grinst mich von einer Postamtsfassade an. Falsch gegrinst, Chronometer, ich hatte genug Zeit, um mich auf viele Varianten vorzubereiten, nach der Pause, fast anderthalb Stunden lang. Und auch die Laufschrift hat unrecht, die mir vorwurfsvoll von einem Erker aus »versichert – gesichert« entgegenschreit. Ich konnte mich für versichert halten, auf alles gefaßt zu sein. Doch ich war beileibe nicht davor sicher, daß mich Harry Czech mit den ersten Worten bereits ganz aus dem Gleis warf.

Denn es ist unter den Darstellern auf meinem imaginären Privattheater in Wahrheit immer wieder der eine, der seither das Spiel bestimmt und den ich auch ganz willentlich auf der Szene halte, damit eine andere Gestalt nicht auftreten kann, für deren Erscheinen ich einfach noch nicht wieder zuschaubereit bin.

Erwin Puppenmacher – der Feind, der Verräter! Harry Czech hat ihn gesprochen. Ist ihm begegnet, vor fast einem Jahr, als ob nichts gewesen wäre, ganz in der banalen Dutzendweise: »Nanu, wo kommen Sie denn her?«

Dabei war es natürlich kein Zufall. Die drei toten Augen der Ampel, an der ich vorbeigehe, erinnern mich: Bei Tag geht es ordentlich zu, da wachen wir und bündeln das Durcheinander der Lebenswege zu sinnvoll vereinten Strömen! Da war irgendwo ein gleiches Grün für Harry Czech und für Erwin Puppenmacher, eine gleiche Veranstaltung, dort mußten sie einander begegnen. Ein Jubiläum, wie Harry verriet.

Ich muß mich zusammennehmen. Viel habe ich gar nicht getrunken, aber meine Gedanken schwimmen im Strom der Bilder nicht mehr so mit, wie ich es ihnen befehlen möchte.

Sie müssen es aber. Ich brauche sie. Seit ich Harrys Auskünfte habe, weiß ich mehr als er. Ich muß nur alles neu zuordnen, dann bleibt mir kein Vorgang von damals mehr rätselhaft.

Wie zum Beweis fällt mir ein, was Henny vom Tod ihrer Mutter erzählt hat. Seit zwei Stunden weiß ich: Da ist eben nicht nur der Schmerz Erwin Puppenmachers übermächtig geworden, sondern vor allem der Haß. Und während der verzweifelte Mann weiter ein vertrauter Parteigänger der braunen Bande zu sein schien... Kurz: Harry Czech ist auf einem Empfang Ende des vorigen Jahres plötzlich angeredet worden, ob er sich nicht noch erinnere – Steinfurth, 1951, Puppenmacher? Ja, der sei er, der hier frage, nein, er wohne jetzt in Bad Saarow, als Veteran, vor einiger Zeit habe man ihn zurückgerufen. Aber natürlich, die Flucht damals sei doch ein Auftrag gewesen, man brauchte dringend im ›Amt Blank‹ einen Mann, Wiederaufrüstung, Pariser Verträge, Tag X, na, Harry verstehe schon. Bernd Weidenbruch habe die Aufgabe gehabt, eine mißglückte Verhaftung zu organisieren, und er, Puppenmacher, mußte sich möglichst verdächtig machen, aber trotzdem wäre er drüben zunächst noch manchem Mißtrauen begegnet.

Harry Czech war mächtig verblüfft, wollte mehr erfahren, aber ehe der alte Herr richtig ins Erzählen geraten konnte, bat ein Referent den Jüngeren zur Seite, der Genosse Generaloberst habe eine Frage...

Es war ein staatlicher Empfang zu einem Jahrestag des MfS, Harry gehörte zur offiziellen Parteidelegation und hatte Pflichten wahrzunehmen; es ergab sich nicht mehr, daß er am Abend an den Tisch der ehemaligen Kundschafter zurückkehren konnte, und so blieb das kurze Gespräch ein Torso.

Puppenmachers Adresse könne er mir unschwer beschaffen, meinte Harry, so daß ich nur einen Brief nach Bad Saarow schreiben müßte, um mehr zu erfahren, auch, was aus Henny geworden sei, denn darüber habe der Alte in den zwei Minuten nichts verlauten lassen.

Nein, ich werde nicht schreiben, da hilft all die blinkende Reklame des Markant-Industrieladens nichts, dessen Auslagen in mir immer eine intensive Schreiblust auslösen. Denn seit ich den Schlüssel der Sache in Händen habe, kann ich, was 1951 geschah, selbst aufbereiten, bis in den letzten Zusammenhang. Ich muß Puppenmacher nicht fragen, was er in der Nacht nach dem Mord am Friedhof Unserer Lieben Frauen mit dem Motorradfahrer beredet hat. War er für eine Kundschaftertätigkeit ausersehen, konnte seine Zeugenschaft bei dem Mordfall bestimmte Vorbereitungen stören, und er mußte die neue Lage mit seinen Auftraggebern schleunigst beraten. Ich bin sicher, daß der Motorradfahrer kaum zehn Minuten, nachdem sein Scheinwerfer Harry und mich prüfend angestrahlt hatte, von der Eichendorffallee aus mit Berlin telefonierte, und schon wenig später hatten die dortigen Genossen Bernd Weidenbruch nach Steinfurth in Marsch gesetzt und Sir Otto darüber fernmündlich orientiert.

Und wenn es beschlossen war, für den Haushaltwarenhändler die Fiktion des Verfolgtwerdens herzustellen, um ihm den Koblenzer Anfang zu erleichtern, dann mußte ausgenutzt werden, daß ich ihn am Friedhof offenbar erkannt hatte.

Dann mußte er sich vor mir noch gründlicher verdächtig machen, was er durch das mysteriöse Telefongespräch und den Brief, den er den Tamms zur Weiterleitung übergab, ja auch postwendend tat.

Unbezahlbar der Zufall, daß Puppenmacher Herrn Lämmle kannte, günstig das überforsche Vorgehen Selkas; und daß ich bei Zillgitt und Harry Czech für den Alten intervenieren sollte, war nicht darauf gezielt, den Verdacht zu entkräften, sondern ihn weiterzutragen.

Nur durfte ich Henny von meinen Beobachtungen nichts erzählen; sie war noch nicht eingeweiht, sie konnte die ganze Aktion gefährden, wenn sie sich dem mit Mühe erzeugten Verdacht, Puppenmacher sei ein Spion und Agent, zu nachdrücklich entgegenstemmte.

Ein rhythmisches Grollen mischt sich mit einem schrillen Pfiff in der Ferne: Die S-Bahn begegnet irgendwo einem Dampfzug, und die Nachtstille trägt die Geräusche weit. Ich muß an Bernd Weidenbruch denken. Mögen alle Reisenden überall glücklich ihr Ziel erreichen.

Ich brauche Bernd auf meinem Gedankentheater die Bühne nicht freizugeben. Er tritt von allein auf, aus der Mitte, von weit hinten, und er marschiert direkt auf mich los. »Ich hab dich natürlich belogen«, sagt er, »der letzte Rest Redlichkeit hat gefehlt.«

Und auf dem Theater sehe ich es plötzlich, wie wenig wohl ihm dabei zumute war.

Laß nur, ich bin kein Narr, Bernd, an der Front gelten Kampfgesetze. Einen Mann im »Amt Blank« zu haben, das Inferno unter Kontrolle, das ist kein Spaziergang, das hat seinen Preis.

»Das war es ja, du hast zahlen müssen, das heißt, ihr beide, das Mädchen vielleicht noch mehr. An dem Tag, als wir Hopfs Wohnung leer fanden, als du Henny vergeblich gesucht hast, haben wir ihr gesagt, was bevorsteht, ihr Vater und ich: Die Flucht, schon am nächsten Tag. Dem Feind auf die Finger zu sehen, wenn er zum dritten Mal anfangen will, an den Landkarten herumzuradieren – dazu war sie bereit, da wollte sie auch Opfer bringen, sogar sehr schmerzhafte, wenn es sein muß, das verstehe Rocks, da werde er mithalten. Aber als wir verlangen mußten, daß sie dir nichts sagen, nicht einmal etwas andeuten darf, drohte alles zu scheitern. Gegen die unerbittliche Wahrheit, daß jeder Mitwisser – er mag verschwiegen sein, wie er will – schon durch sein Dasein das Risiko zufälliger Entlarvung erhöht und daß bei der Bedeutung von Puppenmachers Aufgabe keine, aber auch gar keine vermeidbare Gefährdung zugelassen werden dürfe, hat sie sich stundenlang aufgebäumt.«

Es drängt mich, selbst jenem Bernd, der mir ja nur in meiner Einbildung gegenübersteht, über seine Gewissensbisse hinwegzuhelfen. »Hör auf!« rufe ich ihm zu. »Du mußt nicht mit deinen Skrupeln prahlen, wenn dir keine Wahl blieb. Henny hat deinen Auftrag erfüllt, und ganz, und sogar ohne Kleinmut und Wehgeschrei. Nur Bankrotteure sterben an gebrochenem Herzen – so hat sie selbst gesagt.«

Ich bemerke, wie Bernd den Kopf hin- und herwiegt, wieder möchte er offenbar noch etwas sagen, aber sein Bild wird immer verschwommener und grauer, löst sich schließlich in Nebel auf, aus dem auf einmal Henny heraustritt.

»Umgraben, min Söhn...«, sagt sie, und dann ist da plötzlich das Eisengitter vor dem Ballettsaal des Steinfurther Theaters, und sie hält sich daran fest und schluchzt wild und hemmungslos.

Schluß der Vorstellung, befehle ich mir, denn ich sehe mich wahrhaftig die Hand ausstrecken, um Henny tröstend über die Schulter zu streichen. Nichts ist närrischer, als mit Haut und Haaren in den eigenen Erfindungen zu versinken, so etwas habe ich mir seit Jahrzehnten verboten, Arbeitsschutz, ich kenne Kollegen, die nie mehr ganz in das wirkliche Leben zurückfinden konnten, seit sich bei ihnen das Schleusentor zwischen Dichtung und Wahrheit durch Übergebrauch abgenutzt hat und schließlich zerfallen ist.

Schluß, Henny, dir werde ich schreiben, das ist eine echte Kommunikation. Ich will dich, nicht dein nebelhaftes Abbild nach deinem Leben befragen, wie es seit jenem Septembertag ablief, wo du heute bist, was du tust...

Das Rauschen der Wasserspiele in den Anlagen um den Fernsehturm ist verstummt. Aber hier ist es nicht still um diese Zeit. Ein Fahrzeug der Stadtreinigung tuckert über die Plattenwege, zwei Frauen leeren die Plasteinsätze der steinernen Papierkörbe aus. Einen Augenblick lang bin ich versucht, den zerrissenen alten Stadtplan meines sowjetischen Gesprächspartners zu retten; bis zu dem Korb, in den er ihn warf, sind die Frauen noch nicht vorgedrungen. Aber ich unterlasse es. »Kein Qualität – kein Souvenir!« hatte der Mann entschieden. Für ihn mußte ein Erinnerungsstück brauchbar sein, förderlich; wenn es ihn irreführte, hatte es ausgedient. Er wollte so etwas nicht: Vergangenheit horten wie eine Elster, die Glitzersteine und silberne Löffel bewacht.

Ich bleibe einen Moment stehen, sehe zu, wie eine der Frauen jetzt den Behälter, in dem der zerrissene Stadtplan liegt, in das Müllfahrzeug ausleert. Die mechanische Vorrichtung hebt das schwarze Gefäß hoch in die Luft, ruckt einmal nach, – vorbei, das Souvenir ist in der metallenen Trommel versunken, in der sich der Unrat dieses Tages sammelt.

Albernerweise preßt mein Arm im gleichen Augenblick die Mappe mit Zillgitts Aufzeichnungen fester gegen meine Brust. Als wäre zu befürchten, daß nun gar nichts Altes mehr vor der Müllkipppe sicher sei, daß ich – weit nach Mitternacht und unter merklichem Kognakeinfluß – nicht mehr zu unterscheiden vermöchte zwischen dem toten Gegenstand im Papierkorb und dem lebendigen Beispiel in meiner Mappe. Es fällt mir ja nicht im Traum ein, die Aufzeichnungen preiszugeben. Nach dem heutigen Abend schon gar nicht.

Der Wolkenhimmel zum Alexanderplatz hin ist gelb vom Stadtlicht und makellos glatt wie ein schöner Bogen Papier. Ich seufze. Wer darauf schreiben will, muß eine verdammt lange Feder haben.

Freilich, was ich an Henny zu schreiben habe, gehört ja nicht an den Himmel. Nach einem Vierteljahrhundert macht man sich bei der Verflossenen nicht mit einem Naturereignis bemerkbar.

Und während ich die vielen kleinen Fragen zusammentrage und ordne, die ich ihr stellen möchte, drängt sich aus einem Winkel meines Kopfs ein Fragenknirps dazwischen, bläht sich mit jedem Schlag meines Herzens bedrohlicher auf und deckt schließlich mit seiner riesiggewordenen Gestalt alles andere zu: Was eigentlich will ich denn – verständliche Neugier abgezogen – von Henny heutzutage? Was ist die tiefere Absicht, wenn ich ihr schreibe?

Mein Weg führt zur S-Bahn, aber ich bin schon durch die Unterführung bis zur Dirksenstraße weitergegangen, ohne es zu bemerken, so sehr bewegt mich plötzlich diese ganz einfache Frage. Und wenn »im Hinterkopf« – wie Fridolin Gothe zu sagen pflegte – bei mir schon die ganze Zeit über der leise Vorwurf rumorte, wieso denn Henny seit der Rückkehr des alten Puppenmacher nicht von sich aus nach mir gesucht hatte, hier war die Antwort: Mit welchem Ziel eigentlich?

Sind wir nicht beide längst in dem Alter, in dem man die ersten Enkel bekommt, nahezu fünfzig Jahre? Und jene altkluge Sentenz des letzten Abendspaziergangs, für den innerlich Reichen sei Glück wiederholbar, entspricht sie heute nicht mehr denn je meiner geprüften Überzeugung? Wie sollte ausgerechnet die anmutige und willensstarke und kontaktfrohe Henny nicht ihren Partner, ihr Lebensglück gefunden haben?

Noch brutaler gefragt: War es nicht eigentlich ausgeschlossen, daß sie mich noch brauchte? Es ging doch im Alltag nicht zu wie im Liebesfilm, kein normaler, gesunder Mensch vertrauert sein bestes Vierteljahrhundert, mein eigenes Leben war ja ein Beispiel dafür, – was also wollte ich? Lief nicht, was ich da vorhatte, am Ende auf ein sentimentales »Weißt du noch?« hinaus?

Nein, nein, nein, so etwas wäre uns schon vor fünfundzwanzig Jahren ein Greuel gewesen. Zur Hege von Herzensgärtlein paßte es, bei Herrn Kindshirt oder Camilla Wiegleb, und wir hätten uns lachend darüber das Maul zerrissen.

Ich darf Henny wirklich nicht schreiben. Höchstens an den gelblichen Himmel, wenn meine Feder hinaufreicht. Für alle zu lesen, und doch im tiefsten Grunde ein Brief an sie.

Hör zu, Henny! Hinter den Kulissen meines Privattheaters muß meine Stimme ja noch zu dir dringen. Ich werde Zillgitts Fall und unsere Geschichte erzählen, in einem, wie du sie kennst, aber mit meinen heutigen Worten. Vielleicht erreicht meine Feder diesmal den Himmel, und du liest es, was ich geschrieben habe. Du verfügst dann über ein schlüssiges Bild davon, was mit mir los ist, jetzt, nach einem Vierteljahrhundert. Vermagst einzuschätzen, ob es uns förderlich ist, wenn wir uns wiedersehen. Kannst sachkundiger als ich entscheiden, ob solch ein Treff etwa nur unsere Erinnerungen festschreiben, sie in eine Art Stadtplan meines sowjetischen Zufallsfreundes verwandeln würde, in ein Souvenir, das nicht mehr brauchbar ist. Bleib stumm, melde dich nicht, wenn du so etwas befürchtest. Ich will nichts zerreißen müssen, wie jener Veteran seine Landkarte zerriß.

Allerdings: Wenn es für dich Gründe gibt, die all diese Sorgen beiseite fegen, ein Zufall, sicher, aber es könnte ja sein – –

Mitten in der Nacht stehe ich auf der weiten freien Fläche des Alexanderplatzes, sehe zum großen hellgelben Schreibhimmel hinauf, presse meine Mappe fest an mich und male mir aus, wie Zillgitts Geschichte enden müßte. Sogar die Worte fallen mir auf einmal ein, die letzten Sätze: Was aus Henny geworden ist, weiß ich nicht. Vielleicht liest sie irgendwann dieses Buch und sendet mir einmal ein Lebenszeichen.

Ende